мураками
мания

Харуки Мураками

1Q84

(тысяча невестьсот восемьдесят четыре)

КНИГА 1

АПРЕЛЬ — ИЮНЬ

ЭКСМО
Москва

Санкт–Петербург
ДОМИНО
2011

УДК 82(1-87)
ББК 84(5Япо)
М 91

Haruki Murakami
1Q84
Copyright © 2009 by Haruki Murakami

Перевод с японского *Дмитрия Коваленина*

Мураками Х.

М 91   1Q84. Тысяча Невестьсот Восемьдесят Четыре :
роман : в 2 кн. Кн. 1 : Апрель — июнь / Харуки
Мураками ; [пер. с яп. Д. Коваленина]. — М. : Эксмо ;
СПб. : Домино, 2011. — 496 с. — (Мураками-мания).

ISBN 978-5-699-50918-8
ISBN 978-5-699-50930-0

Впервые на русском — наиболее ожидаемая новинка года, последний роман самого знаменитого автора современной японской
прозы, главная литературная сенсация нового века, «магнум-опус
прославленного мастера» и «обязательное чтение для любого, кто
хочет разобраться в японской культуре наших дней», по выраже-
нию критиков. Действие книги происходит не столько в тысяча
девятьсот восемьдесят четвертом году, сколько в тысяча невестьсот
восемьдесят четвертом, в мире, где некоторые видят на небе две
луны, где ключом к вечной любви служит Симфониетта Яначека,
где полицейских после всколыхнувшей всю страну перестрелки с
сектантами перевооружили автоматическими пистолетами взамен
револьверов, где LittlePeople — Маленький Народец — выходят
изо рта мертвой козы и плетут Воздушный Кокон.

УДК 82(1-87)
ББК 84(5Япо)

ISBN 978-5-699-50918-8 (Кн. 1)
ISBN 978-5-699-50930-0 (Общ.)

Правят Барнум и Бейли здесь,
Позолотою мир блестит,
Но если ты поверишь в меня —
Нас с тобою не провести.

It's a Barnum and Bailey world
Just as phony as it can be,
But it wouldn't be make-believe
If you believed in me.

It's Only a Paper Moon
(E. Y. Harburg and Harold Arlen)

Глава 1

АОМАМЭ

Не верь глазам своим

Радио в такси играло «Симфониетту» Яначека. Внутри машины, застрявшей в пробке, такое даже музыкой не назовешь. Да и водитель мало похож на человека, который все это внимательно слушает. Точно бывалый рыбак, пытающийся угадать, будет шторм или нет, таксист средних лет пристально следил за растянувшейся впереди цепочкой автомобилей. Вжавшись поглубже в заднее сиденье, Аомамэ с закрытыми глазами слушала музыку.

Интересно, сколько людей на свете, слушая первую часть «Симфониетты» Яначека, узнают в ней «Симфониетту» Яначека? Ответ здесь, пожалуй, колеблется где-то между «очень мало» и «почти нисколько». Только Аомамэ почему-то была исключением.

Эту маленькую симфонию Яначек написал в 1926 году. А вступление на фанфарах сочинял как гимн для какого-то спортивного фестиваля. Аомамэ представила Чехословакию 1926 года. Первая мировая война завершилась, многовековая тирания Габсбургов наконец-то низвержена. Люди потягивают в тавернах пльзеньское пиво, собирают крутые реальные пулеметы и наслаждаются миром, ненадолго воцарившимся в Центральной Европе. Два года назад трагически умер Кафка. Уже совсем скоро сюда заявится Гитлер — и пожрет эту маленькую красавицу страну с потрохами. Но предвидеть надвигающийся кошмар, само собой, никому пока не дано. Может, главная мудрость, которой люди учатся у Истории, и заключается в горьком вопросе: «Кто же тогда мог знать, что все так обернется?» Слушая музыку, Аомамэ вообразила ветер, гуляющий по Богемскому плато, и вернулась к мировой Истории.

В 1926 году скончался император Тайсё, началась эпоха императора Сёва*. На Японию тоже надвигались мрачные времена. Легкомысленные интерлюдии модернизма и демократии промелькнули как сон, и фашизм уже стучал в двери, осведомляясь, где расквартироваться.

Мировая История была вторым коньком Аомамэ — сразу за спортивными новостями. Литература как таковая особого интереса не вызывала, но исторические тексты, попадавшиеся на глаза, Аомамэ читала запоем. Больше всего в Истории ей нравилось, как факты увязываются с местами и датами произошедших событий. Запомнить какую-либо дату для нее всегда было проще простого. Сами числа зубрить смысла нет. Достаточно представить, что чему явилось причиной, какие в итоге случились последствия,— и точная дата сама выскакивала перед глазами. В школе по истории Аомамэ не было равных. И когда люди жаловались, что не могут удерживать нужные даты в голове, она всегда удивлялась. Ну в самом деле, что тут сложного?

Аомамэ — Синий Горошек — вовсе не было прозвищем**. Ее род по отцу происходил из префектуры Фукусима. Говорят, где-то там, в затерянной среди гор дере-

---

* Эпохи правления японских императоров: Тайсё — с 1912 по 1926, Сёва — с 1926 по 1989 г. *(Здесь и далее прим. переводчика.)*

** Аомамэ́ (*яп.* «синий горошек») — разновидность фасоли. Выращивается в горных районах Японии и редко появляется на столе горожан. Чаще всего используется как ингредиент для приготовления соевого творога (тофу) или ферментированной бобовой пасты (натто́).

вушке, и сейчас еще оставалось несколько человек с этой странной фамилией. Хотя сама Аомамэ ни разу там не бывала. Еще до рождения дочери отец оборвал со своими родственниками всякие связи. А мать — со своими. Так что ни бабушек, ни дедов своих Аомамэ в глаза не видала и знать не знала. Путешествовать ей доводилось нечасто, но если все-таки выпадало заночевать в каком-нибудь отеле, перед сном она непременно пролистывала телефонный справочник в поисках однофамильцев. Увы! Куда бы ее ни заносило — в мегаполис или провинциальный городишко,— никого с ее фамилией не попадалось ни разу. Так постепенно она привыкла чувствовать себя человеком, заброшенным в безбрежный океан и обреченным выплывать в одиночку.

Разъяснять, как пишется ее имя, вечно требовало кучу времени. Всякий раз, когда Аомамэ называла себя, собеседник задирал брови и озадаченно глядел на нее. «Госпожа Синий Горошек?» Да-да, уточняла она. Так и пишите: иероглиф «Синий», потом «Горошек». И на работе, знакомясь с клиентами, постоянно ощущала себя не в своей тарелке. «Огорошенные» посетители принимали ее визитку, будто некое зловещее послание. Когда нужно было представляться по телефону, на другом конце провода часто хихикали. В больнице или в мэрии, где бы ни окликали ее громко, все вокруг поднимали головы, желая увидеть, как выглядит человек по имени Синий Горошек.

То и дело ее называли с ошибками. «Госпожа Зеленый Горошек?» — вопрошали в трубке. «Госпожа Соленый Горошек?» «Ну, почти...» — отвечала она и поправляла. Частенько слыша в ответ: «О, какая редкая фамилия!» Тридцать лет ее жизни были ухлопаны на объяснение своего имени и защиту от нелепых шуток по поводу «Синего Горошка». Родись я под другой фамилией, думала она, может, вся моя жизнь сложилась бы иначе? Скажем, живи я Танакой, Сато или Судзуки — глядишь, и сама была бы спокойней, и на мир вокруг смотрела бы куда снисходительнее? Кто знает...

Аомамэ закрыла глаза и погрузилась в музыку. Унисон духовых заполнил голову. Несмотря на приглушенную громкость, звук был глубоким и сочным. Приоткрыв глаза, Аомамэ взглянула на панель управления. Встроенная стереосистема гордо поблескивала черными гранями. Имени фирмы-изготовителя Аомамэ прочесть не смогла, но в том, что аппаратура солидная, можно не сомневаться. Туча непонятных кнопок, зеленые циферки на экране. С первого взгляда ясно: «хай-тек». О том, чтобы такую игрушку установили в обычном корпоративном такси, даже думать не стоит.

Аомамэ еще раз обвела взглядом салон. Садясь в машину, она думала о своем и поначалу не обратила внимания, но *эта* машина и правда выглядела необычно. Отделка салона — вне всяких похвал, сиденья — просто не встать. Плюс ко всему — идеальная тишина. Звукоизоляция высший класс, снаружи не слышно ни звука. Словно в кабинке студии звукозаписи, полностью защищенной от внешнего шума. Частное такси? Многие владельцы частных такси не жалеют денег на отделку своей машины. Аомамэ поискала глазами табличку с личными данными водителя, но не нашла. Однако и нелегальным такси не выглядит, как ни крути. Счетчик привинчен, как полагается. Вот, уже наездили 2150 иен. Найти бы еще табличку с фамилией...

— Отличная машина, — сказала Аомамэ в спину таксисту. — Такая бесшумная. Как называется?

— «Тойота»! — охотно отозвался водитель. — «Краун», королевский салон.

— Музыка очень здорово слушается.

— Верно, тихая машина. Я, собственно, за это ее и выбрал. Все-таки звукоизоляция у «тойоты» лучшая в мире!

Аомамэ кивнула. И устроилась на сиденье поудобнее. В речи таксиста чудилось что-то странное. Будто он собирался сказать куда больше, но недоговаривал. Например (кроме как «например», других аргументов у нее не нашлось): «По части звукоизоляции с "тойотой", конечно, никто не сравнится, но есть у нее проблемы, о которых я промолчу». И пауза, повисшая вслед за этим, вобрала в себя, точно губка, всю недосказанность. Крохотное облачко смысла, не выраженного словами, дрейфовало посреди салона и никак не давало успокоиться.

— Действительно, очень тихая,— повторила Аомамэ, пытаясь отследить, куда это облачко поплывет.— Да и стерео, похоже, высший класс?

— Когда машину выбирал, нужно было на чем-то остановиться,— пояснил водитель тоном ветерана, вспоминающего историческое сражение.— В итоге решил, что, если проводишь столько времени за рулем, очень важно слушать *качественные* звуки. Ну и опять же...

Аомамэ ждала продолжения. Но его не последовало. Она снова закрыла глаза и погрузилась в музыку. Что за человек был Яначек, она не знала. Но конечно, о том, что его музыку будут слушать в «тойоте-краун ройял салон» посреди жуткой пробки на Токийском хайвэе 1984 года, он и представить себе не мог.

И все-таки, удивилась Аомамэ, откуда я помню, что это — «Симфониетта» Яначека? И почему так уверена, что ее сочинили в 1926 году? Я ведь и классикой-то особо не увлекаюсь. И Яначека специально никогда не слушала. Но как только зазвучало вступление, память вывалила целый ворох информации. Словно стая птиц ворвалась в дом через распахнутое окно. Ничего неприятного или болезненного. Просто весь организм непостижимо реагировал на эту музыку, выдавая воспоминание за воспоминанием. Ну и дела, поражалась она. С чего бы какая-то «Симфониетта» так странно влияла на меня?

11

— Яначек,— произнесла Аомамэ почти машинально. Почему-то вдруг показалось, что нужно сказать это вслух.

— Простите? — не понял водитель.

— Яначек. Человек, который сочинил эту музыку.

— Не слыхал.

— Чешский композитор.

— Ишь ты! — с интересом отозвался водитель.

— У вас частное такси? — спросила Аомамэ, чтобы сменить тему.

— Да,— кивнул таксист. И, помолчав немного, продолжил: — Сам свой бизнес веду. Эта машина уже вторая.

— Сиденья очень уютные.

— Спасибо! Кстати, госпожа...— Водитель на секунду обернулся.— Вы сильно торопитесь?

— У меня деловая встреча на Сибуе*,— ответила она.— Вот и решила поехать по скоростной.

— Во сколько встреча?

— В полпятого.

— Сейчас три сорок пять... Боюсь, не успеете.

— Такая ужасная пробка?

— Впереди, похоже, крупная авария. Обычно здесь так не застревают. С тех пор как вы сели, мы с места почти не сдвинулись.

Странно, что он не следит за радиосводкой дорожных ситуаций, подумала Аомамэ. Токийский хайвэй, судя по всему, парализовало. Нормальный таксист, по идее, должен отслеживать по радио, где и что происходит.

— И вы это знаете, даже не слушая радио? — уточнила она.

_____

* Сибуя — один из центральных районов Токио. Здесь и далее в главе упоминаются названия станций метро и, соответственно, административных районов японской столицы.

— Радио слушать смысла нет,— бесстрастно ответил водитель.— Половина дорожных сводок — чистое вранье. Автоинспекция сообщает только то, что удобно ей самой. Нам остается только оценивать реальную ситуацию и думать своей головой.

— То есть вы полагаете, пробка быстро не рассосется?

— Эта — надолго,— мирно кивнул таксист.— Гарантирую. Когда на кольце такой затор, пиши пропало. А что, важная встреча?

— Да, очень,— кивнула Аомамэ.— Переговоры с клиентом.

— Сочувствую. Очень жаль, но, скорее всего, не успеете.

Будто разминая затекшие плечи, таксист несколько раз покачал головой. Складки на его шее задвигались, точно у древней рептилии. Глядя на эту шею, Аомамэ вспомнила об остро заточенном инструменте у себя в сумочке. Ладони ее вспотели.

— Что же делать? — спросила она.

— Да ничего,— пожал плечами таксист.— Это же скоростная дорога. До следующего спуска никаких вариантов*. На обочине не сойдешь, на метро не пересядешь...

— И когда следующий спуск?

— На Икэдзири. Но туда мы, боюсь, доберемся уже на закате.

На закате?! Аомамэ представила, что просидит в этом такси до заката. По-прежнему играл Яначек. Оркестр пригашивал духовые сурдинами, будто пытаясь унять чьи-то напряженные до предела нервы. Странное наваждение от музыки не отпускало Аомамэ. Что же все это значит, черт побери?

---

* Токийский хайвэй проложен на высоте 35 м над обычной автодорогой. Его двустороннее полотно на бетонных опорах не имеет пешеходных обочин и с обеих сторон огорожено защитными стенами или металлическим забором.

Такси она поймала недалеко от парка Кинута. У станции Ёга машина поднялась на Третью Скоростную. Сначала ехали нормально, но сразу после Сэнтягаи вляпались в жуткую пробку и с тех пор не продвинулись ни на километр. По встречной из центра машины бежали как ни в чем не бывало. И только тех, кто стремился в центр, словно разбил затяжной паралич. Четвертый час дня, пробок на Третьей Скоростной быть не должно. Почему Аомамэ и велела таксисту подняться сюда.

— На хайвэях плата за время не берется,— произнес таксист, глянув на отражение Аомамэ в зеркале заднего вида.— Так что о деньгах можете не беспокоиться... Но вам, как я понял, опаздывать нельзя?

— Конечно нельзя. А что, никакого выхода нет?

Водитель снова бросил взгляд в зеркало. Сквозь очки с бледно-серыми стеклами.

— Ну, не то чтобы совсем никакого... Есть один способ — я бы сказал, «аварийный». Можно спуститься вниз и добраться до станции Сибуя на электричке.

— Аварийный?

— Официально его как бы не существует.

Аомамэ, прищурившись, молча ждала продолжения.

— Вон там впереди есть немного места, чтобы прижать машину, видите? — Таксист показал пальцем куда-то вперед.— Сразу под рекламой «Esso»...

Приглядевшись, Аомамэ и вправду различила слева от дороги пустое пространство для аварийной парковки. На полотне без обочин такие карманы попадались через каждые несколько километров. Со специальными желтыми телефонами, по которым можно звонить в администрацию Токийского хайвэя. В кармане под огромным рекламным щитом не было ни души. Только тигренок «Бензина Эссо» с призывной улыбкой размахивал заправочным пистолетом.

— На самом деле там есть лесенка вниз,— продолжал таксист.— Если случится пожар или землетрясение, все водители должны бросить свои машины и эвакуироваться по этой лесенке. Снизу до станции Сангэндзяя два шага. А уж оттуда на Сибую за десять минут доберетесь.

— Никогда не слышала про пожарные выходы на хайвэях,— сказала Аомамэ.

— Да, о них мало кому известно,— кивнул таксист.

— Но разве это по правилам? Никакой ведь эвакуации не объявлено... А если поймают?

Водитель выдержал паузу.

— Кто его знает, что там за правила. В деталях я и сам не разбираюсь. Но если подумать, вреда от этого никакого. А значит, и наказания можно не опасаться. Надзора за такими объектами, как правило, не ведется. Все знают: служащих в Дорожной ассоциации пруд пруди, а как до дела доходит — вечно рук не хватает...

— И что же там за лесенка?

— Обычная пожарная. Помните, какие на старых многоэтажках сбоку приварены? Ничего опасного. Всех ступенек — этажа на три, спускаешься без проблем. Калитка на входе заперта, но ограда совсем не высокая, было бы желание — любой перелезет.

— Значит, вы уже спускались? — уточнила Аомамэ.

Таксист ничего не ответил. Только слабо улыбнулся в зеркале. Как хочешь, так и понимай.

— В общем, решайте.— Он легонько постучал в такт музыке пальцами по баранке.— Хотите провести в машине пару часов под хорошую музыку, я не против. Но если действительно спешите на важную встречу — *я бы не сказал, что выхода нет...*

Нахмурившись, Аомамэ скользнула взглядом по часам на руке. Подняла голову, огляделась. Справа громоздился черный «мицубиси-паджеро», покрытый тонким слоем белесой пыли. За рулем, скучая, курил в окно молодой парнишка. Длинноволосый, загорелый, в мали-

15

новой ветровке. Багажное отделение забито потертыми досками для виндсерфинга. Прямо перед ним застрял мышиный «Сааб-900». Затемненные стекла, наглухо закрытые окна. Ни малейшего шанса разглядеть, что за люди внутри. Вся машина до блеска отполирована. Встанешь рядом — можно смотреться, как в зеркало.

Перед их такси маячил красный «судзуки-альт» со вмятиной на бампере и номером округа Нэрима*. За рулем сидела молодая мать. Ее дочка лет четырех от нечего делать забралась на заднее сиденье с ногами и без остановки подпрыгивала. Оборачиваясь то и дело, измученная мамаша пыталась ее унять. Все, что она говорила, читалось по губам сквозь стекло. Та же картина, что и десять минут назад. Десять минут, за которые ничто никуда не сдвинулось.

Аомамэ собралась с мыслями. И выстроила все факты в порядке приоритетов. Долго решать не пришлось. Да и «Симфониетта» как раз подходила к концу.

Достав из сумки очки от солнца, Аомамэ нацепила их, выудила из бумажника три тысячные купюры и протянула таксисту.

— Я здесь выйду,— сказала она.— Опаздывать никак нельзя.

Водитель кивнул и взял деньги.

— Чек выписать?

— Не нужно. Сдачу оставьте себе.

— Спасибо! — улыбнулся водитель.— Ветер сильный, вы уж там поосторожнее. Смотрите не поскользнитесь.

— Постараюсь,— обещала она.

— Да, вот еще что! — добавил таксист, обращаясь к зеркалу.— Главное правило: «Все немного не так, как выглядит. Не верь глазам своим».

---

* Нэри́ма — административный округ в пригороде Токио.

«Все немного не так, как выглядит»,— повторила про себя Аомамэ. И нахмурилась:

— Вы о чем?

— Иначе говоря,— пояснил водитель, осторожно подбирая слова,— вы сами собираетесь выйти за грань обычного хода событий. Согласитесь, *обычные* люди не спускаются с хайвэя через пожарные выходы средь бела дня. Тем более женщины...

— Да уж,— согласилась Аомамэ.

— А поэтому,— продолжал таксист,— все, что случится дальше, будет выглядеть *чуть-чуть не так, как обычно*. У меня уже есть такой опыт, я знаю. Главное — не верь глазам своим. Настоящая реальность только одна, и точка.

Аомамэ озадаченно замолчала, пытаясь переварить услышанное. Тем временем оркестр отыграл «Симфониетту», зал взорвался овациями. Это была запись живого концерта. Яростные аплодисменты не смолкали. То и дело слышались крики «браво!». Перед глазами Аомамэ проплыл сияющий лик дирижера, отвешивающего перед публикой поклон за поклоном. Вот он поднимает голову, жмет руку концертмейстеру, вот оборачивается, воздевает к небу ладони, приветствуя оркестр,— и, вновь повернувшись к публике, сгибается в очередном поклоне. Когда слушаешь долгие аплодисменты не в жизни, а в записи, постепенно перестаешь воспринимать их как аплодисменты. И потом уже слышишь только шелест бесконечной песчаной бури на каком-нибудь Марсе.

— Реальность только одна. Всегда. Что бы с тобой ни происходило,— медленно, словно подчеркивая в тексте важную мысль, повторил водитель.

— Действительно,— согласилась Аомамэ.

А как же еще? Один объект может существовать только в одном месте и лишь в одном отрезке времени. Эйнштейн уже все это доказал. Реальность, куда ни кинь,— очень одинокая и холодная штука.

Она показала пальцем на стереосистему.

— Отличный звук, спасибо!

Водитель кивнул.

— Как, говорите, звали композитора?

— Яначек.

— Яначек...— повторил таксист. Словно и правда хотел запомнить это имя получше. Затем потянул за рычаг, и задняя дверь отворилась*.— Удачи вам. Желаю не опоздать на встречу.

Перекинув через плечо ремень кожаной сумки, Аомамэ вышла из машины. Вдогонку ей летели несмолкающие аплодисменты. С предельной осторожностью она двинулась по обочине к карману аварийной парковки метрах в десяти перед ней. От тяжелых грузовиков, что один за другим проносились по встречной, асфальт под ее каблучками гудел и вибрировал, словно она вышагивала по спине тяжко стонущего динозавра. Или по палубе авианосца, попавшего в семибалльный шторм.

Девчонка в красном «судзуки-альте» высунулась из окна и уставилась на Аомамэ, разинув рот.

— Мама, мама! — уже в следующую секунду канючила дочь, повернувшись к матери.— А что там делает тетя? Куда она пошла?.. Ма-ам, я тоже хочу погулять! Можно, я тоже выйду?

Мать за рулем, стиснув зубы, лишь покачала головой. И смерила Аомамэ уничтожающим взглядом. Больше на происходящее никто никак не реагировал. Остальные водители просто курили — и с легким прищуром, словно боясь повредить себе зрение, следили, как Аомамэ пробирается между бетонной стенкой и застывшим карава-

---

* В большинстве японских такси задние двери для пассажиров открываются и закрываются автоматически.

ном автомобилей. Никто, похоже, не спешил выносить какой-либо окончательной приговор. Все-таки пешеход на хайвэе, пусть даже и в жуткой пробке,— пока еще не самое обычное явление нашей жизни. И чтобы свыкнуться с этим, нужно какое-то время. Тем более, если этот пешеход — молодая девица на шпильках и в мини-юбке.

Подняв голову, распрямив спину и уверенно глядя вперед, Аомамэ вышагивала по асфальту под взглядами зевак, скучающих за баранками. Каблучки от Шарля Жордана выбивали звонкую дробь, полы коротенького плаща трепетали на бедрах, точно крылья. Несмотря на ранний апрель, ветер — ледяной и жестокий. На девушке юбка с жакетом из тонкой зеленой шерсти от Дзюнко Симады, бежевый плащ и черная кожаная сумка через плечо. Волосы до плеч, аккуратная стильная стрижка. Никакой бижутерии. Рост чуть выше среднего, фигура — ничего лишнего. Каждая мышца этого тела превосходно закалена и подтянута. Пусть даже под плащом не разобрать.

Если вглядеться в лицо анфас, несложно заметить, что уши Аомамэ и формой, и размерами отличаются друг от друга. Правое крупнее и несколько вычурней левого. Но обычно этого никто не видел — уши она прятала под волосами. А губы сжимала так плотно, что ни у кого не оставалось сомнений: подружиться с их хозяйкой — задачка не из простых. О том же говорили и точеный маленький нос, и слегка выпирающие скулы, и широкий овал лица, и прямые длинные брови. Тем не менее все в целом лицо гармонично. Ее даже красавицей можно назвать. Проблема в другом: на этом лице отсутствовало какое бы то ни было выражение. По упрямо поджатым губам, пока того не требовала ситуация, не пробегало ни тени улыбки. А холодный пытливый взгляд напоминал скорее прищур военно-морского инспектора, проверяющего порядок на палубе авианосца. Вот почему Аомамэ никогда не производила на людей ни малейшего *впечатления*. Ведь что ни говори, а в окружающих лицах нас куда сильней привлекают естественность и живые эмоции, чем принципиально застывшее в Вечности отношение к добру и злу.

Общаясь с ней, практически каждый ощущал себя не в своей тарелке. Отведешь глаза — и уже не помнишь выражения лица собеседницы. Вроде бы нечто индивидуальное, а никаких деталей в памяти не остается. В этом смысле она походила на умело маскирующееся насекомое. Способность менять цвет и форму, чтобы вписаться в любой пейзаж; умение жить как можно неприметней, не задерживаясь в чужой памяти ни на секунду,— вот залог ее выживания. Лишь этим она и привыкла защищать себя с самого раннего детства.

Между тем, стоило Аомамэ хоть немного нахмуриться, как вся утонченность ее образа улетала в тартарары. Все лицо перекашивало так, будто злобные думы стремились растащить его в разные стороны; диспропорция между левой и правой частями, едва уловимая до сих пор, усиливалась до предела; кожа покрывалась глубокими морщинами, глаза разъезжались к вискам, нос и губы скрючивались, подбородок вваливался, а рот растягивался, обнажая хищный белозубый оскал. Как будто у маски, скрывавшей это лицо, оборвались тесемки: маска упала, а ее хозяйка вдруг оказалась совершенно другим человеком. У тех, кому довелось наблюдать всю жуть подобной метаморфозы, душа уходила в пятки. Настолько страшным казался этот прыжок: из полной безликости — в настоящую геенну страстей, от которых перехватывает дыхание. Вот почему Аомамэ старалась никогда не выказывать недовольства на людях.

Дошагав до аварийной стоянки, она остановилась и поискала глазами пожарную лестницу. Та обнаружилась сразу. Как и сказал таксист, выход был огорожен металлическим забором чуть выше пояса — с воротами, запертыми на замок. Конечно, лезть через этакую ограду в тугой мини-юбке — занятие не из приятных; но если забыть, что на тебя пялятся со всех сторон, ничего сложного здесь нет. Недолго думая, Аомамэ стянула с ног шпильки, затолкала в сумку. Если дальше идти босиком, чулкам не выжить. Ну и ладно. Новые можно купить в любом супермаркете.

Люди в машинах молча таращились на то, как она разувается, как расстегивает пуговица за пуговицей короткий бежевый плащ. Из открытого окна «тойоты-селики», застрявшей тут же, Майкл Джексон нервным фальцетом распекал свою Билли Джин. Прямо стрип-шоу какое-то, пронеслось у нее в голове. Плевать! Глазейте, ребята. Скучно небось застрять в пробке на черт знает сколько часов? Вы уж простите, но дальше я раздеваться не стану. В сегодняшней программе — только шпильки да плащ. Пардон, господа. Не взыщите.

Чтобы не потерять сумку, Аомамэ перекинула ремень через голову и подтянула пряжку повыше. «Тойота-краун» с королевским салоном, в котором она приехала, маячила далеко позади. Послеобеденное солнце плескалось в стекле, будто в зеркале. Лица таксиста Аомамэ не видела. Но в том, что он наблюдал за ней, можно было не сомневаться.

Главное – не верь глазам своим. Настоящая реальность только одна, и точка.

Аомамэ глубоко вздохнула. И под навязчивое уханье «Билли Джин» полезла через забор. Мини-юбка тут же задралась до бедра. Ну и дьявол с ней. Пускай себе пялятся сколько влезет. Что бы там ни разглядели под моей юбкой, в душу ко мне все равно не забраться. А бедра такие, что и показать не стыдно.

Перебравшись через забор, Аомамэ одернула юбку, отряхнула от пыли ладони, надела плащ, перекинула сумку через плечо. И деловито поправила темные очки на носу. Пожарная лестница — прямо перед ней. Выкрашенная серой краской. Простая, как лом: все, что нужно для спасения, ничего лишнего. Для спуска в чулках и мини-юбках не предназначена. Да и Дзюнко Симада вряд ли разрабатывала свой дизайн с учетом особенностей пожарных лестниц Токийского хайвэя. Асфальт под пятками дрожал от тяжелых грузовиков, проносившихся за спиной. Стылый ветер выдувал свою унылую песню сквозь щели металлического забора. Но лестница не исчезала. Теперь нужно всего лишь спуститься по ней на землю.

В последний раз оглянувшись на автомобили — слева направо, справа налево,— Аомамэ ощутила себя профессором, который закончил лекцию и, все еще стоя за кафедрой, ожидает вопросов из зала. С момента, когда она вышла из машины, никто не продвинулся ни на метр. Людям, не способным тронуться с места, остается только наблюдать за чужими попытками сдвинуться хоть куда-то. «Что еще задумала эта чертовка?» — гадают они. Перемешивая интерес с безразличием и зависть с пренебрежением, эти люди тщательно отслеживают каждое движение тех, кто все-таки перебирается через проклятый забор. Их внутренние весы качаются, и они робко голосуют то за, то против, так ни к чему в итоге не приходя.

Тяжкое безмолвие затопило собой все вокруг. Парализованные студенты не задавали вопросов (а если б и задали, отвечать она все равно бы не стала). Эти люди молча ждали шанса, поймать который им было не суждено. Задрав подбородок и закусив губу, Аомамэ через темные очки изучала аудиторию.

Кто я такая, куда сейчас пойду и зачем, вы даже представить себе не можете. Все вы застрянете здесь — люди, не способные двинуться ни вперед, ни назад. А у меня, уж простите, важные дела. Лично мне движение вперед обеспечено.

На прощанье Аомамэ ужас как захотелось скорчить всем этим водителям свою коронную недовольную мину. Но она передумала. Не время сейчас для глупостей. Слишком долго и хлопотно потом возвращаться к своему настоящему «я».

Отвернувшись от молчащей аудитории, Аомамэ осторожно ступила голыми пятками на холодные металлические ступени. Ранний апрельский ветер теребил ее волосы, и причудливой формы левое ухо то и дело выглядывало наружу.

Глава 2

ТЭНГО

Немного другая идея

Самое раннее воспоминание в жизни Тэнго́: ему полтора года от роду. Его мать, спустив бретельки у белоснежной комбинации, дает какому-то дяде, совсем не его отцу, сосать свою грудь. Рядом стоит кроватка, в ней младенец — видимо, сам Тэнго. Он как будто видит себя со стороны. Или это его брат-близнец? Да нет, не может быть. Скорее всего, он сам. Тэнго чувствует это инстинктивно. Младенец тихонько посапывает с закрытыми глазами. Это первое, что помнит о себе Тэнго. Сценка длиною в какие-то десять секунд накрепко впаяна в его подсознание. Ничего до — и ничего после. Видение маячит в его памяти ни с чем не связанное и одинокое, как шпиль часовой башни в городе, затопленном наводнением.

При любом удобном случае Тэнго интересовался у окружающих, с какого возраста они себя помнят. Большинство отвечали: лет с четырех, с пяти. Самое редкое — с трех. Раньше этого никому ничего не вспоминалось. Выходило, что детям с рождения нужно никак не меньше трех лет, чтобы научиться осмысливать вещи и события вокруг себя более-менее рационально. До этой ступени развития все, что они видят, кажется бессмысленным хаосом, не подвластным их пониманию. Мир представляется им водянистой, размазанной кашицей без какой-либо сути, объяснения и опоры. Ни в какие воспоминания он не превращается. Лишь мельтешит да исчезает за окном — невнятная картинка за картинкой.

Что может значить картинка, на которой незнакомый дядя сосет грудь его матери, Тэнго, разумеется, в полтора года осмыслить не мог. Здесь уж без вариантов. Поэтому, если допустить, что память ему не врет, — скорее всего, клетки его мозга просто сохранили эту сцену без какого-либо понимания. Примерно как фотокамера механически фиксирует на пленке сочетания света и тени объектов. А уже потом, когда память стала развиваться и крепнуть, визуальный ряд, застрявший в подкорке, начал подвергаться анализу и обрастать оттенками смыслов. Но разве такое возможно на самом деле? Разве мозг грудного младенца способен сохранять подобные сцены?

А может, это просто ложное воспоминание? Может, подкорка смоделировала это видение гораздо позже — и для каких-то своих, подсознательных целей? О синдроме ложной памяти Тэнго тоже думал. Но после долгих размышлений пришел к выводу: вряд ли. Уж слишком яркая и правдоподобная сцена, такого не сочинишь. Эти свет, запах, пульс... Слишком натурально для подделки. А если представить, что все это было на самом деле, многие вещи и события в жизни Тэнго получали должное объяснение. Как логически, так и психологически.

Это коротенькое — всего на несколько секунд, — но отчетливое видение являлось ему то и дело вот уже много лет. Без каких-либо предварительных симптомов и остаточных ощущений. Не стучась. Где бы Тэнго при этом ни находился — в электричке или перед исписанной формулами доской, в университетской столовой или посреди разговора с кем-нибудь (совсем как сегодня), — видение вставало перед глазами, точно цунами, беззвучное и такое неотвратимое, что немели конечности. Время останавливалось. Воздух густел, становилось нечем дышать. Всякая связь с людьми и предметами вокруг обрывалась. Исполинская волна накрывала Тэнго с головой, наглухо изолируя от всего мира, но сознание работало ясно. Просто переключалась некая стрелка, и его уносило в какую-то иную реальность. Все чувства обострялись. Страха не было. Но глаза не открывались, хоть убей. Веки словно заперты на замок. Окружающие звуки слышались все слабее. И наконец — в который уж раз! — на экране сознания выступало привычное изображение. Кожа покрывалась испариной. Сорочка под мышками намокала, хоть выжимай. Тело бросало в мелкую дрожь. Сердце, колотясь все быстрее, чуть не выскакивало из груди.

Если в такую минуту с ним рядом оказывался кто-то еще, Тэнго делал вид, что у него закружилась голова, когда он собирался встать. Со стороны это и правда походило на обычное головокружение. Главное — переждать, пока не отпустит волна. Он доставал из кармана платок, прижимал к губам и застывал на месте как каменный. Если успевал, махал собеседнику рукой — ерунда, мол, не стоит беспокоиться. Иногда приступ заканчивался секунд через тридцать, иногда длился дольше минуты. Но все это время перед его мысленным взором прокручивалась одна и та же сцена — раз за разом, точно видеопленка, поставленная на повтор. Его мать спускает бретельки комбинации, и какой-то чужой дядя целует ее твердые набухшие соски. Мать закрывает глаза, дышит глубоко и прерывисто. Ностальгически пахнет ее молоком. Обоняние — острейшее чувство младенца. Запахи объясняют ему очень многое. Практически все, что нужно. Звуков не слышно. Он различает только слабое биение своего сердца.

Смотри сюда,— говорят ему эти люди.— *Смотри только сюда. Ты здесь, ты никуда отсюда не денешься.*

И послание это повторяется без конца.

———

26

На сей раз приступ затянулся дольше обычного. Как всегда, Тэнго закрыл глаза и, прижимая к губам платок, просидел, как каменный, со стиснутыми зубами. Сколько времени прошло, он не знал. Об этом можно было лишь догадываться по общей усталости тела. Сегодня его измочалило как никогда прежде. Открыть глаза удалось далеко не сразу. Сознание уже требовало пробуждения, но мышцы и внутренние органы протестовали. Как у медведя, случайно выпавшего из спячки среди зимы.

— Тэнго, дружище! — позвал его кто-то. Голосом размытым и далеким, точно со дна колодца. Постепенно он сообразил, что именно так звучит его имя.— Да что с тобой? — звучало все ближе и ближе.— Опять прихватило? Ты живой?

Наконец он открыл глаза. Уперся взглядом в правую руку, сжимавшую край скатерти. Убедился, что мир пока не рассыпался на молекулы и что сам он, Тэнго, все еще в этом мире находится. И хотя конечности еще плохо подчинялись сознанию, в том, что это его рука, можно было не сомневаться. Он почуял запах своего пота. Резкий и грубый, точно из клетки с животными в зоопарке. Тем не менее так пахло его собственное тело. Это было ясно как день.

В горле пересохло. Тэнго протянул руку к столу, взял стакан с водой и выпил половину, стараясь не расплескать. Выдержал небольшую паузу, допил до дна. Сознание постепенно возвращалось куда положено, чувства приходили в порядок. Вернув опустевший стакан на стол, он вытер губы платком.

— Прошу прощения,— сказал он.— Теперь все в порядке.

И, взглянув на собеседника, удостоверился, что перед ним — именно Комацу, а не кто-либо другой. В этой кофейне на Синдзюку они встречались по делу. Голоса окружающих посетителей зазвучали отчетливей. Парочка за соседним столиком испуганно оглядывалась на них — дескать, что происходит? Неподалеку, точно патруль, с озабоченным видом маячила официантка. Явно беспокоилась, не придется ли убирать чью-то рвоту. Тэнго поднял голову и, поймав ее взгляд, улыбнулся. Все в порядке, милая. Не о чем волноваться.

— Это что у тебя, эпилепсия? — спросил Комацу.

— Ерунда,— ответил Тэнго.— Иногда голова кружится, если встаю. Неприятная штука, но ничего страшного.

Собственный голос пока еще казался ему чужим. Хотя в нем уже угадывались знакомые интонации.

— Не дай бог, тебя за рулем так прихватит,— сказал Комацу, глядя Тэнго прямо в глаза.— Костей не соберешь.

— Я не вожу машину.

— Вот это правильно,— кивнул Комацу.— У одного моего приятеля аллергия на тополиный пух. Однажды за рулем так расчихался, что въехал в столб. Хотя в твоем случае, конечно, одним чихом не отделаешься. Когда я впервые тебя таким увидал — знаешь, как испугался! Со второго-то раза уже привыкаешь...

— Виноват.

Тэнго взял со стола чашку с кофе, отпил глоток. Никакого вкуса не почувствовал. Остывшая черная жидкость прокатилась по горлу и унеслась в пищевод.

— Может, воды попросить? — предложил Комацу. Тэнго покачал головой.

— Не стоит. Уже все в порядке.

Комацу извлек из кармана пиджака пачку «Мальборо», вытянул сигарету, прикурил от ресторанных спичек. И скользнул взглядом по часам на руке.

— Так на чем мы остановились? — уточнил Тэнго. Пора возвращаться в реальность, да поскорее.

— Э-э... Хороший вопрос. О чем же мы говорили? — Комацу уставился в пространство перед собой.— Ах да!

О девчонке по кличке Фукаэри*, которая сочинила «Воздушный кокон».

Тэнго кивнул. Точно, Фукаэри и «Воздушный кокон». Как раз когда он заговорил об этом, с ним и случился проклятый приступ. Тэнго достал из портфеля рукопись, положил на стол. И погладил ладонью, будто проверяя качество текста на ощупь.

— Как я и сказал вам по телефону, главная ценность этой работы — в том, что ее автор не хочет никому подражать,— продолжил Тэнго, тщательно подбирая слова.— Для начинающих писателей это большая редкость. Ни одной фразы, в которой автор хочет быть на кого-то похожим. Конечно, сам текст ужасно неровный. Словарный запас беднее некуда. Даже в названии романа, насколько я понял, имелся в виду не кокон, а куколка. И если задаться целью, для редактуры здесь край непаханый. Но в то же время роман заключает в себе нечто по меньшей мере весьма притягательное. Сюжет — абсолютная выдумка, но детали прописаны так реалистично, что становится не по себе. Именно этот баланс выдержан очень здорово. Уж не знаю, авторская ли это задумка или неизбежный итог примитивизма как метода письма. Возможно даже, сама вещь недотягивает до того, чтобы обсуждать ее на таком уровне. Но чем дальше читаешь, тем устойчивей ощущение какой-то сокровенной, внутренней глубины. Пускай автор и не нашел нужных слов, чтобы выразить это как следует...

Комацу, ни слова не говоря, глядел на Тэнго в упор. Так, словно ждал продолжения.

— В общем,— продолжил Тэнго,— не хотелось бы исключать эту рукопись из шорт-листа лишь за то, что

---

* В тексте псевдоним Фукаэри прописывается фонетической азбукой (без иероглифов) и прежде всего ассоциируется со словосочетанием «фу-каэри» *(яп.)* — «возврата нет».

она кое-где сыровата. За последние годы я на этой работе прочел столько текстов, что и не сосчитать. Пускай глубоко и не вчитывался — так, глазами пробегал. Попадались и сравнительно талантливые вещи, и совершенно бездарные. Вторых, конечно, подавляющее большинство. Но такого ощущения, как от «Воздушного кокона», я не испытывал еще никогда. Впервые, дойдя до последней страницы, захотел перечитать все сначала.

— Хмм...— протянул Комацу. И с безучастной физиономией закурил очередную сигарету.

Однако за много лет их общения Тэнго хорошо усвоил: на мимику в беседе с Комацу ориентироваться нельзя. Выражение на этом лице было, как правило, неадекватным, а то и совершенно противоположным тому, что его хозяин думал на самом деле. Поэтому Тэнго терпеливо ждал, когда Комацу заговорит.

— Вот и я прочел,— сказал Комацу, выдержав долгую паузу.— Сразу после твоего звонка, сел и прочел... Нет, брат. Как ни крути, а текст безобразный просто до ужаса. С грамматикой проблемы на школьном уровне. Местами полная ахинея — вообще непонятно, что хочет выразить. Да ей бы элементарным основам письма подучиться, прежде чем роман городить!

— Тем не менее вы прочли *до конца*. Так или нет?

Комацу улыбнулся. Странно так, будто выудил улыбку из шкафчика, который обычно предпочитает не открывать.

— Верно! Прочел до конца. Даже сам удивился. Чтобы я до конца прочел рукопись из шорт-листа премии «Дебют»? Ни разу такого не было. А тут еще и перечитал местами. Парад планет — и тот чаще случается, ей-богу! Здесь ты прав, это я признаю́...

Комацу положил сигарету на край пепельницы, почесал нос. И оставил вопрос Тэнго без ответа.

— Эта девочка еще старшеклассница,— продолжал Тэнго.— Ей всего семнадцать. Никакого опыта — ни читательского, ни писательского — у нее просто быть не может. Конечно, премию «Дебют» на этот раз ей присудят едва ли. Но сама рукопись стоит того, чтобы остаться в списке финалистов. С вашими опытом и авторитетом этого добиться несложно. А уж сам этот факт непременно подвигнул бы ее написать что-нибудь еще.

— Хмм...— опять протянул Комацу. Затем, скучая, зевнул. И отпил воды из стакана.— Подумай сам, дружище. Представь, что мы оставили этот жуткий текст в финальном списке номинаций. Да у членов жюри глаза на лоб вылезут! Они просто взбесятся, я уверен. Прежде всего, никто не прочтет это даже до середины. Все четверо — известные писатели, у каждого дел по горло. Пробегут глазами пару-тройку страниц и выкинут в мусор. Сочтут очередной подростковой белибердой. Даже выступи я с пламенной речью об алмазах, которые засияют, если их огранить, кто меня будет слушать, ты что? Поверь, мои опыт с авторитетом, уж если они есть, стоит расходовать на что-нибудь перспективнее.

— Иначе говоря, в шорт-лист эта рукопись не попадет?

— Я такого не говорил,— произнес Комацу и снова почесал нос.— Насчет этой рукописи у меня... э-э... немного другая идея.

— Немного другая идея? — повторил Тэнго. В этой странной формулировке чудилось что-то неправильное.

— Ты надеешься, что Фукаэри напишет что-то еще,— сказал Комацу.— Я тоже хотел бы на это надеяться. Для любого редактора нет большей радости, чем вырастить из начинающего автора крепкого писателя. Это, можно сказать, удел моей жизни — вглядываться поглубже в ночное небо, мечтая открыть миру новую звезду... Да только скажу тебе откровенно: вряд ли у этой девочки есть какое-то будущее. Я редакторским горбом уже двадцать лет на жизнь зарабатываю. За это время сотни, тысячи авторов то рождались на моих глазах, то уходили в туман. Худо ли, бедно, а различать, у кого есть будущее, а у кого нет, мои глаза научились. Так вот, на мой персональный взгляд, эта девчонка больше никогда ничего не напишет. Увы! Ни сейчас, ни потом. В ее тексте не ощущается самого главного: времени и усилий, затраченных на шлифовку Произведения. Если этого не хватает с самого начала, как ни надейся, сколько ни жди, все бесполезно. Почему? Да потому, что у автора напрочь отсутствует само желание выдавать качественные тексты и становиться мастером своего дела. Умение писать тексты дается людям либо от бога, либо ценою титанической работы над собой. У этой же девчонки, Фукаэри, я не наблюдаю ни того ни другого. Ее писанину не назовешь ни талантливой, ни кропотливой. Почему — не знаю. Но создавать хорошие тексты ей неинтересно. Желание рассказать историю — есть, даже очень сильное. Это я признаю. Собственно, это ее дикое, необузданное желание высказаться и привлекло тебя, а меня даже заставило в кои-то веки дочитать чей-то текст до конца. В каком-то смысле это уже немало. Но писательское будущее этой девчонке не светит. Клопиная возня. Прости, если я тебя расстроил, но таково мое мнение — без реверансов и без прикрас.

Тэнго задумался. Доводы Комацу отчасти казались ему справедливыми. Чего-чего, а редакторского чутья его собеседнику не занимать.

— И все-таки разве это плохо — дать человеку шанс? — спросил Тэнго.

— То есть? Бросить его в воду и смотреть, выплывет или утонет? — уточнил Комацу.

— Грубо говоря, да.

— Этим способом я загубил уже много судеб. И наблюдать, как загибаются очередные недотепы, больше не хочу.

— Ну а в случае со мной?

— Твой случай, дружище, особый,— ответил Комацу, осторожно подбирая слова.— Ты, по крайней мере, умеешь стараться. Насколько я наблюдал до сих пор, ни одного заказа ты еще не выполнил спустя рукава. В диком рабстве ваятеля текстов ты покорно влачишь свою ношу. Почему? Да потому, что любишь само это занятие. Что я не могу не ценить. Любовь к печатному слову — важнейшая составляющая писательского ремесла.

— Но этого недостаточно.

— Разумеется. Одного этого мало. Необходимо еще и «нечто особенное». Любая фишка, которая заставит меня вгрызаться дальше, а не откладывать книгу в сторону. И если уж говорить начистоту, из всех авторов я выше всего ценю лишь тех, кто заставляет лично меня читать не отрываясь. Отложил книгу в сторону — все! Значит, больше не интересно. Ну, разве не так? Очень просто. И никаких объяснений не требуется.

Тэнго выдержал долгую паузу. И лишь затем раскрыл рот:

— Ну а в рукописи Фукаэри вас что-нибудь заставило читать не отрываясь?

— Ну, э-э... Да, конечно. Эта девочка определенно улавливает что-то важное. Трудно сказать, что именно. Нечто, совпавшее с душой читателя. Мы ведь оба с тобой это почувствовали, согласен? Но все-таки, дружище, признайся: то, что она улавливает нутром, гораздо сложнее, чем ей удается выразить.

— Иначе говоря, ей не выплыть?

— К сожалению,— кивнул Комацу.

— И поэтому она не войдет в шорт-лист?

— А вот здесь погоди.— Скорчив замысловатую гримасу, Комацу сцепил на столе ладони.— Здесь мне нужно очень точно сформулировать задачу...

Тэнго взял со стола чашку с кофе, заглянул в нее. Вернул на стол. Комацу все молчал.

— Вы хотите сказать, — уточнил Тэнго, — что ваша «немного другая идея» превращается в генеральный план?

Комацу поглядел на него с одобрительным прищуром. Как смотрит преподаватель на подающего надежды ученика. И неторопливо кивнул:

— Именно так.

Характер Комацу являл собой нечто трудноопределимое. Что у этого типа на уме, ни с лица, ни по интонациям в разговоре не считывалось, хоть тресни. Да и сам он, похоже, развлекался, наблюдая, как окружающие блуждают в том дыму, что он напустил. Человек безусловно острого ума, он не оглядывался на мнение остальных и принимал решения, руководствуясь исключительно собственной логикой. Он никогда не щеголял своей эрудированностью без нужды, но прочел уйму книг и был настоящим экспертом в самых разных областях человеческой жизни. Помимо знаний как таковых, он обладал и редким чутьем на людей и на тексты, которые те сочиняют. И хотя его суждения часто строились на предвзятостях, свои предвзятости он считал важным фактором для определения Истины в последней инстанции.

От природы немногословный, Комацу терпеть не мог тратить время на лишние объяснения; однако при необходимости мог изложить свое мнение доходчиво и логично. И если, по его разумению, того требовала ситуация, становился язвительным до садизма: без ошибки нащупывал самые слабые стороны собеседника — и пригвождал его парой коротких и точных слов. Как людей, так и тексты он оценивал, во многом исходя из личных пристрастий. Счастливчиков, которым он дал в жизни «зеленый свет», всегда было *несколько меньше*, чем бедолаг, которых он «забраковывал». Неудивительно, что люди платили ему той же монетой: тех, кто его недолюбливал, всегда было *несколько больше* тех, кому он был симпатичен. Такой расклад, впрочем, самого Комацу вполне устраивал. Насколько мог видеть Тэнго, этот тип любил свое одиночество и от всей души развлекался, наблюдая за тем, как именно его уважают, а как ненавидят. Явно из тех упертых, чье жизненное кредо сводится к лозунгу: «Силу духа в тепличных условиях не закалить».

Сорокапятилетний Комацу был старше Тэнго на шестнадцать лет. Один из редакторов «толстого» литературного журнала, достаточно известный в издательских кругах — и наглухо закупоренный во всем, что касается личной жизни. С кем бы ни общался он по работе, беседа никогда не переходила на что-либо персональное. Откуда Комацу родом, в какой среде вырос, где проживает сегодня, было Тэнго неведомо. Сколько с ним ни болтай, подобных вопросов не всплывало ни разу. Пренебрежительно отзываясь о литературных авторитетах, Комацу умудрялся обескураживать собеседников настолько, что те отдавали ему свои рукописи, покорные, как овечки; в итоге он всякий раз собирал свой редакторский портфель из авторов, известных достаточно, чтобы его журнал процветал. Так ему удавалось оставаться в центре внимания, даже не пользуясь ничьей особой любовью.

Ходили слухи, что в 60-м году Комацу, учась на литфаке Токийского университета, входил в Оргкомитет студенческого неповиновения*. И когда при разгоне демонстрации от рук полицейских погибла Митико Кам-

---

* В 1960 г. по всей Японии прокатилась волна студенческих протестов против войны во Вьетнаме и заключения нового Соглашения о безопасности между Японией и США. Студенты отказывались посещать лекции, захватывали университетские городки, строили баррикады и сопротивлялись полиции. Лидером этого движения стал Токийский университет с его Оргкомитетом студенческого неповиновения, куда входили наиболее активные бунтари-студенты, а также несколько радикально настроенных преподавателей.

ба*, он находился в двух шагах от нее и даже покалечился. Насколько это правда, не знает никто. Но по внешним признакам вроде бы все сходилось. Долговязый, болтливый, с маленьким носом. Длинные руки, пальцы в пятнах от никотина. Классический интеллигент-бунтарь, каким его описывали в русской литературе XIX века. Почти никогда не смеется, но если уж улыбается, так от уха до уха. Хотя радостной его улыбку назвать очень трудно. Усмешка старого колдуна над собственным предсказанием конца света. Одевается опрятно, но так, словно хочет заявить всему миру: мне совершенно плевать, как я одеваюсь. Одежда всегда одинаковая: заурядный пиджак, белая или серая рубашка без галстука, серые брюки, классические черные туфли — вот и все, что составляло его гардероб. Так и представляется шкаф, где висит полдюжины пиджаков разного цвета, выделки и покроя. С номерами для каждого дня недели, чтобы не перепутать.

В волосах его, похожих на тонкую проволоку, спереди уже пробивалась седина. Под разлохмаченными патлами прятались уши. Когда бы Тэнго ни встретил его, Комацу выглядел так, будто ему уже с неделю пора в парикмахерскую. Как такое возможно, для Тэнго всегда оставалось загадкой. Глаза пытливые и пронзительные, словно звезды в зимней ночи. Если Комацу вдруг замолкает, его молчание кажется гробовым, как безмолвие скал на другой стороне Луны. Ни теплоты, ни эмоций на лице у этого человека практически не осталось.

Тэнго и Комацу познакомились пять лет назад. Комацу был редактором журнала, учредившего литературную премию для начинающих авторов, а Тэнго со своей по-

---

* Студентка Токийского университета Митико Камба погибла от рук полиции 15 июля 1960 г. во время разгона очередной студенческой демонстрации протеста. Ее смерть явилась ключевым событием в истории японского общества 60-х.

вестью оказался в финальном списке дебютантов. Однажды Комацу позвонил ему и сказал, что нужно поговорить. Они встретились в кофейне на Синдзюку (там же, где и сейчас).

— На этот раз, похоже, премия тебе не светит,— сказал ему Комацу (премии Тэнго и правда не получил).— Но лично мне твоя повесть понравилась. Это я не из вежливости говорю. Я вообще крайне редко хвалю кого бы то ни было.— (Как впоследствии понял Тэнго, так оно и было.) — Я хочу, чтобы ты показывал мне то, что напишешь дальше. Прежде, чем это прочитает кто-либо еще.

— Хорошо,— согласился Тэнго.

Тогда же Комацу захотел подробнее узнать о его жизни. Где родился, в какой семье вырос, чем занят сейчас. Скрывать Тэнго было нечего, отвечал он искренне, как только мог. Родился в префектуре Тиба, в городке Итикава. С младенчества рос без матери — умерла от какой-то хвори. По крайней мере, так ему рассказывал отец. Ни сестер, ни братьев. Отец так больше ни на ком и не женился, сына вырастил в одиночку. Всю жизнь папаша прослужил сборщиком взносов за телевидение «Эн-эйчкей»*, но к старости заработал болезнь Альцгеймера, и Тэнго пристроил его на постоянное лечение в частный санаторий на мысе Босо. Сам Тэнго закончил университет Цукуба по странной специальности «Прикладная математика в рамках естественно-научного познания ми-

---

* Одна из самых парадоксальных и неблагодарных профессий современной Японии, своеобразный анахронизм. Каналы государственных радио и телевидения «NHK» существуют на деньги, которые приходится собирать с населения. Но доказать факт того, что кто-то смотрит и слушает именно каналы «NHK», а не какие-либо другие, на практике очень сложно. Многие японцы отказываются платить эту подать, утверждая, что вообще не смотрят телевизор (а порой так оно и есть). Совершая ежемесячные обходы квартир, сборщики взносов то и дело конфликтуют с населением, взывая к совести, но все чаще уходят с пустыми руками.

ра» — и теперь, работая преподавателем в колледже для подготовки абитуриентов, в свободное время писал повести и рассказы. По окончании вуза у него был шанс устроиться на достойную службу в префектуральной школе по месту жительства. И все же он решил выбрать жизнь посвободнее: преподавать — но так, чтобы все-таки оставалось время. Местом для такой жизни он выбрал небольшую квартирку на Коэндзи*.

Хотел бы он стать профессиональным писателем? На этот вопрос ответа у Тэнго не было. Он даже не мог сказать, есть ли у него писательский дар. И тем не менее *не мог не писать хоть что-нибудь* каждый день. Так же, как не мог не дышать. Может, поэтому Комацу не столько делился впечатлениями от прочитанного, сколько интересовался его личной жизнью?

Сложно сказать, из-за чего Комацу питал к Тэнго симпатию. Роста парень был выше среднего (со школы до вуза лидировал в секции по дзюдо), лицом напоминал крестьянина, который день за днем просыпается ни свет ни заря. Коротко стриженный, отчего-то всегда загорелый, с ушами, похожими на цветную капусту, он вовсе не выглядел ни литератором, ни учителем математики. Возможно, это и привлекло в нем Комацу. Всякий раз, написав новый текст, Тэнго относил его Комацу, тот читал и делился замечаниями. Критику автор учитывал и исправлял все как нужно. Затем опять показывал редактору, и тот снова вычитывал. Словно тренер, поднимающий воспитаннику планку все выше и выше.

— Для таких, как ты, нужно время,— повторял Комацу.— Но торопиться особо некуда. Главное — продолжай писать. Каждый день, без перерывов и выходных. Все, что напишешь, сохраняй. Когда-нибудь еще пригодится.

— Хорошо,— отвечал Тэнго.

---

* Коэндзи — спальный район и станция метро на юге Токио.

Кроме этого, Комацу то и дело подбрасывал ему небольшие издательские заказы. Мелкие «рирайты» для безымянных женских журналов, анонсы новых книг или фильмов, а то и банальные гороскопы — все, что ему ни поручалось, Тэнго выполнял скрупулезно и в срок. Составленные им гороскопы даже привлекали особое внимание, ибо сбывались чаще других. Стоило ему написать «опасайтесь землетрясения», как уже на следующее утро где-нибудь и правда трясло. Вся эта поденщина обеспечивала ему неплохой приработок, а также помогала оттачивать писательское мастерство. Что бы ни настрочил, а всегда приятно увидеть свой текст напечатанным и выставленным на полке в журнальном киоске.

Со временем ему стали поручать и отбор рукописей для конкурса дебютантов. Хотя сам Тэнго уже который год числился в кандидатах на премию этого конкурса, щекотливость такой ситуации ничуть не смущала его, и он безо всяких пристрастий судил тексты своих конкурентов. В итоге, пропустив через себя кучу откровенно бездарной писанины, Тэнго научился с ходу диагностировать симптомы плохого письма. Каждый год, прочитав около сотни рукописей, он отбирал десяток более-менее стоящих и выкладывал на стол Комацу. Вместе с рецензиями — что именно понравилось, а что нет. Комацу все это просматривал и в итоге оставлял уже только пять кандидатур, которые и передавались четверке жюри для выбора лауреата.

Подобной сортировкой занимались и другие фрилансеры, а координировал этот процесс далеко не один Комацу. И хотя сам Тэнго старался оценивать работы объективно, особой необходимости в этом не было. Маломальски удачных в ежегодном потоке обычно попадалось от силы две-три, и любой, кто занимался первичным отсевом, просто не мог бы их не заметить. Повести Тэнго попадали в финальный список трижды. Сам он своих вещей не предлагал, но двое других членов комиссии отмечали их, а Комацу оставлял в шорт-листе. Ни одна так и не получила премии, но автора это совсем не расстраивало. «Тебе нужно время»,— сказал Комацу, и слова эти въелись Тэнго в подсознание, как тавро в лошадиную шкуру. Да кроме того, он и сам не особо стремился стать писателем как можно скорее.

При удачно составленном расписании лекций он мог сидеть дома и заниматься чем хочется три, а то и четыре дня в неделю. Семь лет подряд читая один и тот же подготовительный курс, Тэнго пользовался у будущих абитуриентов отменной репутацией. Объяснял доходчиво, мыслю по древу не растекался, на любые вопросы отвечал быстро и по существу. К его собственному удивлению, за кафедрой в нем просыпался настоящий ораторский талант. Яркий язык, уверенный голос, шутки для поддержания тонуса в аудитории — все, что требуется от хорошего лектора, давалось ему легко и естественно. До того как он поступил на эту работу, рассказчик из него был совсем никудышный. Да и теперь еще, встречаясь с кем-либо за стенами колледжа, Тэнго то и дело смущался и мямлил, а потому в небольших компаниях предпочитал роль молчаливого слушателя. Но стоило ему вернуться в аудиторию и встать за кафедру перед *неопределенным* числом собеседников, голова прояснялась, и он без малейшего напряга мог говорить о чем угодно и сколько потребуется. Странное все-таки существо человек, удивлялся сам себе Тэнго.

На зарплату он не жаловался. Не сказать чтобы очень высокая, но для усилий, которые он в эту работу вкладывал, вполне терпимо. Среди учащихся регулярно проводились опросы, популярность Тэнго только росла, а вслед за нею повышались и его премиальные. Все-таки его частный колледж всерьез беспокоился о том, чтобы хороших преподавателей не переманивали другие вузы (предложения от которых Тэнго уже получал, и не раз). Совсем не то что в государственных заведениях. Там бы его зарплата жестко зависела от выслуги лет, частная жизнь контролировалась администрацией, и ни талант, ни преподавательский рейтинг не имели бы ни малейшего смысла. А кроме того, ему действительно нравилось работать в колледже для абитуриентов. Ученики приходили на занятия с конкретной целью — поступить в университет и лекции слушали внимательно. От Тэнго требовалось одно: внятно излагать материал. И слава богу. Забивать себе голову их дисциплиной и моральными качествами в его обязанности не входило. Просто встаешь за кафедру и рассказываешь, как решаются те или иные математические задачи. А уж по части выражения абстрактных идей при помощи цифр Тэнго был мастером чуть ли не с раннего детства.

Когда не нужно было ходить на работу, он просыпался ни свет ни заря и писал без отрыва примерно до раннего вечера. Авторучкой «Монблан» с синими чернилами — по стандартной бумаге, разлинованной под 400 иероглифов. Лишь после этого день был прожит не зря. Раз в неделю его навещала любовница, замужняя дама, с которой он проводил время после обеда. В сексе с женщиной, которая старше тебя на десяток лет, нет никакого будущего; уже благодаря этому Тэнго было с нею легко, естественно и безопасно. Ближе к вечеру он выходил на прогулку, а вернувшись, слушал в одиночестве музыку и читал книги. Телевизор не смотрел. И когда приходил очередной сборщик взносов за «Эн-эйч-кей», честно говорил: извините, мол, я и телевизора-то в доме не держу. Можете сами проверить. Впрочем, никто из этих ребят так ни разу и не зашел к нему в дом. Заходить в чужие жилища сборщикам взносов запрещено.

———

— Я считаю, ловить нужно рыбу покрупнее,— сказал Комацу.

— Покрупнее?

— Да. Конечно, я не умаляю престижности премии «Дебют», но... уж если охотиться, так сразу за чем-нибудь посолидней.

Тэнго промолчал. Куда клонит Комацу — как всегда, одному богу известно, но на сей раз от слов его будто повеяло странной тревогой.

— Премия Акутагавы!* — объявил Комацу, выдержав эффектную паузу.

— Акута...гавы? — повторил Тэнго так, словно считывал трехметровые иероглифы, выведенные палкой на мокром песке.

— Ни больше ни меньше. Что это за планка, сам знаешь не хуже моего. Тут тебе, брат, и в газетах шумиха, и телевидение навытяжку...

— Погодите, господин Комацу, что-то я не пойму. Мы говорим о романе Фукаэри?

— Ну разумеется! О Фукаэри — и ее «Воздушном коконе». Кроме нее, нам с тобой и обсуждать-то больше некого.

Закусив губу, Тэнго попытался разгадать это уравнение с непонятным числом неизвестных.

— Но ведь вы сами весь вечер доказывали, что это даже до премии «Дебют» недотягивает! В том виде, как оно есть, ни черта не выйдет...

— Не выйдет. *В том виде, как оно есть.* Факт, против которого не попрешь.

Тэнго понадобилось время собраться с мыслями.

---

* Премия имени Рюноскэ Акутагавы — самая престижная из литературных премий Японии, присуждаемых начинающим писателям. Учреждена в 1935 г. токийским издательством «Бунгэй Сюндзю» в память о классике японской литературы Рюноскэ Акутагаве (1892—1927).

— Так вы что же — предлагаете переписать за дебютанта его текст?

— А ничего другого не остается! Подающих надежды авторов часто просят исправить их писанину, обычное дело. Только на этот раз мы поручим эту работу не самому автору, а... кое-кому другому.

— И кому же?

Еще до того, как ответ прозвучал, Тэнго знал, что́ услышит. И спрашивал больше для проверки.

— Мы доверим это тебе,— распорядился Комацу.

Тэнго задумался, подыскивая верные слова. Но их не нашлось.

— Позвольте, господин Комацу...— сказал он и перевел дух.— Речь ведь идет не о стилистической правке. Эту вещь нужно перелопачивать от корки до корки, разбирать на кусочки и собирать заново, чтоб она не расползалась по швам.

— Разумеется, от корки до корки. Сохранить только главный сюжет. Ну и желательно, общую атмосферу. Но весь текст переписать заново. Максимальная адаптация, скажем так. Этим займешься ты. А я спродюсирую все остальное.

— По-моему, ничего не выйдет...— пробормотал Тэнго наполовину сам для себя.

— Слушай.— Комацу взял кофейную ложечку и взмахнул ею, точно дирижерской палочкой перед носом единственного исполнителя.— У этой девчонки, Фукаэри, определенно есть некий дар. Это понятно, если продраться через ее «Воздушный кокон». Такая буйная фантазия — огромная редкость. Но к великому сожалению, писать она не умеет. Ни в склад, ни в лад... Но как раз это умеешь ты! Внятное изложение, верные интонации, отточенные формулировки — все это есть у тебя. Даром что роста огромного, пишешь ты умно и стильно. И с задушевностью там, где требуется, все в порядке. Вот

43

только о чем писать — ты, в отличие от Фукаэри, пока не улавливаешь. Шарахаешься от темы к теме, как бродяга по свету, а сути хорошей истории никак не поймешь. Но ведь все, о чем тебе стоит писать, прячется внутри тебя самого! Забилось в глубокую норку, точно пугливый зверек, и наружу носа не кажет. Но пока ты его оттуда не выманишь, ловить будет нечего. Вот что я имею в виду, когда говорю «тебе нужно время»...

Тэнго поерзал и сменил позу в пластиковом кресле. Но ничего не ответил.

— Таким образом, дело за малым.— Комацу выписал в воздухе ложечкой кульминационный пируэт.— Соединяем два таланта в одном — и получаем отличного писателя! От Фукаэри получаем грубо изложенный, но яркий сюжет, а от дружища Тэнго — безупречный язык. Идеальное сочетание, не находишь? Твоих способностей на это хватит, я уверен. Почему и поддерживал тебя все эти годы, не так ли? А все остальное можешь смело доверить мне. Если мы объединим усилия — какая-то премия «Дебют» для нас будет слишком легкой добычей. А вот премия Акутагавы — пожалуй, в самый раз. Все-таки я не зря своим делом столько лет на рис зарабатывал. Все лабиринты за кулисами этого бизнеса знаю, как себя самого...

Приоткрыв рот, Тэнго ошарашенно смотрел на собеседника. Комацу бросил ложечку на блюдце. Неестественно громкий звон разнесся по заведению.

— И что же будет, если «Кокон» получит Акутагаву? — уточнил Тэнго, едва переварив услышанное.

— Премия Акутагавы — это всеобщее признание. Подавляющее большинство народу ни черта не соображает в литературе. Но при этом никто не хочет выпасть из общего потока информации. И если книга получает премию, все бегут в магазин, покупают ее и читают. Особенно если эту премию отхватила какая-то сопливая старшеклассница... А любой бестселлер приносит весьма аппетитную прибыль. Которую мы и разделим на всех троих. Уж это я организую в лучшем виде.

— Вопрос сейчас не в том, как делить прибыль,— проговорил Тэнго странным голосом, будто в горле у него пересохло.— Разве все это не противоречит профессиональной этике издателя? Да если о таком подлоге узнает публика, проблем будет просто не сосчитать. Вы же первый с работы слетите!

— Ну, во-первых, так просто никто ничего не узнает. Уж поверь, я умею такое организовать с предельной осмотрительностью. А во-вторых, даже случись прокол, на этой работе меня и так ничего не держит. С начальством год от года холодная война, сплошные стычки да нервотрепка. А новое место я себе найду без труда... Ты ведь пойми: я эту кашу завариваю вовсе не из-за денег. Моя цель — одурачить современный книгоиздательский бизнес. Обвести вокруг пальца всех этих лизоблюдов, что прячутся по своим кабинетам, точно крысы по норам, грызутся, давят друг друга, пробиваясь поближе к кормушке, а при этом с важным видом рассуждают о миссии литературы! Подложить системе свинью — и оттянуться по полной. Прежде всего, это просто весело. Чистый кайф, ты согласен?

Тэнго не видел в этом ничего особенно веселого. Может, он просто не насмотрелся на мир издательского бизнеса до *такой* тошноты? Как бы там ни было, услыхав, как солидный человек, Комацу, ставит под удар всю свою репутацию из-за столь детского порыва души, Тэнго на несколько секунд потерял дар речи.

— По-моему,— выдавил он после долгой паузы,— это сильно смахивает на мошенничество.

— Совместное авторство практикуется сплошь и рядом! — отрезал Комацу, слегка нахмурившись.— Чуть ли не половина журнальных сериалов и комиксов-манга придумывается сообща. Команда креативщиков на зарплате собирает в кучу идеи и стряпает из них сюжет; его отдают художникам, те набрасывают общие портреты персонажей и сливают ассистентам для детальной проработки и раскрашивания. Процесс, аналогичный сборке будильников на заводе. И в литературе подобные случаи не редкость. Вспомни те же дамские романы. Как правило, их строгают наемные авторы по установленному «ноу-хау» того или иного издательства. Обычная система распределения труда, и ничего больше. Иначе потребности столь огромного рынка не обеспечить. Да, в твердолобых кругах «высокой» литературы такая практика официально пока еще не применяется. Поэтому стратегически важно, чтобы для публики автором значилась только одна Фукаэри. Даже если тайна раскроется — будет скандал, это наверняка. Но никаких юридических законов мы при этом не нарушаем! Такова тенденция нашего времени, вот и все. При этом заметь: речь не идет о фальсификации Бальзака или Мурасаки Сикибу*. Мы просто берем плохо написанный текст сопливой старшеклассницы и доводим его до читабельного состояния. Что тут ужасного, скажи мне? На выходе — качественное произведение, которым смогут насладиться миллионы читателей. Кому от этого плохо?

Тэнго задумался, тщательно подбирая слова. И чуть погодя сказал:

— Проблем я вижу две. Точнее, их наверняка будет больше, но эти две приходят на ум раньше всех остальных. Во-первых, согласится ли сама Фукаэри, чтобы ее текст подчистую переписывал кто-то другой? Если она скажет «нет», весь дальнейший разговор не имеет смыс-

---

* Мурасаки Сикибу (ок. 973 — ок. 1014) — выдающаяся японская поэтесса и писательница периода Хэйан, автор романа «Гэндзи-моногатари» и «Дневника Мурасаки Сикибу».

ла. И во-вторых, даже если она согласится, вовсе не факт, что я смогу перекроить этот роман так, как вы ожидаете. В любом совместном авторстве слишком много нюансов, чтобы загодя что-либо обещать. Их куда больше, чем вы думаете!

— Ты — справишься, даже не сомневайся,— ответил Комацу без всякой паузы, словно заранее знал, что ему скажут.— Когда я читал «Воздушный кокон», в голове только и вертелась мысль: «А ведь дружище Тэнго мог бы сделать из этого конфетку!» Больше скажу, этот роман *словно сам напрашивается*, чтобы его переделал именно ты и никто другой. Будто его специально для тебя написали. Или тебе так не кажется?

Тэнго покачал головой. Но так и не нашел что ответить.

— В общем, я тебя не тороплю,— продолжил Комацу уже вполголоса.— Вопрос серьезный. Возьми тайм-аут дня на два или три. Перечитай «Воздушный кокон». И хорошенько подумай над тем, что я тебе предлагаю. Да! Вот тебе еще кое-что...

Комацу полез в карман пиджака, извлек коричневый конверт и протянул Тэнго. В конверте обнаружилось два фотоснимка. На одном портрет юной девицы до пояса, на другом — та же девица в полный рост. Оба кадра сделаны примерно в одно время. Девица стоит у подножия какой-то лестницы с широкими каменными ступенями. Классически сложенное лицо, прямые длинные волосы. Белая блузка. Невысокая, стройная. Губы пробуют улыбнуться, но глазам не до смеха. Очень тяжелый взгляд. Очень требовательный. Долгую минуту Тэнго изучал то одну фотографию, то другую. Он не мог сказать почему, но фотографии этой девчонки разбудили в нем память о временах, когда ему было столько же, сколько ей. Воспоминания эти были живыми и яркими до боли в сердце. Странной и сладкой боли, какой он не переживал уже очень, очень давно. Словно девушка эта сама была его болью.

— Это она и есть,— сказал Комацу.— Красавица, не находишь? При этом скромна и серьезна. Семнадцать лет. Идеальная кандидатура. Настоящее имя — Эрико. Эрико Фукада. Но нам оно не понадобится. Фукаэри — «возврата нет» — лучше и не придумаешь! Если наша красотка отхватит премию Акутагавы, это словечко будет у всех на устах. Все массмедиа слетятся к нам, точно стая летучих мышей на закате. А весь тираж книги расхватают чуть ли не с типографского станка...

Интересно, подумал Тэнго, где и как Комацу раздобыл эти снимки? К рукописям, присылаемым на конкурс «Дебют», авторы фотографий не прилагают. Но спрашивать об этом не стал. Какой бы ни был ответ, знать его почему-то совсем не хотелось.

— Фотографии забирай,— сказал Комацу.— Глядишь, зачем-нибудь да пригодятся.

Тэнго сунул снимки обратно в конверт, положил на распечатку «Воздушного кокона» и придавил ладонью.

— Господин Комацу,— сказал он.— Про сегодняшнюю ситуацию в издательском мире я не знаю практически ничего. Но исходя из элементарного здравого смысла должен предупредить: план ваш очень опасен. Единожды солгав всему миру, вынужден лгать всю оставшуюся жизнь. Да еще и увязывать очередное вранье с предыдущим. И для психики, и для извилин такая жизнь — сущий ад. Не дай бог, ошибешься хоть раз — и сам потонешь, и всю команду своей лодки отправишь на дно. Разве не так?

Комацу закурил следующую сигарету.

— Верно формулируешь. Логично и в точку. Да, задумка рискованная. И пока несчитаемых факторов, что говорить, многовато. И если дело не выгорит, у каждого из нас останется уйма неприятных воспоминаний.

Это я понимаю хорошо. Но все-таки, дружище, каждый раз, когда я прокручиваю в голове все «за» и «против», мой инстинкт повторяет мне: «Двигай вперед!» И знаешь почему? Потому что такого шанса в принципе быть не может. До сих пор этого не пробовал еще никто. Да и в будущем вряд ли кто сподобится. Может, сравнение с картами тут не совсем корректно. Однако и карты выпали что надо, и фишек хоть отбавляй. Все условия для выигрыша выстроились прямо у нас перед носом. Упусти мы такую удачу сегодня — будем жалеть до скончания дней.

В повисшей паузе Тэнго увидел, как лицо собеседника скривила улыбка человека, которому в жизни, увы, не повезло.

— Но самое главное,— продолжал Комацу,— все-таки в том, что мы собираемся сделать из «Воздушного кокона» выдающееся литературное произведение. Сама эта вещь *заслуживает* того, чтобы ее написали гораздо лучше. Ибо хранит в себе некое важное послание. *Нечто,* требующее, чтобы его передали людям как следует. Да ты и сам в душе это чувствуешь. Или я ошибаюсь? Ради этого нам и нужно объединить усилия. Запустить проект и распределить роли — от каждого по способностям. Благородный мотив, кому ни расскажи — стыдиться абсолютно не за что!

— Вы меня извините, господин Комацу. Но какую бы логику вы ни выстраивали, каких бы оправданий ни находили, подобные махинации все равно остаются мошенничеством. Мотив-то, может, и благородный, только рассказать мы о нем никому не сможем. Потому что действовать нам придется в подполье. Не нравится слово «мошенничество», назовите манипуляцией, интригой, все равно. Закон не нарушается, но с моралью проблемы остаются. Хорошенькое дело — редактор журнала подкладывает на конкурс произведение, обеспечивает ему премию и получает дивиденды с тиража. С точки зрения акционеров, это же банальная инсайдерская махинация!

— Сравниваешь литературу с акциями? — Комацу покачал головой.— Гиблое дело. Это вещи из совершенно разных миров.

— И в чем же принципиальная разница?

— Ну, например...— Губы Комацу вдруг растянулись на невиданную до сих пор ширину.— Ты упускаешь один важный момент. А точнее, отводишь от него глаза. Дело в том, что *у тебя самого руки чешутся от желания переписать «Воздушный кокон»*. Эта идея засела в твоем мозжечке, как заноза. Уж я-то вижу. И никакие риск, мораль или комплексы дилетанта тебя не смущают. Тебе просто до зарезу охота взять этот текст и перелопатить по-своему. Вытащить из него на божий свет то самое Нечто, раз уж Фукаэри не удалось. Вот тебе и разница между акциями и литературой. Хорошо это или плохо, но литературой движет кое-что выше денежных интересов. Вернешься домой — поговори с собой начистоту. Встань перед зеркалом для острастки. Да у тебя же на лбу все написано.

Тэнго вдруг почудилось, будто воздух сделался странно разреженным. Он быстро окинул взглядом заведение. Очередной приступ? Непохоже. Этим воздухом будто повеяло из какой-то другой реальности. Он достал из кармана платок, вытер со лба испарину. Вечно этот Комацу оказывается прав... С чего бы?

Глава 3

АОМАМЭ

Кое-что теперь не так

Без обуви, в одних чулках Аомамэ спускалась по узенькой пожарной лестнице. Стылый ветер завывал меж ступеней. Мини-юбку, как бы плотно та ни обтягивала бедра, ветер то и дело раздувал, словно парус у яхты, сбивая девушку с ног. Развернувшись спиною вперед, Аомамэ пятилась вниз пролет за пролетом, держась за железные трубы, приваренные вместо перил. И лишь иногда останавливалась, чтобы поправить разметавшуюся челку и сумку на плече.

Прямо под нею бежала 246-я государственная магистраль. Рычание двигателей и вой клаксонов, истошные вопли сигнализации, военные гимны из динамиков на крышах автобусов ультраправых, треск отбойных молотков по крошащемуся асфальту и прочие ингредиенты шумовой поллюции огромного мегаполиса окутали ее с головой. Механические звуки раздавались сверху, снизу, со всех сторон, сплетаясь в едином танце на безумном ветру. Слушая эту какофонию (а заткнуть уши не получалось — заняты руки), Аомамэ впала в состояние сродни морской болезни.

На полпути вниз лестница прерывалась горизонтальным пролетом, ведущим к быкам хайвэя, и лишь затем продолжалась ступеньками до самой земли.

Всего в нескольких метрах от лестницы вздымалась жилая пятиэтажка, новое здание из рыжего кирпича. Балконы выходят на магистраль, но все окна наглухо заперты и занавешены шторами или жалюзи. Какому безумному архитектору пришла в голову мысль пристраивать к дому балконы с видом на скоростное шоссе? Белье в таком месте обычно не сушат, а любоваться ежевечерними пробками, потягивая джин-тоник, нормальному человеку и в голову не придет. Впрочем, смотри-ка — веревки для белья на некоторых балконах все ж натянуты. А на одном даже выставлены дачное кресло и горшок с фикусом. Бедное растение совсем потеряло цвет, листья пожухли и сморщились, словно обуглились по краям. При виде несчастного фикуса у Аомамэ сжалось сердце. Если суждено в кого-нибудь переродиться, стать таким вот фикусом ей хотелось бы меньше всего на свете.

По лестнице этой ходили до крайности редко: ступени с перилами там и сям оплетены густой паутиной. Крохотные пауки, распятые на собственных ниточках, терпеливо поджидают крохотную добычу. Хотя понятие терпения вряд ли ведомо паукам. Все равно ничему, кроме плетения паутины, они не обучены, и никакого другого образа жизни, кроме ожидания жертвы, выбрать себе не могли бы. Сплести, затаиться и ждать, а однажды умереть и засохнуть. Весь сценарий заложен в генах еще до рождения. Не в чем сомневаться, не о чем горевать или сожалеть. Никаких тебе метафизических мук и моральных метаний. Наверное. Но я-то — дело другое. Я иду к своей цели и, пускай даже в рваных чулках, спускаюсь-таки с Третьего скоростного шоссе через чертов пожарный выход, чтобы добраться до станции Сангэндзяя. Продираясь через мерзкую паутину и разглядывая завядшие фикусы на чьих-то дурацких балконах.

Я двигаюсь. Значит, я существую.

Спускаясь по лестнице, Аомамэ думала про бедняжку Тамаки. Не то чтобы особенно хотелось об этом думать, но случайно всплывшие в памяти воспоминания отогнать уже было не просто. Тамаки Оцука была ее лучшей подругой в старших классах школы и соратницей в секции по софтболу. Играя в одной команде, где только не побывали они вдвоем и чего только вместе не делали! Однажды между ними даже приключилось нечто вроде лесбийского секса. Дело было на летних каникулах, они приехали в какой-то городок, где обоим пришлось заночевать в одной постели. Просто потому, что в гостинице оставались только номера с полутораспальными кроватями. И в этой тесной постели они изучили, блуждая наощупь, все ложбинки и бугорки на теле друг друга. При этом вовсе не будучи лесбиянками. Им просто хотелось испытать что-нибудь *эдакое* — из обычного любопытства, каким полна голова любой старшеклассницы. Парней у обеих на тот момент еще не было, сексуального опыта — полный ноль. Все, что случилось той ночью, осталось в сегодняшней памяти лишь эпизодом в духе «познавательное исключение из правил». Но даже теперь, спускаясь по голым металлическим ступеням... Стоило ей вспомнить Тамаки в своих объятиях, как подробнейшие детали — продолговатые соски подруги, густые волосы на ее лобке, округлые ягодицы, форма клитора — на удивление ясно восстановились в памяти сами собой.

И пока эта сцена плыла перед ее мысленным взором, в ушах, точно звукоряд к кинофильму, трубили фанфары из «Симфониетты» Яначека. Пальцы Аомамэ вкрадчиво гладят Тамаки в самых разных местах. Той вначале щекотно, но вскоре смешки затихают. Становится глубже дыхание. Эту музыку сочиняли для какого-то спортивного праздника. Под нежное воркование духовых ветер ласкает травы Богемской долины. Аомамэ чувствует, как соски Тамаки постепенно твердеют. И то же самое творится с нею самой. Литавры...

Остановившись на ступеньках, Аомамэ покачала головой. Нашла над чем медитировать в таком месте! Соберись-ка и думай о том, как не сверзиться с лестницы, велела она себе. Но отмахнуться от воспоминаний не получалось. Кадр за кадром забытая сцена всплывала в ее подсознании. Очень ярко и отчетливо. Летняя ночь, тесная кровать, тонкий запах разгоряченных тел. Слова, что они шептали. Чувства, для которых не находилось слов. Забытые клятвы. Несбывшиеся мечты. Так никуда и не выплеснутая тоска. Налетевший ветер взъерошил волосы Аомамэ и тут же утих, оставив на щеке лишь крохотную слезинку. А очередным порывом унес и ее.

Когда же все это случилось? Время превратилось для Аомамэ в одну длинную спутанную нить. Что было раньше, что позже, где причины, где следствия — не восстановить, хоть убей. И все-таки. Сейчас апрель 1984-го. Она родилась — ну да, в 54-м. Худо-бедно, а это еще вспоминалось. Но остальные даты, что она помнила до сих пор назубок, бледнели и улетучивались из памяти одна за другой. Ей представилась стопка белоснежных страниц с отпечатанными номерами. Ветер вырывает листки у нее из рук и разносит по белу свету. Она бегает за каждой, пытаясь собрать. Но ветер все яростней, страниц остается все меньше. 1954, 1984, 1645, 1881, 2006, 771, 2041... Даты кружатся в воздухе и исчезают одна за другой. Нить запутывается еще больше, сознание меркнет, порядок ступеней под ногами перемешивается.

Аомамэ и Тамаки в одной постели. Семнадцатилетние девчонки отрываются по отвоеванной свободе. Это их первое путешествие вдвоем. Что уже само по себе чертовски возбуждает обеих. Возвратясь из онсэна*, они распивают на двоих банку пива из холодильника, гасят

---

* Онсэ́н — традиционная японская купальня с минеральной водой из горячего источника. Онсэн бывает открытым, когда устраивается в естественном водоеме, и закрытым, где водой наполняют специальные ванны (офуро́). Купание в онсэнах — самая популярная форма отдыха во внутреннем японском туризме.

свет и забираются в постель. Сначала просто дурачатся. Тычут пальцами друг в дружку, посмеиваясь над бледными полосками кожи, так и оставшимися этим летом без загара. Но в какой-то момент пальцы Тамаки легонько накрывают сосок под тонкой майкой подруги. Тело Аомамэ сотрясается, как от электрического разряда. Они срывают друг с друга майки-трусики и наконец-то остаются в чем мать родила. Летняя ночь... В какой же город они тогда приезжали? Не вспоминается. Да и черт с ним. Молча, не сговариваясь, они начинают увлеченно исследовать друг друга. Любоваться. Касаться. Ласкать. Лизать. Целовать. Наполовину в шутку, наполовину всерьез. Тамаки невысокая, плотная, полногрудая. Аомамэ ростом повыше и стройная, грудь совсем небольшая. Тамаки то и дело подумывала сесть на диету. Хотя, на взгляд Аомамэ, оставалась красавицей и без этого.

Кожа у Тамаки тонкая и гладкая. Соски — продолговатые и плотные, что маслины. Волосы на лобке мягкие и густые, как листья плакучей ивы. У Аомамэ, напротив, — спутанные и жесткие. Контраст настолько разительный, что обе смеются. Двигаясь в темноте и на ощупь, они отыскивают друг у дружки самые чувствительные зоны. Кое-что совпадает, кое-что различается. Вот их пальцы добираются до клиторов. Мастурбации никого обучать не нужно. Этого опыта у каждой хоть отбавляй. Но обе чувствуют: возможно, с другими следует обращаться немного не так, как с собой. И только ветер ласкает луга Богемской долины.

Аомамэ опять останавливается, снова качает головой. Отнимает пальцы от железных перил, перехватывает покрепче. Выкинь все это из головы, приказывает она себе. Думай только о том, чтобы спуститься отсюда целой и невредимой. Больше половины пути уже пройдено. И все-таки — откуда этот дикий шум? И почему такой сильный ветер? Может, они посланы мне в упрек? Или, не дай бог, в наказание?

Как бы то ни было — что ждет меня там, внизу, когда я спущусь с этой чертовой лестницы? Вдруг меня станут допрашивать, потребуют документы? И что же я им отвечу? «Видите ли, там на хайвэе пробка, вот я и решила спуститься по лестнице, поскольку страшно тороплюсь». Отделаюсь ли я таким объяснением? Или только влипну в очередную историю? Чего-чего, а влипать в истории хотелось бы меньше всего на свете. По крайней мере, сегодня.

Слава богу, внизу ее никто не поджидал. Спустившись на землю, Аомамэ первым делом достала из сумки туфли, обулась и оглядела окрестности. Она стояла на складской площадке для стройматериала, затиснутой между левым и правым полотнами 246-й магистрали. Крохотная площадка огорожена забором из металлических прутьев. Прямо по земле разбросаны железные трубы и сваи, оставшиеся после каких-то строительных работ. В одном углу пластиковый навес, под ним — три-четыре огромных мешка неведомо с чем, укутанные от дождя в голубую непромокаемую попону. Видно, когда закончилась стройка, оказалось проще оставить их здесь, чем перетаскивать куда-то еще. Здесь же свалено несколько сложенных картонных ящиков, а вокруг раскиданы пустые пластиковые бутылки да пять-шесть журналов с комиксами. Больше здесь не было ничего. Только виниловые мешки для мусора переползали с места на место, приплясывая на ветру.

На воротах забора висела толстенная цепь с огромным амбарным замком. Сам же забор состоял из тесно поставленных прутьев с острыми пиками на концах. Перебраться через такой не выйдет, хоть тресни. А если и выйдет, от одежды лишь клочья останутся. На всякий случай Аомамэ подергала створку ворот — на себя, от себя. Та не сдвинулась ни на миллиметр. Даже кошка не выскользнула бы отсюда. Ну и дела. За каким дьяволом кому-то понадобилось так тщательно замуровывать этот бесхозный пустырь? Здесь и красть-то нечего! Аомамэ скривилась и плюнула в сердцах на землю. Это уж слишком. Притащиться по аварийной лестнице с хайвэя, чтоб оказаться взаперти на заброшенной стройплощадке? Она скользнула взглядом по часам на руке. Время еще оставалось. Но не торчать же ей здесь до скончания века! И уж конечно, не возвращаться на чертов хайвэй...

Чулки на пятках расползлись огромными дырами. Убедившись, что никто на нее не смотрит, Аомамэ сбросила туфли, задрала юбку, стянула чулки, затолкала их в сумку и снова обулась. На душе полегчало. И она решила еще раз осмотреть площадку — буквально каждую щель. Не шире обычной школьной аудитории. Обход по периметру не займет и минуты. Выход действительно только один — ворота с амбарным замком на цепи. Прутья забора, хоть и не толстые, привинчены к перекладинам увесистыми болтами. Без инструмента не отодрать, хоть умри. Засада...

Она осмотрела картонные ящики под навесом. И вдруг заметила, что те не просто брошены, а расстелены как лежанки. У изголовья — рулоны старых дырявых одеял. Видно, какие-то бродяги облюбовали это место для ночлега. Вот откуда здесь комиксы и пустые бутылки. Да, все сходится... Аомамэ напрягла воображение. Но если они здесь спят — значит, как-то сюда пробираются! Через какой-то потайной лаз. Кого-кого, а этих ребят не нужно учить искусству ночевать там, где никто не заметит. И раз уж они нашли себе безопасное место, то и способ туда пройти сохраняют в тайне от всего мира.

Она двинулась вдоль забора, проверяя на прочность каждый железный прут. Давила, тянула, раскачивала. Пока наконец не нашла, что искала: несколько прутьев, с которых один за другим поснимали болты. Она подергала эти прутья в разные стороны, пробуя сдвинуть с места. Оказалось, те легко снимаются, если тянуть под определенным углом. Через пару минут возни ей открылся узенький лаз, в который, хоть и с трудом, мог протиснуться человек. Несомненно, бомжи с наступлением темноты пробираются через эту дырку, чтобы переночевать под навесом. А утром уходят добывать пищу и собирать бутылки подальше отсюда. Ведь если станет известно, кто здесь обитает, такого уютного гнездышка им уже не видать как своих ушей. Аомамэ сказала бомжам мысленное спасибо. В путешествиях инкогнито *по ту сторону* огромного мегаполиса они были с ней заодно.

Сгруппировавшись, она полезла через узкую лазейку в заборе. Старательно следя за тем, чтобы не зацепить дорогой костюм. Нельзя сказать, чтобы Аомамэ любила его, просто он был единственный в ее гардеробе. В обычной жизни ни костюмов, ни туфель на шпильках она не надевала. Но на такой работе, как *эта,* от нее временами требовалось полностью менять имидж. А испортить костюм она позволить себе не могла.

Ей повезло: на улице по ту сторону забора не было ни единой живой души. Аомамэ еще раз проверила, в порядке ли костюм, придала лицу как можно больше бесстрастности и направилась к ближайшему светофору. Перейдя через 246-ю магистраль, заглянула в первый попавшийся «драгстор» и купила новую пару чулок. С позволенья продавщицы зашла в подсобку, надела чулки — и лишь тогда облегченно вздохнула. Наконец-то ее больше не мутило. Поблагодарив продавщицу, она вышла на улицу.

246-я забита плотнее обычного. Наверняка об аварии на хайвэе сообщили по радио. Не надеясь на такси, Аомамэ решила спуститься в метро и поехать по линии Син-Тамагава. Так надежней. Застревать в очередной пробке, развалившись на заднем сиденье? Благодарю покорно.

На полпути до станции Сангэндзяя дорогу ей пересек полицейский. Молоденький, долговязый, он быстро шагал куда-то по служебным делам. На секунду Аомамэ напряглась, но замороченный полицейский глядел прямо перед собой и не обратил на нее внимания. За секунду перед тем, как их дороги пересеклись, она вдруг заметила, что форма у него какая-то необычная. Сегодняшняя полиция одевается совсем не так. Вроде бы тот же темно-синий мундир, но покрой слегка другой. В наши дни страж порядка должен выглядеть чуть более повседневным. Не таким подтянутым, как раньше. Материал стал мягче, лацканы меньше, да и синий цвет уже не такой угрюмый. А кроме того, изменилась форма пистолета. У этого полицейского на бедре болтался большой автоматический. Но современную полицию оснащают револьверами. В стране, где вооруженные стычки со стражами закона крайне редки, в ходу именно шестизарядные револьверы. Производить их проще и дешевле, ломаются редко, уход за ними несложный. Но у *этого* полицейского откуда-то взялся полуавтоматический пистолет новейшего образца. Шестнадцать зарядов, калибр девять миллиметров. То ли «глок», то ли «беретта». Что происходит? Неужели полицейским обновили оружие и обмундирование, а она о том и не знала? Да нет, быть не может. Тогда бы об этом вовсю шумели в газетах, а уж газеты Аомамэ читает тщательнее некуда. А также пристально изучает каждого полицейского на своем пути. И она готова поклясться: еще сегодня утром — буквально несколько часов назад! — все полицейские носили обычную мятую форму и банальные револьверы. Это она помнила совершенно отчетливо. Ну и дела...

Но думать об этом некогда. Впереди важное дело.

На станции Сибуя она затолкала в ячейку камеры хранения плащ и, оставшись в одном костюме, зашагала по улице Сакамити к назначенному отелю. Тот оказался среднего класса — не особо роскошный, но чистый, с классическим набором услуг и без подозрительной клиентуры. На первом этаже ресторан и круглосуточный магазин. Вид из окон приличный, станция метро в трех шагах.

В вестибюле она сразу направилась в туалет. Там, слава богу, было пусто. Первым делом Аомамэ прошла в кабинку и освободилась от накопившейся жидкости. Пожалуй, никогда в жизни она еще не мочилась так долго. Если закрыть глаза, журчание вытекающей жидкости напоминает шум морского прибоя. Затем она тщательно вымыла руки, причесала щеткой волосы, высморкалась. Достав из сумки зубную щетку и пасту, быстро почистила зубы. Времени в обрез, решила она, обойдемся без зубной нити. Да и нужды в ней особой нет: все-таки не на свидание собираюсь. Она достала помаду и подкрасила губы перед зеркалом. Подвела брови. Сняв жакет, поправила бюстгальтер, разгладила складки на белой блузке, а заодно проверила, не пахнет ли под мышками. Не пахнет. Аомамэ закрыла глаза и произнесла свою обычную молитву. В словах этой молитвы особого смысла она не видела. Смысл может быть каким угодно. Главное — сам процесс.

Помолившись, она открыла глаза и проверила себя в зеркале. Все в порядке. С какой стороны ни глянь — обычная бизнес-леди на пути к успеху. Прямая осанка, уверенно поджатые губы. Разве что тяжелая сумка немного не к месту. Возможно, с аккуратным кожаным «дипломатом» она смотрелась бы еще безупречнее. Хотя и слишком по-канцелярски. Для перестраховки она в последний раз проверила содержимое сумки. Порядок. Все, что нужно для выполнения заказа, извлекается мгновенно при первой же необходимости.

Дальше остается лишь действовать по порядку, продуманному заранее. Без колебаний, без жалости — про

сто выполнить поставленную задачу на все сто. Аомамэ
расстегнула верхнюю пуговицу на блузке — так, чтобы
грудь было видно, когда наклоняешься. Будь эта грудь
покрупней, от нее было бы куда больше проку, сокрушенно вздохнула она.

Никем не замеченная, Аомамэ поднялась в лифте на четвертый этаж и быстро нашла дверь номера 426. Достала
из сумки ручку с блокнотом, прижала к груди, постучала
в дверь. Коротко и негромко. Выдержала паузу, постучала снова. Уже сильнее, настойчивей. Изнутри послышалась какая-то возня, и дверь приоткрылась на несколько
сантиметров. В узкой щели показалось лицо. Мужчина
лет сорока. В синей рубашке и серых фланелевых брюках. Ни дать ни взять образцовый бизнесмен, который
решил ненадолго расслабиться без галстука и пиджака.
Взгляд при этом усталый, красные глаза. Явно не высы-
пается. При виде Аомамэ в деловом костюме слегка удивился. Наверно, ожидал увидеть горничную, зашедшую
пополнить холодильник.

— Ради бога, простите, что нарушаю ваш отдых,—
отчеканила Аомамэ, улыбаясь как можно приветливей.—
Меня зовут Ито, я из отдела менеджмента. В системе
вентиляции возникла проблема, меня послали для проверки. Нельзя ли побеспокоить вас всего на пять минут?

Мужчина недовольно нахмурился.

— Я занят важной и срочной работой. Через час уйду —
может, тогда проверите? С вентиляцией проблем пока
не было.

— Мне очень неловко,— извинилась Аомамэ,— но
это связано с утечкой электричества и общей системой
безопасности всего отеля. Необходимо проверить как
можно скорее. Номер за номером, по порядку. Уверяю
вас, это не займет и пяти минут!

— Черт знает что...— Мужчина прищелкнул языком.— Специально ведь номер снял, чтобы поработать спокойно!

Приоткрыв дверь пошире, он кивнул на письменный стол, заваленный компьютерными распечатками с мелкой цифирью. Похоже, готовится к докладу на вечернем брифинге. Тут же рядом — калькулятор и странички из отрывного блокнота, исписанные длиннющими числами.

Аомамэ знала, что этот человек служит в нефтяной корпорации. Эксперт по промышленным инвестициям в страны Ближнего Востока. Насколько ей известно, в своей области он считался элитным специалистом. Это же ощущалось и в его манере держаться на публике. Аристократическое воспитание, высокий доход, новенький «ягуар». Безоблачное детство, заграничный вуз, английский и французский почти без акцента, стопроцентная уверенность во всем, что делает и говорит. И при этом — абсолютная невосприимчивость к тому, чего хотят от него другие. Малейшей критики на дух не переносит. Особенно от женщин. Хотя сам постоянно чего-нибудь требует от окружающих и считает это в порядке вещей. Даже переломав жене ребра клюшкой для гольфа, угрызений совести не испытывает. Совершенно искренне убежден, что Вселенная вертится вокруг него. И если он вдруг исчезнет, мир тут же развалится. Стоит кому-либо встать у него на пути, он взрывается. Очень страшно взрывается. Просто как термостат.

— Извините за вторжение,— улыбнулась Аомамэ ослепительной производственной улыбкой. Не оставляя собеседнику времени на раздумье, она протиснулась в полуоткрытый дверной проем, тут же захлопнула дверь спиной и, распахнув блокнот, деловито вписала в него две или три закорючки.— Господин, э-э... Мияма, я не ошиблась? — уточнила Аомамэ.

— Нет, не ошиблась! — уже безо всякой вежливости отозвался мужчина.

И сокрушенно вздохнул. Делай, мол, что хочешь, только убирайся поскорее. Он отвернулся, с ручкой в руке прошел в глубь номера, сел за стол и завис над недописанным документом. На огромной застеленной кровати валялись пиджак и галстук в полоску. Что один, что другой явно дороже ее костюма. Не снимая сумки с плеча, Аомамэ шагнула к одежному шкафу в прихожей. Именно там, как она уточнила заранее, расположен щиток с выключателями. В шкафу висели длинный плащ из какой-то мягкой материи и серый шарф. На багажной полке одиноко тулился кожаный кейс для документов. Ни сменного белья, ни туалетных принадлежностей. Постоялец явно не собирался задерживаться здесь надолго. Заказанный в номер кофейник на журнальном столике был уже почти пуст. Поковырявшись в щитке с полминуты для убедительности, Аомамэ обратилась к Мияме:

— Спасибо за содействие, господин Мияма! Неисправностей в вашем номере не обнаружено.

— Я тебе сразу это сказал! — рявкнул Мияма, даже не обернувшись.— Разве нет?

— Господин Мияма! — воскликнула Аомамэ.— Ради бога, извините, но что это у вас на шее?

— На шее? — вздрогнул Мияма и потрогал себя за шею. Погладил ее несколько раз, а потом исследовал пальцы.— По-моему, ничего... А что такое?

— Разрешите? — Она шагнула к его столу.— Я сама посмотрю, если не возражаете.

— Ну, посмотри...— Мияма озадаченно покрутил головой.— Что ты там увидала-то?

— Вроде какая-то краска. Светло-зеленое пятно.

— Краска?!

— Сама не пойму. С виду похоже на краску. Вы позволите, я потрогаю? Может, получится оттереть...

— Валяй,— согласился Мияма и наклонил голову.

Только что от парикмахера, отметила Аомамэ, на шее — ни волоска. Глубоко вдохнув, она задержала дыхание, сосредоточилась — и за какие-то пару секунд нащупала на шее Миямы *ту самую* точку. Легонько припечатала пальцем, словно ставя невидимую засечку. Вот здесь, повторила она про себя, закрыв на секунду глаза. Конечно, будь у меня больше времени, стоило бы перепроверить. Но в предложенных обстоятельствах работаем без права на ошибку.

— Простите великодушно,— сказала Аомамэ.— Вы не могли бы посидеть в такой позе еще немного? У меня в сумке ручка с фонариком, я сейчас достану и посвечу. Под этой люстрой так плохо видно.

— Да что еще за краска такая? — запыхтел недовольно Мияма.— С чего бы она там взялась?

— Не могу знать,— пропела Аомамэ.— Сейчас проверим!

Не отрывая пальца от заданной точки, она извлекла из сумки пластиковый футляр, сняла с него крышку и достала сверток из тонкой ткани. Ловко развернула его одной рукой — и на свет появилось нечто вроде миниатюрного пестика для колки льда. Всего сантиметров десять длиной. Этот причудливый инструмент Аомамэ сконструировала сама. Его заостренный кончик венчала тоненькая игла. На иглу, чтобы случайно не поломать, насажена пробка из мягкого, специально подобранного материала. Осторожным движением ногтя Аомамэ сковырнула пробку, сунула в карман. И поднесла обнаженное жало к заветной точке на шее Миямы. А теперь спокойно, приказала она себе. Сосредоточься. Ты не должна промахнуться даже на миллиметр. Иначе все пойдет прахом. Самое важное в эти секунды — предельная концентрация.

— Долго еще? — не выдержал Мияма.— Что ты там возишься?

— Простите! — сказала Аомамэ.— Уже заканчиваю.

Не волнуйся, добавила она про себя. Сейчас все закончится. Моргнуть не успеешь. И больше не придется ни о чем беспокоиться. Ни о системах по очистке нефти, ни о ценах на сырьевой бирже, ни о квартальных отчетах инвесторам, ни о брони на билет в Бахрейн, ни о взятках чиновникам, ни о подарках любовницам. Все эти бесконечные хлопоты совсем измотали тебя в последнее время, не правда ли? Вот поэтому уж извини, но подожди еще чуток. Я должна предельно сосредоточиться. Дай мне выполнить свою работу. Заткнись и не мешай, очень тебя прошу.

Выбрав точку, Аомамэ занесла руку повыше, задержала дыхание на пару секунд — и легко, без лишних усилий, опустила инструмент куда нужно. Главное — не перестараться. При сильном ударе игла может сломаться о кожу. А оставлять в трупе осколок никак нельзя. Поэтому рука опускается мягко, почти жалеючи, под нужным углом и ровно с той силой, которая требуется. Просто падает под весом инструмента: тюк! Только тогда игла вонзается в *то самое* место. Очень естественно. Легко, глубоко и смертельно. Главное — соблюсти два условия: верные угол и силу удара (а точнее, ее отсутствие). И тогда выполнить задачу не сложней, чем вонзить иголку в соевый творог. Кончик иглы протыкает кожу, вонзается в мозг, ничем не защищенный в этом единственном месте,— и сердце, словно задутая ветром свеча, прекращает работу. Все заканчивается вмиг. Раз — и готово. На это способна только она, Аомамэ. Сколько ни ищи, никто, кроме нее, не сможет нащупать заветную точку. А она — может. Благодаря уникальной чувствительности пальцев. Такой вот особый дар.

Мужчина сдавленно всхлипнул. Судорога пробежала по всему телу. Дождавшись, когда волна успокоится, Аомамэ аккуратно, самыми кончиками пальцев вынула иглу. Достала из кармана ватный тампон, протерла микроскопическую ранку. Крови почти нет. Слишком тоненькая игла, и слишком быстро все происходит. И тем не менее оставлять кровь нельзя. Единственная капелька может стоить ей жизни. Но уж чему, а осторожности Аомамэ обучать не нужно.

Секунда за секундой из костенеющего тела уходила жизнь. Примерно как воздух из баскетбольного мяча. Не отнимая указательного пальца от шеи Миямы, Аомамэ уложила его головой на стол. Скулой на столешницу, документы вместо подушки. Взгляд Миямы уперся в стену с удивлением в остекленевших зрачках. Словно в последний миг жизни он увидел нечто, крайне его поразившее. В этом взгляде не было ни испуга, ни страдания. Просто безграничное удивление — и все. Он понял, что с его телом творится нечто странное. Но вот что именно, осознать не успел. Болит или чешется, приятно или нет, комариный укус или божье откровение — ответа на эти вопросы он не дождался. На свете есть много способов умирать, но именно такая смерть, наверное, самая легкая.

«Слишком легкая для тебя,— подумала Аомамэ, и гримаса отвращения перекосила ее лицо.— Слишком простая. Наверно, мне следовало поломать тебе пару ребер клюшкой для гольфа номер пять, дать тебе покорчиться на полу от боли — и лишь затем подарить смерть как награду. Для такой крысы, как ты, было бы куда справедливей. Хотя бы потому, что ты проделал то же самое со своей несчастной женой. Но в выборе твоей смерти я, увы, не свободна. Моя миссия — быстро и точно *переправить тебя куда полагается*, не называя своего имени. И эту миссию я только что выполнила. Еще минуту назад ты был жив. А теперь ты мертв. И даже не заметил, как опустился занавес, разделяющий жизнь и смерть».

Ровно пять минут Аомамэ прижимала ватный тампон к ранке на шее Миямы. Терпеливо, хотя и не очень сильно, чтобы от пальцев не осталось следов. Не отводя взгляда от часов на левой руке. То были долгие пять минут. Длинные, как сама Бесконечность. Застань ее кто угодно с подозрительным инструментом над бездыханным телом — ей крышка. Тут уж не отвертеться. А что, если Мияма заказал еще кофе в номер и в дверь вот-вот постучат? Но эти пять минут нужны ей как воздух, и сократить их нельзя. Она тихонько, но глубоко вздохнула, чтоб успокоить нервы. Только без паники, сказала она себе. В спокойствии твоя сила. Ты — та же, что и всегда: крутая сестренка Аомамэ.

Слышно, как бьется сердце. И в том же ритме фанфары выдают в голове увертюру «Симфониетты» Яначека. Ветер мягко ласкает травы Богемской долины. Аомамэ четко знает: теперь ее — две. Одна, крутая и стильная, прижимает ватный тампон к ранке на шее покойника. А другая — дрожит как осиновый лист. Той, другой Аомамэ дико хочется бросить все к чертовой матери и убежать из проклятого номера куда глаза глядят. Я здесь, но меня здесь нет. В одно и то же время я нахожусь в двух разных местах. Да, это противоречит теории Эйнштейна, но тут уж ничего не попишешь. Таков дзэн убийцы.

Пять минут проходит. На всякий случай Аомамэ прибавляет еще одну. Лучше выждать еще немного. Такую важную работу нельзя выполнять впопыхах. Тяжелую, бесконечную минуту она пережидает, затаив дыхание и замерев, точно статуя. А затем отнимает палец и светит на место ранки фонариком. Чисто. Ничего похожего даже на комариный укус.

Гибель от иголки, пронзающей эту незащищенную точку мозга, поразительно напоминает естественную смерть. На взгляд любого обычного медика, все выглядит как банальный инсульт. Сидел себе человек за столом, работал, вдруг раз — отказало сердце, и он перестал дышать. Причина — стресс: слишком много работал. Внешне ничего подозрительного. Во вскрытии необходимости нет.

Человек этот был мастером своего дела, но работал *слишком* много. Зарплату получал солидную, но тратить не успевал. Носи он пиджаки от Армани, води он свой «ягуар» — все равно оставался муравьем. Работа, работа — и бессмысленная смерть. О том, что он существовал в этом мире, очень скоро забудут все. Возможно, кто-нибудь скажет: «А ведь совсем молодой, как жаль». А может, никто и не скажет.

Достав из кармана миниатюрную пробку, Аомамэ насадила ее на иглу. Завернула инструмент в мягкую ткань, убрала в футляр и спрятала на дно сумочки. Сходила в ванную, взяла полотенце, тщательно протерла все места, на которых могли остаться отпечатки пальцев. По расчетам, те могли остаться разве что на кнопках электрощитка и на ручке двери. Закончили — полотенце вернем на место. Кофейник и чашки — на поднос и выставляем в коридор. Если сделать все правильно, посуду заберут и сегодня покойника не потревожат. Горничная придет для уборки и обнаружит труп лишь завтра утром.

На сегодняшней конференции он не выступит, и люди, скорее всего, будут сюда звонить, но трубку никто не снимет. Возможно, заставят управляющего открыть дверь. А может, и не заставят — это уж как придется.

Она встала перед зеркалом в ванной и поправила одежду. Застегнула верхнюю пуговицу на блузке. Ложбинку между грудей показывать не пришлось. Этого гада ползучего меньше всего на свете интересовало, кто я такая и как выгляжу. Что он вообще себе думал о людях вокруг?

Лицо ее снова скривилось. Аомамэ поправляет волосы, легонько массирует пальцами лицо и приветливо улыбается своему отражению в зеркале. Как все-таки здорово накануне отбелил ее зубы дантист. Прямо сейчас из комнаты с трупом я вернусь в свой обычный мир. Нужно взять себя в руки. Я больше не крутая убийца. Я теперь — бизнес-леди в стильном костюме на взлете крутой карьеры.

Приоткрыв дверь, Аомамэ оглядела коридор, убедилась, что снаружи никого нет, и вышла из номера. На лифте не поехала, спустилась по лестнице. Никем не замеченная миновала фойе. С гордо поднятой головой, глядя только вперед. Уверенной походкой — но достаточно неторопливо, чтобы не вызвать подозрения. Она — профессионал. Почти совершенство. Ну разве что грудь могла быть чуток побольше, тогда вообще не на что жаловаться, сокрушенно подумала Аомамэ и на секунду опять скривилась. Но тут уж ничего не поделаешь. Что тебе Природой дано, с тем и жить.

Глава 4

ТЭНГО

Делай как хочешь

Проснулся Тэнго от звонка. Второй час ночи. Вокруг, разумеется, царила тьма. Можно не сомневаться: звонил Комацу. Никто другой не посмел бы звонить так поздно. Да и назойливость, с которой трезвонят, покуда не снимешь трубку, свойственна только ему. Для Комацу не существует понятия времени суток. Взбрела в голову мысль, которую хочется обсудить, — тут же набирает номер, даже не взглянув на часы. Среди ночи или ни свет ни заря, на брачном ложе или у смертного одра — его собеседникам приходится снимать трубку и разговаривать с тем, о ком они сейчас думают меньше всего на свете. Прозаическая мысль о том, что он может кому-нибудь помешать, в яйцевидную голову Комацу просто не приходила.

Впрочем, стоит признать: так Комацу звонил далеко не каждому. Все-таки он пахал в крупном издательстве за неплохую зарплату. А с беспардонностью к окружающим в приличном обществе долго не протянешь. Но Тэнго был его напарником и в самых разных проектах служил Комацу чем-то вроде если не правой, то левой руки. При таких отношениях уже не ощущаешь границы, где свое, где чужое. Сам не спишь — ожидаешь того же и от партнера.

Ложился Тэнго, как правило, в десять вечера, вставал в шесть утра. И если не требовали обстоятельства, режима старался не нарушать. Спал он крепко. Но если что-то будило его среди ночи, заснуть уже не мог. Есть такой бзик в его психике. О чем он рассказывал Комацу не раз и не два, буквально умоляя не будить его ночными звонками. Как молит богов крестьянин, чтоб не насылали на поле саранчу, пока не собран весь урожай. «Я понял,— всякий раз отвечал Комацу.— Больше ночью звонить не буду». Но обещания эти не пускали корней в его памяти, и каждым новым дождем их смывало оттуда бесследно.

Тэнго выбрался из постели и, спотыкаясь о что ни попадя, доковылял до телефона на кухне. Все это время телефон продолжал надрываться как ни в чем не бывало.

— Я поговорил с Фукаэри,— сказал Комацу.

Иногда он обходился вообще без приветствий. И даже без вводных фраз. Никаких тебе «разбудил?» или «извини, что так поздно». Ну и фрукт, вздохнул Тэнго. Не устаю поражаться...

Он стоял с перекошенным лицом в темноте и не находил, что ответить. Всякий раз, когда его будили среди ночи, голова включалась не сразу.

— Эй, ты меня слышишь?

— Слышу.

— Для начала я просто позвонил ей по телефону. И в общем, рассказывал я, она только слушала. Так что и беседой не назовешь. Из этой девчонки лишнего слова не вытянешь! А если и вытянешь, разговаривает, точно с луны свалилась. Встретишься с ней — поймешь, о чем я. Но главное — суть нашего плана я ей изложил. Дескать, если «Воздушный кокон» перепишет другой человек, роман можно выдвинуть на соискание премии «Дебют». Но поскольку по телефону всего не расскажешь, давайте встретимся, обсудим подробнее, если интересно. В общем, удочку закинул, хотя говорил все больше намеками. Все-таки выложи я все начистоту, моя роль выглядела бы странновато...

— И что она?

— Ничего не ответила.

— Вообще ничего?

Комацу выдержал эффектную паузу. Сунул в рот сигарету, чиркнул спичкой и закурил. По звукам в трубке Тэнго легко вообразил всю эту картину. Зажигалками Комацу не пользовался никогда.

— Первым делом она хочет встретиться с тобой,— продолжил Комацу, не вынимая изо рта сигареты.— Интересно ли ей все это, не знаю. Согласна она или против — ничего не сказала. В общем, она захотела увидеть тебя, поговорить, а там и определиться с ответом. Надеюсь, это тебя не слишком обременит?

— И что дальше?

— Завтра вечером свободен?

Завтрашние лекции начинались рано утром и заканчивались в четыре часа дня. К счастью или нет, после работы никаких планов у Тэнго не было.

— Свободен,— ответил он.

— Тогда подходи к шести вечера на Синдзюку в «Накамура-я». Закажу вам столик где-нибудь в уголочке. Платит фирма, заказывайте что хотите. А заодно и обсудите с глазу на глаз все, что потребуется.

— То есть... сами вы не придете?

— Поговорить с тобой наедине — условие самой Фукаэри. На данном этапе во встрече со мной она смысла не видит.

Тэнго промолчал.

— Такие дела,— подытожил Комацу.— Так что давай, брат, не подкачай. Ты хоть ростом и здоровяк, симпатию вызвать умеешь. Как объяснять сопливым старшеклассницам сложные вещи, учить тебя тоже не нужно. В этом ты профи, со мной не сравнить. Побольше улыбайся, и главное — вызови в ней доверие. Жду от тебя хороших вестей.

— Погодите, господин Комацу! — уперся Тэнго.— Но ведь это полностью ваш проект! А я даже не сказал вам, участвую в нем или нет. Повторяю, сама идея, на мой взгляд, слишком рискованная. Наверняка все окажется не так просто. Обязательно будут трения с общественностью. Я и для себя-то пока не решил, ввязываться ли в такую аферу. Как же я могу затягивать туда незнакомую семнадцатилетнюю девчонку?

Комацу выдержал долгую паузу.

— Пойми, дружище,— сказал он наконец.— Хочешь ты этого или нет, сам проект уже начался. Поезд разогнался так, что спрыгивать поздно. Я для себя давно все решил. Ты — тоже, пускай пока еще только наполовину. Да мы с тобой, братец, теперь скованы этой цепью до конца жизни. Один потонет — другому конец.

Тэнго помотал головой. Скованы цепью? До конца жизни? Ну и дела. С каких это пор их отношения стали такими пафосными?

— Но вы же сами говорили, что торопиться особо некуда, разве не так?

— Я тебя целых пять дней не торопил. К чему же ты пришел?

На секунду Тэнго потерял дар речи.

— Да пока ни к чему...— выдавил он наконец.

— Вот *пока* и сходи поболтай с девчонкой. Глядишь, и решится хоть что-нибудь.

Тэнго с силой потер пальцами веки. Голова по-прежнему отказывалась соображать.

— Хорошо, с Фукаэри я встречусь. Завтра в шесть на Синдзюку, в «Накамура-я». Перескажу ей вашу идею в самых общих чертах. Ничего большего обещать не могу. Объяснить объясню, но согласия с ее стороны не гарантирую.

— Вот и прекрасно! Более чем достаточно.

— А... что вы ей обо мне рассказали?

— Ну, я-то больше о деле говорил,— оживился Комацу.— О тебе — в двух словах. Не женат, возраст лет под тридцать, детишкам в школе математику преподаешь. Здоровый как медведь, но человек неплохой. Молоденьких девушек заживо не поедаешь. Живешь скромно, глаза добрые. И еще — большой фанат ее книги. Вот примерно и все...

Тэнго глубоко вздохнул. За какую бы мысль он ни пробовал уцепиться, действительность отказывалась ее принимать.

— Послушайте, господин Комацу, может, я спать пойду? На часах уже полвторого. Хотелось бы выспаться хоть немного, пока не рассвело. У меня завтра три пары лекций с утра.

— Да, конечно! Спокойной ночи,— отозвался Комацу.— Добрых снов.

И повесил трубку как ни в чем не бывало. Секунд тридцать Тэнго стоял, уставившись на трубку в руке, и лишь затем положил ее на рычаг. Он бы очень хотел заснуть. Добрые сны сейчас бы очень не помешали. Но прекрасно знал: теперь, когда его разбудили среди ночи — да еще таким разговором,— просто так заснуть не удастся. Можно, конечно, чего-нибудь выпить, но алкоголя сейчас не хотелось. В итоге Тэнго выпил стакан воды, вернулся в постель, зажег ночник, раскрыл книгу. Он надеялся читать, пока не заснет. Но сон пришел к нему только с рассветом.

Отчитав в колледже три пары лекций, Тэнго электричкой добрался до Синдзюку. Приобрел в «Кинокунии»* несколько покетбуков и отправился в ресторан «Нака-

---

* «Кинокýния» — старейшая и крупнейшая сеть книжных магазинов Японии. Один из самых известных — на станции Синдзюку.

мура-я». На входе произнес фамилию Комацу, и его провели к тихому столику в самом дальнем углу заведения. Фукаэри пока не появилась.

— Подожду, когда придет дама,— сказал он официанту.

— Пока ждете, чего-нибудь выпьете? — уточнил тот.

— Нет, спасибо,— ответил Тэнго.

Официант поставил на столик стакан с водой, положил меню и исчез. Тэнго раскрыл только что купленную книгу. Об искусстве колдовства. О том, какую важную функцию осуществляло колдовство в японском социуме. Какую серьезную роль играли в древности заклинания для регулировки отношений между людьми. Как ворожба, привороты, заговоры и проклятья компенсировали недостатки и сглаживали противоречия общественной системы. Что и говорить, веселое было времечко.

В четверть седьмого Фукаэри по-прежнему не было. Тэнго продолжал читать, не особо расстраиваясь. Все равно неизвестно, о чем пойдет разговор. И упрекать ее за непредсказуемость поведения, пожалуй, не стоит. Ничего удивительного, если по дороге сюда она вдруг передумала и решила исчезнуть. Скорее даже, так будет проще всего. Тэнго отчитается перед Комацу — дескать, прождал целый час, никто не пришел — и закроет тему. Что дальше — ему все равно. Поужинает в одиночку, поедет домой. И на том его моральный долг будет выполнен.

Фукаэри явилась в 6.22. Официант подвел ее к столику, и она тут же села напротив, даже не сняв плаща. Положила на стол маленькие ладони и уставилась на Тэнго. Ни «простите, что опоздала», ни «давно ждете?», ни «здравствуйте», ни «очень рада» — никаких приветствий с ее губ не слетало. Эти губы оставались упрямо сжатыми целую минуту, пока Фукаэри изучала его лицо. Так, словно разглядывала диковинный пейзаж, раскинувшийся где-то на горизонте. Крепкий орешек, подумал Тэнго.

Невысокая, миниатюрно сложенная, эта девушка оказалась еще красивее, чем на фотографии. Но пожалуй, сильней всего притягивали ее глаза. Выразительные и совершенно бездонные. Под их пристальным взглядом Тэнго никак не мог успокоиться. Она почти не моргала. И кажется, почти не дышала. Ее волосы падали на плечи так отвесно, будто их расчесывали под линейку, а такие же строгие и прямые брови вразлет идеально подходили к прическе. Как бывает у многих юных красавиц, ее лицу не хватало живости, а кроме того, в нем так и чудился странный, едва заметный дисбаланс. Возможно, из-за того, что она едва заметно косила, а может, еще почему, но от взгляда на это лицо становилось не по себе. Ибо угадать, о чем эта девушка думает, не было ни малейшей возможности. Красавиц такого рода не вербуют в попзвезды или фотомодели. Но в реальной жизни именно они куда сильнее возбуждают и притягивают людей.

Захлопнув книгу, Тэнго отложил ее в сторону, выпрямился в кресле и пригубил воды из стакана. Пожалуй, Комацу прав: получи такая девушка премию «Дебют», журналюги от них не отстанут. И как водится, постараются раскопать что-нибудь скандальное. М-да. Без проблем тут, похоже, не обойдется.

Перед столиком вырос официант, поставил перед Фукаэри стакан с водой. Но девушка даже не шелохнулась. Ничуть не интересуясь меню, она продолжала разглядывать Тэнго. От нечего делать Тэнго раскрыл рот и сказал:

— Добрый день! — Перед ее хрупкой фигуркой он все острее ощущал себя великаном.

Не ответив на приветствие, Фукаэри продолжала смотреть на него. И наконец негромко сказала:

— *Я-тебя-знаю.*

— Ты меня знаешь? — переспросил Тэнго.

— *Ты-объясняешь-цифры.*

— Верно,— кивнул Тэнго.

— *Я-два-раза-слушала.*

— Мои лекции?

— *Да.*

В ее речи Тэнго подметил сразу несколько характерных особенностей. Скудность определений, острейшая нехватка интонаций и крайне бедный (а может, и *специально* обедняемый для эпатажа) словарный запас. Как и сказал Комацу: точно с луны свалилась.

— Значит, ты — студентка моего колледжа? — уточнил Тэнго.

Фукаэри покачала головой.

— *Я-только-слушала.*

— Но без студенческого билета в аудиторию не попасть, разве нет?

Она едва заметно пожала плечами. Словно говоря: ну ты даешь, дядя. Взрослый человек, а болтаешь такие глупости.

— Ну и как тебе мои лекции? — спросил Тэнго. Очередной вопрос, лишенный всякого смысла.

Не опуская взгляда, она поднесла к губам стакан с водой и отхлебнула. Раз приходила дважды, значит, в целом понравилось, предположил Тэнго. Иначе зачем бы пришла вторично?

— Значит, ты без пяти минут выпускница?

— *Пока.*

— А потом в какой вуз собираешься?

Она покачала головой. Что это могло означать — «не хочу говорить о вузе» или же «ни в какой не собираюсь»,— Тэнго не понял. Только вспомнил ворчанье Комацу: «Да из нее лишнего слова не вытянешь!»

У столика вновь появился официант, пришлось делать заказ. Так и не сняв плаща, Фукаэри попросила салат и хлеб.

— *Это-все,*— сказала она как отрезала и уже вернула официанту меню, но в последнюю секунду вспомнила: — *И-белое-вино.*

Официант слегка дернулся, явно собираясь уточнить ее возраст, но, прошитый взглядом черных пристальных глаз, залился краской и прикусил язык. Ох и крепкий же орешек, снова подумал Тэнго. Себе он заказал лингуине с морепродуктами. И за компанию с дамой — бокал белого вина.

— *Учитель-пишет-книжки,*— произнесла Фукаэри ни с того ни с сего.

Чуть подумав, Тэнго решил расценить это как вопрос. Похоже, вопросы, звучащие как утверждения,— еще одна особенность ее марсианской речи.

— Бывает,— ответил он.

— *Не-похож-ни-на-то-ни-на-то.*

— Охотно верю.— Тэнго попробовал улыбнуться, но у него ни черта не вышло.— Лицензия преподавателя у меня, конечно, есть, но полноценным учителем меня назвать нельзя. А писать пробую, но еще ни одной книги не вышло, так что писатель из меня тоже пока никакой.

— *Ни-рыба-ни-мясо.*

— Точно,— кивнул Тэнго.— На сегодняшний день — ни рыба ни мясо.

— *Любишь-цифры.*

Мысленно привинтив к ее фразе очередной вопросительный знак, он ответил:

— Люблю. И в детстве любил, и сейчас.

— *Почему.*

— За что люблю цифры? — Он выдержал паузу, подбирая слова.— Как тебе объяснить... Когда погружаешься в цифры, на душе становится очень спокойно. Дальше остается лишь собрать все, что нужно, в правильном месте из необходимых кусочков.

— *Про-интегралы-понравилось.*

78

— Из моей лекции?

Фукаэри кивнула.

— А ты сама любишь цифры?

Она чуть заметно покачала головой. Нет, не люблю.

— Но про интегралы тебе понравилось? — уточнил Тэнго.

Она снова пожала плечиками.

— *Так-серьезно-рассказывал.*

— В самом деле? — удивился Тэнго. Что ни говори, а *такого* комплимента ему еще не отвешивали.

— *Как-про-близкого-человека,* — добавила она.

— Это что, — кивнул Тэнго. — Послушала бы ты мою лекцию о прогрессиях! Из всей программы подготовительного курса с прогрессиями у меня самые интимные отношения.

— *Почему.*

— Они очень похожи на равномерную темперацию Баха. Никогда не надоедают. С ними всегда есть место для новых открытий.

— *Про-темперацию-знаю.*

— Любишь Баха?

Фукаэри кивнула.

— *Сэнсэй-часто-слушает.*

— Какой сэнсэй?* — уточнил Тэнго. — Из твоей школы?

Ничего не ответив, она продолжала глядеть на Тэнго. «Об этом говорить еще рано», — прочел он в ее глазах.

Спохватившись, она решила-таки снять плащ. Словно бывшая куколка покидает осточертевший кокон,

---

* Сэнсэй (*букв. яп.* «ранее рожденный») — чаще всего переводится как «учитель», хотя может означать любого мастера своего дела или мудреца, к которому окружающие обращаются за советом. Помимо собственно преподавателей, сэнсэями в обиходе называют врачей, воспитателей, адвокатов, а также старших или просто умелых людей, от чьего опыта зависит выживание коллектива.

юная девушка повела плечами, высвободила руки; сбросила, не складывая, плащ на соседний стул. И осталась в белых джинсах и светло-зеленом свитере с круглым воротом. Ни бижутерии. Ни косметики. И тем не менее — дьявольски привлекательна. Полная грудь при общей худобе ее хозяйки просто не могла не притягивать внимание. Тэнго не стоило туда пялиться. Но взгляд то и дело устремлялся куда не следует. Все равно что наблюдать за водоворотом: как глаза ни отводи, по-любому затягивает в центр.

Принесли вино. Фукаэри отпила глоток. И, не сводя глаз с бокала, поставила его на стол. Тэнго пригубил совсем капельку. Все-таки разговор предстоял серьезный.

Фукаэри чуть поправила волосы, затем взяла одну прядь и медленно пропустила сквозь пальцы. Чарующий жест. Обворожительные пальцы. Каждый словно обладает своей независимой волей. И способен на отдельное колдовство.

— За что я люблю цифры? — переспросил он, чтобы хоть как-то отвлечься от ее пальцев и груди.— Несмотря на целую кучу заумных теорий, главные принципы в математике очень просты. Точно так же, как вода всегда течет сверху вниз по самому короткому пути, закон цифрового потока всегда один и тот же. И если хорошенько вглядеться в этот поток, нужное решение проступает само. От тебя требуется только внимательность. Делать ничего не нужно. Просто сосредоточься и следи, как цифры бегут перед глазами. И они тебе все расскажут. Более приветливых и благодарных собеседников я, пожалуй, не встречал никогда.

Какое-то время Фукаэри обдумывала услышанное. Потом разомкнула губы.

— *Зачем-книжки-пишешь,*— произнесла она без единой эмоции.

Тэнго развернул это в предложение подлиннее:

— Ты хочешь сказать, если мне так нравится математика, какого лешего напрягаться с писательством? Ковырялся бы в своих цифрах и горя не знал — ты об этом?

Она кивнула.

— Ну, видишь ли... Настоящая жизнь не похожа на математику. События в ней совсем не обязательно текут по кратчайшему пути. Для меня в цифрах, как бы лучше сказать, слишком много неизменной Природы. Все равно что красивый пейзаж. Ты просто сидишь в нем, и все. Менять ничего не требуется, да это и невозможно. Но если сидеть в этом пейзаже слишком долго, кажется, будто сам становишься призрачным, бестелесным. И это пугает...

Фукаэри глядела на Тэнго в упор. Так заглядывают в окно опустевшего дома, приникая к стеклу и пытаясь разобрать, что внутри.

— А когда пишешь,— продолжил он,— ты при помощи слов подстраиваешь окружающие пейзажи под себя, перекраиваешь под свою собственную природу. Реконструируешь, так сказать. И благодаря этому можешь убедиться в том, что ты есть. Что все-таки существуешь на этом свете... И здесь уже совсем другая работа, нежели с цифрами.

— *Убедиться-что-ты-есть,*— механически повторила она.

— У меня пока выходило не очень здорово,— признался Тэнго.

Объяснение Тэнго, похоже, не очень понравилось Фукаэри, но больше она ничего не сказала. Лишь поднесла к губам вино — и стала беззвучно потягивать его, будто через соломинку.

— В конце концов,— добавил Тэнго,— ты и сама занималась тем же. Однажды увиденное переписала своими словами. И смогла убедиться, что существуешь.

Замерев со стаканом в руке, Фукаэри ненадолго задумалась. Но ничего не сказала.

— Этот процесс ты облекла в форму. И эта форма называется «произведение»,— продолжал Тэнго.— А если произведение нравится какому-то количеству читателей,— значит, у него есть объективная ценность.

Фукаэри вдруг резко покачала головой.

— *Форма-мне-до-фонаря.*

— Форма тебе до фонаря? — эхом повторил Тэнго.

— *В-форме-нету-смысла.*

— Но зачем было все это писать, а потом посылать на конкурс?

Она вернула бокал на стол.

— *Это-не-я.*

Чтобы как-то успокоиться, Тэнго взял стакан с водой и отпил сразу пару глотков.

— То есть в конкурсе ты участвовать не собиралась? Фукаэри кивнула.

— *Я-ничего-не-посылала.*

— Но кто мог взять твой роман и отправить в издательство на соискание премии?

Девушка чуть поежилась. Помолчала секунд пятнадцать. И наконец ответила:

— *Кто-угодно.*

— Кто угодно...— повторил Тэнго.

И медленно выпустил воздух из легких. Как он и опасался, задачка так просто не решалась. Ну и дела.

До сих пор Тэнго не раз ходил на свидания с собственными ученицами. Точнее, с бывшими ученицами, которые уже поступили в вуз. Время от времени какая-нибудь очередная звонила и говорила, что хочет встретиться. Они встречались, о чем-то болтали, куда-то ходили. Что именно привлекало их в Тэнго, сам он не понимал. Но он ходил в холостяках, а чуть повзрослевшие девушки уже не являлись его подопечными, и никаких моральных преград для таких свиданий не оставалось.

Секс как продолжение этих свиданий у него случился лишь дважды. Дальше ни с одной не заладилось: обе исчезли без объяснений. Чего греха таить — с жизнерадостными девицами, только что поступившими в вуз, ему приходилось постоянно держаться начеку. Все равно что связаться с юной, еще не наигравшейся кошкой: поначалу свежо, и оттого любопытно, но уже очень скоро хочется послать все к черту. В свою очередь, и девицы узнавали с разочарованием, что их заоблачный учитель математики, такой обаятельный за кафедрой, в реальной жизни — совершенно другой человек. И Тэнго прекрасно их понимал.

Успокоиться у него получалось лишь с женщинами старше себя. Как только он видел, что ему не нужно играть ведущую роль, с души точно камень сваливался. Женщины постарше часто проявляли к нему интерес. И потому год назад, когда Тэнго сошелся с замужней дамой на десять лет старше, он прекратил всякие свидания с молодыми девицами. С новой же пассией они встречались раз в неделю в его квартирке, и это полностью утоляло его страсть к женскому полу (или, если угодно, потребность в таковом). Остальное свободное время Тэнго проводил в одиночестве дома — писал, читал книги, слушал музыку да иногда выходил поплавать в бассейн по соседству. Если не считать случайных разговоров с коллегами по работе, ни с кем не общался. И особых неудобств от этого не испытывал. Наоборот, именно такой способ жизни казался ему почти идеальным.

Однако сейчас, когда перед ним сидела семнадцатилетняя девчонка, он чувствовал в сердце странную дрожь. Ту же, что ощутил при виде ее фотографии, только сильнее. Эта дрожь не походила ни на романтическую влюбленность, ни на сексуальное влечение; здесь было нечто иное. *Нечто совсем иное* просачивалось через узенькую дверную щель в душу Тэнго, заполняя зиявшую там пустоту. По крайней мере, так ему казалось. И пустоту эту породила не Фукаэри. Пустота была в нем изначально. А Фукаэри в кои-то веки включила свет, чтобы он смог увидеть масштабы своего запустения.

— Значит, писательство тебе «до фонаря» и на конкурс ты ничего не посылала? — лишний раз уточнил Тэнго.

Не сводя с него глаз, Фукаэри кивнула. И поежилась, как от холодного осеннего ветра.

— И стать писателем ты не собираешься.

Тэнго вдруг поймал себя на том, что из его речи тоже начали исчезать вопросительные интонации. Определенно эта лингвистическая зараза передается воздушным путем.

— *Не-собираюсь,* — ответила Фукаэри.

Принесли заказ. Ей — овощной салат в большой тарелке и французские булочки. Ему — лингуине с морепродуктами. Нанизав на вилку листик латука, Фукаэри повертела его перед глазами, изучая его рассеянным взглядом, каким пробегают заголовки на газетном листе.

— Но так или иначе, кто-то прислал «Воздушный кокон» на конкурс «Дебют». Этот роман, в числе прочих, попал ко мне на отбор, и я им очень заинтересовался.

— *Воздушный-кокон,* — повторила Фукаэри и прищурилась.

— Так называется твой роман, — сказал Тэнго.

Ничего не ответив, она продолжала щуриться.

— Или это название придумала не ты? — озадаченно спросил Тэнго.

Фукаэри чуть заметно кивнула.

В голове у Тэнго опять что-то сдвинулось, но он решил пока больше не спрашивать о названии. *Пока* нужно было двигаться дальше.

— Ну, это ладно. Во всяком случае, название неплохое. Задает атмосферу, по-своему интригует. Сразу хочется спросить, что это значит. Кто бы там его ни придумал, претензий к названию у меня нет. Лично я плохо понимаю разницу между коконом и куколкой, но это не страшно. Главное — сама эта история запала мне в душу. Я показал рукопись господину Комацу. Ему тоже понравилось. Но чтобы подать ее на премию «Дебют», сказал он, текст нужно переработать. Сама-то история отменная, а изложение недотягивает. И эту литературную переработку он решил поручить не тебе, а мне. Я пока не дал своего согласия. Не согласился, но и не отказался. Поскольку сам не могу понять, правильно все это или нет.

Тэнго замолчал и взглянул на Фукаэри, ожидая ее реакции. Но реакции не последовало.

— Поэтому мне и нужно узнать, — добавил он тогда, — как ты относишься к тому, чтобы я переписал «Воздушный кокон» вместо тебя. Ведь что бы я сам для себя ни решил, если ты не согласна — тогда и делать не стоит.

Двумя пальчиками Фукаэри взяла с тарелки помидорку-черри, отправила в рот. Тэнго нанизал на вилку вареную мидию.

— *Делать,* — просто сказала она. И взяла очередную помидорку. — *Перепиши-как-хочешь.*

— А может, тебе нужно время подумать? — уточнил Тэнго. — Все-таки это очень важное решение.

Она покачала головой. Нет, не нужно.

— По идее, нужно переписать все так, чтобы главная история осталась как есть. Язык поменяется — и, полагаю, довольно сильно. Но автором все равно будешь ты. После всех метаморфоз это останется произведением, которое написала семнадцатилетняя Фукаэри. За это можешь не беспокоиться. Если роману дадут премию, получать ее будешь ты и никто другой. Если его издадут отдельной книгой, на обложке будет значиться только твоя фамилия. Мы выступим единой командой: ты, я и главный редактор, господин Комацу. Но на поверхности, в официальном мире, будешь фигурировать ты одна. Остальные двое останутся за кулисами. Как механики сцены в спектакле. Понимаешь, о чем я?

Фукаэри подцепила вилкой веточку сельдерея, отправила в рот. И легонько кивнула:

— *Понимаю.*

— Как тут ни переписывай, «Воздушный кокон» — только твоя история. Она появилась из твоего сознания. Я не могу сделать ее своей, но могу помочь тебе на техническом уровне. Однако сам факт, что я тебе помогал, придется держать в секрете. Проще говоря, мы должны договориться о том, что общество будет нами в каком-то смысле обмануто. А ведь это очень не просто — всю жизнь носить в себе тайну и не проболтаться.

— *Все-будет-как-ты-захочешь,* — отозвалась Фукаэри.

Тэнго отделил лингуине от опустевших раковин на тарелке и собрался было доесть, но передумал и отложил вилку. Фукаэри отправила в рот кусок огурца и принялась жевать его с видом, будто никогда в жизни такого не пробовала.

Он снова взялся за вилку.

— Итак, спрашиваю в последний раз. Значит, ты не против того, чтобы я переписал твой роман?

— *Делай-как-хочешь.*

— И как бы я ни переписал, ты возражать не будешь?

— *Не-буду.*

— Но откуда такая уверенность? Ты же меня совсем не знаешь!

Но Фукаэри лишь пожала плечами.

Минуту-другую они молчали, занявшись едой. Фукаэри принялась за салат и лишь иногда отвлекалась, чтобы намазать масло на хлеб или глотнуть вина. Тэнго доедал лингуине, перебирая в уме возможные последствия тех или иных своих действий. И наконец, отложив вилку, сказал:

— Когда господин Комацу предложил мне все это, я не воспринял его всерьез. Только и подумал: ерунда какая-то. Получиться не может по определению! И вначале хотел отказаться. Но пришел домой, поразмыслил хорошенько — и решил: а почему бы не попробовать? Как это выглядит с моральной точки зрения — дело десятое. Но мне действительно захотелось придать «Воздушному кокону» новую форму. Это очень природное желание. Или, если угодно... что-то вроде *объективной потребности.*

Хотя нет, добавил он про себя. Прав Комацу: скорее уж это *субъективная страсть.* Совладать с которой чем дальше, тем сложнее.

Не говоря ни слова, Фукаэри глядела на него с нейтрально-задумчивым выражением на лице. Словно очень старалась понять, что же он говорит.

— *Хочешь-переделать.*

Он посмотрел ей в глаза.

— Хочу.

В бездонной черноте ее глаз будто вспыхнул слабый огонь. По крайней мере, так показалось Тэнго.

— Не знаю, как лучше сказать, но... каждый раз, перечитывая «Воздушный кокон», я поражался: что увидела ты, стало видно и мне. Особенно сцены, где появляются *Little People.* Все-таки у тебя уникальное воображение. Оригинальное и очень... заразительное, что ли.

— Little People *-существуют-на-самом-деле,* — очень тихо произнесла Фукаэри.

— Существуют?

Она помолчала. Потом добавила:

— *Так-же-как-мы-с-тобой.*

— Так же, как мы с тобой? — эхом повторил Тэнго.

— *Увидишь-если-захочешь.*

В упрощенной речи Фукаэри ощущалась странная сила. Как будто в каждое произносимое слово она вбивала точно подобранный по размеру клинышек. Но все ли в порядке у нее с головой? Этого Тэнго пока не разобрал. Определенно девочка слегка не от мира сего. Возможно, у нее какой-то природный дар. Возможно даже, перед ним сидит сама гениальность. А может, и наоборот: ничего особенного в ней нет, и все ее странности — обычные ужимки неглупой семнадцатилетней красотки, желающей выглядеть эксцентрично. Отсюда и в речи сплошь намеки да недоговорки, лишь бы сбить собеседника с толку. Подобных персонажей Тэнго перевидал немало. Где у них настоящие чувства, а где игра, порой сам черт не разберет. Тэнго решил вернуть разговор в русло реальности. Или, по крайней мере, как можно ближе к оной.

— В принципе, я готов начать работу над «Коконом» хоть завтра,— сказал он.

— *Делай-как-хочешь,*— прозвучало в ответ.

— Хорошо,— сказал он.

— *Но-ты-должен-встретиться-с-одним-человеком.*

— Это можно,— согласился он.

Фукаэри кивнула.

— А что за человек? — уточнил Тэнго.

Словно не услышав вопроса, она продолжала:

— *Встретиться-и-поговорить.*

— Если нужно, не вижу проблем.

— *В-воскресенье-утром-свободен,*— проговорила она, обрубив очередной знак вопроса.

— Свободен,— кивнул Тэнго.

Прямо не разговор, а какое-то общение сигнальными флажками,— пронеслось у него в голове.

———

Ужин закончился, и Фукаэри ушла. Тэнго прошел к розовому телефону-автомату у выхода, зарядил в него сразу несколько десятииеновых монеток и набрал на диске служебный номер Комацу. Тот был еще на работе, но отозвался далеко не сразу. Долгие десять гудков Тэнго терпеливо ждал, прижав к уху трубку.

— Ну как? Успешно? — первым же делом спросил Комацу.

— Согласие Фукаэри на то, чтобы я переписал «Воздушный кокон», мы, в принципе, получим. Скорее всего.

— Вот молодец! — отозвался Комацу, и его голос тут же зазвучал энергичнее.— Замечательно! А то, если честно, я все-таки немного беспокоился. Ну, что такие переговоры, возможно, не твой конек и так далее...

— Да я и не вел никаких переговоров,— сказал Тэнго.— И убеждать никого не пришлось. Просто объяснил ситуацию, а дальше Фукаэри как бы сама все решила.

— Ну, это как угодно. Главное — результат достигнут! Теперь наш проект выходит на новую стадию...

— Один момент. Прежде чем она окончательно согласится, мне придется встретиться с одним человеком.

— С кем?

— Пока не знаю. Но она хочет, чтобы я с ним встретился и поговорил.

Несколько секунд Комацу молчал. Потом спросил:

— И когда вы встречаетесь?

— В воскресенье. Она меня к нему отвезет.

— Насчет конфиденциальности,— сказал Комацу,— помни главное: чем меньше народу будет знать о проекте, тем лучше. В настоящий момент о нем знают лишь три человека: ты, Фукаэри и я. Без особой нужды старайся эту цифру особо не увеличивать. Понимаешь, о чем я?

— Теоретически,— ответил Тэнго.

Неожиданно голос Комацу стал мягче.

— Так говоришь, сама решила тебе рукопись передать? Так это, брат, самое главное! Уж дальше-то, я убежден, все случится само...

Тэнго переложил трубку в левую руку. И пальцами правой с силой потер себе веки.

— Знаете, господин Комацу... Не по себе мне как-то. Не скажу, что на то есть какие-то веские аргументы, но постоянно кажется, что я ввязываюсь во что-то... совсем *не мое*. Когда с Фукаэри говорил, ничего такого не чувствовал, а расстался с нею — и это ощущение только усилилось. То ли предчувствие дурное, то ли просто душа не лежит — не знаю, но есть во всем этом проекте что-то странное. Ненормальное, если угодно. Я не от головы сейчас говорю. Нутром чую.

— То есть тебе так стало казаться уже после встречи с ней?

— Возможно. Все-таки она какая-то... настоящая. Хотя, конечно, это всего лишь мое ощущение.

— Ты хочешь сказать, настоящий гений?

— Насколько она гениальна, сказать не могу,— ответил Тэнго.— Все-таки видел ее впервые. Но не исключаю, что ей видно то, что нам разглядеть не дано. Возможно, у нее какой-то необычный природный дар. Или что-то вроде этого.

— То есть с головой не все в порядке? Ты об этом?

— Эксцентричность в поведении присутствует, да, но с головой, похоже, все нормально. Реагирует на все адекватно,— сказал Тэнго и выдержал паузу.— Просто что-то в ней... не от мира сего.

— Но как бы там ни было, к такому человеку, как ты, интерес она проявила,— подытожил Комацу.— Так или нет?

Тэнго поискал слова для ответа, но ничего подходящего не нашел.

— Ну, не знаю,— только и сказал он.

— После разговора с тобой она решила, что право на переделку ее романа у тебя есть,— продолжил Комацу.— Иными словами, ты ей понравился. Да ты, брат, просто молодчина! Что будет дальше, я сам не знаю. И риск, конечно же, остается. Но пойми одно: риск — очень ароматная специя для блюда человеческой жизни. Именно поэтому ты должен как можно скорей приступить к работе над «Коконом». Времени в обрез. Уже очень скоро роман нужно будет вернуть на конвейер рукописей-кандидатов. Разумеется, уже в переписанном виде. Десять дней тебе хватит?

Тэнго перевел дух.

— Жестковато, конечно...

— Оттачивать до последнего слова сейчас смысла нет. Все равно еще будет время для редакторской правки. Главное — переделай основу как подобает.

Тэнго прикинул в уме объем работы.

— Ну, если так, за десять дней, пожалуй, справлюсь.

— Тогда — вперед,— только что не пропел Комацу.— Смотри на мир ее глазами! Ты будешь посредником, который соединит мир Фукаэри с этой реальностью. Поверь мне, дружище, это тебе по плечу! Уж я-то тебя...

Но тут монетки закончились, и связь прервалась.

Глава 5

АОМАМЭ

Работа, требующая навыка и тренировки

Разделавшись с заданием, Аомамэ прошла пару кварталов пешком, затем поймала такси и отправилась в отель на Акасаке. Перед тем как вернуться домой и заснуть, нужно было снять напряжение алкоголем. Что ни говори, а сегодня она *переправила* кое-кого в мир иной. Пускай человек этот был дерьмовее некуда и точно заслуживал смерти, но все-таки — человек. Кончики ее пальцев еще помнят, как из-под них уходила чужая жизнь. Помнят дрожь последнего вздоха перед тем, как душа отделилась от тела. В этом баре Аомамэ бывала уже не раз. Верхний этаж, уютная стойка, прекрасный вид из окна.

В бар она вошла в начале восьмого. На крошечной сцене молодые гитарист и пианистка исполняли «Sweet Lorraine». Аранжировка — точь-в-точь Нэт Кинг Коул со старенькой пластинки, очень недурно. Как обычно, Аомамэ присела за стойку, заказала джин-тоник и фисташки. В баре было пока немноголюдно. Юная парочка любовалась закатом, потягивая коктейли, четверо бизнесменов в костюмах обсуждали очередную сделку да чета иностранцев средних лет медитировала над бокалами с мартини. Аомамэ потягивала джин-тоник не спеша. Если пить быстро, захмелеешь почти сразу. А до ночи еще далеко.

Она достала из сумки книгу, почитала немного. Книга была о Южно-Маньчжурской железной дороге 1930-х годов. Сама дорога и права на ее эксплуатацию перешли от России к концерну ЮМЖД в 1905-м, по окончании Русско-японской войны. Сразу после этого дорога начала стремительно достраиваться и вскоре превратилась в стратегическую трассу для дальнейшего вторжения Императорской армии в Китай, из-за чего советские войска и демонтировали ее в 45-м. А до 41-го, пока Германия не напала на СССР, Маньчжурская дорога соединялась с Транссибирской магистралью, благодаря чему из порта Симоносэки* до Парижа можно было добраться за какие-нибудь тридцать дней.

Миловидная девушка в деловом костюме, поставив на соседний табурет огромную сумку, увлеченно читает историю Маньчжурской железной дороги. Даже если она при этом пьет в одиночку за стойкой бара, вряд ли ее можно принять за гостиничную проститутку в ожидании клиента. Впрочем, что надевают и как ведут себя проститутки в таких местах, Аомамэ представляла смутно. Возможно, будь она шлюхой на охоте за богатеньким бизнесменом, еще до прихода сюда рассчитала бы: чтобы не напрягать собеседника и чтоб не гнали из бара, нужно прежде всего не выглядеть шлюхой. Нацепить, к примеру, деловой костюмчик от Дзюнко Симады. Косметики — совсем чуть-чуть. Для пущей солидности — большая сумка через плечо и книга (твердый переплет!) о Маньчжурской железной дороге. Если так рассуждать, вывод получается только один: в том, как Аомамэ выглядит и чем сейчас занимается, между нею и шлюхой в режиме ожидания разницы никакой.

---

* Симоносэки — крупный порт на юго-западе японского острова Хонсю. 17 апреля 1895 г. в нем был подписан Симоносэкский договор, завершивший Японо-китайскую войну 1894—1895 гг.

Время шло, в баре начали собираться посетители. Со всех сторон уже слышалась оживленная болтовня. Однако клиента в ее вкусе все не появлялось. Аомамэ заказала еще джин-тоника, овощной соломки (она до сих пор не ужинала) и почитала еще немного. Пока наконец какой-то мужчина не присел за стойку неподалеку. Один, без компании. Загорелый, в дорогом костюме цвета электрик. Галстук подобран со вкусом. Не слишком броско, но и не заурядно. Возраст — около пятидесяти. Волосы на голове уже совсем поредели. Очков не носит. Наверняка в командировке — приехал в Токио на день, разделался с работой и перед сном решил пропустить стаканчик чего покрепче. Совсем как Аомамэ. Накопившееся напряжение не снять ничем, кроме спиртного.

Но простые служаки из провинции обычно не останавливаются в таких дорогих отелях. Их стандартное прибежище — отелишки эконом-класса где-нибудь рядом с метро. Такие, где почти весь номер занимает кровать, из окна видно только соседнее здание, и пока примешь душ, отобьешь все локти о стены. А в коридорах расставлены платные автоматы с напитками и туалетными принадлежностями. На отель поуютнее им, как правило, не хватает командировочных, а если и хватает, они все равно селятся где подешевле и сэкономленную сумму прячут в карман. Перед сном наливаются пивом в дешевом кабачке за углом, а завтракают в круглосуточной забегаловке простецким гюдоном*.

В отеле же вроде этого останавливаются люди совершенно иного сорта. Эти люди приезжают в Токио исклю-

---

* Гюдон — одно из самых простых и дешевых блюд японской кухни: тонкие ломтики говядины, обжаренные с луком, разложенные на рисе и политые имбирно-соевым соусом.

чительно в «зеленых» вагонах Синкансэна* и останавливаются только в пятизвездочных гостиницах. Покончив с делами, заваливаются в тамошний бар и потягивают сверхдорогие напитки. Как правило, это служащие-управленцы крупных компаний. А также преуспевшие бизнесмены, врачи или адвокаты. Возраста среднего или старше. В средствах не ограничены. И кто больше, кто меньше, но явно не прочь поразвлечься. Тот самый тип, на который нацелилась Аомамэ.

Еще когда ей не было двадцати, она заметила за собою странную склонность: непонятно с чего ее привлекали мужчины средних лет с поредевшими волосами. Не лысые, а именно *лысоватые*. Причем одними волосами дело не ограничивалось: крайне важную роль играла форма черепа. Если череп неправильный — не вариант. Идеалом же *лысоватой* мужской головы для нее была голова Шона Коннери. И череп что надо, и вообще сексуально. От одного взгляда сердцу тесно в груди. Мужчина, присевший у стойки за пару табуретов от нее, обладал весьма привлекательным черепом. Конечно, не Шон Коннери, но примерно в том же духе. Долгие залысины убегали от висков почти к затылку, а редкие волосы напоминали остатки травы на лугу в конце осени. То и дело отрывая взгляд от страницы, Аомамэ украдкой изучала незнакомца. В лице ничего примечательного. Не толстяк, хотя на шее небольшие складки. Под глазами круги. Обычный мужик средних лет, каких пруд пруди. Но форма черепа, стоит признать, совсем неплоха.

---

* Синкансэн (*яп. букв.* «новая магистраль») — сверхскоростной пассажирский поезд, а также сеть железных дорог для таких поездов между городами Японии. «Зеленые» вагоны — аналог авиационного бизнес-класса — отличаются повышенной комфортабельностью, и билеты в них стоят примерно вдвое дороже обычных.

Бармен принес меню, но мужчина, даже не заглянув туда, сразу заказал скотч с содовой.

— Какой виски предпочитаете? — спросил бармен.

— Все равно. Полагаюсь на вас,— ответил мужчина. Негромко, спокойно. Слегка по-кансайски*. И спохватился: — А может, есть «Катти Сарк»?

— Разумеется,— отозвался бармен.

Неплохо, снова подумала Аомамэ. Мужчины, которые заказывают в баре «Чивас Ригал» или сингл-молт, нравились ей куда меньше. С теми, кто чересчур привередлив в выборе виски, потом оказывается скучно в постели. Таково было ее маленькое личное наблюдение. Хотя какая тут связь, она и сама не знала.

Кансайский диалект Аомамэ любила. Особенно ей нравилось слушать уроженцев Кансая, которые приехали в Токио и стараются говорить по-столичному. Все эти несовпадения слов и интонаций ее возбуждали — и в то же время, как ни странно, успокаивали душу. Вот с ним и попробуем, решила она. Уж очень хочется запустить пальцы в эти слегка поредевшие волосы. Как только бармен принес мужчине заказ, она тут же махнула рукой и достаточно громко, чтобы лысоватый услышал, попросила:

— «Катти Сарк» со льдом, будьте добры!

— Одну секунду,— бесстрастно отозвался бармен.

Мужчина расстегнул верхнюю пуговицу сорочки. Ослабил галстук — темно-синий в мелкую клеточку, одного тона с костюмом. Сорочка бледно-голубая. Уткнувшись в книгу, Аомамэ ждала, когда принесут «Катти

---

* Диалект, на котором говорят в районе Кансай (центральные города — Кёто, Осака, Кобэ), на слух отличается от академического японского и традиционно считается «языком гейш и истинных самураев». Кансайскому диалекту чаще всего противопоставляют «столичный» диалект района Тохоку (с центрами в Иокогаме и Токио), который также по-своему отличается от классического японского языка.

Сарк». И словно бы невзначай расстегнула пуговицу на блузке. Оркестр исполнял «It's Only a Paper Moon». Пианист разворачивал импровизацию. Принесли «Катти Сарк», Аомамэ подняла стакан, пригубила. Мужчина стрельнул глазами в ее сторону. Оторвавшись от книги, она подняла голову и посмотрела на него. Не пристально, как бы случайно. Когда их глаза встретились, легонько, совсем невзначай улыбнулась. И перевела взгляд на вечерний пейзаж за окном.

Идеальный момент для мужчины, чтобы заговорить с женщиной. Она подготовила для этого все, что нужно. Но мужчина бездействовал. Идиот, разозлилась Аомамэ. Чего ты там тянешь кота за хвост? Вроде давно не мальчик. Или все эти намеки с нюансами тебе не понятны? А может, просто смелости не хватает? Тебе пятьдесят, мне двадцать с хвостиком. Боишься, что позовешь, а я не отвечу? А то и выставлю старым дураком на весь бар? Ну и ну. Ничего ты не понял, как я погляжу...

Она захлопнула книгу, спрятала в сумку. И заговорила с мужчиной сама.

— Любите «Катти Сарк»? — спросила Аомамэ.

Мужчина удивленно посмотрел на нее. Состроил такую мину, будто не понял, о чем его спрашивают. Но в итоге сломался.

— Что?.. Ах да, «Катти Сарк»,— отозвался он, словно что-то вспоминая.— Еще в молодости этикетка понравилась, с тех пор и пью. Там на этикетке парусник, знаете?

— Значит, любите парусники?

— Да, паруса люблю.

Аомамэ подняла свой стакан. Мужчина приподнял свой. Дескать, за вас.

Она встала, перекинула сумку через плечо и, пройдя со стаканом в руке на два места вправо, присела на табурет рядом с мужчиной. Тот опять удивился, но на сей раз постарался этого не показать.

— Назначила встречу бывшей однокласснице,— пояснила Аомамэ.— Битый час жду, а ее все нет. И телефон не отвечает.

— Может, число перепутала?

— Похоже на то,— кивнула Аомамэ.— Она и в школе была такая растяпа! Подожду еще немного да пойду, наверное. А пока можно с вами поболтать? Или вам хочется побыть одному?

— Да нет, что вы... Совсем наоборот! — поспешно и несколько бессвязно ответил мужчина. И, слегка сдвинув брови, окинул Аомамэ взглядом оценщика в ломбарде. Явно пытаясь удостовериться, что перед ним не замаскированная проститутка. Однако Аомамэ, сколько ни разглядывай, никак не походила на проститутку. Напряжение во взгляде мужчины понемногу рассеялось.

— Вы остановились в этом отеле? — поинтересовался он.

Аомамэ покачала головой.

— Нет, я живу в Токио. А здесь просто назначила встречу подруге. А вы?

— В командировку приехал,— ответил мужчина.— Из Осаки. На совещание. Вообще-то у моей фирмы головной офис в Осаке, а в Токио только отделение. И когда совещание здесь, кому-то обязательно нужно приехать. Такие дела.

Аомамэ вежливо улыбнулась. «Эй, дядя,— подумала она про себя,— твоя паршивая работа меня интересует не больше, чем голубиное дерьмо на асфальте. *По-настоящему* мне в тебе интересна лишь форма твоего черепа». Но вслух, понятно, ничего не сказала.

— Сегодня большую работу закончил, вот решил пропустить стаканчик,— продолжил мужчина.— Завтра с утра еще одна встреча, а потом назад в Осаку.

— Я тоже сегодня закончила одну очень важную работу,— сказала Аомамэ.

— Вот как? И чем же вы занимаетесь?

— О работе не очень хочется говорить. В общем, узкопрофильная специальность.

— Узкопрофильная специальность,— повторил мужчина.— Работа, доступная далеко не каждому, поскольку требует высокопрофессиональных навыков и тренировки.

«Тоже мне, ходячая энциклопедия!» — подумала Аомамэ, но, выдавив улыбку, ответила:

— Да, что-то вроде.

Мужчина глотнул еще скотча, закусил орешками из блюдца.

— Мне, конечно, любопытно, кем вы работаете, но раз вам не хочется об этом говорить...

Аомамэ кивнула:

— Прямо сейчас — неохота.

— А может, ваша работа связана с большим количеством слов? Допустим, редактор? Или ученый в институте?

— Почему вы так решили?

Он взялся за галстук, без особой нужды поправил узел.

— Да так... Уж больно внимательно читаете такие толстые книги.

Аомамэ легонько постучала ногтями по краю стакана.

— Книги читаю, потому что нравится. С работой это не связано.

— Ну, тогда сдаюсь. Даже представить себе не могу.

— Это уж точно,— сказала Аомамэ. «И наверно, не сможешь до самой смерти»,— добавила она про себя.

Ненавязчиво, словно бы невзначай, он ощупывал взглядом ее тело. Аомамэ сделала вид, будто уронила какую-то безделицу, и нагнулась за ней, позволив мужчине заглянуть в вырез блузки как можно глубже. Насколько она знала, грудь в таком случае открывалась неплохо.

Не говоря уже о комбинации с кружевами. А затем выпрямилась на табурете и залпом допила «Катти Сарк». Здоровенный ледяной шар в стакане испустил интригующий треск.

— Заказать вам еще? Я точно буду,— предложил мужчина.

— Будьте любезны,— согласилась Аомамэ.

— Я смотрю, вы совсем не хмелеете...

Она загадочно улыбнулась. Но тут же и посерьезнела:

— Ах да! Совсем забыла. Я же хотела у вас кое-что спросить.

— Что именно?

— Вы не заметили, у полицейских в последнее время не менялась форма одежды? Или модель пистолета в кобуре?

— В последнее время? — задумался он.— Это когда?

— На этой неделе.

Лицо мужчины озадаченно вытянулось.

— Да, и форма, и оружие у полиции действительно поменялись. Но это случилось несколько лет назад. До того ходили подтянутые, а потом их мундиры начали превращаться в одежду для выхода в магазин. И пистолеты стали автоматическими. С тех пор никаких особых изменений я не заметил.

— Погодите. Еще неделю назад все японские полисмены носили револьверы, нет?

Мужчина покачал головой:

— Нет. Пистолеты у них автоматические.

— Вы *абсолютно* в этом уверены?

От такого вопроса собеседник завис. Сдвинул брови, всерьез напряг память.

— Ну, всего не упомнишь, но насчет модернизации полицейских пистолетов тогда много шумели в газетах. Дескать, их новое оружие слишком... э-э... чувствительно для решения повседневных проблем. Куча организаций тогда заявили правительству серьезный протест.

— Несколько лет назад? — уточнила Аомамэ.

Мужчина подозвал бармена, человека лет на пять старше. И повторил ему вопрос: когда именно поменялись оружие и форма сегодняшних полицейских?

— Два года назад, по осени,— ответил бармен, не задумываясь.

— Вот видишь? — рассмеялся мужчина.— Даже бармену в отеле об этом известно!

Бармен также усмехнулся.

— Да нет, что вы! — пояснил он.— Просто мой младший брат в полиции служит, вот я и помню... Он еще жаловался, что никак не привыкнет к новой форме. И что пистолет слишком тяжелый. До сих пор еще ворчит. Новая «беретта» у них автоматическая, переключил рычажок — и превращается в полуавтомат. А выпускает ее «Мицубиси» по эксклюзивной лицензии, только для полицейских всей страны. Но японцы слишком редко стреляют друг в друга. И по большому счету в *настолько* чувствительном оружии, да еще в *таких* количествах никакой нужды нет. Только больше головной боли, если такие игрушки крадут. Но что делать, если правительство решило повысить боеспособность полиции?

— А что стало со старыми револьверами? — спросила Аомамэ как можно безразличнее.

— Все изъяли на разборку и переплавку,— ответил бармен.— Помню, еще в новостях показывали, как их разбирают. Вы представляете, сколько нужно времени и сил, чтобы разобрать такую гору револьверов и утилизировать такую кучу патронов?

— Лучше б за границу продали,— вздохнул лысоватый клерк.

— Экспорт оружия запрещен Конституцией,— напомнил бармен.

— Вот видишь? Даже простой бармен в отеле...— снова начал было мужчина, но Аомамэ перебила его:

— Вы хотите сказать, что вот уже два года полиция вообще не носит револьверы?

— Насколько я знаю, нет.

Аомамэ нахмурилась. Может, у нее с головой не в порядке? Не далее как сегодня утром она встретила полицейского в старой форме и с револьвером в кобуре. Мало того: до сих пор ей ни разу не доводилось слышать о том, чтобы все револьверы в стране — *все до единого!* — вдруг уничтожили. Но с другой стороны, не могут же лысоватый с барменом ошибаться одновременно — или тем более морочить ей голову, сговорившись заранее! Выходит, заблуждается она сама?

— Спасибо! У меня больше вопросов нет,— сказала она бармену. Тот улыбнулся профессиональной улыбкой и вернулся к работе.

— Значит, тебе нравятся полицейские? — уточнил лысоватый.

— Глупости,— покачала она головой.— Просто память заплутала немного.

Они выпили очередной «Катти Сарк» — он с содовой, она со льдом,— и мужчина заговорил о парусниках. Дескать, в одной из бухточек Нисиномии* у него пришвартована небольшая яхта. И как только выдается свободное время, он ставит парус и выходит в Закрытое море**. Он пытался убедить ее, как это здорово — остаться с собой наедине и всем телом чувствовать морской ветер. Но Аомамэ было плевать на его море. Рассказал бы лучше об изобретении шарикоподшипников или о

_____

* Нисино́мия — западный пригород Осаки.
** Закрытое, или Внутреннее Японское море (*яп.* Сэто-Найкай) — море Тихого океана, со всех сторон окруженное островами Хонсю, Кюсю и Сикоку.

системе энергоснабжения на Украине — все интереснее. Она скользнула глазами по часам на руке.

— Уже поздно. Можно задать откровенный вопрос?

— Конечно.

— Даже, как бы сказать... очень личный вопрос?

— Отвечу, как могу.

— У тебя крупный пенис?

Мужчина приоткрыл рот, сощурился и пристально посмотрел на нее. Словно не поверил своим ушам. Но лицо Аомамэ оставалось серьезным. По глазам было видно: она не шутила.

— Как сказать,— так же серьезно ответил он.— Я не сравнивал. Наверно, обычный. Так внезапно спросила... Не знаю, что и ответить.

— Тебе сколько лет?

— Пятьдесят один,— произнес он неуверенно.— В прошлом месяце стукнуло.

— Мужик в пятьдесят один год с мозгами, работой и яхтой не знает, большой или маленький у него пенис?

— Ну... может, крупнее среднего,— выдавил он, задумавшись на пару секунд.

— Уверен?

— Да на что тебе сдался мой пенис?

— Сдался? Кто сказал, что он мне сдался?

— Н-никто не говорил. Просто...— Мужчина заерзал на табурете.— У тебя с этим какие-то проблемы?

— У меня с этим никаких проблем нет,— отрезала Аомамэ.— Просто лично я предпочитаю крупноватые. Визуально. Это не значит, что от маленьких я не кончаю. Это также не значит «чем больше, тем лучше». Просто люблю размеры чуть больше среднего. Что тут странного? У каждого свои предпочтения. Вот, скажем, совсем огромные уже не по мне. Только больно и ничего больше. Понимаешь, о чем я?

— Ну тогда, может, тебе и понравится, не знаю. У меня не то чтобы очень огромный, но чуток побольше обычного. Вроде бы в твоем вкусе.

— Не врешь?

— Да зачем мне врать-то?

— Хмм... А показать можешь?

— Здесь?!

Стараясь совладать с собой, Аомамэ снова скорчила мину.

— Здесь? Ты с ума сошел? И не стыдно, в твои-то годы? Только погляди на себя: дорогой костюм, стильный галстук, а манеры — как у гориллы. Хочешь прямо здесь вывалить свое хозяйство? А что люди вокруг подумают, тебя не заботит? Нет уж, теперь нам только одна дорога: идем-ка в твой номер. Там ты снимешь трусы и покажешь мне то, чем хвастался. С глазу на глаз. По-другому никак!

— Ну, покажу... И что потом? — с явным беспокойством поинтересовался он.

— Что потом? — Аомамэ задержала дыхание, чтобы только не скривиться пуще прежнего.— А потом займемся сексом, разве не ясно? Чем нам еще заниматься? Или ты думаешь, что вывалишь мне свое добро, а я тебе: «Вот спасибо! Классную штуковину показал. Ну ладно, спокойной ночи»? Да у тебя с головой все в порядке?

Потеряв дар речи, мужчина во все глаза смотрел, как трагически меняется ее лицо. Большинство мужчин не выдерживали этого зрелища. А малые дети при виде ее гримас, бывало, мочили штанишки. Слишком уж агрессивное выражение появлялось на ее физиономии в такие секунды. «Что-то я перестаралась,— подумала Аомамэ.— Нельзя его так пугать. Нам ведь с ним еще...» Спохватившись, она срочно привела лицо в порядок и выдавила улыбку поприветливей.

— Короче, мы должны пойти в твой номер, залезть в постель и трахнуться. Ты ведь не гей? И не импотент?

— Да нет... У меня двое детей!

— Эй, кто тебя спрашивает, сколько у тебя детей? Я что, агент по переписи населения? Я всего лишь хочу знать, встает ли у тебя член, когда ты с бабой в постели.

— До сих пор еще ни разу не подводил, но...— Мужчина замялся.— Но ты точно не профи? То есть это не по работе?

— Да иди ты! Я не профи. Не извращенка. Самая обычная гражданка. Которая прямо спрашивает обычного гражданина, не хотел бы он с нею переспать. Что тут странного? Женщина весь день пахала, вечером немного выпила и хочет расслабиться, переспав с кем угодно. Сбросить напряжение. Это ей нужно как воздух. Если ты мужик, должен сам понимать.

— Ну, это я как раз понимаю...

— А деньги твои — если ты об этом — мне на фиг сдались! Да я сама приплачу, лишь бы кончить по-человечески. Резинками я запаслась, насчет заразы можешь не беспокоиться. Понимаешь, нет?

— Да, но...

— Все тебе неможется. Я что, не в твоем вкусе?

— Нет, что ты! Просто непонятно. Такая молодая. Я ведь тебе в отцы гожусь...

— Не болтай ерунды, я тебя умоляю! Сколько бы лет нас ни разделяло, я не твоя дочка, и ты мне не папочка. Такие дурацкие сравнения только напрягают всех. Если честно, я просто люблю лысеющих мужиков. У тебя прикольная форма черепа, ясно?

— Да разве я лысею? — Мужчина погладил себя по голове.— Чуток поредело, конечно, но в целом...

— Эй, зануда! — Аомамэ с трудом удержалась, чтобы опять не скривиться.— Кому это интересно? Кончай языком трепать. Давай лучше делом займемся, а?

«Что бы ты ни воображал себе, дядя,— подумала она,— ты лысеешь, и от этого факта не отвертеться. Если бы проводили перепись лысеющего населения, ты бы в те списки попал на все сто. Суждено тебе в рай — вознесешься в рай для лысых. Суждено в ад — угодишь в такой же ад. Понял, нет? И не фиг уворачиваться от реальности. Хватит уже, пойдем! Я покажу тебе рай для красиво лысеющих идиотов».

Мужчина оплатил счета, и они прошли к нему в номер.

Пенис и правда оказался чуть больше среднего, хотя и огромным не назовешь. Самооценка хозяина была адекватной. Наигравшись с пенисом вдоволь, Аомамэ сделала его большим и твердым. А затем сняла блузку и юбку.

— Ты, наверно, считаешь мою грудь слишком маленькой,— произнесла она ледяным тоном, глядя на мужчину снизу вверх.— У тебя-то вон какой агрегат, не то что мои сиськи. Небось жалеешь, что прогадал?

— Вовсе нет! У тебя отличная грудь. Очень красивая.

— Да ладно! — вздохнула Аомамэ.— Вообще-то я не ношу лифчиков с такими дурацкими кружевами. Но для работы пришлось надеть. Чтобы сиськи показать, когда нужно.

— Да что за работа такая?

— Я же сказала, здесь и сейчас о работе говорить не хочу. Но чтоб ты знал: какая бы работа ни выпадала, быть женщиной — дело нелегкое.

— Ну, мужикам тоже несладко по-своему.

— Но вам-то кружевных лифчиков надевать не приходится. Верно?

— Это верно. И все-таки...

— Ой, только не делай вид, что все понимаешь! Ты когда-нибудь спускался по крутой лестнице на шпильках? Или перелезал через забор в мини-юбке?

— Прости,— искренне ответил мужчина.

Аомамэ завела руку за спину, расстегнула лифчик, бросила на пол. Скатала чулки — они полетели туда же.

А затем растянулась на кровати и продолжила игру с его членом.

— Какая все-таки красивая штуковина! — сказала Аомамэ.— Не устаю удивляться. И по форме, и по размеру — просто идеальная. И если нужно, становится твердой, как корень у сосны.

— Спасибо за сравнение,— с явным облегчением отозвался мужчина.

— Ну, сейчас тебя сестренка побалует,— пообещала пенису Аомамэ.— Повеселишься на славу!

— А может, сначала душ примем? — предложил он.— Я за день набегался, весь в поту...

— Замолчи,— отрезала она. И для острастки слегка крутанула его левое яичко.— Я сюда пришла трахаться, а не душ принимать. Ясно тебе? Сначала секс. *Такой, чтоб мозги вышибало*, понял? А пот мне твой до фонаря. Я тебе не школьница на первом свидании.

— Понял,— сказал мужчина.

После бурного секса мужчина перекатился на живот и затих. Поглаживая пальцами его шею, Аомамэ вдруг испытала дикое желание вонзить ему в *ту самую точку* жало своего инструмента. Желание это было настолько сильным, что она и вправду задумалась: а почему бы нет? Инструмент лежит в сумочке, бережно спеленатый в мягкую ткань. Тоненькая игла, которую она так долго затачивала, защищена мягкой пробкой от побочных воздействий. Было бы желание, а исполнить его — раз плюнуть. Сжимаешь правой ладонью, тихонько спускаешь затвор натянутой до предела деревянной пластинки. Бац! Бедняга и понять ничего не успеет, как будет уже на том свете. Без боли, без мук. Так, что и смерть наверняка сочтут ненасильственной... И все же она взяла себя в руки. Никакого резона вычеркивать этого человека из жизни. Кроме разве того, что самой Аомамэ

107

оставаться в живых больше не было смысла. Она помотала головой, отгоняя опасные соображения.

Ведь, по сути, совсем неплохой человек, сказала она себе. И в сексе по-своему интересный. Пока не довел меня до оргазма, не позволял себе кончить, все подыгрывал моим ритмам. О форме черепа я уж не говорю. И размер пениса в самый раз. Галантен, одевается стильно, не давит собой. Воспитан неплохо. Зануда, конечно, каких свет не видал. Но это еще не тот грех, за который раньше времени отправляют на небеса. Наверное.

— Я включу телевизор. Не возражаешь? — спросила она.

— О'кей,— ответил он, не повернув головы.

Лежа нагишом в чужой постели, она отследила вечерние новости. На Ближнем Востоке продолжают кровавую бойню Иран с Ираком. Война, как болото, затягивает обе страны все глубже, и никто на свете не может сказать, как выбраться из этой трясины на твердую землю. В Ираке ввели воинский призыв, и новобранцы в знак протеста вешаются на электрических столбах вдоль дороги. Саддам Хусейн заявил, что применит нервно-паралитический газ и бактериологическое оружие, и в ответ на это правительство Ирана готовится к эвакуации. В Штатах дерутся за кресло лидера демократов Уолтер Мондейл и Гэри Харт, но ни тот ни другой не говорят ничего интересного. На всех президентов, говорящих что-нибудь интересное, очень быстро совершаются покушения. Может, поэтому каждый, кому есть что сказать, делает все, чтобы не стать президентом?

На Луне продвигается строительство научно-исследовательской базы. Хоть в этом Штаты с Советами двигаются куда-то вместе. Как и в строительстве базы на Южном полюсе. Но совместная база на Луне? Стоп, сказала себе Аомамэ. Вот этого я уж точно никогда в жизни не слышала. Что, черт возьми, происходит? И все-таки, решила она, об этих проблемах лучше не думать. Слишком много других проблем громоздится прямо перед носом. На острове Кюсю — катастрофа на шахте. Погибло слишком много горняков, правительство ищет виновных. Уже осваиваем Луну, а люди гибнут за уголь? Это не умещается в голове. Америка все требует от Японии открыть финансовый рынок. Банки «Морган Стэнли» и «Меррилл Линч» подстрекают правительство к госзаказам, впаривая свои акции и услуги. В префектуре Симанэ обнаружилась очень умная кошка. Когда выходит погулять, сама открывает окно, сама закрывает. Так ее научил хозяин. Аомамэ хорошо запомнила, как машет на прощание лапкой голодная черная кошка, прежде чем затворить за собой окно.

Разные были новости. Но сообщений о том, что в отеле на Сибуе найден труп, не всплывало. Новости закончились, она нажала кнопку на пульте и вырубила телевизор. Стало тихо. Только лысоватый яхтсмен с нею рядом еще подавал какие-то признаки жизни.

А *тот* мужчина все лежит, прижавшись мордой к столешнице. И выглядит так, словно глубоко заснул. Почти так же, как *этот* рядом. Только первый больше не дышит. Той сволочи уже никогда не проснуться. Вспоминая покойника, она изучила как следует потолок. Покачала головой, снова скорчила мину. И, выбравшись из постели, начала собирать раскиданное белье.

Глава 6

ТЭНГО

А далеко ли нам ехать?

Комацу позвонил в пятницу, в шестом часу утра. Тэнго снилось, будто он шагает по длиннющему каменному мосту. Возвращается на тот берег за какими-то забытыми документами. Бредет себе по мосту один-одинешенек. По обе руки — широкая река с песчаными островками. Зеленые ивы на островках омывают листву в неторопливой воде. Под ними стайкой резвятся форели. Словно оживший пейзаж с расписного китайского блюда. Проснувшись, Тэнго посверлил глазами часы на полке у изголовья. Кому взбрело в голову трезвонить в такую рань, он хорошо знал.

— Тэнго, дружище, у тебя словопроцессор есть?* — спросил Комацу.

Ни тебе «доброго утра», ни даже вопроса, не разбудил ли. Явно с вечера не ложился. Судя по голосу, не похож на раннюю пташку, вставшую спозаранку, дабы воспеть новый день. Наверняка прошатался где-то всю ночь

* Словопроцессор (*англ.* «word processor» или *яп.* «ва-про») — печатное устройство с электронной памятью, нечто среднее между пишущей машинкой и персональным компьютером. Активно использовался японцами в 1980—1990-х гг., хотя в 1984 г. еще считался чересчур дорогой «игрушкой» для приобретения средним потребителем в личное пользование.

и лишь перед тем, как свалиться в постель, вспомнил, что хотел сказать молодому напарнику.

— Нет, конечно... Откуда? — ответил Тэнго. Было еще темно. А он все стоял на середине моста. На редкость отчетливый сон.— Вы уж простите, но такая игрушка мне не по карману.

— А пользоваться умеешь?

— Умею. И компьютером, и процессором, был бы сам аппарат. У нас в колледже есть, я для работы пользуюсь, когда нужно.

— Ну тогда сегодня же сходи в магазин и подбери что-нибудь подходящее. Я в этих железяках не разбираюсь, какой там бренд или модель покруче, ты уж сам смотри. Чек присылай мне, деньги верну. Я хочу, чтобы ты как можно скорее засел за «Воздушный кокон».

— Но это по меньшей мере двести пятьдесят тысяч!*

— Ничего, это не сумма.

Не отнимая от уха трубки, Тэнго озадаченно повертел головой.

— То есть вы решили купить мне словопроцессор?

— Ну да, потрачу немного из кармана. Считай это моим скромным вкладом в наше общее дело. Будем жаться по мелочам, ничего хорошего не выйдет. Как ты знаешь, в издательство текст «Кокона» пришел распечатанным с процессора. А значит, и обрабатывать его на процессоре сам бог велел. Постарайся, чтобы внешне твоя распечатка выглядела как можно ближе к оригинальной. Ну? Готов начать уже сегодня?

Тэнго задумался на пару секунд.

— Да я-то готов в любую минуту. Но все-таки Фукаэри поставила условие: до получения ее согласия я должен с кем-то встретиться. Встреча назначена на воскресенье. И если разговор почему-либо не заладится, все

---

* На момент действия романа — около 2 тыс. долларов США.

ваши деньги и наши усилия, возможно, будут выкинуты на ветер.

— Да и черт с ними. Не помрем же, в самом деле. Главное — не отвлекаться по мелочам, начинать работу прямо сейчас. Со временем наперегонки!

— Но почему вы так уверены, что встреча закончится успешно?

— Шестое чувство,— отрезал Комацу.— У меня оно работает неплохо. Талантами я, боюсь, похвастаться не могу, но интуицией меня природа не обделила. Всю жизнь прожил с оглядкой на собственное чутье. А как ты думаешь, братец, в чем главное отличие таланта от чутья?

— Даже не знаю.

— Сколько бы в тебя ни заложил бог таланта, это вовсе не гарантирует, что ты не помрешь с голодухи. А вот если он заложил чутье, голодным ты уже не останешься.

— Я запомню,— пообещал Тэнго.

— Поэтому — никаких воздушных замков,— продолжил Комацу.— Начинай работу прямо сегодня.

— Если вы так говорите, у меня возражений нет. Просто я не хотел, чтобы все вдруг пошло коту под хвост...

— За это не беспокойся. Всю ответственность я беру на себя.

— Ясно... После обеда мне нужно кое с кем встретиться, потом я свободен. Завтра с утра съезжу в город, поищу словопроцессор.

— Давай, дружище. Считай, я твой напарник. Вдвоем мы перевернем мир!

В десятом часу позвонила замужняя подруга. Сразу после того, как подвезла на станцию мужа с детьми и попрощалась с ними. Сегодня после обеда она должна была заехать к Тэнго. Пятница — день свиданий.

— Физиологические обстоятельства не в нашу пользу,— добавила она.— Очень жаль, но в следующий раз.

«Физиологические обстоятельства» могли означать лишь одно: у подруги месячные. Что ни говори, а воспитывалась она в семье, где такие проблемы описывали исключительно эвфемизмами. В постели, впрочем, она не казалась настолько манерной. Но это другой вопрос.

— Мне тоже очень жаль,— ответил Тэнго.— Ну, ничего не поделаешь.

Впрочем, на сей раз он не особо жалел о разлуке. Делить постель с этой женщиной всегда приятно, однако теперь его мысли переключены на правку «Воздушного кокона». Самые разные идеи уже зарождались в его сознании, будто первые ростки жизни в Мировом океане.

Что ж, подумал Тэнго. Выходит, мы с Комацу и впрямь одного поля ягоды. Официально еще ничего не решено, а нам уже хочется бежать впереди паровоза.

В десять он вышел из дома, отправился на Синдзюку и, расплатившись кредиткой, приобрел словопроцессор «Фудзицу». Новехонький, куда компактнее, чем большинство громоздившихся на полках железяк. В довесок запасся чернильной лентой и пачкой бумаги. Принес покупки домой, разложил на столе и включил машину в розетку. На работе ему уже доводилось пользоваться подобными устройствами, и особых различий он не обнаружил. То и дело сверяясь с инструкцией к аппарату, Тэнго приступил к переделке «Воздушного кокона».

Как следовало обрабатывать текст, что именно должно получиться в итоге — никаких предварительных соображений у него не было. Он просто чувствовал, как следует поступить с каждой отдельной деталью. Но никакого «ноу-хау» для правки «Воздушного кокона» не существовало в природе. Тэнго даже не был уверен, возможно ли это вообще — переложить все чувства и образы этого странного текста на академический литературный язык. Да, прав Комацу: весь роман нужно перелопачивать от корки до корки. Но реальна ли столь масштабная правка без потери той интонации, что так цепляла в оригинале? Это же все равно что личинке приращивать крылья, чтобы та превратилась в бабочку! Чем дольше Тэнго размышлял об этом, тем больше запутывался и нервничал. Но тем не менее, повторял он себе, все наконец-то пришло в движение. А времени в обрез. Некогда медитировать сложа руки. Как бы там ни было, остается только править деталь за деталью. В надежде, что общее тело произведения начнет меняться само собой.

«Тебе, брат, это по силам. Уж я-то знаю!» — уверенно заявил Комацу. И Тэнго воспринял эту уверенность как должное. Хотя прекрасно знал, что слова у Комацу частенько расходятся с делом и что на самом деле этот тип не думает ни о ком, кроме себя самого. Если ему приспичит, он бросит Тэнго, не задумываясь ни на секунду. И даже не оглянется на прощанье. Но редакторский нюх у Комацу был все-таки феноменальный. На этом поприще он никогда ни в чем не сомневался. Что бы ни происходило, мгновенно оценивал ситуацию, делал выводы, принимал решение и как можно скорее претворял его в жизнь. Ничуть не заботясь о том, что при этом говорят окружающие. Качества командира на линии фронта. То, чего самому Тэнго, увы, не хватало.

Работать он сел в половине первого. Забил в процессор несколько страниц романа и приступил к обработке. Стараясь не искажать содержания, перекраивал фразу за фразой — так, чтобы глаз бежал по строчкам ровно и не спотыкался. Очень похоже на капитальный ремонт в отдельно взятой квартире. Структуру здания оставляем прежней. С этим проблем нет. Узлы коммуникаций не трогаем. А все остальное — плитки пола, потолочное покрытие, обои на стенах — выбрасываем и заменяем на новое. В конце концов, утешал себя Тэнго, я всего лишь ремесленник, которому поручили отремонтировать чье-то жилье. Вот только никакого плана работ не предоставили. Придется делать из чужого дома конфетку, полагаясь на чутье и накопленный опыт...

Малопонятное разъясним, громоздкое облегчим. Лишнее удалим, недописанное дополним. Где нужно, изменим порядок слов или предложений. Прилагательных с наречиями в тексте до крайности мало. Эту особенность, пожалуй, выделим как изюминку. И лишь там, где без определений уж совсем не обойтись, подберем уместные сравнения. В целом повествование Фукаэри было настолько по-детски наивным, что отделять в нем достоинства от недостатков оказалось даже проще, чем он думал. С одной стороны, из-за этой наивности местами было трудно понять, что имелось в виду; с другой стороны — все та же наивность порождала настолько свежие высказывания, что просто дух захватывало. В первом случае он переписывал фразу по-своему, во втором оставлял как есть.

Продвигаясь вперед, Тэнго все чаще ловил себя на мысли, что Фукаэри писала все это вовсе не из желания создать литературное произведение. Ей просто хотелось зафиксировать, по ее же словам, те *реальные* события, свидетелем которых она оказалась. И дело тут не в словах: просто у нее не было никаких других способов выражения. Вот и все. Ни малейших литературных амбиций. Ни стремления проработать детали так, чтобы текст удачнее продавался. Если продолжить сравнение с домом, были бы стены да крыша от дождя, а больше ничего и не нужно. Вот почему Фукаэри до лампочки, как именно Тэнго переправит ею написанное. Каким бы текст ни получился в итоге, она своей цели уже достигла. Говоря ему *«делай-как-хочешь»*, она совсем не кривила душой.

И все-таки «Воздушный кокон» нельзя назвать текстом, написанным для себя. Чтобы просто сохранить информацию, хватило бы и дневниковых заметок. Но эта история, как ни крути, изначально писалась для того, чтоб ее прочел от корки до корки *кто-то еще.* Вот почему, несмотря на полное отсутствие литературности и убогий стиль изложения, роман все равно цеплял душу. Но стоит заметить: этот «кто-то еще» довольно сильно отличался от среднестатистического читателя, воспитанного на современной литературе. Так, по крайней мере, казалось Тэнго.

Для какого же читателя это писалось?

Бог его знает.

Очевидным для Тэнго было одно: «Воздушный кокон» — уникальное литературное полотно, сотканное из высоких достоинств и грубейших ошибок с какой-то особенной, *внелитературной* целью.

После правки текст вырос чуть ли не в два с половиной раза. Дописывать недосказанное приходилось куда чаще, чем вычеркивать лишнее, и объем увеличился не на шутку. В первом приближении читалось неплохо. Изложение стало последовательней, позиция автора четче, сам текст — гораздо читабельнее, чем раньше. Но теперь строки разбухли от логики, и пронзительность восприятия мира, так поражавшая в оригинале, притупилась на целый порядок.

Теперь нужно убрать из перегруженного текста все, без чего можно обойтись. Примерно как избавляются от жировых складок. Отсекать лишнее намного проще, чем заполнять пустоту. В результате текст сократился процентов на тридцать. Очень специфическая игра для ума. Сначала задаешь себе установку, чтобы нарастить все, что можно, потом — чтобы сократить все, что можно, а дальше повторяешь один процесс за другим, пока амплитуда твоего колебания между ними не сократится до минимума, дабы то, что нужно, получилось само собой. На выходе — идеальный результат: нечего добавить, нечего сократить. Самолюбие обуздано, вычурности пригашены, логика загнана в конуру. Такую работу Тэнго с юных лет выполнял блестяще. С проницательностью ястреба на охоте, терпеливостью ослика на водокачке и безграничной преданностью правилам игры.

С головой погрузившись в текст, Тэнго совершенно забыл о времени, и лишь когда решил перевести дух, бросил взгляд на часы. Без малого три. Пора бы и пообедать. Он прошел на кухню, поставил чайник и, пока тот закипал, смолол кофейные зерна. Съел несколько галет с сыром, пару раз откусил от яблока. Чайник закипел, Тэнго сварил кофе. Налил в большую кружку и, чтобы немного развеяться, подумал о сексе со старшей подругой. О том, что в обычную пятницу они прямо сейчас занимались бы *этим* на всю катушку. Тэнго представил, что бы выделывал он, а что она. Зажмурился, поднял лицо к потолку и глубоко, проникновенно вздохнул.

Вернувшись в кабинет, Тэнго сел за стол и перечитал исправленное начало романа. Отслеживая каждую строчку так же придирчиво, как генерал в начале «Троп славы» Кубрика изучает линию фронтовых укреплений. Неплохо. Лучше, чем было, на целый порядок. Но пока не идеально. Есть, есть еще над чем поработать! Здесь мешок с песком прохудился. А у этого пулемета маловато боеприпасов. А вон там поредела колючая проволока...

Распечатав исправленный текст, Тэнго сохранил работу в памяти процессора, отключил аппарат и спрятал в ящик стола. Затем положил перед собой распечатку и принялся вычитывать работу заново с карандашом в руке. Сокращая все лишнее. Переписывая все невнятное. Причесывая все выпирающее из контекста. Подобно мастеру, что выкладывает кафель на стенах купальни, Тэнго подбирал слова, точно плитки различной формы, подставляя новые к предыдущим так, чтобы не оста-

валось зазоров. И если какое-то слово не подходило, об-
тачивал, пока не вставало меж других как надо. Ведь что
ни говори, а именно от тончайших, почти незаметных
нюансов между словами оживают (или, наоборот, умирают) любые истории.

Один и тот же текст воспринимается с экрана процессора немного не так, как распечатанный на бумаге. Говоря строго, это два текста, между которыми существует
неуловимая разница. Ну и конечно, править текст карандашом от руки — совсем не то что перебивать его на
клавиатуре: ощущение от слов меняется. Для оптималь-
ного результата нужно выверять все и так и эдак. А потому включаем процессор, забиваем в него все исправленное карандашом — и читаем на экране, что получилось. Что ж, неплохо. Очень неплохо. До сих пор каждый
текст обладал своим собственным весом. Но лишь теперь, когда оба слились, из несовпадающих тяжестей и
родился естественный ритм.

Не вставая со стула, Тэнго потянулся всем телом, оглядел потолок и протяжно вздохнул. Понятно, что до совер-
шенства еще далеко. Через несколько дней, когда текст
«отлежится», Тэнго еще найдет над чем покорпеть. Но
на сегодня — все. Он выложился на полную. Теперь нужно время, чтобы остыть и подзарядиться. Стрелки часов подбирались к пяти, за окном начинало понемногу
смеркаться. Завтра одолеем еще десяток страниц, сказал себе Тэнго. Надо же: совсем небольшое начало романа отняло чуть ли не целый день! Работа оказалась
сложней, чем он думал. Но ничего: первые рельсы про-
ложены, основной ритм задан. Теперь дело пойдет живее. Все-таки самое трудное — это начало. Главное —
преодолеть его, а уж дальше...

Тэнго вдруг представил, как Фукаэри читает исправленный им роман. С какими чувствами? Об этом оставалось только гадать. Что он вообще о ней знает? Дев-

чонке семнадцать, о поступлении в вуз и не думает, разговаривает, как марсианка, любит белое вино — и одним своим взглядом способна разбить сердце любому мужчине. Вот, пожалуй, и все.

Но теперь в душе Тэнго появилась уверенность (или нечто *похожее* на уверенность) в том, что он четко знает, как именно следует сохранять тот особенный мир, который Фукаэри зафиксировала (или *старалась* зафиксировать) в «Воздушном коконе». Все эти запредельные сцены и фантастические события, которые она пыталась описать примитивным, до предела ограниченным языком, заиграли куда более яркими, свежими красками после того, как он пропустил их через кончики пальцев. Вдохновение окрыляло его. Пускай его задача сводится лишь к технической поддержке того, что придумал кто-то другой,— он готов выполнять ее так же естественно и с той же отдачей, как работу над собственной книгой. Феерическая сага, имя которой «Воздушный кокон», ждала своего часа, чтобы появиться на свет.

И это для Тэнго было радостнее всего. Выжатый как лимон несколькими часами напряженной работы, он тем не менее блаженствовал. Даже выключив процессор и отойдя от стола, долго не мог избавиться от желания вернуться и продолжить работу. Ему нравилось это занятие. Правя роман, Тэнго словно погружался в нирвану. Если так пойдет дальше, подумал он, кто знает — может, и не придется расстраивать Фукаэри? Впрочем, эту девочку сложно представить расстроенной — равно как и обрадованной. Он также не представлял, что заставило бы ее улыбнуться или нахмуриться. Никаких настроений на ее лице не проявлялось. То ли нет чувств, которые можно как-нибудь выразить, то ли чувства никак не связаны с выражением — этого Тэнго не знал. Странная девочка, что и говорить.

———

В героине «Воздушного кокона» Фукаэри, похоже, описала саму себя в детстве. Ей десять лет. Живет в горах, в какой-то общине (или вроде того) и присматривает за слепой козой. Это работа, которую ей поручили. Все дети в коммуне выполняют какую-нибудь работу. Коза совсем старая, но для членов общины она олицетворяет некий Великий Смысл, а потому нужно следить очень тщательно, чтобы коза никуда не пропала. То есть вообще не спускать с нее глаз. Так наставляют девочку взрослые изо дня в день. Но однажды она отвлекается по какому-то пустяку — и тут коза, как назло, подыхает. Девочку сурово наказывают. Ее поселяют в глиняном амбаре вместе с трупом козы. Десять дней и ночей, отрезанная от мира, девочка не должна возвращаться к людям. Даже словом перекинуться с кем-либо ей настрого запрещено.

Коза играет роль коридора, по которому на этот свет пробираются *Little People*. Кто такие *Little People*, добрые они или злые,— девочке непонятно (как, впрочем, и самому Тэнго). Но с наступлением ночи *Little People* переправляются в наш мир через труп козы. А с рассветом точно так же возвращаются восвояси. Девочка может разговаривать с ними. Они показывают ей, как плести Воздушный Кокон.

Пожалуй, больше всего Тэнго поразило, как подробно, в мельчайших деталях, Фукаэри описала характер и повадки слепой козы. Настолько ярко и живо, что начинало казаться, будто события «Кокона» случились на самом деле. Неужели ей и впрямь довелось присматривать за старой слепой козой? И жить среди гор в общине вроде той, что описана в «Коконе»? Скорее всего, да, предположил Тэнго. Ведь чтобы сочинить такую запредельную историю без подобного опыта за плечами, нужно быть семи пядей во лбу.

При следующей встрече (то есть в воскресенье) обязательно уточню у Фукаэри насчет козы и общины, решил Тэнго. Бог знает, конечно, ответит она или нет. Судя по ее поведению в прошлый раз, отвечала она лишь на то, что считала нужным. Те же вопросы, на которые она реагировать не хотела (или которых сознательно избегала), повисали в воздухе, словно она их вообще не слышала. Совсем как Комацу, подумал Тэнго. Что одного, что другую о чем-либо спрашивать — все равно что горохом об стену. Явно какое-то врожденное свойство натуры.

В полшестого раздался звонок от замужней подруги.

— Чем занимался? — спросила она.

— Весь день писал книгу,— ответил Тэнго.

Полуправда, полуложь. А что тут еще ответишь? Книга, конечно, не его, но писать-то он писал. Не объяснять же на пальцах всю ситуацию.

— На работе все хорошо?

— Слава богу.

— Извини, что сегодня все пришлось отменить. Через неделю обязательно встретимся.

— Буду ждать,— пообещал Тэнго.

— Я тоже,— сказала она.

Потом заговорила о детях. Она вообще часто рассказывала ему о своих детях, двух дочурках. У самого Тэнго ни братьев, ни сестер не было, а уж детей и подавно. Что такое дети, он представлял очень смутно. Но подругу это не смущало, и она постоянно болтала с ним о дочерях. Собеседник из Тэнго был пассивный. В любых разговорах ему больше нравилось слушать других, нежели говорить самому. Вот и подругу он слушал с искренним интересом. Старшую дочь-второклассницу, кажется, дразнят в школе, с тревогой поделилась она. Сама-то бедняжка отмалчивается, но мамы ее одноклассниц подозревают, что так оно и есть. Девочку эту Тэнго, разумеется, никогда не встречал. Только однажды мать показала ему фотографию. Почти никакого сходства.

— А за что ее могут дразнить? — спросил Тэнго.

— Иногда ее мучают приступы астмы, и она не может делать то же, что и все остальные. Наверно, за это. Девочка добрая, открытая, учится неплохо. А вот поди ж ты...

— Что-то я не пойму,— нахмурился Тэнго.— По идее, если у человека астма, его нужно защищать, а не дразнить, разве не так?

— У детей все не так просто,— вздохнула она.— Достаточно быть не таким, как все,— и ты уже изгой. Все совсем как у взрослых, но в более трагических проявлениях.

— В каких именно?

Она привела примеры. Каждый пример в отдельности, может, и не покажется особо трагичным, но когда это продолжается изо дня в день, ребенок начинает *реагировать*. Что-то скрывать. Отмалчиваться. Злиться и грубить на пустом месте.

— Да господи, разве тебя самого в детстве не доводили?

Тэнго напряг память.

— Пожалуй, нет... Может, что-то и было, да я как-то внимания не обращал.

— Если внимания не обращал, считай, ничего и не было. Ведь главная цель того, кто унижает,— заставить свою жертву заметить, что ее унижают. А иначе и унижения не получается.

Тэнго с малых лет был крупней и сильнее сверстников. Никто не хотел с ним связываться. Возможно, поэтому над ним никогда не измывались. В те времена ему хватало своих проблем. Гораздо более серьезных, чем подначки одноклассников.

— Ну а тебя в школе доводили? — уточнил он.

— Нет! — ответила она резко. И тут же как будто смутилась:— А вот я доводила, было дело...

— Со всеми заодно?

— Да. Классе в пятом все сговорились и объявили одному мальчишке бойкот. За что — хоть убей не помню. Какой-то повод был, но раз не запомнился — наверняка ерунда какая-то. И зачем мне это понадобилось? Сама не понимаю.

Слушая ее, Тэнго вспомнил кое-что из своего детства. Случилось это очень давно, а в памяти сохранилось до сих пор. И забыть уже не получится. Но подруге ничего говорить не стал. Слишком долгая история, которая утратит суть, если передать ее словами. Никому в жизни Тэнго ее не рассказывал и теперь уже вряд ли кому расскажет.

— В конечном итоге,— продолжала подруга,— людям спокойнее с теми, *кто* издевается, нежели с теми, *над кем* издеваются. И радуются: «Боже, какое счастье, что все это вытворяют не со мной!» В любые времена в любом обществе по большому счету происходит одно и то же: все стремятся примкнуть к большинству и не париться.

— А если примкнуть к меньшинству, придется все время париться?

— Именно,— мрачно подтвердила она.— Хотя, может, лишь так и получается жить по уму.

— Жить по уму, чтобы все время париться?

— В этом-то и проблема...

— Не стоит себя накручивать,— сказал Тэнго.— Все как-нибудь образуется. В любом классе найдется несколько ребят со своей головой на плечах.

— Да, наверное,— согласилась подруга.

И помолчала, задумавшись о чем-то своем. Прижимая к уху трубку, Тэнго терпеливо ждал, пока она соберется с мыслями.

— Спасибо тебе,— сказала подруга. Похоже, пришла к какому-то выводу.— Вот поговорила — и на душе полегчало.

— Мне тоже,— сказал Тэнго.

— А тебе от чего?

— От того, что с тобой поговорил.

— До пятницы! — попрощалась она.

Повесив трубку, Тэнго вышел из дома и отправился в супермаркет за продуктами. Нагруженный пакетами, вернулся домой, обернул овощи и рыбу пленкой, убрал в холодильник. И, слушая музыку по радио FM, начал было готовить ужин, когда телефон затрезвонил снова. Четвертый звонок за день — такое с ним случалось крайне редко. Раз пять-шесть в году, если не меньше. На этот раз звонила Фукаэри.

— *Насчет-воскресенья,*— сказала она безо всяких приветствий.

В трубке слышались гудки автомобилей. Долгие и настойчивые, будто водители жутко на что-то злились. Похоже, Фукаэри звонила из телефонной будки на большом перекрестке.

— В это воскресенье, то бишь послезавтра, я встречаюсь с тобой, а потом мы встречаемся с кем-то еще,— облек Тэнго ее мысль в человеческие слова.— Так?

— *В-девять-на-синдзюку-голова-поезда-на-татика-ву,*— выпалила она все три координаты без остановки.

— То есть — Центральная ветка, первый вагон? — уточнил он.

— *Да.*

— А билет докуда брать?

— *Докуда-угодно.*

— Ладно, возьму что придется, а на выходе доплачу, сколько нужно,— догадался Тэнго. Очень похоже на правку «Воздушного кокона».— А далеко ли нам ехать?

— *Что-сейчас-делал,*— сказала она. Будто и не слыхала вопроса.

— Ужин готовил.

— *Что-готовил.*

— Ну, я один живу, по кухне особо не заморачиваюсь. Так, ничего серьезного... Поджарил морскую щуку. Приправил тертой редькой с соевым соусом. Заварил мисо с луком и ракушками. Вместо салата — огурцы с ламинарией в уксусе. Рис с пекинской капустой. Вот, сейчас еще тофу достану и все это съем.

— *Вкусно.*

— Да ладно,— отмахнулся Тэнго.— Ничего по-настоящему свежего. И чуть ли не каждый день одно и то же.

Фукаэри молчала. Похоже, в долгом молчании по телефону она не находила ничего странного. В отличие от Тэнго.

— Кстати! — нарушил он затянувшуюся паузу.— Сегодня я начал переписывать твой «Воздушный кокон». Ты, конечно, еще не согласилась, но времени осталось совсем в обрез. Если сейчас не начать — ни черта не успею.

— *Это-тебе-комацу-сказал.*

— Ну да. Начинай, говорит, прямо сейчас.

— *Вы-с-ним-друзья.*

— Да... Пожалуй.

О том, что людей, способных подружиться с Комацу, не сыскать на всем белом свете, Тэнго решил не упоминать. Слишком долгий разговор.

— *Переписывать-получается.*

— Пока да. И довольно неплохо.

— *Слава-богу,*— сказала Фукаэри.

Что-что, а это выражение явно не из ее лексикона. Или она и правда рада, что переписывать получается? Или просто не знает, как еще это выразить? Кто ее разберет.

— Лишь бы тебе понравилось,— сказал Тэнго.

— *Понравится-не-бойся,* — отозвалась она, выдержав паузу.

— Откуда ты знаешь? — удивился Тэнго.

Но Фукаэри ничего не ответила. Просто помолчала в трубку, и все. Очень многозначительно. Как будто предлагала Тэнго найти ответ самому. Но сколько Тэнго ни напрягал извилины, откуда у Фукаэри столько уверенности, догадаться не получалось.

— Я, кстати, хотел спросить,— нарушил он очередную паузу.— Ты что, действительно жила в общине и присматривала за козой? У тебя так здорово это описано, словно все случилось на самом деле. Вот я и подумал...

В трубке послышался кашель.

— *Про-козу-не-хочу-говорить.*

— Ладно,— сказал Тэнго.— Не хочешь — не будем. Я просто так спросил, не обращай внимания. Для писателя главное — то, что он написал. Никаких объяснений не требуется. Значит, встречаемся в воскресенье! У того, с кем я встречусь, есть какие-то требования к этикету?

— *Не-понимаю.*

— Ну, может, мне стоит галстук надеть или с каким-то подарком приехать? Я ведь не знаю, что там за человек...

Фукаэри опять промолчала. На этот раз — совсем не многозначительно. Она просто не поняла, о чем ее спрашивают. Вопрос Тэнго не совпал с ее системой координат. Вышел за пределы ее понимания — и улетел навеки в космическую Пустоту. Все равно что с Плутона запустили ракету к черту на кулички, лишь бы обнаружить хоть каких-нибудь братьев по разуму.

— Ладно, не бери в голову,— вздохнул Тэнго. С самого начала не стоило задавать этот вопрос. Пожалуй, пора сходить в магазин да купить каких-нибудь фруктов.— Короче, в воскресенье в девять.

Несколько секунд Фукаэри держала паузу, а потом, ничего не сказав, положила трубку. Ни «пока», ни «увидимся» — просто отключилась, и все.

А может, она просто учтиво кивнула ему и на том закончила разговор? Как ни жаль, язык жестов непонятен по телефону. Тэнго повесил трубку на рычаг и вернулся к стряпне.

Глава 7

АОМАМЭ

Как можно тише, чтоб не проснулась бабочка

В субботу во втором часу дня Аомамэ добралась до «Плакучей виллы». Престарелые ивы, свесившись через каменную ограду, беззвучно качали кронами на ветру, напоминая стайку заблудившихся привидений. Благодаря этим деревьям старинный европейский особняк и получил свое прозвище. Раскинулся он на вершине крутого холма в районе Адзабу. В кронах ив гнездились птицы. Большая кошка залезла на крышу и лениво грелась на солнышке. На узкой извилистой улочке, что вела к воротам, машин почти не было. Деревья выстроились вдоль обочин так плотно, что даже в полдень здесь царили бледные сумерки. Казалось, само Время замедляет свое течение для всех, кому довелось сюда забрести. Хотя в окрестностях располагалось сразу несколько иностранных посольств, людей на улицах было почти не видно. Круглый год здесь царила тишина, и только с приходом лета воздух распирало от стрекота цикад, пронзительного до боли в ушах.

Подойдя к воротам, Аомамэ нажала кнопку звонка. Повернулась к домофону, назвала свое имя. И чуть заметно улыбнулась видеокамере над головой. Загудел какой-то механизм, металлические ворота медленно раскрылись, впустили Аомамэ и затворились у нее за спиной.

По хорошо знакомой дорожке она пересекла небольшой сад и направилась к дверям усадьбы. Зная, что камеры следят отовсюду, она вышагивала, точно модель на подиуме,— от бедра, как по струнке, гордо подняв голову и расправив плечи. Оделась сегодня неброско: темно-синяя ветровка на серую футболку, джинсы, белые кеды. Сумка через плечо, на этот раз — без «пестика» внутри. Когда в инструменте нет надобности, он отдыхает дома, в шкафу для одежды.

У входа в особняк было расставлено несколько плетеных садовых кресел, и в одном сидел огромных размеров мужчина. Не очень высокого роста, но с поразительно развитыми плечами и грудной клеткой. Лет под сорок, с обритым наголо затылком и аккуратными усиками под носом. Одет в широченный серый костюм и белую рубашку с темно-синим шелковым галстуком. На ногах — черные, без единого пятнышка туфли из кордовской кожи. В ушах серебряные сережки. Человек не походил ни на клерка из налогового управления, ни на агента по страхованию автомобилей. Пожалуй, сильнее всего он смахивал на профессионального телохранителя — да, собственно, им и являлся. Черный пояс по каратэ. Когда нужно, безупречно владеет оружием. Крепкий орешек; если нужно, превратится в настоящего монстра. Но в повседневной жизни — мужчина мягкий, невозмутимый, вполне интеллигентный. Вглядишься в глаза (если, разумеется, он позволит) — можно даже уловить теплоту.

В личной жизни этот человек любил собирать-разбирать всевозможные механизмы, коллекционировал пластинки прогрессивного рока 60—70-х годов и проживал со своим бойфрендом, красавчиком парикмахером, здесь же, в районе Адзабу. Звали его Тамару. Имя это или фамилия, никто не знал. Каким иероглифом пишется, тоже никому не известно. Но только так его все и называли.

При виде Аомамэ он кивнул, не вставая с кресла.

— Добрый день,— сказала она. И села в кресло напротив.

— Говорят, в отеле на Сибуе кто-то помер,— произнес Тамару, изучая взглядом свои туфли.

— Не слыхала,— отозвалась Аомамэ.

— Для сенсации слишком скучно. Похоже на обычный инсульт. Жаль мужика, прожил всего лет сорок...

— Сердце нужно беречь.

Тамару кивнул.

— Вся проблема в образе жизни. Беспорядочный режим, стресс, недосыпание. Все это убивает.

— Рано или поздно всех нас что-нибудь убивает.

— В философском смысле — да.

— Вскрытие будет? — спросила Аомамэ.

Наклонившись, Тамару стряхнул с туфли невидимые пылинки.

— У полиции лишнего времени нет. И бюджет ограниченный. Вскрытием трупа без единой царапины заниматься никто не станет. Да и родственники вряд ли согласятся на то, чтобы тело мирно усопшего кромсали без особой причины.

— Да уж. Особенно безутешная вдова.

Тамару выдержал паузу, а затем протянул ей правую ладонь — огромную, как бейсбольная перчатка. Аомамэ пожала ее. Крепко и с чувством.

— Устала небось? — спросил Тамару.— Тебе сейчас бы отдохнуть.

Уголки губ Аомамэ чуть-чуть приподнялись — почти как в улыбке. И все-таки то была не улыбка, но лишь намек на нее.

— Как Бун поживает? — спросила Аомамэ.

— Веселый, спасибо! — ответил Тамару.

Буном звали немецкую овчарку, что охраняла усадьбу. Умный, покладистый пес. Хотя и с целым букетом странных привычек.

— По-прежнему жрет шпинат?

— Со страшной силой. На этот чертов шпинат сейчас цены высокие, закупать постоянно — чистое разорение. А он все жрет и жрет.

— В жизни не слыхала, чтобы собаки питались шпинатом.

— Проблема в том, что он не считает себя собакой.

— Кем же он себя считает?

— Существом, не принадлежащим ни к какому конкретному виду.

— Суперпес?

— Вроде того.

— И поэтому любит шпинат?

— Вряд ли поэтому. Просто любит шпинат, и все. Со щенячьих времен.

— Так, может, оттого и вырос вольнодумцем?

— Возможно,— кивнул Тамару. И бросил взгляд на часы.— У тебя, кажется, на полвторого назначено?

Аомамэ кивнула.

— Несколько минут еще есть.

Тамару неспешно поднялся.

— Жди меня здесь. Может, сегодня пораньше примет,— сказал он. И растворился в дверном проеме.

Наблюдая за роскошными ивами, Аомамэ ждала его возвращения. Ветра не было, и деревья склонили кроны до самой земли. Точно люди, погруженные в задумчивость, когда им ничто не мешает.

Через пару минут Тамару вернулся.

— Пойдем вокруг дома,— сказал он.— Сегодня встреча в оранжерее.

Они обогнули сад и под сенью ив прошли к оранжерее, что располагалась сразу за главным зданием усадьбы. Здесь, на заднем дворе, уже не было деревьев, и все вокруг было залито солнцем. Осторожно, стараясь не выпустить бабочек, Тамару приоткрыл стеклянную дверь сантиметров на тридцать, пропустил вперед Аомамэ. Затем проскользнул внутрь сам — и тут же закрыл дверь за собой. Не самая простая задачка для великана, но Тамару справился с ней безупречно. Хотя и чувствовалось, что в таких пируэтах он, конечно, не специалист.

Под огромной стеклянной крышей оранжереи царила вечная весна. Всюду цвели цветы. По большей части — самые заурядные. Из горшков на полках выглядывали гладиолусы, анемоны, маргаритки и прочие лесные и садовые обитатели, знакомые всем и каждому. Некоторые даже показались Аомамэ банальными сорняками. Ни дорогущих орхидей, ни редких сортов роз, ни тропических диковинок Полинезии — ничего, что оправдывало бы содержание такой огромной оранжереи, на глаза не попадалось. И хотя Аомамэ не больно-то разбиралась в растительности, эта оранжерея нравилась ей прежде всего за скромность и простоту.

Незатейливость флоры, впрочем, обильно компенсировалась самыми разными бабочками. Судя по всему, хозяйка усадьбы и разбила-то эту оранжерею не столько ради цветов, сколько для разведения экзотических бабочек. И цветы подбирала не по внешнему виду, а по богатству нектара, который те или иные бабочки собирали. Разведение редких бабочек наверняка требовало каких-то особых знаний, усилий и необычного оборудования. Вот только где именно хозяйка могла этим заниматься, для Аомамэ всегда оставалось загадкой.

За исключением самых жарких дней лета, хозяйка часто принимала Аомамэ именно в этой оранжерее. Здесь они могли беседовать с глазу на глаз, не опасаясь, что их слова донесутся через толстые стекла до чьих-то ушей. А уж их беседы — совсем не из тех, что ведут в полный голос и где попало. К тому же в окружении бабочек и цветов хозяйка успокаивалась куда лучше. Это было заметно даже по ее лицу. Самой Аомамэ в оранжерее казалось жарковато, но терпимо.

Хозяйка была миниатюрной старушкой лет семидесяти пяти. С коротко стриженными седыми волосами. В холщовой рубашке с длинными рукавами, кремовых хлопчатых брюках и перепачканных землею кедах. Руками в белых перчатках она сжимала большую железную лейку и, бродя от горшка к горшку, поливала один цветок за другим. Каждый предмет ее одежды казался на размер больше, чем требовалось, но ей самой так было явно удобнее. Всякий раз, застав хозяйку «Плакучей виллы» за таким земным и естественным занятием, Аомамэ заново начинала ее искренне уважать.

Еще до войны эта дочь финансового магната получила аристократическое воспитание, однако вовсе не производила впечатления изнеженной или экзальтированной дамы. А потеряв мужа сразу после войны, занялась делами маленькой инвестиционной конторы, которой владела ее семья, и обнаружила недюжинное чутье в управлении акциями. Настоящий дар от бога, это признавали все. Благодаря ее усилиям контора быстро превратилась в процветающую компанию, а оставленное наследство выросло на целый порядок. Задействовав эти ресурсы, она скупила в центре Токио земельные участки, принадлежавшие до войны императорской семье и прочим аристократам. Затем выждала десяток лет — и, продав свои акции по бешеным ценам, разбогатела еще больше. Все это время старалась не появляться на людях, так что имя ее широкой публике почти не известно; однако нельзя представить ни одного серьезного экономиста, который бы о ней не слыхал. Поговаривали также о ее крепких связях в политике. Но в частной жизни — открытая, умная женщина. И притом — абсолютно бесстрашная. Верит только собственному чутью и, если что решила, всегда добивается своего.

При виде Аомамэ она поставила лейку на землю и, указав на пару металлических кресел у входа, предложила сесть. Аомамэ заняла одно, хозяйка расположилась напротив. Любые действия старушка совершала бесшумно, точно мудрая лисица, крадущаяся по дремучему лесу.

— Чего-нибудь выпьете? — осведомился Тамару.

— Горячий цветочный чай,— сказала хозяйка. И повернулась к гостье: — А ты?

— То же самое,— ответила Аомамэ.

Чуть заметно кивнув, Тамару шагнул к выходу из оранжереи. Осторожно осмотревшись, убедился, что рядом нет бабочек. Затем отворил дверь совсем чуть-чуть — и скользнул в узкий проем грациозно, как танцор в менуэте.

Хозяйка стянула рабочие перчатки — так, словно те были из тончайшего шелка,— аккуратно сложила их на краю стола и пытливо глянула на Аомамэ.

— Говорят, мир потерял ценного специалиста,— сказала она.— Знаменитый нефтяной эксперт, совсем еще молодой и очень перспективный...

Говорила старушка очень тихо. Казалось, налети любой ветерок — ее речи будет не разобрать. Аомамэ так и хотелось протянуть к хозяйке руку, отыскать, где у нее громкость, и прибавить звук. Но никакой ручки громкости у старушки, понятно, быть не могло. А потому приходилось напряженно вслушиваться в каждое слово.

— Да, все так неожиданно,— кивнула Аомамэ.— Но эта смерть не доставила кому-либо особенных неудобств. Мир продолжает вертеться, как прежде.

Хозяйка улыбнулась.

— Абсолютно незаменимых людей на земле не бывает. Какими бы мозгами или способностями человек ни обладал, ему всегда найдется более-менее подходящая замена. Если б мир наполнился незаменимыми, у всех бы начались большие проблемы. Хотя, конечно...— Она чуть замешкалась, а затем подняла указательный палец: — Таким, как ты, замену подобрать нелегко.

— Если нельзя заменить меня,— сказала Аомамэ,— можно добиться того, что я делаю, другими способами, разве не так?

Хозяйка посмотрела на девушку. По старческим губам пробежала улыбка.

— Допустим,— ответила она.— Но даже если и так — куда ты денешь то, что нас с тобой связывает? Ты — это ты, а не кто-то другой. Я очень тебе благодарна. Так, что словами не передать.

Подавшись вперед, она положила пальцы на запястье Аомамэ. И замерла в такой позе секунд на десять. Потом отняла руку и выпрямилась с очень довольным видом. На плечо ее голубой рубашки вдруг села бабочка. Маленькая, белая, с красными прожилками на крыльях. И, ничего не боясь, уснула.

— Такой бабочки ты, наверное, в жизни еще не встречала,— сказала старушка, бросив взгляд на плечо. В ее голосе послышались нотки гордости.— Даже на Окинаве отыскать ее очень непросто. Она питается нектаром с одного-единственного вида цветов. Которые растут только в горах Окинавы и больше нигде на свете. Чтобы вырастить такую красавицу, первым делом пришлось доставить сюда и высадить эти цветы. Столько времени и сил на нее ушло — страшно вспомнить. О расходах я даже не говорю.

— Похоже, она очень к вам привязалась.

Старушка улыбнулась:

— *Эта девочка* считает меня своим другом.

— Значит, с бабочками можно дружить?

— Чтобы подружиться с бабочкой, нужно сначала самой превратиться в кусочек природы. Выключить из себя человека, затаиться внутри — и представить себя деревом, травой или цветком. Это требует времени. Но если собеседник тебе открылся, дальше все случится само собой.

— А бабочкам дают имена? — с любопытством спросила Аомамэ.— Ну, как собакам или кошкам?

Хозяйка покачала головой.

— Нет, бабочкам имен не дают. Они и так отличаются друг от дружки — по виду, расцветке, орнаменту. Да и зачем имя тому, кто уходит из жизни так скоро? Эти странницы посещают наш мир совсем ненадолго. Я каждый день прихожу сюда. О чем только с ними не разговариваю! Но каждая бабочка, когда приходит ее время, пропадает куда-то бесследно. Сначала я думала, они умирают. Но сколько ни искала, мертвых бабочек не находила ни разу. Словно в воздухе растворяются, не оставляя после себя ничего. Бабочки — самые эфемерные и самые прекрасные существа на Земле. Откуда-то появляются, тихонько проживают свои крохотные жизни, не требуя почти ничего, а потом исчезают. Наверное, в какой-то другой мир... Совсем не такой, как наш.

Воздух в оранжерее, жаркий и влажный, сочился ароматом цветов. Мириады бабочек то пропадали, то вновь мельтешили перед глазами, эфемерные, точно знаки препинания в потоке чьей-то мысли без начала и без конца. Каждый раз, заходя сюда, Аомамэ утрачивала чувство времени.

Появился Тамару — с чайником и парой чашек голубого фарфора на золотом подносе. А также с двумя блюдечками — печенья и домотканых салфеток. Запах травяного чая тут же смешался с цветочным ароматом вокруг.

— Спасибо, Тамару. Дальше мы сами управимся,— сказала хозяйка.

Тамару поставил поднос на садовый столик, поклонился и без единого звука вышел. Выписав, как и в прошлый раз, виртуозное па вокруг двери. Хозяйка приоткрыла крышку чайника, убедилась по запаху, что чай заварился, и разлила напиток по чашкам. Тщательно отследив, чтобы налито было поровну.

— Может, я спрашиваю лишнее, но почему вы не завесите выход решеткой? — поинтересовалась Аомамэ.

Хозяйка подняла голову и посмотрела на Аомамэ.

— Решеткой?

— Ну да. Если на выходе приделать еще одну дверь — простую раму с мелкой решеткой,— не придется всякий раз бояться, что бабочки улетят.

Левой рукой хозяйка приподняла блюдечко, правой взяла чашку и сделала беззвучный глоток. Оценила вкус, легонько кивнула. Вернула чашку на блюдце, а блюдце на поднос. Промокнула уголки губ салфеткой, положила ее на колени. Все это заняло у нее раза в три больше времени, чем у обычного человека. Точно лесная фея, что питается росинками с листьев и трав, подумала Аомамэ.

Хозяйка чуть слышно кашлянула. И сказала:

— Решеток я не люблю.

Аомамэ ждала продолжения. Но его не последовало. То ли хозяйка не любила решетки как символ ограничения свободы, то ли она считала их неэстетичными для интерьера, то ли просто не переносила физически,— это так и осталось загадкой. Впрочем, Аомамэ не видела в том проблемы. Просто спросила, что в голову пришло.

Вслед за хозяйкой она тоже взяла свою чашку, бесшумно отпила глоток. Аомамэ не очень любила травяные чаи. Куда больше ей нравился горячий, дьявольски крепкий кофе как-нибудь после полуночи. Но в цветочной оранжерее средь бела дня такой напиток вряд ли уместен. Поэтому всякий раз, приходя сюда, она пила то же, что и хозяйка. Та предложила гостье печенье. Аомамэ попробовала. Только что приготовленное, с имбирем. До войны хозяйка воспитывалась в Англии, вспомнила Аомамэ. Старушка ела печенье осторожно, крохотными кусочками. И как можно тише, чтобы не проснулась бабочка у нее на плече.

— Пойдешь назад — Тамару передаст тебе ключ,— сказала хозяйка.— Когда закончишь дела, пришлешь обратно по почте. Все как всегда.

— Хорошо,— кивнула Аомамэ.

С полминуты они молчали. Через плотно закрытые окна оранжереи из внешнего мира не доносилось ни звука. Потревожить мирный сон бабочки ничто не могло.

— Мы не делаем ничего неправильного,— сказала хозяйка, глядя Аомамэ прямо в глаза.

Аомамэ легонько закусила нижнюю губу. И затем кивнула.

— Я знаю.

— Загляни в этот конверт,— добавила старушка.

Аомамэ взяла со стола конверт, извлекла оттуда семь поляроидных фотографий и разложила одну за другой, как зловещие карты Таро, перед антикварным чайником из голубого фарфора. На карточках изображались фрагменты обнаженного тела молодой женщины. Снято крупным планом. Спина, грудь, гениталии, бедра. И даже пятки. Не было только лица. На каждом снимке — синяки и кровоподтеки от жестоких побоев. Избивали, похоже, ремнем. Лобковые волосы сбриты, кожа в язвах, напоминающих ожоги от сигарет. Лицо Аомамэ перекосило гримасой. Подобные снимки ей доводилось видеть и раньше, но *настолько* ужасные — еще никогда.

— Такого ты, кажется, ни разу еще не видала? — спросила хозяйка, будто прочитав ее мысли.

Аомамэ кивнула:

— Вы, конечно, рассказывали, но вижу впервые.

— *Его* рук дело,— сказала хозяйка.— В трех местах переломаны ребра. На одно ухо оглохла — боюсь, что уже навсегда...

138

Губы хозяйки неожиданно отвердели, голос заледенел. Будто поразившись этой перемене, бабочка на ее плече проснулась, взмахнула крылышками и упорхнула неизвестно куда.

— Человек, вытворяющий такие зверства, не должен ходить по этой земле,— продолжала хозяйка.— Ни в коем случае.

Аомамэ собрала фотографии и сложила обратно в конверт.

— Или ты не согласна?

— Согласна,— ответила Аомамэ.

— Значит, мы действуем правильно,— резюмировала хозяйка.

Она поднялась с кресла и, будто пытаясь успокоиться, снова взялась за лейку. С таким видом, словно в руки ей попало оружие массового поражения. Лицо ее побледнело. Взгляд устремился куда-то в дальний угол оранжереи. Аомамэ попыталась отследить, на что именно он нацелен, но обнаружила только горшки с татарником.

— Спасибо, что пришла,— сказала хозяйка, сжимая ручку лейки.— Ты делаешь бесценную работу.

На этом, похоже, аудиенция заканчивалась.

Аомамэ встала, перекинула сумку через плечо.

— Спасибо за чай,— поблагодарила она.

— Тебе спасибо,— повторила хозяйка.

Аомамэ чуть заметно улыбнулась.

— Ни о чем не тревожься,— сказала хозяйка.

Ее губам наконец вернулась обычная мягкость, а глазам — теплота. Легонько пожимая руку Аомамэ, она повторила:

— Мы поступили правильно.

Аомамэ кивнула. Разговор завершался так же, как и всегда. Который уж раз она повторяет все это самой себе, подумала Аомамэ. Как мантру или молитву. «Ни о чем не тревожься. Мы поступаем правильно...»

Убедившись, что вокруг нет бабочек, Аомамэ приоткрыла дверь оранжереи, вышла, затворила за собой. Позади осталась хозяйка с лейкой в руках. Воздух снаружи был свеж, обжигающе чист, пахло травой и деревьями. То был запах реального мира. Мира, где время течет как положено. И чей воздух наконец-то можно вдохнуть полной грудью.

Тамару дожидался ее у выхода, сидя в плетеном кресле. С ключом от абонентского ящика в руке.

— Закончили? — уточнил он.

— Кажется, да,— кивнула Аомамэ.

Опустившись в кресло рядом, она взяла ключ и спрятала в сумочку.

С минуту они молчали, наблюдая за птицами на деревьях в саду. Ветра по-прежнему не было, и старушки ивы задумчиво свесили свои кроны, некоторые — до самой земли.

— А что с этой женщиной? — спросила Аомамэ.— Оклемалась?

— Кто? — не понял Тамару.

— Жена того парня, что помер в отеле от инсульта.

— Пока состояние неважное,— поморщился Тамару.— Никак из шока не выйдет. Почти не разговаривает. Нужно время.

— А что она за человек?

— Немного за тридцать. Детей нет. Красавица, общительная. Стильная во всех отношениях. Но этим летом купальника ей надевать, увы, не доведется. Да, наверно, и следующим. Поляроиды видела?

— Видела.

— Жуткое зрелище?

— Да уж.

— Обычная история,— вздохнул Тамару.— На взгляд окружающих — талантливый человек. Уникальная специальность, безупречное воспитание, элитный университет. Солидная общественная фигура...

— А домой приходит — как черти подменили, так? — подхватила Аомамэ.— Особенно если напился. Агрессия так и хлещет через край. Вот только руку поднимает лишь на женщин. Больше почему-то не трогает никого. А внешне — заботливый муж, приличный семьянин. Попробуй его жена рассказать, что он с ней вытворяет, ей просто никто не поверит. И он это знает. А потому для побоев выбирает места, которые под одеждой не заметны. Или бьет так, чтоб следов не осталось... Ну как, все сходится?

— Почти,— кивнул Тамару.— С одной только разницей: он не пьет ни капли. Жену избивает в трезвом рассудке и средь бела дня. То есть полный отморозок, дальше некуда. Она просила его о разводе. А он ни в какую. Может, любил ее как-то по-своему. Или такую доступную жертву из рук выпускать не хотел. А может, просто нравилось ее насиловать — вот так, с особым садизмом. Кто его знает...

Тамару снова чуть наклонился вперед — проверить, как сияют его туфли. И продолжил:

— Конечно, докажи она факт бытового насилия, могла бы развестись и без его согласия. Но это требует времени и денег. Если муж наймет адвоката половчей, можно огрести целую кучу неприятностей. В судах по семейным проблемам — вечный бардак, судей не хватает. Бывших мужей, которых все-таки вынудили платить алименты, можно по пальцам пересчитать. Большинство так или иначе отмазываются. Во всей Японии практически не найдешь тех, кого бы вызвали в суд за неуплату алиментов. Этот суд фиксирует только одно: «Намерение платить алименты подтверждается» — и отпускает нерадивого папашу на все четыре стороны. Иными словами, заплати один раз у них на глазах, а дальше делай что хочешь. Как ни крути, а в Японии мужчины до сих пор считаются высшей кастой.

— Тем не менее,— вставила Аомамэ,— пару дней назад этот любитель домашнего насилия успешно скончался от инсульта в отеле на Сибуе.

— «Успешно скончался»? — переспросил Тамару и цокнул языком.— Слишком прямолинейно. Лично мне больше нравится: «Получил от Небес воздаянье». Как бы там ни было, в причине его смерти сомнений нет, а сумма страховки не такая высокая, чтобы страховая компания в чем-то засомневалась. Наверняка жене выплатят все сполна. Уже это для нее — неплохие деньги, чтобы начать все сначала. Ни тебе трат на адвокатов, ни проволочек с разводным процессом. Ни самих бюрократов, ни проблем от их же решений. Все условия для нормальной психической реабилитации.

— Не говоря уже о том, что это отродье больше не сможет ходить по земле и выбирать себе очередную жертву,— добавила Аомамэ.

— Кара Небес,— кивнул Тамару.— Случайный инсульт. Раз — и все встает на свои места. Каков финал — таковы и результаты.

— Если, конечно, где-нибудь существует финал,— сказала Аомамэ.

Тамару поджал губы в гримасе, отдаленно напоминавшей улыбку.

— Финал обязательно есть,— сказал он.— Хоть и без вывески «Конечная станция». Ты когда-нибудь видела лестницы с надписями «Эта ступенька — последняя»?

Аомамэ покачала головой.

— Вот и здесь так же,— сказал Тамару.

— И все-таки,— возразила она,— если жить по совести, с открытыми глазами, разве не ясно, когда и где наступит твой финал?

— Ну, даже если не ясно...— Тамару повертел в воздухе пальцами, но тут же осекся.— В любом случае, этот парень до своего финала дополз.

Какое-то время оба молча слушали пение птиц. Стоял тихий апрельский вечер. Без малейших признаков бытового насилия.

— Сколько женщин у вас сейчас живет? — спросила Аомамэ.

— Четверо.

— И все — в похожей ситуации?

— Так или иначе,— кивнул Тамару. И поджал губы: — Хотя трое, по крайней мере, не в такой глубокой заднице. Мужья их, конечно, те еще сволочи, но с нынешним случаем не сравнить. Так, мелочь пузатая, возомнившая о себе черт-те что. Тебе напрягаться не стоит. Я сам разберусь.

— По закону?

— В основном по закону. Хотя и придется немного припугнуть сверх меры. А что незаконного в инсульте?

— Абсолютно ничего,— подтвердила Аомамэ.

Не говоря ни слова, Тамару сложил руки на колени и воззрился на склоненные ивы.

Немного подумав, Аомамэ вдруг оживилась:

— Послушайте, Тамару, а можно вопрос?

— Какой?

— Когда именно японская полиция сменила мундир и оружие?

Тамару задумчиво сдвинул брови. Похоже, этот вопрос задел его профессиональные интересы.

— А ты почему спрашиваешь?

— Да так... Просто пришло в голову.

Тамару поглядел ей в глаза. Взгляд его был абсолютно бесстрастным. Как ни лови, соскользнешь в пустоту.

— Было дело, а как же. В октябре восемьдесят первого постреляли полицейских на озере Мотосу. Это привело к полной реорганизации Полицейского департамента. Года два назад, как сейчас помню.

Аомамэ кивнула, стараясь не меняться в лице. Ни о чем подобном она в жизни не слышала. Но ей оставалось только поддерживать разговор.

— Кровавая вышла бойня,— продолжал Тамару.— Против пяти автоматов Калашникова — шестизарядные револьверы старого образца. Поражение неизбежно. Бедняг полицейских — только трое. Всех прострочили, как швейной машинкой. Пришлось вызывать Силы самообороны* на вертолетах, раз уж у полиции кишка тонка. Вот после этого премьер Накасонэ** и выпустил указ — усилить полицейскую боеготовность. Много шишек в департаменте поснимали, создали отряды спецназа и вооружили всех автоматическими пистолетами. «Беретта-девяносто два». Никогда не стреляла из такого?

Аомамэ покачала головой. Она и простой пневматики-то в руках не держала ни разу.

— А мне приходилось,— сказал Тамару.— Пятнадцатизарядный автоматище. Пули «парабеллум» на девять миллиметров. С отменной репутацией, активно используется в армии США. Не самый дешевый, но продается лучше, чем дорогущие «зауэры» или «глоки». Одна проблема — навскидку с ним не справиться, нужна трениров-

---

* Силы самообороны (*яп.* «дзиэйтай») — современное название вооруженных сил Японии. После поражения во Второй мировой войне Императорская армия была распущена, а военные заводы и учебные заведения закрыты. В 1947 г. Япония приняла Конституцию, в которой юридически закреплялся отказ страны от участия в военных конфликтах. В 1954 г. из Национальных сил безопасности были сформированы Силы самообороны, которые быстро росли, оснащались современным вооружением и к началу 80-х гг. фактически являли собой крупную профессиональную армию.

** Ясухиро Накасонэ (р. 1918) — премьер-министр Японии с 1982 по 1987 г., лидер Либерально-демократической партии страны с 1982 по 1989 г.

ка. Раньше личное оружие весило всего четыреста девяносто граммов, теперь — восемьсот пятьдесят. Оснащать таким агрегатом нашу полицию бесполезно: ей просто не на чем тренироваться. А попади он в грязные руки, мирного населения пострадает больше на целый порядок.

— Где же вы из такого стреляли?

— Хороший вопрос, мне часто его задают. Сижу я как-то на берегу реки, играю себе на арфе. Вдруг откуда ни возьмись появляется фея, протягивает мне «Беретту-девяносто два» и говорит: «Видишь вон того белого зайца? Попробуй-ка его подстрелить!»

— А если серьезно?

Морщинки вокруг губ Тамару стали чуть резче.

— Я всегда говорю серьезно. Как бы там ни было, форму и оружие полиция сменила два года назад, по весне.

— Два года назад...— повторила Аомамэ.

Тамару снова пристально посмотрел на нее.

— Послушай, сестренка. Если на душе что не так, ты лучше мне расскажи. У тебя проблемы с полицией?

— Да нет, дело не в этом,— покачала она головой.— Просто я формой интересуюсь. Вот и стало любопытно, когда это они ее поменяли.

Повисла пауза, разговор закончился сам собой. Тамару еще раз протянул ей правую ладонь.

— Очень рад, что все закончилось хорошо,— сказал он.

Аомамэ снова пожала руку. Кто-кто, а этот человек знал: после дикой работы с человеческой смертью крайне важен физический контакт с кем-то тихим, теплым и живым.

— Возьми на работе отпуск,— посоветовал Тамару.— Устрой себе передышку, разгрузи голову. Махни со своим бойфрендом куда-нибудь на Гуам.

Встав с кресла, Аомамэ перекинула сумку через плечо, поправила капюшон у ветровки. Поднялся и Тамару. Хотя и не самого высокого роста, этот человек, вставая, напоминал вырастающую перед носом кирпичную стену. Что всегда и напрягало, и удивляло одновременно.

До последнего мига Тамару провожал ее взглядом. Все это время, пока не скрылась за воротами, Аомамэ ощущала его взгляд меж лопаток. А потому вышагивала по дорожке с гордо поднятой головой, распрямив плечи, как по натянутой струне. Никакой наблюдатель в жизни бы не догадался, что за хаос царил у нее в душе. Не слишком ли много на свете стало твориться того, о чем она и слыхом не слыхивала? Еще совсем недавно, казалось, она могла контролировать окружающий мир — со всеми его крахами, катастрофами, парадоксами. Теперь же этот единый мир словно разваливался на куски и рассыпался, точно песок.

Стрельба на озере Мотосу? «Беретта-92»?

Что происходит, черт возьми? Такую важную новость Аомамэ не пропустила бы ни в коем случае. Это просто исключено. Может, система, приводящая мир в движение, понемногу сходит с ума? Не сбавляя шага, Аомамэ лихорадочно оценивала ситуацию. Что бы с миром ни произошло, нужно собрать его воедино. Увязать все причины и следствия в логическую цепочку. Как можно скорее. Иначе непременно случится что-то ужасное.

Хорошо, если Тамару не заметил ее душевных метаний. Слишком осторожный и проницательный тип. И конечно, опасный. В своей преданности хозяйке выкладывается на все сто. Ради ее спокойствия способен на что угодно. Да, к Аомамэ он привязался. Ну или *что-то вроде*. Но как только решит, что хозяйке все это больше не нужно,— вычеркнет Аомамэ из своего мира, не задумываясь. Очень бесстрастно и официально. А убегать от него бесполезно. Слишком уж классный профессионал.

Она дошла до ворот, те открылись. Повернувшись к глазку видеокамеры, Аомамэ улыбнулась как можно приветливей — и легонько, как ни в чем не бывало, помахала рукой. Выйдя за ворота, дождалась, когда створки неторопливо закроются за спиной. И зашагала вниз по Адзабу, составляя в уме длинный список дел на самое ближайшее время. Очень вдумчиво и осторожно.

Глава 8

ТЭНГО

Неведомо куда, не ведая к кому

Для большинства людей воскресное утро означает прежде всего безмятежный отдых. Но Тэнго с раннего детства не радовался ни одному воскресному утру. Всю сознательную жизнь воскресенье повергало его в депрессию. Как только неделя подходила к концу, тело его тяжелело, аппетит пропадал и что-нибудь непременно болело. Ожидание воскресенья для Тэнго было подобно лунному серпу, что ночь за ночью истончается до полного исчезновенья. Вот бы жить на свете без воскресений, мечтал он с детства. Как было бы здорово каждый день ходить в школу и не париться насчет выходных. Бывало, он даже молился, чтобы воскресенье не наступало, хотя молитвы его, разумеется, никто не слышал. И даже теперь, когда Тэнго вырос и воскресенья, казалось бы, можно уже не бояться,— открывая глаза воскресным утром, он безо всякой причины впадал в уныние. Суставы ныли, а то и подташнивало. Все тело помнило: воскресенье — про́клятый день. Это клеймо впечаталось в его подсознание на всю оставшуюся жизнь.

Отец работал сборщиком взносов за телевидение «Эн-эйч-кей». И каждое воскресенье брал с собой на работу сына. Началось это до того, как ребенок пошел в детский сад, и продолжалось до пятого класса школы. Каждое воскресенье, если только в школе не устраивалось каких-то мероприятий, мальчик шел с отцом собирать взносы за государственное телевидение. Без исключений. В семь утра они просыпались. Отец умывал Тэнго, чистил ему уши, подстригал ногти, одевал как можно опрятнее (но без пижонства) — и обещал накормить повкуснее, когда все закончится.

Как работали остальные сборщики взносов за «Энэйч-кей», Тэнго не знал. Но отец по воскресеньям пахал, как проклятый. Гораздо больше обычного. Оно и понятно: в воскресенье больше шансов поймать тех, кто скрывается от уплаты по будням.

Причин брать с собой Тэнго по воскресеньям у отца было несколько. Во-первых, мальчик не оставался дома один. По будням он ходил в ясли, в детсад, а потом и в школу, но по воскресеньям поручать его было некому. Во-вторых, сын должен был видеть, каким трудом отец зарабатывает на хлеб, с малых лет понимать, как устроена эта жизнь и как нелегко все дается. Сам отец вырос в крестьянской семье, где все вкалывали с рассвета до заката и даже по воскресеньям никто не разгибался. А когда на поле было особенно много работы, разрешалось даже пропускать школу. Эта беспросветная круговерть для отца была в порядке вещей, ибо ничего другого он в жизни не знал.

Третья же причина была меркантильного свойства, а потому и обижала Тэнго сильнее всего. Отец прекрасно понимал, что с ребенком выколачивать деньги проще. Все-таки перед человеком, которого держит за руку маленький сын, гораздо сложнее захлопнуть дверь со словами: «За такую ерунду я платить не собираюсь, ступайте прочь!» Под пристальным детским взглядом частенько раскошеливались даже те, кто сначала платить не хотел. Вот почему именно по воскресеньям отец выбирал самые сложные для сбора денег маршруты. С самых первых «походов» Тэнго чувствовал, чего именно от него ожидают, и роль свою ненавидел до тошноты. Но расстраивать отца не хотелось, и мальчик выполнял свою часть, подыгрывая родителю с должной сообразительностью. Как обезьянка в цирке: если с утра как следует покривляешься, с тобой будут хорошо обращаться весь день.

Спасало Тэнго лишь одно: маршруты этих походов пролегали далеко от их дома. Жили они в «спальном» микрорайоне городка Итикава*, а работать отцу приходилось ближе к центру. И выколачивать деньги из семей однокашников по садику или школе, слава богу, ни разу не довелось. Хотя и бывало, что по дороге на работу им попадались знакомые дети. Когда это случалось, Тэнго старался спрятаться за отца, чтоб его никто не заметил.

Отцы большинства одноклассников Тэнго служили в центре Токио. И каждый понедельник дети взахлеб рассказывали, куда их возили на выходные. Кого в Диснейленд, кого в зоопарк, кого на бейсбольное поле. Летом на пляжи Босо, зимой — на горнолыжные курорты. Папы сверстников отважно крутили баранки автомобилей или лазали по горам. А их сыновья увлеченно обсуждали, кому где вчера было круче. И только Тэнго было нечего обсуждать. Ни в диснейленды, ни на курорты его никто никогда не вывозил. Каждое воскресенье с утра до вечера они с отцом обходили квартиры незнакомых людей, звонили в дверь, кланялись и просили денег. Кто-то платить не хотел. Кто-то угрожал расправой. Кто-то принимался спорить или ругаться, а то и спускал отца с лестницы. Рассказывать о таких приключениях одноклассникам? Извините покорно.

Он пошел в третий класс, когда о профессии его отца стало известно в школе. Видимо, кто-то из одноклассни-

---

* Итикава — один из почти двух сотен некогда самостоятельных городов, поглощенных в XX в. разросшимся Токио.

150

ков подглядел, как они с отцом собирают деньги. А куда деваться? Все-таки каждое воскресенье они ходили по городу — отец впереди, сынок позади. А Тэнго уже вымахал слишком здоровым, чтобы прятаться за папашу. Не заметить их парочку было бы просто странно.

Вот так к нему и прилепилось прозвище «Эн-эйчкей». Среди отпрысков из семей «белых воротничков» мальчик чувствовал себя отщепенцем. Все, что для окружающих было в порядке вещей, для него оставалось недостижимым. Тэнго жил иной жизнью в совершенно иной реальности. Успевал он в школе неплохо, в спорте ему не было равных. Рослый, плечистый, силы не занимать. Учителям нравилось вызывать его к доске. Потому, несмотря на всю его «инаковость», в классе его никогда не дразнили. Напротив, большинство ребят относились к нему дружелюбно. Вот только на любое приглашение или предложение махнуть куда-нибудь в воскресенье ответить ему было нечем. Тэнго представлял, что будет, скажи он отцу: «В воскресенье одноклассники позвали в гости». Он представлял это так хорошо, что лучше было даже не заикаться. А оттого и ребятам отвечал лишь одно: прости, мол, но в воскресенье никак не могу — дела. Ответишь так людям раза три-четыре, и у всякого пропадет охота звать тебя куда бы то ни было. Так в любом коллективе он не вливался ни в чью тусовку и всегда оставался один.

Что бы ни происходило на белом свете, каждое воскресенье с утра до вечера они с отцом ходили по городу и собирали деньги. Это правило не терпело ни изменений, ни исключений. Даже если Тэнго простужался и кашлял, пускай и без сильного жара, или у него случалось расстройство желудка, отец бывал непреклонен. В такие воскресенья Тэнго плелся за родителем, еле волоча ноги, и думал, как было бы здорово свалиться и сдохнуть где-нибудь на обочине. Тогда бы, наверное, папа

хоть немножечко понял, как он не прав. И что поступать
так с ребенком слишком жестоко. Но к счастью или не-
счастью, природа наградила мальчика крепким и вынос-
ливым организмом. С температурой или кашлем, с тош-
нотой или коликами в желудке — он тащился за отцом
по пятам километр за километром, не падая и не теряя
сознания. И даже ни разу не заплакал.

В последний год войны отец Тэнго возвратился из Маньчжурии без гроша в кармане. Родился он на севере Хонсю третьим сыном в крестьянской семье, а на материк
подался, завербовавшись с односельчанами в Армию
освоителей Маньчжурии. В то время японское правительство только и трубило на каждом углу, какой обето-
ванный край — Маньчжурия, как много там места, какая плодородная земля. Но отец и его товарищи отправились туда вовсе не потому, что попались на удочку
государственной рекламы. О том, что края обетованно-
го не существует, они догадывались с самого начала. Их
гнали туда лишь голод и бедность. Год за годом, сколько
ни вкалывали они на своих полях, их семьи прозябали
на волосок от голодной смерти. Жить в Японии становилось невыносимо, от безработных уже рябило в глазах. Найти приличную работу в городе не удавалось, хоть
сдохни. Чтобы хоть как-то выжить, оставалась только одна дорога — в Маньчжурию. Наскоро обучившись стрель-
бе из винтовки и прочим армейским премудростям, а
также прослушав лекцию об особенностях маньчжур-
ского земледелия, крестьяне трижды прокричали «бан-
зай», прощаясь с родной землей, и отплыли в Далянь,
откуда уже на поезде их перебросили к маньчжурской
границе. Там они получили в пользование землю, инструмент и оружие и сообща приступили к освоению це-
лины. Земля — сплошной песок да булыжник — зимой
промерзала до льда. Когда кончились запасы еды, они

ели бродячих собак. Но тем не менее в первые годы им поступала помощь от государства — скудная, но достаточная, чтобы не околеть.

В 1945-м, не успела жизнь крестьян хоть немного наладиться, советская армия, нарушив пакт о ненападении, вторглась в Маньчжурию*. По Транссибирской магистрали Советы перебрасывали на Дальний Восток огромные силы, готовясь к масштабному наступлению. От одного чиновника, с которым, по счастью, отец Тэнго оказался на короткой ноге, он и услышал тревожную информацию. «Квантунская армия слишком ослабла, чтобы выстоять против русских,— сообщил ему под большим секретом чиновник.— Если шкура дорога, беги отсюда ко всем чертям, да как можно скорее!» Вот почему, не успел еще слух о советском вторжении подтвердиться, отец Тэнго на загодя приготовленной лошади доскакал до ближайшей станции, где и пересел на предпоследний поезд в Далянь. Из односельчан, с которыми он уехал на поиски новой жизни, больше в Японию не вернулся никто.

После войны отец подался в Токио, где приторговывал на черном рынке, а заодно обучался на плотника, но ни в том ни в другом занятии не преуспел. И начал совсем уже загибаться, когда удача вдруг улыбнулась ему. Осенью 1957-го, подрабатывая носильщиком в пивной на Асакусе, он встретил старого знакомца по маньчжурским временам. Того самого чиновника, который проболтался ему о начале японо-советской войны. Только

---

* Пакт о нейтралитете между СССР и Японией был заключен в Москве 13 апреля 1941 г. сроком на 5 лет (по 25 апреля 1946 г.). Согласно его положениям, стороны обязались не ввязываться в военные конфликты, в которых участвовала противоположная сторона. Однако 9 августа 1945 г. СССР начал войну с Квантунской армией, введя свои войска в Маньчжурию, что де-факто явилось нарушением данного соглашения.

раньше он служил в Министерстве связи Маньчжурии, а теперь заведовал отделом коммуникаций столичного района Фурусу́. То ли в чиновнике заговорил старый земляк, то ли он помнил, с каким работягой имеет дело, но отнесся он к отцу Тэнго сердечно и даже пригласил на ужин.

Услыхав, что бывший крестьянин загибается без работы, чиновник возьми да и спроси: а не хотел бы ты собирать взносы за радио «Эн-эйч-кей»? Дескать, у меня приятель в тамошнем отделении служит, могу замолвить словечко. По гроб жизни буду обязан, ответил отец Тэнго. Что за место такое — «Эн-эйч-кей», он тогда представлял очень плохо. Но в любой стабильный заработок готов был вцепиться зубами. Чиновник оказался так добр, что написал рекомендательное письмо и даже выступил официальным поручителем. Так отец Тэнго и стал сборщиком взносов за государственное радио, а позже — и телевидение. Прошел обучение, получил норму и фирменный костюм. Японцы понемногу оправлялись от шока побежденных в войне. После стольких лишений и бед народ все настойчивее требовал развлечений. Самой доступной и дешевой забавой становилось радио с его музыкой, юмором и спортивными репортажами. И чем шире радиофицировалось население (с довоенным уровнем не сравнить!), тем больше сборщиков денег за эти услуги требовалось корпорации «Эн-эйч-кей».

На новой работе отец Тэнго вкалывал до седьмого пота. С детства он был крепко сложен и необычайно терпелив. Но за всю жизнь до тех пор ни разу не наелся досыта. Человеку такой судьбы работа на «Эн-эйч-кей» вовсе не казалась особенно трудной или ужасной. Как бы ни презирали его порой, как бы ни унижали, знавал он времена и похуже. А кроме того, принадлежность к такой гигантской организации рождала в нем огромную гордость. Не имея даже удостоверения личности, он нанялся на эту работу обычным сдельщиком. Но уже через год за успехи и отменное служебное рвение его приняли в ряды официальных сотрудников компании. Подобных случаев за всю историю существования «Эн-эйч-кей», пожалуй, никто и не вспомнит. Свою роль здесь сыграло и то, что, проработав год в одном из самых «проблемных» районов города, он умудрился собрать денег больше, чем любой из его коллег. И все же главным трамплином для его карьеры, несомненно, явилось поручительство большого чиновника. Теперь отец Тэнго получал стабильную зарплату плюс все возможные надбавки. Вступил в жилищный кооператив своей фирмы и застраховал здоровье и жизнь. И от остальных сборщиков взносов за «Эн-эйч-кей», хотя и неуловимо, отличался только одним: эта работа была самой большой удачей всей его жизни. Что бы там ни случилось в прошлом, ему удалось прорваться и удержать позиции.

Обо всем этом Тэнго слышал уже тысячу раз. Отец никогда не пел ему колыбельных и не рассказывал на ночь сказок. Вместо этого он раз за разом повторял все, что ему довелось пережить. Родился у бедных крестьян далеко на севере. Воспитывался, как собака, тяжким трудом и побоями. Завербовался в Армию переселенцев, уехал в Маньчжурию — и в краю, где леденеет струя мочи на морозе, отстреливаясь от диких лошадей и волков, пытался возделывать землю. Чудом избежал советского плена и, когда остальных угоняли в Сибирь, вернулся на родину цел и невредим. Подыхал от голода в послевоенной Японии, пока случайно не встретил человека, который помог ему стать достойным сборщиком взносов при великой корпорации «Эн-эйч-кей». На этом в истории отца неизменно наступал хеппи-энд. И стал он, дескать, жить-поживать да добра наживать.

Стоит признать: эту историю отец рассказать умел. Что там было правдой, что нет — понять невозможно, но в целом все слушалось очень связно. И хотя рассказчик явно упускал какие-то неприятные для него детали, история выходила живой и натуралистичной. В ней было все, что нужно,— интрига, драматизм, хаос, грубая действительность. Конечно, попадались места откровенно скучные, а то и совсем непонятные, сколько ни уточняй. Но все-таки, если жизнь человека измерять в событиях, у отца получилась довольно богатая жизнь.

Тем не менее после истории о найме в компанию «Эн-эйч-кей» рассказ отца отчего-то утрачивал яркость и реалистичность. Всякие подробности пропадали, повествование становилось бессвязным. Словно дальше ему рассказывать особенно не о чем. Вот отец встречает некую женщину, женится, вот у них рождается единственный сын — то есть сам Тэнго. А через несколько месяцев мать Тэнго умирает от какой-то болезни. Отец, больше ни на ком не женившись, продолжает служить в «Эн-эйч-кей» и в одиночку воспитывать Тэнго. И так до сегодняшнего дня. Конец истории.

При каких обстоятельствах его родители встретились, как поженились, что за человеком была его мать, от чего умерла (и не связана ли ее смерть с рождением Тэнго), страдала ли перед смертью,— обо всем этом отец не рассказывал никогда. Сколько Тэнго ни выпытывал, отец переводил разговор на другое, оставляя вопросы без ответов. А то и просто мрачнел, уходил в себя и обрывал беседу. Ни одной фотографии матери у них не осталось. Даже свадебной. Как объяснял отец, справлять свадьбу они тогда позволить себе не могли, да и фотоаппарата не было.

Из этой части рассказа Тэнго не верил ни слову. Отец явно что-то скрывал и взамен сочинял небылицы. Мать не могла умереть через несколько месяцев после родов. Тэнго помнил, как она была рядом, когда ему исполнилось уже годика полтора. И пока мальчик спал, обнимала в постели какого-то незнакомого дядю.

Его мама, сняв блузку и спустив бретельки у белоснежной комбинации, позволяет чужому дяде целовать свою грудь. Рядом спит маленький Тэнго. И в то же время не спит. Он смотрит на свою маму.

Все, что он помнит о маме. Видение в десяток секунд, клеймом отпечатанное в подсознании. Больше никакой информации у Тэнго не осталось. Эта сцена связывала его с матерью, как бестелесная пуповина. Через нее он связывался со своей генетической памятью, с эхом прошлого, которое сообщало ему, как все было на самом деле. О том, что настолько яркая сцена из раннего детства зафиксирована в мозгу у сына, отец не знал. А Тэнго прокручивал ее в мыслях с постоянством теленка, что жует свою жвачку, подпитываясь витаминами. У каждого была своя мрачная тайна, которую он глубоко скрывал — отец от сына, сын от отца.

Воскресное утро выдалось ясным и жизнерадостным. Хотя пронизывающий ветер и напоминал, что еще середина апреля и для настоящей весны рановато. На Тэнго были свитер с высоким воротом, пиджак «в елочку», который он носил со студенчества, бежевые брюки и вполне еще новые коричневые ботинки. Это был самый крутой наряд из всех возможных в его гардеробе.

Он прибыл на Синдзюку, перешел на линию электрички до Татикавы и прошагал в конец перрона. Фукаэри уже дожидалась его. Сидела на скамейке, как статуя, и прищуренным взглядом сверлила пространство перед собой. В летнем платьице под зеленый зимний кардиган — и серых линялых кедах на босу ногу. Что и говорить, странное сочетание для этого времени года. Слишком тонкое платьице, слишком толстый кардиган. Но ей, похоже, все эти сочетанья были до лампочки. Возможно, через такую *несочетаемость* ни с чем конкретным она и выражала свой взгляд на мир. И ни о чем не задумывалась. Напялила первое, что попалось под руку, вот и все.

Газету она не читала, книжку не листала, плеер не слушала. Просто сидела, не издавая ни звука, и огромными черными глазами рассматривала пустоту перед собой. Что-то вокруг замечая, но ни во что конкретно не вглядываясь. Издалека она походила на статую, вылепленную скульптором-реалистом из какого-то необычного материала.

— Давно ждешь? — спросил Тэнго.

Фукаэри посмотрела на него и чуть заметно покачала головой. Ее черные глаза блестели, но на лице, как и прежде, не было никакого выражения. Равно как и желания с кем-либо разговаривать. Ничего больше не спрашивая, он присел на скамейку рядом.

Подошла электричка, Фукаэри встала, все так же ни слова не говоря. Они зашли в вагон. Воскресный скорый ехал почти пустым. Довольно долго они сидели бок о бок и молча разглядывали городские пейзажи, мелькавшие за окном. Взгляд Фукаэри был направлен куда-то за горизонт, губы упрямо стиснуты, а кардиган оставался плотно запахнутым и застегнутым на все пуговицы — так, словно она боялась, что в любую минуту могут вернуться зимние холода.

Тэнго достал из кармана покетбук и пару минут елозил глазами по строчкам, но сосредоточиться не удавалось. Спрятав книгу, он, как и Фукаэри, сложил руки на коленях и устремил безучастный взгляд за окно. Думать о чем-то конкретном не получалось. После долгой работы над текстом «Воздушного кокона» голова отказывалась переключаться на что-либо еще. Мысли в мозгу напоминали клубок перепутанных нитей, и распутывать их сейчас хотелось меньше всего на свете.

Он глядел в окно и слушал размеренный стук колес. Центральная ветка токийской надземки все тянулась по идеальной прямой, словно ее проектировали при помощи банальной линейки. Да, скорее всего, так оно и было. А что? Равнина Канто похожа на огромный и гладкий стол. Ни тебе холмов, ни рек, ни обрывов, ни прочих препятствий. В объездах, насыпях, мостах или тоннелях нет никакой нужды. Клади на карту линейку да и соединяй пункты А и Б кратчайшим путем. Ничего лишнего. До конечной цели путешествия долетаешь, как пуля из пистолета.

Незаметно для себя Тэнго заснул. А когда проснулся от легкого толчка, поезд сбрасывал скорость, подъезжая к станции Огикубо. Значит, проспал он совсем недолго. Фукаэри сидела все в той же позе и буравила взглядом горизонт. Что именно она там разглядывала, Тэнго не знал. Но, судя по ее сосредоточенности, выходить из поезда им предстояло не скоро.

На подъезде к Митаке Тэнго не выдержал.

— А какие книжки ты обычно читаешь? — спросил он, чтобы хоть как-то развеять скуку. Тем более, что он давно собирался задать ей этот вопрос.

Взгляд Фукаэри на секунду оторвался от горизонта, скользнул по его лицу и снова унесся вдаль.

— *Никакие,*— просто ответила она.

— Что, вообще?

Фукаэри легонько кивнула.

— То есть тебе не интересно? — уточнил Тэнго.

— *Слишком-долго,*— получил он в ответ.

— Книги читать слишком долго, и поэтому ты их вообще не читаешь. Так, что ли? — переспросил он, плохо понимая услышанное.

Но Фукаэри молчала, продолжая глядеть в свою даль. Чуть подумав, Тэнго рассудил, что на сей раз ее молчание звучало скорей утвердительно, чем отрицательно.

Конечно, с обывательской точки зрения, любую книгу и правда читать куда дольше, чем посмотреть по телевизору кино или пролистать журнал комиксов. Все-таки чтение — особая форма жизнедеятельности, которая требует находиться в тексте слишком долгое время. Но в словах Фукаэри будто слышался некий нюанс, отличавший ее *«слишком-долго»* от мнения обывателя.

— Слишком долго, э-э... В смысле, *ужасно* долго? — опять уточнил Тэнго.

— *Ужасно,* — подтвердила она.

— Дольше, чем у других?

Фукаэри кивнула.

— Но как же ты в школе справляешься? Там ведь столько всяких текстов каждый день. Если *ужасно* долго читать — никакого времени не хватит...

— *Притворяюсь,* — отрезала она.

Дурное предчувствие заворочалось у Тэнго в душе. Настолько недоброе, что его хотелось тут же прогнать, как незваного гостя, и сделать вид, будто ничего не случилось. Но отмахиваться от фактов Тэнго не мог. Он должен знать, что происходит.

— Ты хочешь сказать, у тебя что-то вроде дислексии?

— *Дислексии,* — бесстрастно повторила Фукаэри.

— Неспособность к восприятию текста, — пояснил он.

— *Это-слово-я-слышала,* — вдруг сказала она. — *Дис...*

— От кого ты его слышала?

Но девушка лишь молча поежилась.

— Так что же... — Тэнго повертел рукой в воздухе, подыскивая слова, — у тебя это с самого детства?

Фукаэри кивнула.

— Значит, с самого детства и до сих пор ты никакой прозы практически не читала, так?

— *Сама,* — сказала Фукаэри.

Так вот почему ее проза не похожа ни на чью другую, осенило Тэнго. Вот и объяснение феномена. Логичней не придумаешь.

— Сама не читала? — снова уточнил он.

— *Мне-читали,*— ответила она.

— То есть папа с мамой все-таки читали тебе разные книги?

На это Фукаэри ничего не ответила.

— Но писать у тебя все-таки получается, верно? — с замиранием сердца спросил Тэнго.

Фукаэри покачала головой.

— *Тоже-долго.*

— *Ужасно* долго?

Она чуть заметно повела плечом. Довольно-таки утвердительно.

Тэнго поерзал на сиденье, устраиваясь поудобней.

— Что ж получается... Может, и «Воздушный кокон» писала не ты?

— *Я-ничего-не-писала.*

Тэнго выдержал паузу. Небольшую, но очень увесистую.

— Но тогда кто это написал?

— *Адзами.*

— Какая Адзами?

— *На-два-года-младше.*

Еще один нырок в пустоту.

— То есть эта девочка написала за тебя целый роман?

Фукаэри кивнула как ни в чем не бывало. Тэнго снова напряг извилины.

— Тогда остается одно: ты рассказывала Адзами свою историю, а та ее записывала в виде романа. Верно?

— *Набивала-и-распечатывала.*

Закусив губу, Тэнго мысленно выстроил в ряд все факты, которыми располагал. Пару раз поменял их местами. И спросил:

— Значит, Адзами сделала распечатку и послала ее на конкурс в журнал? И видимо, сама назвала ее «Воздушный кокон», только тебе о том не сказала?

Фукаэри склонила голову набок, что с равным успехом могло означать как «да», так и «нет». Но возражать не стала. Похоже, все-таки «да».

— Адзами — твоя подруга?

— *Мы-вместе-живем.*

— Твоя сестра?

Девушка покачала головой.

— *Она-дочь-сэнсэя.*

— Дочь сэнсэя? — повторил Тэнго.— Значит, сэнсэй тоже с тобой живет?

Фукаэри кивнула. «Додумался, поздравляю»,— словно говорили ее глаза.

— То есть сейчас мне придется встречаться с сэнсэем?

Повернувшись к Тэнго, Фукаэри наградила его взглядом, каким исследуют цепочку далеких облаков, предсказывая погоду. Или прикидывают, как лучше поступить с собакой, которая никак не запомнит собственной клички. И лишь затем кивнула.

— *Мы-едем-встречаться-с-сэнсэем,*— все так же бесстрастно подтвердила она.

На этом беседа закончилась. Оба умолкли и снова стали смотреть в окно. За окном расстилалась огромная плоская равнина, плотно застроенная одинаковыми, ничем не примечательными двухэтажными домами. Бесчисленные антенны, точно усики насекомых, глядели в небо. Все ли их обладатели платят исправно за телевидение «Эн-эйч-кей»? Каждое воскресенье мысли Тэнго возвращались к этому проклятому вопросу. Думать над ним не хотелось, а не думать не получалось, хоть тресни.

В этот солнечный день прояснилось сразу несколько пускай и не самых уютных фактов текущей реальности. Во-первых, «Воздушный кокон» написала не Фукаэри. Если ей верить (а особых причин сомневаться в ее искренности у Тэнго не нашлось), она рассказала свою историю подруге, а подруга эту историю зафиксировала. В техническом смысле точно так же рождались «Записи о деяниях древности»* или «Повесть о доме Тайра»**. Эпические сказания, которые передавались из уст в уста. Именно эту особенность — пускай, к своему затаенному стыду, и облегчая для нынешнего читателя, но по большому счету оставляя как есть,— Тэнго и старался выделить как нечто особенное.

Второй прояснившийся факт: из-за дислексии Фукаэри не могла читать большую литературу. Тэнго попробовал обобщить все, что он знал об этой болезни. Вспомнил лекции по педагогике, что слушал еще в университете. Читать при дислексии можно. Способность соображать не нарушена. Просто для чтения требуется больше времени, чем обычно. Короткие тексты считываются без труда, но как только их становится слишком много или дело доходит до длинных абзацев, общий смысл отслеживать проблематично. Сами буквы не совпадают в сознании с тем, что они выражают. К этому и сводится главный симптом дислексии. Причина сегодняшней науке пока не понятна. Но в каждом классе самой обычной

---

* «Записи о деяниях древности» («Кодзики») — крупнейший памятник древнеяпонской литературы, один из первых письменных манускриптов, основная священная книга синтоизма. Включает в себя свод мифов и легенд, собрание древних песен и исторические хроники. Согласно предисловию, японский сказитель Хиэда-но Арэ истолковал, а придворный О-но Ясумаро записал мифологический и героический эпос своего народа, пронизав его идеей непрерывности и божественного происхождения императорского рода. Работа над «Кодзики» была завершена в 712 г., в период правления императрицы Гэммэй.

** «Повесть о доме Тайра» («Хэйкэ-моногатари») — одно из самых значительных и ярких произведений в жанре «гунки» (военная эпопея), созданное в начале XIII в. Описывает историю 13 лет падения могущественной феодальной династии Тайра. По преданию, некий монах Юкинага создал «Повесть о доме Тайра» и обучил бродячего слепца Сёбуцу ее рассказывать. Сам же Сёбуцу много лет до того расспрашивал воинов-самураев об их ратных делах, а затем помог Юкинаге все это описать.

школы найдется хотя бы один или два ребенка с дислексией. Очередные Эйнштейн, Эдисон или Чарли Мингус, кто знает. Все эти гении, как известно, также страдали дислексией.

Мешает ли дислексия писать тексты — этого Тэнго не знал. Но в случае с Фукаэри, похоже, именно так и было. Судя по ее реакции, писать ей так же трудно, как и читать.

Что, интересно, скажет на все это Комацу? Тэнго обреченно вздохнул. Семнадцатилетняя пигалица с нарушенной моторикой речи не может толком ни читать, ни писать. Да и в простом разговоре (если допустить, что она не выпендривается) бедняжка не способна составить больше одного предложения. Как тут ни крути, а пытаться выдать ее за восходящую звезду литературы — гиблое дело. Даже если Тэнго перепишет «Воздушный кокон», и роман получит премию, и книга станет бестселлером, долго морочить голову публике им не удастся. Какой бы успех ни пришел поначалу, очень скоро люди почувствуют: что-то не так. И как только правда вылезет наружу, все, кого хоть немного это касается, дружно раздавят весь этот проект, как пустую яичную скорлупу. А писательская карьера Тэнго, так и не начавшись ничем убедительным, потеряет всякие шансы на жизнь.

Все слишком криво для успеха. С самого начала Тэнго ощущал, что они ступили на тонкий лед, но теперь даже это сравнение казалось слабым. Лед трещал еще до того, как они успели сделать на нем первый шаг. Ему остается разве что вернуться домой, позвонить Комацу и сказать: «Извините, господин Комацу, но я выхожу из игры. Все слишком опасно». И это будет единственно верным поступком для человека, который отвечает за свои действия перед другими.

Но стоило Тэнго подумать о «Воздушном коконе», как душу его охватывал хаос, а сознание раздваивалось. Сколь бы опасным ни казался план Комацу, отказаться от правки «Кокона» сил не хватало. Узнай Тэнго все эти леденящие душу подробности до того, как засесть за работу,— возможно, такие силы нашлись бы. Но теперь — бесполезно. В мир этого текста он уже влез с головой. Дышал его воздухом и привык к его гравитации. Соль этой странной истории уже осела на стенках его желудка. Само повествование требовало, чтобы Тэнго его улучшил, а он нутром чуял, как именно это следует делать. Эту работу мог выполнить только он и никто другой. Иначе она лишалась всякого смысла. *А значит, не выполнить ее нельзя.*

Покачиваясь на сиденье, Тэнго закрыл глаза и попытался найти хоть какое-то, пускай даже самое предварительное решение. Но на ум ничего не приходило. Человеку, который запутался в себе, удачные мысли в голову не попадают.

— И как же Адзами записывала твою историю? — спросил Тэнго.

— *Слово-в-слово,*— ответила Фукаэри.

— То есть как — ты рассказываешь и она тут же печатает?

— *Нужно-говорить-очень-тихо.*

— А зачем говорить очень тихо? — удивился Тэнго.

Фукаэри огляделась. Пассажиров в вагоне почти не было. Только мать с двумя детьми сидела напротив и чуть поодаль. Вся троица, похоже, ехала куда-то развлекаться. Слава богу, на свете еще встречаются такие счастливые люди.

— *Чтобы-они-не-услышали,*— почти шепотом ответила Фукаэри.

— Они? — переспросил Тэнго.

Но взгляд ее был таким рассеянным, что нетрудно было догадаться: говорит она вовсе не о матери с детьми. А о тех, кого здесь нет. Кого она знает очень хорошо, но Тэнго никогда не встречал. О ком-то очень конкретном.

— Кто такие «они»? — уточнил он таким же полушепотом.

Фукаэри ничего не ответила. Меж бровей девушки пролегла резкая морщинка.

— Ты хотела сказать, *LittlePeople*? — спросил он наугад.

Как и прежде, никакого ответа.

— Ты боишься, что если эти твои *LittlePeople* узнают, что ты рассказала о них всему белу свету,— они очень рассердятся?

Фукаэри все так же молчала. И все так же смотрела в никуда. Подождав немного и убедившись, что ответа не будет, Тэнго решил сменить тему:

— Расскажи о своем сэнсэе. Что он за человек?

Она ошарашенно посмотрела на него. «Ну ты и спросил!» — словно говорили ее глаза.

— *Скоро-увидишь,*— только и сказала она.

— Верно,— сдался Тэнго.— Ты права. Скоро увижу и сам все пойму.

На станции Кокубундзи в вагон села целая группа пенсионеров, собравшихся в горы. Их была добрая дюжина, старичков и старушек поровну, на вид кому за шестьдесят, а кому и за семьдесят. У каждого за спиной рюкзак, на голове шляпа, настроение веселое — ни дать ни взять группа школьников, собравшихся в воскресный поход. И у всех на поясе или в кармана рюкзака — по фляжке с водой. Интересно, смогу ли я так же радоваться, когда состарюсь, подумал Тэнго. И, невольно покачав головой — ох, вряд ли! — представил, как все эти старички, героически покорив очередную вершину, пьют воду из своих фляжек.

Несмотря на малый рост, LittlePeople *пили очень много воды. Причем не водопроводной, а дождевой — или, на худой конец, из ближайшего ручья. Поэтому девочка каж-*

*дый день спускалась к ручью и набирала для них целое ведро.
А если шел дождь, просто подставляла ведро к водостоку
под крышей амбара. И та и другая вода была природной,
но все-таки дождевую они любили больше речной. Всякий
раз, когда девочка их поила, они радостно ее благодарили.*

После долгих раздумий Тэнго наконец признал, что
мыслить рационально у него не выходит. Плохой знак,
вздохнул он. Видно, из-за чертова воскресенья. В голове
опять разыгрывалась буря. Беспросветная песчаная буря, так часто накрывавшая его по выходным.

— *Что-с-тобой,* — спросила Фукаэри.

Как всегда, без знака вопроса. Напряжение, сковав-
шее Тэнго, передалось и ей.

— А вдруг ничего не выйдет? — сказал Тэнго.

— *Что-не-выйдет.*

— Мой разговор с сэнсэем.

— *Ты-можешь-говорить,* — сказала Фукаэри.

Похоже, не совсем поняла, о чем он.

— С сэнсэем?

— *Ты-что-не-можешь-поговорить-с-сэнсэем,* — повторила она уже более внятно.

— Видишь ли... Слишком много вещей не сходится как нужно, — чуть замявшись, признался Тэнго. — Боюсь, этим разговором мы только все больше испортим.

Фукаэри вдруг развернулась к нему всем телом и посмотрела прямо в глаза.

— *Чего-ты-боишься,* — спросила она.

— Чего я боюсь? — переспросил он.

Она молча кивнула.

— Может быть, встречи с новым человеком, — ответил он. — Особенно утром в воскресенье.

— *Почему-воскресенье,* — спросила она.

Тэнго ощутил, как вспотели подмышки. Грудь сдавило, стало трудно дышать. Впереди была встреча с новым

человеком. И с какой-то новой реальностью. Все это угрожало тому миру, в котором он находился сейчас.

— *Почему-воскресенье,* — повторила Фукаэри.

Он вспомнил воскресенья своего детства. Каждый раз, когда их очередной поход за чужими деньгами заканчивался, отец вел его в привокзальную столовую и разрешал заказывать все, что душа пожелает. Это было нечто вроде награды. А для их скромной жизни — чуть ли не единственный шанс гульнуть в какой-нибудь ресторации. Отец в кои-то веки покупал себе пиво (хотя обычно не брал в рот ни капли). Вот только у Тэнго к тому времени напрочь пропадал аппетит. В обычные дни он вечно бегал голодный как волк, и только к вечеру воскресенья почему-то есть ничего не хотелось. Все, что заказывалось, он должен был съесть до последней крошки, таков был закон отца. И всякий раз ему приходилось запихивать в себя еду через силу, до тошноты. Вот таким и запомнилось ему на всю жизнь воскресенье.

Фукаэри смотрела ему в глаза. Словно искала там что-то конкретное. А потом взяла его за руку. Тэнго удивился, хотя и постарался этого не показать.

Всю дорогу до станции Кунитати она легонько сжимала его руку в своей. Ладонь ее оказалась легче и гораздо нежнее, чем он думал. Не горячая, не холодная. Вполовину меньше его ручищи.

— *Бояться-не-нужно,* — сказала ему эта девочка. Словно посвящала в тайну, которая давно всем известна. — *Это-ведь-не-просто-воскресенье.*

В первый раз за все их встречи она произнесла сразу два предложения подряд, невольно отметил Тэнго.

Глава 9

АОМАМЭ

Новый пейзаж — новые правила

Выйдя из дома, Аомамэ направилась в ближайшую муниципальную библиотеку. И на конторке выдачи запросила подборку газет за три месяца — с сентября по ноябрь 1981 года.

— Из ежедневных у нас «Асахи», «Ёмиури», «Майнити» и «Никкэй»,— сообщила библиотекарша.— Какие предпочитаете?

Эта женщина средних лет, хоть и в очках, куда больше напоминала домохозяйку на подработке, нежели хранительницу книжных знаний. Вроде не толстушка, но складки на шее наводили на мысли о ветчине.

— Любые пойдут,— сказала Аомамэ.— Разве есть какая-то разница?

— Может, и нет. Но если вы сами не выберете, мы вам ничем не поможем,— изрекла библиотекарша тоном, не допускающим возражений.

Совершенно не собираясь возражать, Аомамэ навскидку выбрала «Майнити». Усевшись за стол с перегородкой из матового стекла, она достала блокнот, вооружилась ручкой и начала просматривать статью за статьей.

Начало осени 1981 года особо крупными происшествиями не отличалось. Сыгранная еще в июле свадьба принца Чарльза и принцессы Дианы до сих пор обсуждалась на все лады. Куда они поехали, чем занимались, что за платья и бижутерия были на Леди Ди. Аомамэ, разумеется, знала об этой свадьбе. Хотя подробностями особо не интересовалась. За каким чертом людям необходимо так дотошно ковыряться в судьбах английских принцев и принцесс, никогда не укладывалось у нее в голове. Тем более, если принц больше смахивает на школьного учителя физики, страдающего язвой желудка.

Президент Валенса обострил разногласия «Солидарности» с правительством Польши до такой степени, что Советы выразили «серьезную озабоченность». Или, говоря проще, пообещали натравить на Варшаву примерно такие же танки, какие в 1968-м доползли до Праги. Это Аомамэ тоже помнила. Как и то, что в конечном итоге Москва решила пока не вторгаться в Польшу — слишком много негативных последствий. Все это Аомамэ помнила хорошо и не стала заново вчитываться в эту бредятину. Если бы не одна деталь. Президент Рейган, явно с целью подкорректировать внутренние разборки Кремля, выразил «надежду на то, что напряженная ситуация в Польше никак не повлияет на совместные планы по строительству американо-советской базы на Луне». База на Луне? *Такую* бредятину она читала впервыс. Но с другой стороны, разве не об этом же говорили по телевизору в тот вечер, когда она оттрахала лысоватого менеджера из Кансая?

20 сентября в Джакарте состоялся крупнейший в мире фестиваль воздушных змеев. Десять тысяч участников. Об этом Аомамэ не помнила, ну и черт с ним. Кто вообще помнит, что случилось три года назад в Джакарте?

6 октября президент Египта Садат убит исламскими террористами. Об этом Аомамэ помнила — и еще раз пожалела Садата. Что ни говори, а ей нравились залысины Садата и сильно не нравились фундаменталисты, которые его убили. Стоило только задуматься над их узким взглядом на мир, спесью и стремлением подмять под себя

всех вокруг, как от злости просто кишки выворачивало. А такую злость Аомамэ контролировала в себе очень плохо. Но сейчас, слава богу, ей было не до фундаменталистов. Несколько раз глубоко вздохнув, она привела в порядок нервы и перевернула страницу.

12 октября в токийском округе Итабаси сборщик взносов за телевидение «Эн-эйч-кей» (56 лет) вступил в спор со студентом, отказавшимся платить, и нанес ему рану в живот складным ножом, который носил с собой в портфеле. Подоспевшая полиция арестовала сборщика взносов на месте преступления. При задержании тот стоял с окровавленным ножом в прострации и никакого сопротивления не оказывал. По свидетельствам сослуживцев, человек этот проработал в «Эн-эйч-кей» шесть лет и зарекомендовал себя в высшей степени исполнительным членом коллектива.

Об этом инциденте Аомамэ ничего не знала. Хотя каждый день просматривала «Ёмиури» от корки до корки, не пропуская ни единой новости. И особенно тщательно вчитываясь в криминальную хронику. Эта же статья занимала чуть ли не полстраницы вечернего выпуска. Не заметить настолько солидный материал Аомамэ никак не могла. То есть, конечно, допускала такую вероятность. Мало ли что случается. Однако вероятность эта была слишком близка к нулю.

Нахмурив брови, она немного поразмышляла над чертовой вероятностью. А потом записала в блокноте дату происшествия и краткое содержание новости.

Сборщика взносов звали Синноскэ Акутагава. Ну и имечко. Звучит как нелепый литературный псевдоним. Его фотографии газета не публиковала. Только снимок студента, которого он пырнул. Акира Тагава (21 год). Третий курс университета Нихон, второй дан по кэндо*. Дер-

---

* Кэндо́ (*яп.* «путь клинка») — традиционное фехтование на мечах.

жи он в руках простой бамбуковый меч, от ножа бы запросто отмахнулся. Только кто станет хвататься за палку, открывая дверь сборщику взносов из «Эн-эйч-кей»? Да и сборщики взносов обычно не ходят с ножами в портфелях. Аомамэ внимательно просмотрела газеты за несколько следующих дней, но о смерти студента Тагавы не сообщалось. Видно, парнишка все-таки выжил.

16 октября на угольной шахте Юбари (Хоккайдо) случилась крупная авария. В забое на тысячеметровой глубине возник пожар, отрезавший от мира более пятидесяти горняков. Все они задохнулись. Огонь распространился к поверхности земли и унес еще десять жизней. Чтобы пожар не принял затяжной характер, руководство шахты, не проверив, остался ли кто в живых, в спешном порядке распорядилось включить насосы и затопить шахту водой. Общее число погибших выросло до девяноста трех человек. Читать такое без содрогания невозможно. Каменный уголь считается «грязным» энергоносителем, его добыча входит в десятку самых опасных профессий на свете. Угольные компании вечно экономят на инвестициях в оборудование, и условия труда у горняков, как правило, самые адские. Постоянно аварии, обвалы или пожары; высокая смертность от загубленных легких. Но из-за дешевизны угля многие все равно предпочитают его остальным видам топлива, и угольные компании продолжают его добывать. Жуткую новость о катастрофе на шахте Юбари Аомамэ помнила крепко, во всех деталях.

То, что она искала, случилось 19 октября, когда последствия горняцкой трагедии еще обсуждались в прессе. Никогда прежде — если не считать сегодняшнего разговора с Тамару — ей не доводилось об этом читать или слышать. А уж такую новость она бы не пропустила ни при каких обстоятельствах. С первой же страницы утреннего выпуска в глаза бросались огромные иероглифы:

ПЕРЕСТРЕЛКА С ЭКСТРЕМИСТАМИ
В ГОРАХ ЯМАНАСИ

Трое полицейских погибло

Сразу под заголовком размещались крупные фотографии. Снимок с вертолета: берег озера Мотосу. Рядом — условная карта места происшествия. От курортной зоны стрелка убегала глубже в горы. Портреты трех погибших полицейских из департамента Яманаси. Фото воздушных десантников, спрыгивающих с вертолета Сил самообороны. Пятнистые комбинезоны, винтовки с оптическим прицелом, компактные короткоствольные автоматы.

Скорчив гримасу, Аомамэ долго разглядывала эту страницу. Чтобы как-то утихомирить растрепанные чувства, нужно было напрячь все мышцы лица, растягивая их как можно сильнее в разные стороны. К счастью для окружающих, перегородка посередине стола не давала подглядеть, что творится с лицом девушки. Наконец Аомамэ глубоко вдохнула — и медленно, с шумом выдохнула. Как это делает кит, когда выныривает из воды, дабы провентилировать исполинские легкие. Старшеклассник, зубривший что-то за соседним столом спиной к Аомамэ, вздрогнул и ошарашенно оглянулся. Но конечно, ничего не сказал. Просто испугался, и все.

Одну за другой Аомамэ вернула мышцы лица в нормальное положение и расслабилась. Затем взяла ручку и постучала ею по нижним зубам, собираясь с мыслями. Но как тут ни думай, вывод напрашивался только один. *Этому должна быть своя причина. Просто не может не быть.* Иначе как бы я пропустила новость, которая поставила на уши всю Японию?

Впрочем — стоп. Дело ведь не только в перестрелке. Вот и о сборщике взносов, атаковавшем студента, я ничего не знала. Очень странно. Оба происшествия слишком заметные. Как я могла пропустить их буквально одно за другим? Ведь я перфекционистка. Любая погрешность — даже на какой-нибудь миллиметр! — моментально бросается в глаза. Да и с памятью всегда было в порядке. Потому и жила себе спокойно до сегодняшнего дня, хотя отправила *куда полагается* уже несколько подонков. Ибо ни малейших ошибок и промахов ни разу не допустила. Я скрупулезно читаю газеты. И под «скрупулезно» подразумевается, что вся стратегически важная информация — без исключения! — должна оседать в моей голове.

Заголовками об инциденте на озере Мотосу газеты пестрели еще несколько дней подряд. Полиция префектуры Яманаси при поддержке Сил самообороны устроила настоящую дикую охоту за десятью членами экстремистской группировки, убежавшими в горы. Троих застрелили, двоих тяжело ранили, четверых (в том числе одну женщину) арестовали. И только один канул без вести. Обо всем этом газеты трубили чуть не на каждой странице. На таком фоне новость о сборщике взносов за телевидение, пырнувшем студента, тут же забылась.

Можно было не сомневаться: госкомпания «Эн-эйч-кей» вздохнула с неописуемым облегчением. Не случись этой чертовой перестрелки, вся журналистская братия тут же накинулась бы и на систему поборов за гостелевидение, и на методы работы всей организации в целом. Сразу припомнили бы и то, как в начале года, освещая скандал о взятках по делу «Локхид»*, якобы независи-

---

* В 1971 г. ряд высокопоставленных японских чиновников, отвечавших за программу закупки для Сил самообороны заведомо аварийных истребителей «Старфайтер» (США), были изобличены в получении крупных денежных взяток от эмиссаров американской фирмы-изготовителя «Локхид». Нашумевшее «дело "Локхид"» привело к отставке кабинета министров Японии, а несколько самых замаранных в нем чиновников оказались на скамье подсудимых. Разбирательство по этому делу длилось более десятка лет.

мая компания «Эн-эйч-кей» плясала под дудку правившей тогда Либерально-демократической партии и все новостные программы перед выпуском в эфир передавались на цензуру властям с подобострастными уточнениями: «Можно ли это показывать?» Самое поразительное, что это происходило ежедневно, систематически. Бюджет «Эн-эйч-кей» утверждался на заседаниях парламента, и руководству корпорации было очень трудно понять, какие финансовые репрессии их ожидают, если они, не дай бог, не уловят линию партии и правительства. Да и в рядах ЛДП давно уже относились к «Эн-эйч-кей» как к органу партийной рекламы. А потому простые японские налогоплательщики все чаще задавались вопросом, чью же идеологию им подсовывают под видом «независимого вещания», — и, естественно, все реже соглашались за это платить. Посылать вымогателей из «Эн-эйч-кей» куда подальше уже становится нормой для любого здравомыслящего человека.

Не считая этих двух происшествий — перестрелки на Мотосу и ножевого ранения от «Эн-эйч-кей», — все остальные события исследуемого периода Аомамэ помнила хорошо. Все происшествия, аварии, скандалы и прочие мало-мальски значимые новости тех трех месяцев ее память хранила надежно. И только две новости в голове отсутствовали, как ни ищи. *Почему?*

Может, у меня какое-то завихрение в голове, размышляла она, из-за которого я то ли *избирательно проглядела* при чтении, то ли напрочь забыла именно эти два события?

Аомамэ закрыла глаза и с силой потерла пальцами веки. А что? Такое ведь тоже вполне возможно. Допустим, у меня в мозгу появилась особая функция, отвечающая за искажение реальности, которая выбирает определенные события — и будто набрасывает на них черное покрывало, чтобы я их не заметила или не запомнила. Такие, например, как смена оружия и формы у полицейских, строительство американо-советской базы на Луне, нападение сборщика взносов «Эн-эйч-кей» на студента, перестрелки между полицией и экстремистами на озере Мотосу...

Но какая связь между всеми этими событиями?

Как тут ни рассуждай, связи нет никакой.

Аомамэ взяла ручку, постучала кончиком по нижним зубам. Цок-цок. И включила воображение.

Неизвестно, сколько времени прошло, пока она наконец не сообразила.

Что, если проблема не во мне, а в окружающем мире? И это чертово завихрение произошло не внутри моей головы или психики, но в системе, которая управляет всеми событиями на этом свете?

Чем больше она об этом думала, тем очевидней ей казалась такая гипотеза. Хотя бы уже потому, что никаких ненормальностей в самой себе она, хоть убей, не ощущала.

Еще немного собравшись с силами, она превратила гипотезу в теорию:

Это завихряется мир, а не я.

Вот! Так, пожалуй, вернее всего.

В какой-то момент мир, который я знала, исчез или унесся куда-то, а вместо него появился другой. Словно переключили стрелки на железнодорожных путях. Мое сознание продолжает жить внутри того мира, которым порождено, а *внешний* мир уже начал меняться на что-то иное. Просто сами изменения еще не настолько значительны, чтобы я тут же это заметила. На сегодняшний день по большому счету почти все в новом мире остается так же, как в старом. И поэтому в ежедневной, практической жизни я не парюсь. По крайне мере, пока. Однако чем дальше, тем больше эти изменения будут расти — и тем стремительнее станет трансформироваться окружающая меня реальность. Погрешности разрастаются. И вовсе не исключено, что очень скоро моя житейская логика в новом мире утратит всякий смысл и приведет меня к сумасшествию. А может, и *буквально* будет стоить мне жизни.

Параллельный мир.

Аомамэ скривилась, будто раскусила лимон. Хотя и не так ужасно, как пару минут назад. Еще немного постукала шариковой ручкой по зубам — и вдруг отчаянно, навзрыд застонала. Студентик рядом сделал вид, что ничего не услышал.

Ничего себе научная фантастика, подумала Аомамэ.

А может, я сочиняю себе оправдания? И на самом деле у меня просто съехала крыша? Себя я считаю совершенно нормальной и никаких странностей в собственной психике не нахожу. Просто считаю, что мир сошел с ума. Но поскольку мне известно, что это характерный симптом чуть ли не большинства психических больных, я сочиняю гипотезу о параллельных мирах, еще глубже впадая в безумие.

Нужно мнение кого-то третьего. Человека спокойного и непредвзятого.

К психиатру обращаться нельзя. Слишком запутанная у меня ситуация, слишком многое не могу никому рассказать. Что, к примеру, ответить на банальный вопрос, чем я сегодня занималась? Тайно убивала мужчину миниатюрной заточкой собственного изготовления? Да после такого ответа любой врач схватит трубку и наберет по телефону «сто десять»*. Сколько ему ни объясняй, что убитый был патологическим садистом-извращенцем, чья смерть только обрадовала этот мир.

---

* 110 — номер объединенной диспетчерской службы в Японии для срочного вызова полиции, «скорой помощи», пожарных или спасателей.

177

Но даже если получится как-нибудь обойти мои криминальные подвиги, ничего утешительного для психиатра я сообщить о себе не смогу. Вся моя биография — с детства и до сих пор — слишком похожа на багажник автомобиля, забитый старым грязным бельем. Любой тряпки оттуда достаточно, чтобы упрятать меня в психушку. Да господи, одна половая жизнь чего стоит! Нет уж. Не тот я фрукт, чтоб рассказывать о своем прошлом нормальным людям.

В общем, психиатр отменяется, решила Аомамэ. Будем разбираться в одиночку.

Итак, рассмотрим нашу гипотезу как можно критичнее.

Допустим, это случилось: мир, который меня породил, *действительно* начал трансформироваться в нечто иное. Но где она была, эта стрелка, после которой все поехало по другим рельсам? Когда именно это случилось — и при каких обстоятельствах?

Аомамэ еще раз хорошенько пошарила в памяти.

Первое подозрение, будто реальность искривляется, посетило ее утром того самого дня, когда она прикончила нефтяного эксперта в отеле на Сибуе. Выскочив из такси посреди хайвэя, она спустилась по аварийной лестнице на 246-ю, переодела чулки, направилась на станцию Сангэндзяя. И тут дорогу ей перешел молодой полицейский. С первого взгляда на которого стало ясно: что-то не так. Тогда-то все и началось. Выходит, стрелка переключилась совсем незадолго до этого? Ведь, если сравнивать, полисмены, которых я встретила на выходе из дома, все еще носили привычную форму и вооружены были револьверами старого образца.

Ей вспомнилась «Симфониетта» Яначека, звучавшая в такси посреди жесточайшей пробки, и странное чувство, навеянное этой музыкой. Внутри все скрутило так, будто ее выжимали, как мокрую тряпку. Затем таксист рассказал ей про пожарный выход, и Аомамэ, разувшись, стала спускаться по лестнице вниз. И всю дорогу, пока она перебирала пятками ступени на ледяном ветру, в ушах гремели фанфары из вступления к «Симфониетте». Не тогда ли все началось?

Сам таксист был, конечно, страннее некуда. Слова, которые он сказал на прощанье, Аомамэ почему-то запомнила наизусть:

Все немного не так, как выглядит. Главное — не верь глазам своим. Настоящая реальность — только одна, и точка.

Ну и таксист мне попался, только и подумала тогда Аомамэ. Но смысла его слов не поняла и задумываться над ними не стала. Она спешила по важным, очень конкретным делам, отвлекаться на всякую метафизику было некогда. И только сейчас смысл этой фразы поразил ее своей прямотой. Слова эти напоминали предупреждение о какой-то грядущей опасности. От чего же он хотел меня предостеречь?

И еще эта музыка...

Откуда я взяла, что это именно «Симфониетта»? И что написали ее в 1926 году? Ведь эта музыка — не какая-нибудь попса, чтоб ее с ходу узнавал кто угодно. Не говоря уж о том, что я в принципе почти не слушаю классики. Даже Гайдна от Бетховена толком не отличу. А тут при первых же звуках из динамиков будто чей-то голос произнес в голове: о, «Симфониетта» Яначека! И почему вообще эта музыка так потрясла меня — буквально до самых глубин подсознания?

Вот! Само потрясение было настолько личным, словно было уготовано лишь ей одной. Будто ее пассивную память, спавшую беспробудно бог знает сколько лет, вдруг разбудило случайным воспоминанием. Казалось, Аомамэ вдруг схватили за плечи и хорошенько встряхнули. Но если так, размышляла она, возможно, когда-то давно я уже слышала эту музыку при каких-то страшно важных для меня обстоятельствах. И теперь в памяти автоматически сработала команда «Просыпайся!». «Симфониетта» Яначека?.. Но сколько Аомамэ ни рыскала по закоулкам сознания, ничего связанного с этой музыкой на ум не приходило.

Она огляделась по сторонам. Придирчиво изучила ногти. Подвела руки под обтянутую майкой грудь, легонько взвесила ее на ладонях. Ни грудь, ни ногти не изменились. Та же форма, тот же размер. Я — все та же я. И мир вокруг тот же самый. Но что-то уже немного не так. Это я чувствую. Как с головоломкой «найдите десять отличий». Слева одна картинка, справа другая, на первый взгляд — точная копия первой. И только всмотревшись, обнаруживаешь разницу в мелких деталях.

Аомамэ перелистала газетную подшивку, вновь отыскала новости о перестрелке на озере Мотосу и тщательно их законспектировала. По подозрению следствия, все пять автоматов Калашникова были завезены в страну с Корейского полуострова. Подержанные — наверняка списали из армии при смене модели,— но очень даже боеспособные. Плюс целая куча патронов. Побережье Японского моря очень длинное. Грузовое суденышко, замаскированное под рыбацкую шхуну, под покровом ночи может причалить куда угодно. Даже с боеприпасами и наркотиками на борту. Как и уплыть обратно с чемоданом японских денег.

Полиция префектуры Яманаси и в страшном сне представить не могла, что какая-то экстремистская шайка может быть так серьезно вооружена. Выписав (больше для формальности) ордер на обыск по подозрению в бытовом насилии, стражи порядка загрузились в две патрульные машины с микроавтобусом и отправились прямиком в «Колхоз» — официальную штаб-квартиру организации «Утренняя заря», как эта секта себя называла. По официальным бумагам, члены секты коллективно выращивали натуральные фрукты-овощи. Однако мысль о том, что полиция устроит обыск на их огородах, «колхозникам» совсем не понравилась. Слово за слово — и заговорили пушки.

В запасе у «колхозников» оказались даже ручные гранаты. Гранаты были закуплены совсем недавно, никакой тренировки по их метанию не проводилось — и слава богу. Бросай их противник со стажем, среди полицейских и спецназовцев полегло бы гораздо больше народу. Полиция не захватила с собой даже элементарных дымовых шашек. Расслабленность полиции и отсталость ее вооружения критиковались в прессе отдельно. Но больше всего простых людей поразило то, что подобные банды могут существовать абсолютно легально. До сих пор считалось, что «Революционный фронт» конца 60-х был последним бастионом организованного экстремизма и после его ликвидации на вилле Асама с террористами в Японии покончено навсегда*.

Аомамэ закончила конспектировать, вернула подшивку газет на стойку. Затем прошла к стеллажу с лите-

---

* Явная аллюзия на так называемую «Красную армию» («Сэкигун») — крупнейшую террористическую организацию Японии XX в. К 1969 г. объединила под своим началом множество мелких левокоммунистических банд страны. На счету «красноармейцев» — угон японского самолета в Южную Корею (1970), многочисленные поджоги и грабежи. В феврале 1972 г. полиция взяла штурмом захваченную террористами горную виллу Асама близ курорта Каруидзава. Ядро группировки было раздавлено, и вскоре Япония полностью освободилась от «красноармейцев». Однако остатки организации до сих пор продолжают действовать в Северной Корее и Палестине. Эксперты не исключают тесное сотрудничество «Сэкигуна» с «Аль-Каедой», а также его косвенную причастность к нью-йоркской трагедии 11 сентября 2001 г.

ратурой о музыке, сняла с полки фолиант «Композиторы мира», снова села за стол. И, раскрыв книгу, отыскала статью «Леош Яначек».

Леош Яначек родился в Моравии в 1854 году, а умер в 1928-м. В книге помещалась фотография. Голову Яначека покрывали буйные кущи седых волос без малейших признаков облысения. И даже формы черепа было не разобрать. «Симфониетта» была написана в 1926-м. Довольно долго Яначек жил в браке без любви, пока в 1917 году не встретил замужнюю женщину Камиллу, в которую влюбился без памяти. Взаимная любовь на исходе лет терзала его своей безысходностью. Но каждую встречу с Камиллой он стал обращать в музыку, каждый год сочиняя произведения небывалой силы и выразительности.

Как-то раз они с Камиллой гуляли в парке, где на открытой сцене проходил музыкальный фестиваль, и остановились послушать оркестр. В эти минуты, на пике чувств, Яначек и сочинил основную тему «Симфониетты». «В голове у меня все завертелось,— вспоминал потом сам композитор,— и словно облако чистого света окутало меня». В те же самые дни ему поручили написать гимн с фанфарами для большого спортивного праздника. Из этой мелодии для фанфар вместе с темой, пришедшей к нему на прогулке в парке, и родилась «Симфониетта». «Хотя само название и предлагало воспринимать ее как "маленькую симфонию",— писалось в книге,— структура произведения была совершенно нетрадиционной, а дерзкое использование медных духовых в сочетании со струнными Средней Европы выделило "Симфониетту" в неслыханный для того времени самостоятельный музыкальный жанр».

Аомамэ старательно переписала в блокнот все эти биографические и искусствоведческие подробности. Хотя ни одна из этих деталей так и не отвечала ей на главный вопрос: что общего существует — или *могло бы* существовать — между этой конкретной музыкой и ее личной жизнью. Выйдя из библиотеки, она отправилась по улице куда глаза глядят, то бормоча себе что-то под нос, то просто качая головой.

Конечно, все это не более чем гипотеза, рассуждала Аомамэ на ходу. Однако именно сейчас эта гипотеза звучит для меня стройнее всего. По крайней мере, она нужна мне, как утопающему соломинка, пока в голову не придет что-нибудь еще убедительней. Иначе меня просто вынесет к чертовой матери за круг по инерции. Чтобы такого не произошло, нужно обозначить те новые место и время, где я сейчас нахожусь. Зафиксировать их в сознании. Должна же я отделить этот новый мир, появившийся невесть когда, от мира, где полицейские разгуливали со старыми револьверами! А значит, это *«невесть когда»* следует как-то назвать. Даже кошкам с собаками нужны клички, чтобы их различали. Что уж говорить о старых и новых временах и мирах?

Назовем это *тысяча невестьсот восемьдесят четыре*. И запишем: *1Q84*. «Q» — как английское *Question*. Кью! Для пущей сомнительности.

Не сбавляя шага, она кивнула.

Хочу я этого или нет, я влипла в это «1Q84» по самые уши. 1984 год, каким я его знала, больше не существует. На дворе — год 1Q84. Изменился воздух, изменился пейзаж вокруг. И мне катастрофически необходимо приспособиться к новому миру. Как животному, переселившемуся в новый лес. Новый пейзаж, новые правила. Хочешь выжить — привыкай как можно скорее.

Не доходя до станции Дзиюгаока, она заглянула в магазин граммпластинок и попробовала отыскать «Симфониетту». Назвать Яначека популярным нельзя. Под его фамилией на полке обнаружилось всего три-четыре диска, из них лишь один — с «Симфониеттой». А также с «Пьесами» Бартока на стороне А. В исполнении Кливлендского оркестра под управлением Джорджа Селла. Считать ли это исполнение достойным, Аомамэ не знала, но выбирать не из чего. Купив пластинку, она вернулась домой, достала из холодильника «шабли», откупорила бутылку, поставила диск на проигрыватель, опустила иглу. Затем села на пол — и, потягивая хорошо охлажденное вино, вслушалась в музыку. Радостно и торжественно зазвучали фанфары. Те же, что она слышала в такси. Несомненно, те же. Аомамэ закрыла глаза и сосредоточилась. Исполнение таки было достойным. Только с ней ничего не происходило. Она просто слушала музыку — и все. Внутренностей не скручивало, и новых ощущений не появлялось.

Дослушав до конца, Аомамэ вернула пластинку в конверт. Оперлась спиной о стену, отхлебнула еще вина. И вдруг заметила, что у вина, которое пьешь в одиночку, почти не бывает вкуса. Она отправилась в ванную, умыла лицо, подровняла маникюрными ножницами брови, почистила уши.

Либо у меня не все дома, либо мир плавно сходит с ума, вновь подумала Аомамэ. Одно из двух. Но что именно — вот в чем загвоздка. Если пробка не подходит к бутылке, проблема в пробке или в бутылке? Как бы ни было, размеры не совпадают, и это факт.

Аомамэ прошла на кухню, заглянула в холодильник. В магазин она не ходила уже несколько дней, и продуктов почти не осталось. Она достала перезрелую папайю, разрезала ножом и съела, выковыривая ложечкой содержимое. Затем помыла три огурца и сжевала их с майонезом. Медленно, обстоятельно. И выпила стакан соевого молока. На этом ее ужин закончился. Не очень замысловатый, но для кишечника в самый раз. Что-что, а запоры Аомамэ ненавидела, наверное, больше всего на свете. Примерно так же сильно, как подонков-мужчин, избивающих собственных жен и детей, или узколобых фанатиков-фундаменталистов.

Поужинав, Аомамэ разделась и приняла горячий душ. Затем вытерлась и, стоя перед зеркалом в ванной, придирчивым взглядом окинула свое отражение. Упругий, подтянутый животик. Левая грудь слегка больше правой. Волосы на лобке напоминают плохо постриженное футбольное поле. Разглядывая себя нагишом, она вдруг вспомнила, что всего через неделю ей стукнет тридцать. Черт бы меня побрал, хмуро подумала Аомамэ. Веселенькое дело — встречать свой тридцатый день рожденья в безумном мире, которому даже названия толком не подобрать! Лицо ее перекосилось.

Тысяча Невестьсот Восемьдесят Четыре.

Вот куда ее занесло.

Глава 10

ТЭНГО

Настоящая революция с настоящей кровью

— *Пересадка,* — объявила Фукаэри. И снова взяла Тэнго за руку. Совсем как в прошлый раз, на подъезде к станции Татикава.

Всю дорогу, пока они выходили из поезда, а потом спускались и поднимались по лестницам на другую платформу, Фукаэри не выпускала ручищу Тэнго из своей ладошки. На взгляд со стороны — классическая любовная парочка. С солидной разницей в возрасте, пусть даже Тэнго и выглядел младше своих лет. И просто уморительной разницей в габаритах. Идеальное весенне-воскресное свидание.

Тем не менее в пожатии девичьей ладони Тэнго не чувствовал никакой нежности. Фукаэри сжимала его руку с одной и той же силой. В ее пальцах ощущалась профессиональная строгость врача, измеряющего пульс пациенту. Она словно хотела оставаться уверенной, что через их пальцы и ладони течет информация, которую не высказать словами. Если так, подумал Тэнго, их контакт получается каким-то односторонним. Может, девчонке и удавалось через пальцы прочесть что-либо в сердце Тэнго, но ее душа для него оставалась тайной. Да и ладно. Что бы она там ни вычитала, скрывать от нее свои мысли и чувства он и так не собирался.

Ясно одно: пускай Тэнго и не привлекал ее как мужчина, какую-то симпатию она все же к нему питала. Или, по крайней мере, неприязни не испытывала. Иначе не стала бы так долго держать его за руку — с какой бы то ни было целью.

Они перешли на ветку Оомэ и сели в поезд. Несмотря на воскресный день, в электричке оказалось на удивление много народу, в основном старичков туристов и родителей с детьми. Решив не проходить в глубь вагона, Фукаэри и Тэнго остались стоять у дверей.

— Далеко же мы забрались! — сказал Тэнго, оглядевшись по сторонам.

— *Можно-дальше-держать-твою-руку,*— попросила Фукаэри. Всю дорогу до сих пор она не выпускала руки Тэнго из пальцев.

— Конечно,— ответил он.

Девушка явно успокоилась. Ее ладонь оставалась все такой же легкой, ничуть не потела. Казалось, Фукаэри по-прежнему пытается нащупать внутри Тэнго нечто известное лишь ей одной.

— *Больше-не-страшно,*— уточнила она. Как обычно, без знака вопроса.

— Да...— кивнул Тэнго.— Кажется, больше не страшно.

И это было правдой. Благодаря ли ее руке — бог знает, но паника, что охватывала его каждое воскресное утро, наконец унялась. Не потели подмышки, сердце не выскакивало из груди. Никаких видений. Дыхание ровное и спокойное.

— *Слава-богу,*— бесстрастно произнесла Фукаэри.

Слава богу, повторил про себя Тэнго.

— Поезд отправляется! — разнеслось из динамиков по платформе.

Электричка вздрогнула, как пробудившийся динозавр, и с преувеличенно устрашающим рыком захлопнула двери. Будто приняв для себя какое-то судьбоносное решение, поезд плавно отъехал от станции.

Рука в руке, Фукаэри и Тэнго разглядывали пейзажи, проплывавшие за окном. Сначала то были самые обычные спальные микрорайоны. Но все чаще перед глазами вставали горы. На станции Хигаси-Оомэ все параллельные пути обрывались, и вперед убегала только одна дорога. Они пересели на местный поезд из четырех вагонов, и горы за окном потянулись уже беспрерывно. Отсюда на работу в город уже не ездят. Сквозь увядшую прошлогоднюю листву пробивалась свежая зелень. На каждой очередной станции двери раскрывались — и в воздухе пахло уже совсем по-другому. Весь окружающий мир отзывался иными звуками. Вдоль путей потянулись рисовые поля, традиционные крестьянские домишки. На дорогах все меньше легковушек и все больше грузовичков. Далеко же мы забрались, снова подумал Тэнго. Неужели их путешествие когда-нибудь завершится?

— *Не-волнуйся,* — сказала Фукаэри, словно прочитав его мысли.

Тэнго молча кивнул. Прямо как поездка к родителям будущей невесты, подумал он.

Сошли они на Футаматао. О такой станции Тэнго в жизни не слыхал. Ну и названьице! Кроме них к деревянному зданию из поезда стеклось еще пассажиров пять. Садиться же в поезд никто и не собирался. До станции Футаматао доезжали только любители горных троп и чистого воздуха. Те, кто интересовался премьерой «Человека из Ламанчи», отвязными дискотеками, новой выставкой элитных автомобилей «астон-мартин» или гигантскими омарами в тесте, до станции Футаматао не доезжали. Это было ясно даже по виду сошедших.

Ни магазинов, ни ресторанчиков, ни прохожих вокруг станции не было. Лишь одинокое такси дожидалось пассажиров. Явно приехало сюда к прибытию поезда. Фукаэри тихонько постучала в стекло машины. Дверца открылась, девушка забралась внутрь. И жестом пригласила Тэнго. В трех словах Фукаэри объяснила, куда ехать. Водитель кивнул.

Их маршрут оказался недолгим, но страшно запутанным. Такси то взбиралось на крутые холмы, то ныряло на спусках, то съезжало с асфальта на проселочные дороги. При этом водитель даже не думал сбрасывать скорость, и ошалевшему Тэнго приходилось то и дело судорожно цепляться за ручку двери. Наконец они взмыли по склону, похожему на горнолыжную трассу, до вершины крутого холма, и машина остановилась. Эта поездка в такси куда больше напоминала «американские горки» в каком-нибудь луна-парке. Достав из кошелька две банкноты по тысяче иен, Тэнго протянул деньги водителю и получил взамен сдачу и чек.

Перед воротами старой классической усадьбы стояло сразу две машины: черный «мицубиси-паджеро» и огромный зеленый «ягуар». Но если «паджеро» сиял как новенький, «ягуар» был покрыт таким толстенным слоем белесой пыли, что настоящий цвет угадывался с трудом. А судя по замызганному переднему стеклу, на этом автомобиле не ездили уже очень давно. В пронзительно чистом воздухе висела замогильная тишина. Такая глубокая, что уши требовали перенастройки. Небо висело ужас как высоко, а солнечные лучи неожиданно мягко ласкали кожу. Временами откуда-то доносились резкие выкрики птиц, хотя вокруг не было видно ни птахи.

Сама усадьба смотрелась очень стильно, в лучших традициях японской архитектуры. Здание построили чуть ли не в прошлом веке и все это время, похоже, неплохо за ним ухаживали. Деревья в саду аккуратно подстрижены. Настолько идеально, что некоторые напоминали пластмассовые муляжи. Громадные сосны отбрасывали на землю широкие черные тени. Глазам открывались бескрайние просторы без малейших признаков человеческого жилья. Поселиться в таком месте способен лишь тот, кто терпеть не может общения с себе подобными.

Настежь отворив незапертые ворота, Фукаэри пригласила Тэнго за собой. Никто не вышел им навстречу. Разувшись на пороге, они прошли в гостиную. Из окна были видны горы на горизонте. А также река, в которой змейкой играло солнце. Роскошный пейзаж, но любоваться им, увы, не хотелось. Фукаэри усадила Тэнго на огромный диван и вышла из комнаты, не сказав ни слова. От дивана пахло давно забытыми временами. Даже не разобрать какими.

Гостиная была обставлена неприхотливо. Огромный стол, на столешнице из цельного куска дерева — вообще ничего. Ни пепельницы, ни скатерти. На стенах — никаких картин, часов или календаря. Во всей комнате нет даже завалящего фикуса. Никаких шкафов или стеллажей — даже книгу или газету не на что положить. Доисторический, давно потерявший расцветку ковер на полу да простецкий мебельный набор примерно той же невнятной эпохи: похожий на плот диван, на котором сидел Тэнго, и три кресла. В одной стене — огромный камин, но огня давно уже не разводили. Несмотря на середину апреля, в комнате стоял леденящий холод. Словно вся зимняя стужа обосновалась здесь, не желая выветриваться. Эта комната выглядела так, будто ее хозяева давным-давно решили: какой бы гость ни заявился сюда, он не должен чувствовать, что ему здесь рады.

Наконец Фукаэри вернулась и села на диван рядом с Тэнго.

Довольно долго они молчали. Фукаэри спряталась в своем одиночестве, а Тэнго просто сидел и глубоко дышал, пытаясь прийти в себя. Не считая редких выкриков птиц откуда-то издалека, в комнате царило абсолютное безмолвие. Если прислушаться, в нем различалось сразу несколько смыслов. Словно то было не просто отсутствие каких-либо звуков, но чье-то красноречивое молчание. Тэнго бессознательно скользнул взглядом к часам на руке. Затем поднял голову, поглядел на пейзаж за окном и снова взглянул на часы. Время почти не двигалось. Время текло очень медленно, как ему и положено обычным воскресным утром.

Прошло минут десять, дверь распахнулась, и в комнату быстрым шагом вошел пожилой сухощавый мужчина. Лет за шестьдесят. Совсем невысокий, чуть больше полутора метров, но сложенный правильно. В позвоночник будто вставлен металлический стержень, голова гордо поднята. Косматые брови, будто созданные природой для устрашения собеседника, чуть ли не нависают над очками в толстой черной оправе. Сама компактность. Ничего лишнего, а все, что есть, предельно ужато и сконцентрировано. Тэнго привстал было для поклона, но хозяин быстрым жестом приказал: сидите! И пока гость опускался обратно на диван, сам стремительно уселся в кресло напротив. После чего стал разглядывать Тэнго в упор, ни слова не говоря. Взгляд хозяина нельзя было назвать очень острым, но глаза его так и шарили по лицу Тэнго, выискивая непонятно что. Прямо как у фотографа, проверяющего объектив на чистоту линзы.

Одет был хозяин в белую рубашку, изумрудного цвета свитер и темно-серые шерстяные брюки. Все эти вещи он носил уже лет десять, не меньше. Хорошо прилажены к телу, но местами давно пообтерлись. Похоже, ему было абсолютно все равно, во что он одет. Да и вокруг никто вроде бы не обращал на это внимания. Волосы на голове совсем поредели, и лоб плавно переходил в залысины, подчеркивая благородную форму черепа. Рельефные скулы, точеный подбородок. И только маленькие, почти детские губы словно пересажены с другого лица. Кое-где проглядывала недовыбритая щетина. Хотя, возможно, так лишь чудилось из-за странного освещения. Все-таки горное солнце заглядывало в окна немного не так, как привык Тэнго.

— Простите, что заставил вас забираться в такую даль,— сказал мужчина. В его манере говорить ощущалась некая странность. Словно он привык всю жизнь выступать перед неопределенным числом собеседников. И при этом — как можно убедительней.— Но по ряду причин я не мог отлучиться, почему и пришлось специально пригласить вас сюда.

— Ничего страшного,— ответил Тэнго, вручая визитку.

— Меня зовут Эбисуно́,— представился хозяин.— Визитки, к сожалению, нет.

— Господин Эбисуно? — повторил Тэнго.

— Но все зовут меня просто сэнсэем. Даже собственная дочь — уж не знаю почему.

— А как пишется ваша фамилия?

— Фамилия редкая... Эри! Напиши, будь добра.

Фукаэри, кивнув, достала из кармана блокнот и шариковой ручкой старательно вывела на странице два иероглифа. Писала она так, словно царапала гвоздем по кирпичу. Результат выглядел так же.

— На английский это можно перевести как «field of savages»*,— растолковал сэнсэй. По губам его пробежала легкая улыбка.— Когда я изучал историю мировых цивилизаций, это имя подходило мне на все сто... Впрочем, те исследования остались в прошлом. Теперь я занимаюсь совсем другими вещами. И осваиваю поля совсем других дикарей.

---

* Поле дикарей *(англ.)*.

192

Действительно редкая фамилия. И все же Тэнго она показалась знакомой. В конце 60-х некий Эбисуно выпустил несколько научно-популярных книг, снискавших признание публики. О чем были книги, Тэнго уже и не помнил, в памяти осталось только имя автора. Которое довольно скоро все почему-то забыли.

— Мне кажется, я о вас слышал,— сказал он, наморщив лоб.

— Вполне возможно,— отозвался сэнсэй, глядя куда-то вдаль. Будто речь шла о человеке, которого здесь нет.— Но это — давняя история.

Тэнго ощутил, как сидевшая рядом Фукаэри еле слышно вздохнула. Очень медленно и глубоко.

— Господин Тэнго Кавана,— прочел сэнсэй иероглифы на визитке.

— Совершенно верно,— кивнул Тэнго.

— В институте изучал математику, сейчас преподаешь в колледже для абитуриентов,— продолжил хозяин.— А в свободное время пишешь прозу. Так, по крайней мере, мне рассказала Эри. Я ее правильно понял?

— Да, все верно,— подтвердил Тэнго.

— При этом ни на писателя, ни на математика не похож.

Тэнго неловко усмехнулся:

— Мне все это говорят. Может, из-за телосложения?

— Я не имел в виду ничего плохого,— сказал сэнсэй. И поправил пальцем дужку очков на переносице.— Если человек не выглядит тем, кто он есть, он просто еще не принял отведенную ему форму.

— Очень лестно от вас это слышать, но... писатель из меня еще никакой. Можно сказать, только пробую перо.

— Пробуешь перо?

— Проверяю себя в тестовом режиме.

193

— Вот как? — отозвался сэнсэй и легонько потер ладони. Похоже, он только теперь заметил, как холодно в комнате.— Насколько я понял со слов Эри, ты собрался переделать ее текст в законченное произведение и подать на соискание литературной премии. Иначе говоря, *продать* ее как писателя. Я правильно формулирую?

Тэнго выдержал паузу, осторожно подбирая слова.

— Ну, в общем, да... Эту идею предложил господин Комацу, редактор журнала. Хотя лично я не уверен, удастся его план или нет. Я не могу оценить, насколько это корректно с морально-этической точки зрения. Моя задача в данном проекте — переработать текст под названием «Воздушный кокон». Я просто технолог. За все остальное отвечает господин Комацу.

С полминуты сэнсэй сосредоточенно о чем-то думал. Казалось, если прислушаться, в звенящей тишине комнаты можно различить, как напряженно работает его голова.

— То есть придумал все это редактор Комацу, а ты — простой исполнитель? — уточнил он наконец.

— Именно так.

— Как ты понимаешь, я по натуре ученый и литературой особенно не интересуюсь,— продолжил сэнсэй.— Но в том, что ты рассказал, я чувствую какой-то подвох. Или я ошибаюсь?

— Не ошибаетесь,— кивнул Тэнго.— Я и сам так чувствую.

Сэнсэй нахмурился.

— И все-таки активно участвуешь в этой затее?

— Не слишком активно. Но — участвую.

— Почему?

— Именно этот вопрос я задаю себе вот уже целую неделю,— признался Тэнго.

Сэнсэй и Фукаэри явно ждали, что дальше.

194

— Мои физиология, инстинкты и здравый смысл,— продолжил Тэнго,— требуют, чтобы я как можно скорее отполз от этого проекта куда подальше. По жизни я человек рациональный и осторожный. Азартных игр не люблю, за острыми ощущениями не гоняюсь. Пожалуй, меня и смельчаком-то не назовешь. И только на сей раз, когда господин Комацу предложил мне участвовать в его авантюре, я не смог сказать «нет». Причина здесь только одна. А именно — «Воздушный кокон» зацепил меня за живое. Заведи господин Комацу речь о любом другом произведении, я отказался бы, не задумываясь.

Довольно долго сэнсэй разглядывал Тэнго, словно диковинную зверушку.

— Иными словами,— резюмировал он наконец,— сама афера тебе до лампочки, но крайне интересно работать над произведением. Так?

— Именно так,— подтвердил Тэнго.— «Крайне интересно» — это еще слабо сказано. Я просто не могу допустить, чтобы этим текстом вместо меня занимался кто-то другой.

— Вот как? — отозвался сэнсэй. И скорчился так, будто съел лимон.— Ну что ж. Тебя я по большому счету вроде бы понимаю. Ну а этот Комацу — что у него за мотивы? Богатство? Признание?

— Если честно, я и сам толком не разберу,— ответил Тэнго.— Но, похоже, им движет нечто большее, нежели жажда денег или славы.

— Что, например?

— Возможно, сам господин Комацу и стал бы это отрицать, но он — человек, очень преданный большой литературе. А у таких людей главная цель, как правило, одна: за всю свою жизнь отыскать на литературном небосклоне хотя бы одну-единственную новую звезду. Настоящую, которая не гаснет. И подать ее всем на тарелочке.

Не сводя глаз с Тэнго, сэнсэй выдержал очередную паузу. Затем произнес:

— Значит, у каждого из вас — свои мотивы, не имеющие отношения ни к деньгам, ни к славе?

— Похоже, что так.

— Но какие бы цели вами ни двигали, план ваш очень рискованный. Если на каком-то этапе правда выплывет наружу, скандала точно не избежать, и при этом пострадаете не только вы двое. Судьба семнадцатилетней Эри, возможно, будет поломана. Именно это меня тревожит сейчас больше всего остального.

— Ваша тревога совершенно естественна,— кивнул Тэнго.— Я полностью с вами согласен.

Мохнатые брови сэнсэя сдвинулись.

— Значит, даже понимая опасность, нависающую над Эри, ты все равно хочешь своими руками переписать «Воздушный кокон»?

— Как я и объяснил, это желание не подчиняется логике или здравому смыслу. Разумеется, я со своей стороны сделаю все возможное, чтобы Эри не пострадала. Но убеждать вас, что ей вообще ничего не угрожает, не стану. Обманывать я никого не хочу.

— Вот, значит, как...— протянул сэнсэй. И откашлялся так, словно обтесывал формулировку для собственной мысли.— Да, похоже, ты искренний человек.

— По крайней мере, стараюсь все говорить как есть.

Сэнсэй посмотрел на свои руки, сложенные на коленях,— так озадаченно, будто видел их первый раз в жизни. Затем повернул ладонями вверх, поизучал еще какое-то время. И наконец поднял голову.

— То есть сам редактор Комацу уверен, что его план увенчается успехом?

— Он говорит: «У всего на свете есть две стороны,— вспомнил Тэнго.— Хорошая сторона — и, скажем так, не очень плохая».

Сэнсэй рассмеялся:

— Весьма уникальная точка зрения! Он что, оптимист? Или настолько самоуверен?

— Ни то ни другое. Просто циник, и все.

Сэнсэй покачал головой.

— Когда такие люди становятся циниками, они превращаются либо в оптимистов, либо в самоуверенных типов. Разве не так?

— Да, возможно, есть такая тенденция...

— Наверно, и общаться с ним непросто?

— Очень непросто,— признал Тэнго.— Хотя он далеко не дурак.

Сэнсэй глубоко, с расстановкой вздохнул.

— Ну, Эри? — повернулся он к девушке.— Что ты сама думаешь об этом... проекте?

Фукаэри уткнулась взглядом в неизвестную точку пространства. И сказала:

— *Пускай.*

— Ты хочешь сказать,— уточнил сэнсэй,— что не будешь возражать, если этот молодой человек перепишет «Воздушный кокон»?

— *Не-буду.*

— Даже если из-за этого *ты сама* попадешь в переделку?

На это Фукаэри ничего не ответила. Лишь плотнее запахнула воротник пальтишка. Сам этот жест выражал ее волю весьма красноречиво.

— Ну что ж! Похоже, девочка знает, что говорит...— обреченно вздохнул сэнсэй.

Тэнго не отрываясь глядел на ее пальцы, стиснутые в кулачки на воротнике.

— Однако существует еще одна проблема! — поднял палец хозяин.— Вы с редактором Комацу собираетесь не просто обнародовать этот текст, но еще и объявить Эри писательницей. Но дело в том, что у бедняжки дислексия. Нарушенная способность читать и писать. Вы знали об этом?

— Пока мы ехали на поезде, я в общих чертах догадался,— сказал Тэнго.

— Видимо, это врожденное,— продолжал сэнсэй.— Оттого и в учебе отставала, хотя голова светлая. Ведь эта девочка действительно мудра не по годам... Однако сам факт того, что у Эри дислексия, может серьезно расстроить ваши грандиозные планы.

— А сколько человек вообще знают про ее дислексию?

— На сегодня, кроме нее самой,— трое,— ответил сэнсэй.— Я, моя дочь Адзами, а теперь еще и вы. Больше об этом никому не известно.

— Но разве в ее школе об этом не знают?

— Нет. Это маленькая сельская школа. Там и слова такого никогда не слыхали — «дислексия». Да и ходила туда Эри совсем недолго.

— К тому же ей удавалось здорово это скрывать?

Сэнсэй смерил Тэнго оценивающим взглядом.

— Похоже, Эри тебе очень доверяет,— сказал он, выдержав паузу.— Уж не знаю почему. Что же до меня...

Тэнго терпеливо ждал продолжения.

— Что же до меня, то я доверяю Эри. Раз она считает, что тебе можно отдать рукопись на переработку,— значит, так тому и быть. Но если ты собираешься реализовывать ваши планы, тебе придется учитывать кое-какие факты ее биографии.— На этих словах сэнсэй легонько отряхнул брюки чуть выше колен, словно избавляясь от невидимых соринок.— Ты должен знать, что у нее было за детство и при каких обстоятельствах я взял ее на воспитание. Предупреждаю: рассказ не на пару минут.

— Я готов,— кивнул Тэнго.

Фукаэри рядом с ним уселась на диване поудобнее. Но кулачки от поднятого воротника пальто так и не отняла.

— Ну что ж,— начал сэнсэй.— Вернемся в шестидесятые годы. С отцом Эри меня связывала крепкая многолетняя дружба. Он был младше меня на десять лет, и мы преподавали на одной кафедре. По характеру и взглядам на мир мы были полнейшими антиподами, но почему-то отлично ладили. Оба поздно женились, у каждого чуть ли не сразу после свадьбы родилось по дочери. Жилье снимали в одном университетском городке, семьями ходили друг к другу в гости. Работа тоже спорилась. В те годы нас даже называли «новаторами-энтузиастами». Газетчики то и дело забегали взять интервью. То были интересные, насыщенные времена. Во всех отношениях... Но когда шестидесятые подошли к концу, в воздухе запахло порохом. На носу было продление Договора о безопасности с США*. Студенты бунтовали, захватывали учебные корпуса, строили баррикады, сопротивлялись спецназу. Начали гибнуть люди. Работать стало невозможно, и я решил оставить университет. По натуре я вообще не любитель академизма, а когда начался весь этот кавардак, стало совсем невтерпеж. Кто там консерватор, кто диссидент — на это мне всегда было плевать. В конечном итоге просто драка двух враждующих групп. Я же с раннего детства на дух не переношу группового

---

* С подписанием Сан-Францисского мирного договора (1951) американская оккупация Японии формально закончилась. Однако тогда же США навязали Японии Договор о безопасности, который устанавливал военно-политический союз между нациями и узаконивал сохранение на японской территории американских военных баз. В 1960 г. этот договор был пересмотрен, а начиная с 1970 г. автоматически продлевается до сих пор. В преддверии 1970 г. простые японцы особенно яростно выступали против этого альянса, наслушавшись новостей о зверствах армии США в соседних Корее и Вьетнаме.

сознания. Не важно, малая при этом группа или большая... А ты же тогда, наверное, еще не поступил в университет?

— Когда я поступал, все беспорядки уже подавили.

— Не пригодились, стало быть, кулаки после драки? — криво усмехнулся сэнсэй.

— Да... можно и так сказать.

Сэнсэй поднял руки вверх, словно сдаваясь в плен, а затем сложил ладони на коленях.

— А через пару лет с университетом распрощался и отец Эри. К тому времени он ушел с головой в маоизм и поддерживал китайскую Культурную революцию. Никакой информации о том, насколько гнилой и бесчеловечной была Культурная революция на самом деле, в Японию тогда почти не просачивалось. Цитировать Мао Цзэдуна среди интеллигентов считалось модным и актуальным. Отец Эри собрал группу студентов-радикалов, назвал ее «Алым отрядом» и принял участие в студенческих забастовках. Очень скоро под его знамя начали стекаться и студенты из других вузов. Группа росла и постепенно превращалась в настоящую секту. Наконец по требованию вуза прибыл отряд спецназа. Бунтарей выбили из учебного корпуса и арестовали вместе с лидером. Отца Эри осудили по уголовной статье, дали условный срок. И понятное дело, тут же уволили из университета. Эри тогда была совсем крошкой — вряд ли что запомнила...

Фукаэри молчала.

— Звали его Тамоцу Фукада,— продолжал сэнсэй.— Расставшись с вузом, он и десяток членов секты, которая уже потеряла организующий стержень, вступили в общину «Такасима». Отчисленным студентам нужно было куда-то податься, и хотя бы на первое время «Такасима» стала для них неплохой кормушкой. Об этом даже писали в газетах. Ты в курсе?

— Нет,— покачал головой Тэнго.— Такой истории не припомню.

— Фукада забрал с собой всю семью. И жену, и маленькую Эри. Все они стали членами «Такасимы». О самой общине ты, я думаю, слышал?

— В общих чертах,— ответил Тэнго.— Совместная жизнь по типу коммуны, полное самообеспечение, основное занятие — земледелие. Также производят молоко. Рассылают свою продукцию по всей Японии. Частной собственности не признают, владеют всем сообща.

— Да, верно. Иначе говоря, Фукада решил превратить «Такасиму» в Утопию...— Сэнсэй покривился.— Но как известно, ни в одной нашей реальности Утопии не существует! Как не существует философского камня или вечного двигателя. Лично я глубоко убежден: «Такасима» занимается превращением людей в безмозглых роботов. Которые собственными руками отключают мыслительную функцию у себя в голове. В точности так, как описывал в своей книге Джордж Оруэлл. Но тем не менее, как ты знаешь, на белом свете существует немало людей, стремящихся именно к такому образу жизни — с умершим головным мозгом. Просто потому, что так легче и радостней. Не нужно думать ни о чем сложном; просто выполняй все, что сверху велят, и твою кормушку у тебя никогда не отнимут. Для этой породы людей «Такасима», пожалуй, и в самом деле Утопия...

Сэнсэй глубоко вздохнул.

— Да только сам Фукада не из таких! Этот человек всю жизнь думал исключительно своей головой. И даже сделал это занятие профессией, которая долго его кормила. Угодив в такой безмозглый муравейник, как «Такасима», он никак не мог найти себе места. Разумеется, он заранее знал, на что идет. Изгнанный из университета со своими яйцеголовыми студентами, он сам выбрал «Такасиму» как временное пристанище. Только теперь, чтобы выжить, им пришлось освоить «ноу-хау» жизни в общине. И прежде всего — научиться возделывать землю. Ни сам Фукада, ни его ученики, конечно же, ни бельмеса не смыслили в земледелии. Все равно что от меня вдруг потребовать, чтобы я разбирался в ракетостроении. Буквально все — от теории до практики — им пришлось испытать на собственной шкуре. Все нюансы товарного распределения, все прелести режима самообеспечения, все принципы коммунального хозяйства они выучили назубок. За два года, проведенные в «Такасиме», освоили все, что только возможно. В научном смысле слова смышленый подобрался коллектив. Настолько смышленый, что выступил против политики самой общины. В итоге Фукада вышел из «Такасимы» и объявил о создании независимой организации.

— *В-такасиме-было-весело,—* сказала вдруг Фукаэри. Сэнсэй улыбнулся.

— Дошколятам в «Такасиме» и правда было весело. Но они подрастали, в них просыпалась личность. И вот тут-то для многих жизнь превращалась в истинный ад. Ибо даже самые невинные проявления своего «я» в общине безжалостно подавлялись сверху. Тотальное мозговое бинтование.

— *Бинтование,—* переспросила Фукаэри.

— В Древнем Китае девочкам насильно забинтовывали стопы, чтобы ножки не росли,— пояснил Тэнго.

Фукаэри молча представила эту картину.

— Очень скоро,— продолжал сэнсэй,— группа раскольников, которую возглавил Фукада, уже состояла не только из его бывших студентов. Один за другим на их сторону начали переходить и старые члены общины. Лагерь Фукады разрастался как снежный ком. Многие, кто примкнул к «Такасиме» из идейных соображений, уже успели разочароваться в этой системе и дальше так жить не хотели. Среди них были и хиппи, мечтавшие о свободной коммуне, и леваки-радикалы, потерпевшие фиаско в студенческих бунтах, и просто те, кто устал от цивилизации и пришел в «Такасиму» за духовным возрождением. Были там и холостяки, и те, кто, подобно Фукаде, привел за собой всю семью. В общем, пестрая публика, кого только не встретишь. Все они изъявили желание, чтобы их возглавил Фукада. А уж этот человек был лидером от природы. Все равно что Моисей у евреев. Умен, красноречив, рассудителен. Необычайно харизматичен. И плюс ко всему — очень крупно сложен. Да вот примерно как ты. Вокруг личностей таких размеров люди собираются, словно пигмеи, и внемлют всему, что великаны им говорят...

Сэнсэй развел руки в стороны, демонстрируя масштабы личности Фукады. Фукаэри посмотрела на эти руки, перевела взгляд на Тэнго. Но ничего не сказала.

— Мы с Фукадой даже внешне казались полными антиподами. Он прирожденный вождь, а я по жизни волк-одиночка. Он политик — я скорей анархист. Он великан, я карлик. Он само обаяние — я же ученый-мозгляк, которому, кроме странной формы черепа, и показать людям нечего... И все-таки мы были настоящими друзьями. Несмотря на все различия и разногласия, абсолютно доверяли друг другу. Не подумай, что я преувеличиваю. Но такая дружба действительно бывает только раз в жизни.

В горах префектуры Яманаси группа Фукады отыскала малонаселенную деревушку, которая идеально подходила их целям. То было почти вымершее селенье, где на заброшенные земельные участки уже не найти наследников, а из жителей остались одни старики, давно не способные вести хозяйство. В таком захолустье раскольники смогли выкупить себе и землю, и жилье практически за бесценок. Даже парники. В местной управе поселенцы внесли страховой залог, гарантируя, что выкупаемые участки будут использоваться исключительно для сельскохозяйственных нужд. Естественно, при таком условии они освобождались от большинства налогов на несколько лет вперед. А кроме того, Фукада доставал деньги откуда-то еще. Откуда — сэнсэй понятия не имел.

— Об этом источнике Фукада никогда никому не рассказывал. Но тем не менее добыл откуда-то немалые средства, чтобы поставить коммуну на ноги. Именно эти деньги ушли на инструменты, стройматериалы и прочие стартовые расходы. Своими силами коммуна обновила закупленные постройки и обеспечила сносное жилье всем тридцати своим членам. Произошло это в семьдесят четвертом году. «Авангард» — вот как они назвали себя.

«Авангард»? — подумал Тэнго. А ведь он уже слышал такое название. Где и в какой связи — хоть убей, не помнил. Но в самых глубинах мозга это будоражило какие-то смутные воспоминания.

— Разумеется,— продолжил сэнсэй,— Фукада понимал, что обживать новые земли будет непросто. Но в итоге все сложилось даже лучше, чем он предполагал. Отчасти помогала погода, отчасти — местные жители. Даже аборигены признали Фукаду лидером. Все-таки молодежь, которую он привел, гнула спину и проливала пот над этой землей. Деревенские начали заглядывать к ним и все чаще предлагали помощь. Благодаря им «Авангард» очень скоро усвоил как методы работы, так и способ жизни на новом месте.

По большому счету они внедряли все, чему научились в «Такасиме». Плюс то, что освоили сами. Например, полную механизацию производства. Чтобы избавиться от вредителей, отказались от химических удобрений, внедрили гидропонику. И начали продавать свою продукцию через рекламу в таблоидах с прицелом на богатые слои горожан. Потому что так прибыльнее. Экологически чистые продукты, что ни говори. Большинство членов коммуны выросли в больших городах и, что нужно мегаполису, понимали неплохо. За свежие, химически чистые овощи горожане сразу же раскошеливались. Этот механизм работал безукоризненно. Наняли транспорт, наладили систему распределения — и качественный, вкусный товар тут же растекся по домам потребителей. Как только вырастал экологически чистый урожай, им отлично удавалось превращать его в деньги.

— Несколько раз я навещал Фукаду в коммуне и беседовал с ним,— продолжал сэнсэй.— Он был окрылен перспективами, выглядел очень жизнерадостно. Пожалуй, именно в те годы мой друг был ближе, чем когда-либо, к воплощению своей мечты. Семья его, похоже, наконец освоилась на новом месте. Слухи об «Авангарде» распространялись, и число желающих вступить в коммуну росло. Все больше народу узнавало о них через рекламные объявления, да и журналисты в новостях то и дело трубили об успехах общины. Так или иначе, ребята попали в яблочко: в нынешнем обществе накопилось слишком много желающих убежать из реальности. Надоевшей всем, забитой мыслями о деньгах и необходимости обрабатывать чуждую информацию. Слишком много желающих убежать туда, где можно жить на природе и просто в поте лица обрабатывать землю. Таким людям «Авангард» открывал двери. С добровольцами проводили собеседование, и если те оказывались полезными, их принимали в общину. Хотя, скажем прямо, брали далеко не каждого. Большое внимание уделялось моральному облику вступающих. Первым делом общине требовались знатоки земледелия и просто физически выносливые люди. Обоих полов набирали примерно поровну, женщины приветствовались не меньше мужчин. Чем больше собиралось народу, тем больше требовалось земли. Но как раз с этим проблем у общины не было: вокруг раскинулись непаханые поля и расширять территории для «Авангарда» не составляло труда. Первое время вербовали в основном молодых, но постепенно становилось все больше и тех, кто пришел в общину со всей семьей. Росло число выпускников спецвузов — медиков, инженеров, педагогов, бухгалтеров. Все эти профессии в новой коммуне были очень востребованы.

— А здесь применялись те же принципы пещерного коммунизма, что и в «Такасиме»? — уточнил Тэнго.

Сэнсэй покачал головой.

— Нет. Фукада отказался от коллективной собственности. В политике он всегда был радикалом, но по жизни — хладнокровным реалистом. Его коллективизм был умеренным. Он вовсе не хотел превратить человечество в муравейник. Его идея предполагала разделить общество на функциональные группы, внутри которых люди бы жили и работали сообща. Не понравилось в одной группе — можешь перейти в другую или вообще уйти из «Авангарда» куда глаза глядят. Общение с внешним миром не возбранялось, идеологических собраний с промывкой мозгов почти совсем не устраивалось. Частная собственность признавалась, за работу люди получали пускай и скромное, но вознаграждение. Все-таки главный урок, который Фукада вынес из «Такасимы», заключался в том, что производительность труда повышается, если обществу не закручивать гайки.

Под началом Фукады «Авангард» хозяйствовал весьма успешно, пока община не раскололась надвое. При системе «идейного единения», которую практиковал Фукада, подобного раскола рано или поздно было не избежать.

Первую группу составили те, кого он когда-то привел за собой,— боевики из «Алого отряда», собравшие во круг себя наиболее радикально настроенных членов общины. Эти люди с самого начала верили, что ковырянье земли на полях — лишь неизбежный, но временный этап подготовки к настоящей революции. А когда пробьет их час, они отложат мотыги и возьмутся за оружие.

Сторонники второй группы точно так же отрицали капиталистическую систему труда, но от политики держались подальше и своим идеалом считали жизнь в первозданной природе на полном самообеспечении. Общим числом «умеренные» значительно превосходили «боевиков». Однако отличались от них, как вода от масла. Поскольку у земледелия задача только одна, по хозяйственным вопросам разногласий не возникало. Но всякий раз, когда перед коммуной вставал вопрос, куда и как развиваться дальше, мнения тут же разделялись. Принимать решения становилось все сложнее, любые дебаты переходили в ссоры. Окончательное размежевание было всего лишь вопросом времени.

Вскоре примирять «умеренных» с «боевиками» стало практически невозможно. Вопрос, чью позицию занять окончательно, встал перед Фукадой ребром. А уж он-то прекрасно понимал, что в Японии 70-х для революции не может быть ни условий, ни предпосылок. Та революция, о которой он говорил до сих пор, была всего лишь метафорой, мифическим идеалом для лучшей самоорганизации людей. Чем-то вроде пряности, от которой блюдо вкуснее.

Но бывшие студенты Фукады стремились к совершенно иному исходу. Они жаждали настоящей революции с настоящей кровью. Конечно, он сам во всем виноват. Пока молодежь бунтует, вбивать в головы студентиков бред о кровавой расправе над мировой тиранией — верх безответственности. Если бы он хоть напоминал им почаще, что все это — просто красивый миф. Человек он, конечно, порядочный и большого ума. Ученый просто блестящий. Да вот беда — слишком увлекся теорией и пьянел от собственных формулировок. Забывая о том, что на практике даже самые красивые замыслы должны подкрепляться стройными аргументами. Которых ему — увы! — постоянно недоставало.

Вот так «Авангард» раскололся на два лагеря. «Умеренные» остались в той же деревне, а «боевики» переселились в заброшенную деревушку по соседству, километров за пять от первой, и устроили там революционный форпост. Как и все, кто переехал в коммуну с семьями, Фукада остался в первом поселении с большинством «Авангарда». Общину разделили по-дружески. Средства для обустройства «боевиков» на новом месте Фукада снова откуда-то добыл. И по крайней мере внешне отношения между группами оставались дружественными даже после раскола. Деревеньки договорились обмениваться продуктами и вещами, а для пущей экономии продавали свой урожай совместно одним и тем же оптовикам. Оба хозяйства просто не выжили бы на подножном корму, не помогай они друг другу, когда нужно.

Но время шло, и постепенно всякие сношения, кроме экономических, между коммуной и «новыми раскольниками» прекратились. Неудивительно — все-таки у них были слишком разные цели. И только Фукада продолжал общаться со своими студентами-радикалами. Ему не давала покоя ответственность за их судьбы. Все-таки именно он собрал их когда-то в единую группу, а потом привел в горы Яманаси. И бросить их там на произвол судьбы было выше его сил. Не говоря уже о том, что радикалы постоянно нуждались в деньгах из его секретного источника.

— Я чувствовал, что сознание моего друга не на шутку раздвоилось,— вздохнул сэнсэй.— С одной стороны, ни в саму возможность революции, ни в ее героическую романтику Фукада больше не верил. Но и полностью отрицать необходимость революции тоже не мог. Отрицание революции привело бы его к отрицанию всей жизни, прожитой до сих пор. Ему пришлось бы выйти к людям и публично покаяться в своих заблуждениях. Но как раз на это он был не способен. Мешала и непомерная гордость, и опасение, что после такой покаянной речи среди его учеников-радикалов начнется паника. На данном же этапе Фукада мог хоть как-то этих ребят контролировать.

Вот почему, несмотря на раскол общины, он продолжал регулярно навещать своих студентов-сепаратистов. Оставаясь лидером «Авангарда», он получил роль советника в группе «боевиков». Человек, разуверившийся в революции, продолжал разъяснять людям революционные идеи. А люди эти помимо ежедневной работы в поле активно занимались боевой и идеологической подготовкой. И в своей политической ориентации становились, против воли своего учителя, все бóльшими экстремистами. Вскоре группа раскольников превратилась в тайную секту, и никто посторонний зайти в их деревню больше не мог. А за их призывы к вооруженному восстанию Управление безопасности зачислило их в список общественных организаций, требующих повышенного внимания полиции...

Сэнсэй еще раз оглядел свои руки, сложенные на коленях. И вновь поднял голову.

— Раскол «Авангарда» произошел в семьдесят шестом году. А еще через год Эри сбежала из «Авангарда» и стала жить у меня. Примерно тогда же «Авангард» переименовали. Теперь они называются «Утренняя заря».

Тэнго прищурился.

— Но постойте...— сказал он и задумался. Секта «Утренняя заря»? Где же он о ней слышал? В памяти всплывали только смутные обрывки воспоминаний. *Подобия* фактов, но не факты как таковые.— А это, случайно, не шайка головорезов, о которой недавно кричали во всех новостях?

— Она самая,— кивнул сэнсэй. И посмотрел на Тэнго в упор.— Та же секта «Утренняя заря», что устроила перестрелку с полицией на озере Мотосу.

Перестрелка с полицией, вспомнил Тэнго. Как же, громкое было событие. Однако никаких деталей самого инцидента он вспомнить не мог. Словно этот отрывок в его памяти кто-то аккуратно вырезал ножницами. И чем больше Тэнго пытался сосредоточиться, тем отчетливей ощущал, будто ему с силой перекручивают все тело. Верхнюю половину в одну сторону, нижнюю — в другую. В мозжечке тоскливо заныло, воздух показался страшно разреженным. Звуки стали глухими, как под водой. Неужели опять чертов приступ?

— Что с вами? — спросил сэнсэй. Его взволнованный голос звучал откуда-то издалека.

Тэнго покачал головой.

— Все в порядке,— выдавил он.— Сейчас пройдет.

Глава 11

АОМАМЭ

Тело как храм души

На всем белом свете найдется крайне мало людей, способных так же мастерски, как Аомамэ, бить человека ногами по яйцам. Варианты ударов она тщательно отрабатывает каждый день — как в тренировочном режиме, так и на практике. Самое главное в ударе ногой по яйцам — способность отбросить всякие сомнения. Противник должен быть поражен в самое святая святых, яростно и беспощадно. Примерно как Гитлер вторгся в Бельгию и Голландию, нарушив пакты о нейтралитете, — и, ослабив границы, раздавил всю Францию. Никаких колебаний. Бац! — и ты победитель.

Приходится признать: почти никаких других способов завалить мужика, который сильнее тебя, не существует, повторяла Аомамэ точно мантру. Именно этой частью тела животное по имени Мужчина гордится — не сказать «размахивает» — больше всех остальных. И как правило, защищает ее меньше всего. Эту простую истину и нужно поставить себе на службу.

Какую боль чувствует мужчина от удара по яйцам, Аомамэ, будучи женщиной, понятно, не знала. И даже представить себе не могла. Но, судя по тому, как перекашивалось лицо противника, эта боль была зверской. Каким бы сильным или крутым мужик ни был, на ее памяти еще никто с этой болью не совладал. Не говоря уже о том, что к самой боли явно примешивалась досада от уязвленного мужского самолюбия.

— Пожалуй, это похоже на временный конец света,— сказал ей, хорошенько подумав, один мужчина в ответ на расспросы.

Аомамэ невольно задумалась над этим сравнением. Конец света?

— Иначе говоря,— уточнила она,— конец света — это все равно что тебя со всей силы пнули по яйцам?

— Ну, конца света мне испытывать не приходилось, не знаю. Но наверное, что-то вроде того.— Мужчина задумчиво уставился взглядом в пространство.— Чувствуешь лишь полное бессилие. Мрачное, бесконечное и безысходное.

После этого разговора, ближе к полуночи, Аомамэ посмотрела по телевизору фильм «На последнем берегу», американскую картину 1959 года. Между Штатами и Советами разразилась полномасштабная война; мириады ядерных ракет, точно стаи летучих рыб, проносились над океаном в разные стороны, грозя разнести на куски планету и уничтожить все человечество. Благодаря капризам ветров облако смертоносного пепла еще не добралось до Австралии. Но и это был вопрос времени. Человечество уже подписало себе приговор. И разные люди, каждый по-своему, доживали последние дни своих жизней. Такой вот сюжет. Совершенно черное и безысходное кино (хотя каждый его персонаж и ожидал конца света как избавления, отметила Аомамэ).

Досмотрев такое кино в одиночку после полуночи, Аомамэ как будто немного отчетливее поняла, что такое боль от удара ногой по яйцам.

Окончив институт физкультуры, Аомамэ четыре года прослужила в компании по производству спортивных напитков и биодобавок. А параллельно играла за ту же фирму четвертым аутфилдером в женской команде по софтболу. Команда была очень сильной и даже несколько раз попадала в восьмерку чемпионов страны. Однако через неделю после гибели Тамаки Аомамэ подала заявление об уходе. На этом ее спортивная карьера закончилась. Больше такой спорт, как софтбол, ее не привлекал. Аомамэ хотелось начать жизнь сначала. И по совету старшей подруги-однокашницы она устроилась на работу инструктором в спортивный клуб на Хироо.

В этом клубе она стала вести занятия по фитнесу и боевым искусствам. Заведение было дорогим и элитным, в нем занималось много знаменитостей. Вскоре Аомамэ удалось организовать спецкурсы по женской самообороне. Что-что, а это она умела как следует. Соорудив тряпичное чучело здоровенного мужика, Аомамэ пришила ему между ног черную перчатку и принялась активно тренировать на нем своих подопечных. А для реалистичности даже привесила под перчаткой пару мячиков для гольфа. Удар за ударом — точно, быстро, безжалостно. Большинству женщин такие тренировки пришлись по душе, и многие действительно добивались неплохих результатов. Хотя некоторые члены клуба (в основном, конечно, мужчины), глядя на эти тренировки, брезгливо морщились. Довольно скоро в администрацию клуба начали поступать нарекания — дескать, не слишком ли инструкторы перебарщивают. В результате Аомамэ вызвал менеджер и потребовал исключить пинки по яйцам из курса самообороны.

— Но ведь без этого женская самооборона невозможна,— возразила она менеджеру.— В большинстве случаев мужчины превосходят женщин и по силе, и по весу. Быстрая и точная атака в пах — единственное, чем женщина способна себя защитить. Об этом говорил даже Мао Цзэдун. «Находи самую слабую точку в обороне противника, тщательно целься — и бей что есть силы. Без этого умения любая партизанская война обречена на провал».

— Как тебе известно,— ответил ей озадаченный менеджер,— наш спортклуб — самый уважаемый в городе. Многих клиентов знает в лицо вся страна. Наш сервис должен быть безупречным с любой точки зрения. Потеря имиджа недопустима. Что бы там ни было, если в клубе собираются девушки и с дикими воплями пинают чучела между ног,— это вредит репутации. Уже несколько раз желающие заглядывали к нам, а после твоих занятий уходили, так и не записавшись в клуб. Будь там хоть Мао, хоть сам Чингисхан, твои курсы самообороны вызывают у наших клиентов раздражение и дискомфорт!

Никакого сочувствия к бедным клиентам, страдающим от раздражения и дискомфорта, Аомамэ не ощущала. Не лучше ли подумать о том, что чувствуют жертвы изнасилования? Но с начальством не спорят. Программу ее курсов пришлось значительно упростить, а использовать куклу ей больше не разрешили. Лишившись прикладного смысла, занятия превратились в пустую формальность, и Аомамэ потеряла к ним интерес. Большинство ее подопечных выказали недовольство, желая продолжать тренировки по-старому, но повлиять на политику начальства она не могла.

Кто-кто, а уж Аомамэ отлично знала: без удара ногой по яйцам в арсенале женской самообороны не остается практически ничего. Популярный приемчик с заламыванием руки нападающего за спину смотрится, конечно, эффектно, но в реальной схватке, как правило, не срабатывает. Реальность — это вам не кино. Чем затевать такое без особого шанса на успех, лучше сразу убегать во все лопатки куда подальше.

Сама Аомамэ знала десять разных ударов ногой по яйцам. Еще в студенчестве она отрабатывала их, нацепив на младшего однокашника боксерскую защиту. Очень скоро, впрочем, парнишка сломался.

— Твои удары не вытерпеть даже в защите! — взмолился он.— Извини, но я больше не могу.

Удары эти она шлифовала до автоматизма, чтобы применить без малейших колебаний в любую секунду. Только попробуй напасть какой-нибудь подонок, повторяла она. Я тебе такой конец света покажу — век не забудешь. Ты у меня узришь Царство Небесное наяву. Улетишь к чертям аж в Австралию, сукин ты сын. И вместе с кенгуру да утконосами наглотаешься смертельного пепла.

Рассеянно думая о Царствии Небесном, она сидела за стойкой бара и потягивала «Том Коллинз». Делая вид, что кого-то ждет, время от времени опускала взгляд к часам на руке, хотя на самом деле приходить было некому. Просто в бар заявлялись все новые посетители, и Аомамэ тянула время, выбирая подходящего мужчину. На часах — половина девятого. На ней — жакет от Кельвина Кляйна расцветки орлиного оперенья, бирюзовая блузка и темно-синяя мини-юбка. «Пестика» в сумочке нет. Как и вчера, инструмент остался дома, в ящике платяного шкафа, завернутый в полотенце.

То был знаменитый «Singles' Bar» на Роппонги. Известный как раз тем, что одинокие мужчины постоянно заглядывали сюда ради женщин — и, понятно, одинокие женщины ради мужчин. Чуть не треть посетителей — иностранцы. Дизайн — под рыбацкий трактир на Багамах, тот самый, где любил пропустить стаканчик Хемингуэй. Стену над стойкой украшала огромная рыба-меч, с потолка свисали рыболовные сети. На других стенах висели памятные фотографии: только что выловленные рыбины в руках везучих рыболовов. А также портрет самого Хемингуэя. Веселый папаша Хэм. Факт, что он застрелился, не выдержав собственного алкоголизма, посетителей бара трогал меньше всего на свете.

В этот вечер за столиками сидели сразу несколько мужчин, но ни один Аомамэ не приглянулся. Один раз ее окликнула пара студентиков, желающих порезвиться, но усложнять себе жизнь не хотелось, и она ничего не ответила. Какой-то офисный клерк с похотливыми глазками, возрастом около тридцати, поинтересовался, можно ли присесть рядом, но Аомамэ сухо отказала ему — извините, мол, место занято, жду человека. Молодые мужчины были совершенно не в ее вкусе. Общаются возбужденно, хотя, кроме самоуверенности, и предложить собеседнику нечего, разговоры с ними — смертная тоска. А в постели ведут себя жадно, совершенно не соображая, как доставить удовольствие в сексе и получить его самому. Нет уж! Ее идеал — чуть потертый жизнью и, по возможности, слегка лысоватый мужчина лет сорока пяти. Не извращенец, желательно чистоплотный. Даже форма черепа — вопрос не настолько принципиальный. Но такого мужчину поймать непросто. Вот поэтому хочешь не хочешь, а соглашаешься на чертовы компромиссы.

Аомамэ окинула взглядом помещение и беззвучно вздохнула. Ну почему в этом мире, хоть наизнанку вывернись, ей не попадается ни одного подходящего мужика? Она вспомнила Шона Коннери. От одной мысли о форме его черепа у нее тоскливо заныло в утробе. Появись сейчас перед нею Шон Коннери, она пошла бы на все, чтобы им завладеть. Да только какого черта Шону Коннери заглядывать в бар для одиноких рыбофилов на задворках Роппонги?

Здоровенный телеэкран напротив показывал группу «Квин». Аомамэ не любила «Квин» и старалась на экран не смотреть. А также не обращать внимания на гремевшую в динамиках музыку. Наконец «Квины» отпели свое, и монитор оккупировала «АББА». Черт бы меня побрал, снова вздохнула Аомамэ. Ночь обещала быть паршивой как никогда.

В этом спорт-клубе Аомамэ и познакомилась с хозяйкой «Плакучей виллы». Старушка записалась на курсы женской самообороны, в тот самый класс радикально настроенных женщин, что увлекались избиванием чучела. Миниатюрная, самая старшая в группе, она тем не менее двигалась очень легко и наносила удары с поразительной точностью. Наблюдая за ней, Аомамэ не раз ловила себя на мысли, что такие женщины не будут колебаться, если им приспичит разбить кому-нибудь яйца. Без слов и лишних телодвижений. Таким женщинам Аомамэ симпатизировала с первого взгляда.

— Конечно, в моем возрасте обороняться особо не приходится,— призналась старушка после первого занятия.

— Дело не в возрасте,— ответила Аомамэ.— Главное — сама установка: защищать себя каждый день своей жизни. Если не способна отразить нападение — ты ничего не стоишь. Твое же бессилие постепенно сожрет тебя с потрохами.

Ни слова не говоря, старушка смотрела на нее в упор. То ли смыслом сказанного, то ли интонацией, но Аомамэ, похоже, произвела на будущую хозяйку очень сильное впечатление.

— Ты абсолютно права,— кивнула старая женщина.— Все так и есть. Ты хорошо знаешь, о чем говоришь.

Через несколько дней Аомамэ доставили почтой пакет. Из тех, что раздают бесплатно на конторке при входе в клуб. Внутри лежало короткое письмо — аккуратные иероглифы имени и телефона хозяйки «Плакучей виллы». С припиской: буду рада, если, невзирая на занятость, найдете минутку со мной связаться.

Трубку взял мужчина, вроде как секретарь. Аомамэ представилась, и ее тут же соединили с кем нужно. Хозяйка поблагодарила за звонок.

— Если не возражаете, не могли бы мы где-нибудь поужинать? — предложила она. Дескать, хотелось бы поговорить с глазу на глаз.

— С удовольствием,— ответила Аомамэ.

— Как насчет завтрашнего вечера? — уточнила хозяйка.

Аомамэ не возражала. Разве что слегка удивилась. О чем, интересно, они могли бы беседовать целый вечер?

Их ужин состоялся во французском ресторане на задворках Адзабу. Судя по всему, старушка была здесь почетным гостем: солидный, опытный официант встретил их у входа, как старых знакомых, и проводил в самый укромный уголок заведения. На хозяйке было светло-зеленое платье оригинального покроя (в духе Живанши 60-х) и нефритовые бусы. По пути к столику перед ними возник управляющий и отвесил учтивый поклон. В меню оказалось много изысканных вегетарианских блюд. А «супом дня», к удивлению Аомамэ, оказался ее любимый. Хозяйка заказала бокал «шабли», Аомамэ попросила то же самое. Тонкого вкуса вино идеально подходило к заказанным блюдам. Аомамэ взяла белую рыбу на гриле. Хозяйка ограничилась овощами. Изящество, с которым она ела овощи, завораживало, как шедевры мирового искусства.

— В мои годы, чтобы жить дальше, нужно совсем немного еды,— улыбнулась хозяйка.— Но как можно лучшего качества.

Они помолчали.

Как насчет частных уроков, предложила хозяйка. Два-три раза в неделю. Основные приемы самообороны — и, по возможности, массаж и растяжки.

— Разумеется, все возможно,— ответила Аомамэ.— Инструктаж на выезде мы осуществляем. Можете оформить заявку в клубе.

— Я не об этом,— улыбнулась хозяйка.— Хотелось бы свободного графика. Чтобы договариваться о времени, когда нам обеим удобно, без посредников. Ты не против?

— Вовсе нет.

— Хорошо, на следующей неделе приступим,— решила хозяйка.

На этом деловая часть встречи закончилась.

— Тогда, в спортзале, мне понравилось твое выражение о бессилии. Как оно может пожрать человека. Помнишь?

— Помню,— кивнула Аомамэ.

— А можно вопрос в лоб? — прищурилась хозяйка.— Просто чтобы сэкономить время.

— Ради бога,— кивнула Аомамэ.

— Ты — феминистка или лесбиянка?

Слегка покраснев, Аомамэ покачала головой:

— Пожалуй, ни то ни другое. То, что я думаю,— только мое. Ни к феминизму, ни к лесбийству никак не относится.

— Хорошо,— кивнула хозяйка. Явно успокоившись, она подцепила вилкой кусочек брокколи, с невероятным изяществом отправила в рот и пригубила вина.— Даже если ты феминистка или лесбиянка, я не против. Это ни на что не влияет. Но если нет, так даже проще для нас обеих. Понимаешь, о чем я?

— Кажется, понимаю,— кивнула Аомамэ.

———

Дважды в неделю Аомамэ приезжала в усадьбу к хозяйке и преподавала ей курс боевых искусств. Давным-давно, еще когда хозяйкина дочь занималась балетом, зал особняка оборудовали под студию — просторную, с зеркалами на стенах,— где и проводились теперь занятия. Несмотря на преклонный возраст, все новые приемы, блоки и захваты хозяйка усваивала с лету. Тело ее было миниатюрным, но очень гибким и закаленным многолетними тренировками. Помимо оборонительных премудростей Аомамэ объясняла хозяйке основы мышечной растяжки, а также делала ей массаж.

Массаж был коньком Аомамэ. В этой дисциплине среди однокашников ей просто не было равных. Она помнила наизусть названия всех мышц, костей и суставов человеческого тела. Выучила назубок, как они устроены, какую играют роль и как с ними следует обращаться. Ею двигала неколебимая вера в то, что тело — храм души и в каждом его уголочке, к которому мы обращаемся, обязательно заключены свой дух, своя грация, свои очарование и чистота.

Не желая зацикливаться на банальной спортивной медицине, Аомамэ обучилась технике иглоукалывания — несколько лет брала практические уроки у сэнсэя-китайца. Сэнсэй просто диву давался, как быстро его ученица все усваивала. Как крепко запоминала любые детали и с каким упорством могла часами изучать те или иные функции организма. Но главное — каким невероятным чутьем обладали ее пальцы. То был особый природный дар, нечто вроде способности лозоходца отыскивать под землей источник воды: достаточно лишь прикоснуться к какой-нибудь части тела, чтобы по мельчайшим вибрациям уловить, в чем проблема и как здесь можно помочь. Никто не учил ее. Она просто умела это, и все.

Всякий раз после тренировки и массажа Аомамэ и хозяйка пили чай и беседовали на самые разные темы. Чай на серебряном подносе им неизменно приносил Тамару. Весь первый месяц их занятий Тамару в присутствии Аомамэ был таким молчаливым, что ей даже пришлось уточнить у хозяйки: может, он немой?

Как-то раз хозяйка спросила, приходилось ли Аомамэ бить кого-нибудь по яйцам для самозащиты.

— Только однажды,— сказала Аомамэ.

— Ну и как? Помогло?

— Подействовало,— ответила Аомамэ как можно короче.

— А как считаешь, моего Тамару твой удар по яйцам свалил бы?

Аомамэ покачала головой:

— Пожалуй, нет. Этот человек слишком много знает заранее. Так быстро считывает замыслы противника, что просто ничего не успеть. Ударом по яйцам можно выключить только тех, кто не имеет опыта реального боя.

— Выходит, ты чувствуешь, что Тамару в этом деле не новичок?

Аомамэ помолчала, осторожно подбирая слова.

— Да, он не такой, как обычные люди. Другая аура.

Хозяйка добавила себе сливок и, медленно помешивая ложечкой в чашке, спросила:

— Получается, тот, которого ты выключила, драться не умел. Сильно здоровый был?

Аомамэ кивнула, но вслух ничего не сказала. Тот, кого ей пришлось выключать, был и здоровым, и сильным. Но из-за врожденной спеси считал, что с женщиной может позволить себе что угодно. Этот выродок даже не предполагал, что женщины способны бить мужиков по яйцам,— и меньше всего ожидал, что подобное может случиться с ним самим.

— Ты его покалечила?

— Нет. Просто какое-то время ему было очень больно.

Хозяйка выдержала долгую паузу. Потом спросила:

— А тебе никогда не приходилось расправляться с мужчинами? Чтобы не просто больно сделать, а с осознанной целью — измочалить до кровавого месива?

— Приходилось,— ответила Аомамэ. Врать она никогда не умела.

— Можешь рассказать?

Аомамэ чуть заметно покачала головой:

— Не обижайтесь, но для меня это слишком непросто.

— Понимаю,— кивнула хозяйка.— Говорить об этом всегда непросто. И рассказывать через силу никакой нужды нет.

Пару минут женщины пили чай в тишине. При этом каждая думала о своем.

— И все же когда-нибудь,— произнесла наконец хозяйка,— если появится желание, ты сможешь рассказать о том, что тогда случилось?

— Когда-нибудь,— сказала Аомамэ.— А может, и нет. Если честно, не знаю.

Старая женщина посмотрела на молодую в упор.

— А я ведь не из любопытства спрашиваю.

Аомамэ молчала.

— Я ведь чувствую, какое бремя ты носишь в себе,— продолжала хозяйка.— Очень тяжкое. Чуть ли не с самого детства. Когда мы с тобой только встретились, я сразу почуяла. У тебя глаза человека, который принял беспроворотное решение. На самом деле подобное бремя есть и у меня. Я тоже влачу его всю жизнь. Потому и в других замечаю. Но торопиться особо некуда. Придет время, когда будет лучше выпустить из себя эту тайну. Чужие секреты хранить я умею, а там, глядишь, и посоветую что-нибудь. Как знать — возможно, я сумею тебе пригодиться...

Время пришло, Аомамэ нашла в себе силы рассказать хозяйке обо всем, что с нею произошло. И тогда старушка действительно открыла ей двери в совершенно иную жизнь.

— Эй! Что пьешь? — спросил чей-то голос прямо у нее над ухом.

Женский.

Вернувшись в реальность, Аомамэ подняла голову и уставилась на собеседницу. На табурете рядом сидела девица с хвостом на затылке а-ля пятидесятые. Легкое платье в мелкий цветочек, сумочка от Гуччи через плечо. Аккуратный бледно-розовый маникюр. Толстушкой не назовешь, но лицо округлое, так что в целом скорее «пышка». Держится приветливо. Грудь большая.

От неожиданности Аомамэ замешкалась. Кто мог подумать, что к ней обратится женщина? Все-таки этот бар — для того, чтобы женщин окликали мужчины.

— «Том Коллинз»,— ответила она.

— Вкусно?

— Да не то чтобы. Зато не очень крепкий, пьется легко.

— А почему так называется — «Том Коллинз»?

— Откуда я знаю? — пожала плечами Аомамэ.— Может, так звали мужика, который это пойло изобрел*. Хотя, если честно, изобретеньице так себе...

Девица помахала рукой бармену и попросила «Том Коллинз» для себя. Заказ ей принесли почти сразу.

---

* «Том Коллинз» — название коктейля из джина, лимонного сока, сахара и содовой. Впервые отмечен в 1876 г. «отцом американской миксологии» Джерри Томасом. Название происходит от популярного в те годы розыгрыша, при котором люди начинают спрашивать друг у друга: «Вы не видели Тома Коллинза?», хотя никакого Тома Коллинза не существовало.

— Ничего, если я тут посижу? — осведомилась незнакомка.

— Ради бога, место свободно,— ответила Аомамэ, чуть не добавив: «Все равно уже сидишь». Но вовремя сдержалась.

— Значит, ты здесь никого не ждала?

Не отвечая ни слова, Аомамэ окинула взглядом собеседницу. Года на три-четыре младше меня, оценила она.

— Да ты не волнуйся! Я на *эту тему* не западаю,— заговорщическим голосом сказала девица.— Я все больше мужиками интересуюсь. Как и ты.

— Как и я?

— Ну а зачем сюда в одиночку пришла? Мужика найти, верно?

— А что, заметно?

Девица прищурилась.

— Мне — заметно. Во-первых, сюда за другим не приходят. Во-вторых, ни ты, ни я на профессионалок по этой части не тянем.

— Это уж точно,— усмехнулась Аомамэ.

— Слушай, а давай сколотим команду! Я вообще заметила, что мужикам гораздо легче заговаривать с двумя девчонками сразу, чем с одной. Да и нам вдвоем веселее будет... И спокойнее, верно? Только посмотри на нас со стороны: я — смешливая бабенка, ты — суровая пацанка. Классное сочетание, не находишь?

«Суровая пацанка?» — повторила про себя Аомамэ. Так ее никто в жизни еще не называл.

— Но... даже в такой команде нам должны нравиться разные мужчины, так? Иначе ничего не получится.

«Пышка» едва заметно улыбнулась.

— Ну, в общем, конечно, да... Мужчины-то. Тебе вообще какие нравятся?

— По возможности, лет за сорок,— ответила Аомамэ.— Слишком молодых не люблю. Лучше чуть лысоватые.

— Хмм,— с интересом протянула девица.— Мужчины в самом соку? Понимаю. На мой вкус, молодые побойчее будут. Но если порекомендуешь кого интересного, можно и постарше. Все-таки опыт тоже важен. А что, мужики за сорок так уж хороши в постели?

— Смотря кто,— ответила Аомамэ.

— Это понятно,— кивнула девица. И, словно решая какую-то математическую задачу, прищурилась.— Всех нюансов одним словом не обобщить. И все-таки?

— Вполне себе хороши. По нескольку раз, как правило, не кончают. Зато дают тебе время получить кайф, никуда не торопясь. И если повезет, сама кончишь не раз и не два.

Девица всерьез задумалась.

— Смотри, как интересно... Пожалуй, надо попробовать.

— Кто ж тебе запретит,— усмехнулась Аомамэ.

— Слушай, а ты пробовала секс вчетвером? Так, чтоб меняться в процессе?

— Нет.

— Я тоже нет. А попробовать интересно?

— Не думаю...— сказала Аомамэ.— Ладно, давай попробуем сбить команду. Но тогда мне придется узнать о тебе побольше. Ну, знаешь, чтобы не пришлось посреди дороги разбегаться в разные стороны.

— Да без проблем! Я думаю, это правильно. Что ты хочешь узнать?

— Ну, например... Кем работаешь?

Девица пригубила «Том Коллинз», вернула стакан на подставку, вытерла губы салфеткой. И проверила, не остались ли на салфетке следы от помады.

— Слушай, а вкусно! — оценила девица.— В основе — джин?

— Джин, лимонный сок и содовая.

— Может, и не лучшее изобретение, но очень недурно.

— Ну слава богу.

— Хочешь знать, кем я работаю? Непростой вопрос. Расскажу — не поверишь...

— Ну тогда я о себе скажу,— улыбнулась Аомамэ.— Я работаю в спортивном клубе инструктором боевых искусств, массажа и растяжки.

— Боевых искусств? — с интересом переспросила девица.— Прямо как Брюс Ли?

— Типа того.

— И что, ты крутая?

— На обратное пока никто не жаловался.

Собеседница рассмеялась и подняла бокал.

— Ну, давай тогда выпьем за непобедимую пару! У меня самой несколько лет айкидо за плечами. А работаю я в полиции.

— В полиции,— повторила Аомамэ.

Ее рот приоткрылся, но ничего больше она сказать не могла.

— Дорожный патруль,— кивнула собеседница.— Не похоже, да?

— Да уж,— только и выдавила Аомамэ.

— Но вот так оно и есть. Правда... А зовут меня Аюми.

— А меня — Аомамэ.

— Аомамэ... Это настоящее имя?

Аомамэ тяжело вздохнула.

— И что же, ты каждый день надеваешь форму, цепляешь на задницу пистолет, садишься в крутую тачку и разъезжаешь по городу, следя за порядком?

— Ну, вообще-то я за тем и пошла в полицию. Но пока мне ничего такого не доверяют,— призналась Аюми. И, отправив в рот пригоршню соленых орешков из блюдечка, с хрустом заработала челюстями.— Нынче меня, как дурочку, наряжают в мундир, сажают в малолитражку и отправляют проверять автомобильные стоянки и выписывать талоны за нелегальную парковку. Никакого пистолета, понятно, для этого не выдают. Перед идиотом, который загородил своей «тойотой-короллой» проезд к пожарной колонке, предупредительных выстрелов делать смысла нет. Я на стрельбище постоянно выбиваю десятку, только этого никто не хочет замечать. Просто потому, что я баба, мне только и доверяют рисовать на асфальте мелом номера нарушителей и время, когда я их засекла*.

— А какие там у вас пистолеты? «Беретта»?

— Ну да, сейчас уже всем такие выдают. Хотя для меня «беретта» тяжеловата. Если с полной обоймой таскать — за килограмм зашкаливает.

— С полной обоймой — восемьсот пятьдесят грамм,— поправила Аомамэ.

Аюми смерила ее таким взглядом, словно проверяла качество дорогих часов в крутом магазине.

— А ты откуда такие подробности знаешь?

— Давно оружием интересуюсь. Хотя, конечно, стрелять еще ни разу не довелось.

— Вон как,— как будто успокоилась Аюми.— Я, если честно, из пистолета люблю пострелять. «Беретта», конечно, тяжеловата, зато отдача не такая сильная, как в револьверах. А значит, и девчонке небольшого роста стрелять из нее сподручнее. Только мое тупое началь-

---

* Обычная практика японских автоинспекторов: даже если нарушитель уехал, информация о нем остается на асфальте и в течение дня заносится в базу данных дежурными полицейскими.

ство об этом даже не задумывается. У них только одно в башке: как можно бабе пистолет доверять? А все потому, что начальники в нашей полиции — сплошь половые фашисты. Я ведь и на курсах в академии считалась лучшей, любого мужика могла за пояс заткнуть. Хоть бы кто оценил! А слышала я только сексуальные подначки. Что-нибудь типа: «Эй! Слишком мелкой дубинкой в спортзале машешь, заходи вечерком — покажу побольше!» — и прочая фигня. Не полиция, а варвары средневековья...

Аюми достала из сумочки пачку «Вирджинии слимз», привычным жестом поднесла ко рту сигарету, прикурила от узенькой золотой зажигалки. И, выпустив в потолок струйку дыма, вздохнула.

— А с чего ты вдруг решила податься в полицию? — спросила Аомамэ.

— Да поначалу не сильно рвалась. Просто не хотелось в какой-нибудь унылой конторе бумажки перекладывать. А у меня и специальных знаний-то никаких нет. Значит, и выбирать особо не из чего. Вот на последнем курсе института и решила поступить в академию. Тем более что и в семье у меня почему-то сплошь полицейские. Представляешь — и отец, и старший брат. И дядя тоже. Наша полиция — это такое общество в обществе: если много родственников-полицейских, тебя гораздо быстрей туда примут.

— Семейка жандармов? — уточнила Аомамэ.

— Именно так! Только знаешь, до того как во все это влезть, я даже не подозревала, что в полиции столько сексистов. Женщина-полицейский для них — гражданин второго сорта. Ей не доверяют ничего, кроме самой тоскливой рутины — вроде выездов на ДТП, ковырянья в бумажках, проверки безопасности в школах или обыска задержанных женщин. И в это же время мужикам — полным бездарям — дают интересные задания одно за другим. Сверху только и слышишь: «Женщинам и мужчинам предоставлены равные шансы на интересную работу». Но все это полная фигня. Чем дольше служишь, тем меньше охота выкладываться. Понимаешь?

Аомамэ кивнула.

— Просто крыша съезжает,— добавила Аюми.— Честное слово.

— А парня у тебя нет?

Аюми нахмурилась и уставилась на сигарету, зажатую в пальцах.

— Когда ты женщина-полицейский, завести себе любовника не так уж просто. Время службы не нормировано, с обычными служащими график не совпадает. А если и затеплится с кем-нибудь... Как только обычный мужик узнает, что служишь в полиции, его сразу куда-то смывает, точно краба морским прибоем. Полная задница, согласись?

Аомамэ понимающе кивнула.

— Похоже, остается только служебный роман,— продолжала Аюми.— Но и для него подходящего мужика черта с два отыщешь. Потому что вокруг одни импотенты, способные только на сальные шуточки. Или дебилы с рожденья — или карьеристы до последнего вздоха, третьего не дано. И вот такие отморозки обеспечивают безопасность нашего общества! Представляешь себе будущее этой страны?

— Но ведь ты привлекательная,— удивилась Аомамэ.— И мужикам должна нравиться.

— Бывает, и нравлюсь. Покуда не скажу, где работаю. Потому в таких барах и выдаю себя за страхового агента.

— И часто сюда приходишь?

— Ну, не то чтобы часто. Иногда... Иногда просто хочется секса,— призналась Аюми.— Просто мужика. Причем довольно регулярно. Когда накрывает, я выпиваю для храбрости, надеваю белье посексуальнее и прихожу сюда. Нахожу подходящего мужика, провожу с ним ночь. И обеспечиваю себе хорошее настроение на ближайшее время. Никакого блядства, никакой нимфомании. Просто выпускаю пар. Даже хвосты обрубать не приходится. Наступает утро, возвращаешься к своим штрафам за неправильную парковку, и все... А у тебя как?

Аомамэ отпила глоток.

— Примерно так же.

— Тоже без парня?

— Стараюсь не заводить. Слишком нудно.

— Когда все время один и тот же?

— Во-во.

Аюми вздохнула.

— Иногда так охота кого-нибудь трахнуть, аж искры из глаз! — призналась она.

— Вся течешь? — уточнила Аомамэ.

— Стремлюсь заполнить собою ночь,— поправила Аюми.

— Тоже неплохо,— оценила Аомамэ.

— Но только одну. И чтоб без последствий.

Аомамэ кивнула.

Аюми легла на стойку щекой и задумалась.

— Кажется, в главном мы с тобой совпадаем,— сказала она.

— Похоже,— допустила Аомамэ. И про себя добавила: только ты полицейская ищейка, а я убиваю людей. И живем мы с тобой по разные стороны закона. Вот ведь какая задница.

— Давай так,— предложила Аюми.— Мы с тобой якобы служим в одной страховой компании. Название фирмы — секрет. Ты старше, я младше. Сегодня на фирме случился офигительный стресс, мы решили плюнуть на все, напиться и оттянуться. Как тебе такой сценарий?

— В целом звучит неплохо,— признала Аомамэ.— Только в страховании я ни бум-бум...

— А, ну в этом положись на меня. Таким штучкам меня обучать не нужно!

— Ладно,— улыбнулась Аомамэ.— Полагаюсь.

— Кстати говоря,— продолжала Аюми,— вон те два мужика за нашей спиной давно уже стреляют глазами.

Аомамэ как бы невзначай оглянулась. За столиком позади и правда сидели двое. Классические *сариманы**, решившие отдохнуть после работы. Отутюженные костюмчики, стильные галстуки. На неудачников не похожи. Одному на вид лет за сорок, другому за тридцать. Старший худой и долговязый, на лбу залысины. Младший похож на парня, который студентом играл в команде по регби, но спорт забросил и теперь набирает вес. Хотя лицо еще юношеское, на шее уже появились складки. Что один, что другой посасывали виски с содовой, блуждая пытливыми взглядами по заведению.

— Похоже, ребята здесь не в своей тарелке,— поставила им диагноз Аюми.— Вроде повеселиться пришли, а даже с девчонками знакомиться не умеют. К тому же, по-моему, оба женаты. Так и кажется, будто их совесть мучает...

Аомамэ удивилась аналитическим способностям собеседницы. Когда это она успела подметить столько подробностей? Ведь они болтали, не закрывая рта. Может, в семейке полицейских это наследственное?

— Ну что ж,— продолжала Аюми.— Как я поняла, тебе лысоватые больше нравятся? Тогда я выбираю мускулистого. Не возражаешь?

Аомамэ еще раз обернулась. Залысины на голове у старшего смотрелись неплохо. Конечно, до Шона Кон-

---

* Японское производное от *псевдоангл.* salary-man — «человек на зарплате», клерк.

нери ему — как до альфы Центавра, но с пивом потянет. Да и чего ожидать от вечера, начавшегося под «АББУ» и «Квин»? Тут уж не до жиру.

— Конечно не возражаю. Но как мы заставим их быть активнее?

— Ну не сидеть же до рассвета, пока они созреют. Нужно самим проявлять инициативу. Веселую и дружелюбную.

— Что, серьезно?

— А как же! — кивнула Аюми.— Главное — начать разговор. О чем угодно. Это я беру на себя. А ты пока здесь посиди.

Залпом допив «Том Коллинз», Аюми потерла одну ладонь о другую. И решительно перекинула сумочку через плечо.

— Ну что? — задорно улыбнулась она.— Даешь ночь больших дубинок?

Глава 12

ТЭНГО

Царство Твое пусть придет к нам

— Эри, будь добра, завари нам чаю,— попросил сэнсэй.

Поднявшись с дивана, Фукаэри вышла из гостиной и тихонько затворила за собою дверь. Сэнсэй молча ждал, пока Тэнго отдышится и придет в себя. Снял черные очки в роговой оправе, протер носовым платком стекла, водрузил назад на переносицу. По небу за окном пронеслось что-то темное. Наверное, птица. А может, из этого мира опять улетала чья-то душа.

— Извините меня,— сказал Тэнго.— Все в порядке, ничего страшного. Продолжайте, прошу вас.

Сэнсэй кивнул.

— В результате перестрелки с полицией,— продолжил он,— секта «Утренняя заря» полностью ликвидирована. Произошло это три года назад, в 1981-м. Через четыре года после того, как Эри убежала от них и стала жить у меня. Но, как ни странно, с нынешними проблемами «Утренней зари» этот инцидент никак не связан... Эри переселилась сюда в десять лет. Когда девочка вдруг появилась на пороге, на ней просто лица не было. Замкнутая от природы, она и сейчас не разговаривает с чужими людьми. Но ко мне привязалась с младенчества, и уж мы-то с нею всегда общались без проблем. Однако тогда, после побега, ребенка словно подменили. Эри будто онемела. Когда я к ней обращался, она лишь кивала или качала головой.

Речь сэнсэя ускорилась, фразы стали короче, интонации резче. Казалось, эту часть своей истории он спешил рассказать до того, как Фукаэри вернется.

— Путешествие сюда, в эти горы, ей далось нелегко. Какие-то деньги и адрес у нее были. Но вы представляете, что такое пробираться через полстраны ребенку, который вырос в полной изоляции от мира и при этом молчит как рыба? Вот так, сжимая адрес в ладошке, она пересаживалась из поезда в поезд, из автобуса в автобус, пока не добралась до этих дверей... Что с девочкой что-то неладно, я понял с первого взгляда. Адзами и женщина, что помогает нам по хозяйству, выхаживали Эри несколько дней. Когда же девочке стало легче, я позвонил в «Авангард» и попросил соединить меня с Фукадой. Однако мне сообщили, что «господин Фукада сейчас в ситуации, когда он не может подойти к телефону». А что за ситуация, уточнил я, но мне ничего не объяснили. Я попросил к телефону его жену. «Супруга также не может сейчас говорить»,— сообщили мне. В итоге ни с кем из родителей Эри я так и не пообщался.

— Но вы хотя бы дали им знать, что девочка теперь у вас? — спросил Тэнго.

Сэнсэй покачал головой.

— Нет. Мне отчетливо показалось, что никому, кроме родителей Эри, об этом лучше не сообщать. Разумеется, я еще много раз пытался с ними связаться. Самыми разными способами. Но все так же безрезультатно.

— Что же получается? — нахмурился Тэнго.— Вот уже семь лет вы не сообщаете родителям, что их дочь у вас?

Сэнсэй кивнул:

— Именно. Уже семь лет с ними невозможно связаться.

— И за все это время они даже не пробовали ее искать?

— А! Об этом — отдельный разговор. Дело в том, что своей дочерью Фукада с женой дорожили больше всего на свете. Но если бы им пришлось ее срочно кому-то доверить, кроме как ко мне, отправить девочку было бы некуда. Со своими родителями они давно оборвали отношения, и Эри воспитывалась, не зная ни бабушек, ни дедушек. Только я мог ее приютить. Да они и сами не раз говорили, мол, если вдруг с нами что-то случится, ты уж за Эри присмотри... Но тем не менее за все эти годы я не получил от них ни весточки. Просто невероятно.

— Но ведь вы утверждали, что «Авангард» создавался как коммуна открытого типа,— уточнил Тэнго.

— Совершенно верно. Несколько лет после создания они прекрасно взаимодействовали с окружающим миром. Но незадолго до того, как сбежала Эри, я начал замечать, что дозвониться до Фукады все сложнее. Доступ в коммуну стал ограничиваться. Да и лично Фукаде, похоже, «перекрывали кран» для общения с белым светом. Раньше этот пламенный оратор частенько писал мне длиннющие письма — о происходящем в коммуне, о своих радостях и терзаньях. Но однажды их поток оборвался. Сколько я ни писал ему, никакого ответа. Сколько ни названивал, нас почти никогда не соединяли. А если и соединяли, говорил он коротко, отрывисто и безо всяких эмоций. Будто знал, что наш разговор прослушивает кто-то еще.

Сэнсэй сцепил руки на коленях.

— Несколько раз я туда ездил. Сообщить родителям о дочери было необходимо. А поскольку ни почтой, ни по телефону с ними было не связаться, оставалось только встретиться лично и рассказать все с глазу на глаз. Однако на территорию коммуны меня так ни разу и не пустили. Просто получал от ворот поворот — в буквальном смысле слова. Как ни пытался что-либо объяснить, меня и слушать не желали... А к этому времени резиденцию

«Авангарда» уже окружала высокая стена с плотно запертыми воротами. Что происходит внутри — бог весть. Для чего к подобной секретности прибегали сепаратисты в «Утренней заре», было понятно. Все-таки «боевики» готовили вооруженную революцию, и уж им-то было что скрывать от посторонних глаз. Но сам «Авангард» занимался мирным земледелием. Со дня основания коммуна выказывала дружелюбие ко внешнему миру и прекрасно ладила с коренными жителями деревни. Теперь же вокруг их резиденции выросла настоящая крепость. А значит, настроения у людей за этой стеной должны быть совсем не такие, как прежде. Все деревенские, с которыми я говорил, в замешательстве качали головой: да, мол, с этим «Авангардом» и правда творится что-то странное. Вот тут я и начал всерьез опасаться, не стряслось ли с родителями Эри какой-то страшной беды. Однако в тот момент я мог помочь им только одним: нормально воспитать их дочь. Так прошло семь лет. А ситуация ничуть не прояснилась.

— И вы даже не знаете, жив господин Фукада или нет? — спросил Тэнго.

— В том-то и дело,— кивнул сэнсэй.— Никаких доказательств ни того ни другого. О плохом стараюсь не думать. Однако за семь лет не сообщить о себе ни разу — это слишком на него не похоже. Значит, с ним случилось что-то из ряда вон выходящее.— Сэнсэй понизил голос.— Возможно, его держат там взаперти. А может, и еще что похуже...

— Похуже?

— К сожалению, теперь не могу исключать никаких, даже самых страшных версий,— вздохнул сэнсэй.— «Авангард» больше не является мирной крестьянской общиной, какой я ее когда-то знал.

— Вы хотите сказать, они превращаются в преступную группировку?

— Ничего другого мне на ум не приходит. Как рассказывают местные жители, в последнее время ездить через ворота «крепости» стали намного больше. Машины так и снуют туда-сюда, очень многие — с токийскими номерами. Да порой такие «кадиллаки» да «мерседесы», каких деревенский житель отродясь не видывал. Количество членов общины стремительно растет. Они строят все больше жилых зданий и цехов, которые тут же заселяют или осваивают. Активно скупают дешевые земли в округе. Приобретают экскаваторы и бетономешалки. Но при этом земледелие остается их приоритетным хозяйством — и серьезным источником дохода. Натуральные овощи «Авангард» стали известным торговым брендом, их поставляют теперь напрямую в элитные рестораны, пятизвездочные отели и супермаркеты с экологически чистой продукцией. Думаю, тебе не нужно объяснять, что значит обходиться в этой цепочке без посредников. Сверхприбыль в чистом виде... И тем не менее помимо земледелия коммуна стала активно заниматься *чем-то еще*. Сколько ни торгуй овощами, так быстро и глобально хозяйства не расширить. Но чем бы их *новая деятельность* ни была, информация о ней хранится в строжайшем секрете, чтобы ни словечка, ни даже намека об этом во внешний мир не просочилось. По крайней мере, именно такое впечатление сложилось у жителей деревеньки.

— Значит, они вернулись к политической деятельности? — предположил Тэнго.

— Э, нет! Политикой здесь не пахнет,— тут же отозвался сэнсэй.— С самого основания жизнь «Авангарда» вращалась вокруг совершенно другой оси. Вот почему им и пришлось на определенном этапе размежеваться с «боевиками».

— Но как бы там ни было, вскоре в «Авангарде» что-то произошло, и Эри пришлось бежать, я правильно понимаю?

— Да, что-то случилось,— задумчиво произнес сэнсэй.— Какое-то происшествие огромной важности. Из-
за которого ребенок смог бросить своих родителей и бежать на край света, себя не помня... Сама Эри об этом
никогда ничего не рассказывала.

— Видимо, сильный шок или обида мешали ей выразить это словами?

— Она не напоминала обычного ребенка в шоке или
депрессии от разлуки с семьей. Скорее походила на человека с временно выключенной нервной системой. Слава богу, это не помешало ей привыкнуть к новому дому.
Тем более, что о прошлом ей здесь никто никогда не напоминал...

Сэнсэй скользнул взглядом по двери гостиной. И снова посмотрел на Тэнго.

— Что бы с Эри ни произошло, бередить ей душу не
следовало. Я считал, что лучшее лекарство для девочки —
время. А потому и сам ни о чем не спрашивал, и к ее мол-
чанию относился так, будто ничего особенного не происходит. Практически все время Эри проводила с Адзами. Как только дочь приходила из школы, девочки наскоро обедали, а потом уходили к себе в комнату. Чем
они там занимались, я уж не знаю. Но допускаю, что
именно благодаря их посиделкам к Эри постепенно возвращался дар речи. Впрочем, я в их мир не влезал. И в
целом, если не считать молчания Эри, наша жизнь втро-
ем протекала без особых проблем. Девочка она умная,
всегда слушала, что ей говорили. Вот и с Адзами они
сдружились неразлейвода. Только в школу Эри тогда еще
не ходила. Какая школа, если девочка не может сказать
ни слова?

— А до этого вы с Адзами жили вдвоем?

— Жена моя скончалась десять лет назад,— ответил
сэнсэй. И выдержал небольшую паузу.— Автомобиль-
ная авария, мгновенная смерть. Остались мы с дочкой

вдвоем. Да еще одна моя дальняя родственница по соседству — приходит по хозяйству помочь, за девочками присмотреть... Мы с Адзами переживали очень тяжело. Слишком внезапно все случилось — ни проститься, ни хотя бы внутренне подготовиться никто не успел. Поэтому, когда у нас появилась Эри, мы восприняли это как своего рода избавление. Да так оно, в общем, и было. Даже ни слова не говоря, девочка просто сидела рядом — и мы успокаивались. А за семь лет Эри понемногу начала говорить. С тем, что было сначала, просто никакого сравнения. Допускаю, что со стороны речь Эри до сих пор воспринимается странно. Но мы-то знаем, какой это на самом деле прогресс.

— А сейчас Эри ходит в школу?

— Нет, в школу больше не ходит. В списке учеников значится, но это просто для учета. Школьная жизнь оказалась не для нее. Сейчас Эри учится дома — или я сам объясняю, или ее бывшие одноклассники в свободное время занимаются с ней индивидуально. Хотя, конечно, знания она получает отрывочные, о приличном, классическом образовании речи не идет. С чтением ей всегда было сложно; когда мог, я читал ей вслух. А также покупал на кассетах аудиокниги. Вот, собственно, и все образование. Тем не менее девочка очень умна, чтобы не сказать — мудра. Если сама захочет в чем-либо разобраться, копает глубоко, схватывает быстро — просто маленький гений. Но все, что неинтересно, почти полностью игнорирует. И сам этот зазор — интересно или нет — у нее, к сожалению, очень велик.

Дверь в гостиную оставалась закрытой. Вскипятить воды и разлить по чашкам чай в этом доме, видимо, требовало времени.

— Значит, «Воздушный кокон» записала Адзами под диктовку Эри? — спросил Тэнго.

— Как я уже говорил, все вечера девочки проводили у себя в комнате. Что они там делали, мне неведомо.

239

Это было их тайной. Но с какого-то времени Адзами стала печатать на моем словопроцессоре. Садилась у меня в кабинете и забивала в память машины то свои конспекты, то какие-то записи на кассетах. И что интересно — примерно тогда же Эри понемногу начала говорить. В девочке проснулся интерес к происходящему. Маска отрешенности наконец-то исчезла, на лице заиграли чувства. Я снова различал в ней ту Эри, которую знал когда-то.

— То есть тогда и началось ее исцеление?

— Не полное. К сожалению, только частичное. Но восстановление началось, несомненно. И скорее всего — именно благодаря истории, которую она рассказывала.

Тэнго ненадолго задумался. А потом решил сменить тему:

— А насчет исчезновенья супругов Фукада вы в полицию не обращались?

— А как же! Сходил в тамошний участок. Об Эри ничего не сказал. Но сообщил, что мои друзья не дают о себе знать уже несколько лет, и я опасаюсь, не держат ли их в неволе. Однако в те дни перед «Авангардом» даже полиция была бессильна. Коммуна, сказали мне, зарегистрирована как частное владение. И пока нет явных доказательств преступления, вторгаться на их территорию не имеет права ни один представитель закона. Сколько я этих полицейских порогов ни обивал, все мои заявления откладывали в долгий ящик. Пока наконец не наступил семьдесят девятый год, когда мне прямо сказали, что даже тайного расследования по данному вопросу провести невозможно...

Сэнсэй умолк, словно что-то припоминая, и задумчиво покивал головой.

— Что же случилось в семьдесят девятом году? — не выдержал Тэнго.

— В семьдесят девятом году «Авангард» получил статус религиозной организации.

На несколько секунд Тэнго потерял дар речи.

— Религиозной? — повторил он наконец.

— Да, было чему удивляться,— еще раз кивнул сэнсэй.— Ни с того ни с сего «Авангард» превратился в религиозную секту. И губернатор префектуры Яманаси выписал официальное разрешение на ее регистрацию. С появлением этой бумаги полицейская проверка на территории «Авангарда» стала практически невозможна. Это означало бы нарушение конституционного права граждан на свободу вероисповедания. Определенно «Авангард» завел «руку» в Министерстве юстиции, обеспечив себе мощнейшую поддержку в верхних эшелонах власти. Той самой власти, перед которой местная полиция — просто деревянные солдатики. Когда я услышал об этом в полиции, меня точно громом ударило. Просто не мог поверить своим ушам. Они показывали какие-то бумажки, чтобы я убедился, но переварить эту новость мне удалось далеко не сразу. Я слишком хорошо знал Фукаду. Почти как себя самого. Ведь из нас двоих это я занимался историей цивилизаций и в вопросах мировых религий, можно сказать, собаку съел. Он же, наоборот, всегда был прирожденным политиком и в любых речах опирался в первую очередь на логику и рационализм. И уж что-что, а религию просто на дух не переносил. Даже если бы это потребовалось ему стратегически, лидером секты он не стал бы объявлять себя никогда.

— А ведь получить разрешение на организацию секты очень непросто,— задумчиво произнес Тэнго.

— Не совсем так,— покачал головой сэнсэй.— Конечно, для этого нужно пройти через целую кучу сертификаций, административных формальностей и прочей бюрократической ерунды, но если за кулисами этого театра ты заинтересовал кого-либо *политически,* любые ворота перед тобой откроются чуть ли не сами. Ведь определить, что есть мирное религиозное отправление, а что — сатанинский культ, всегда было крайне сложно. Точного определения нет, есть лишь *вольное толкование*. А там, где есть свобода для толкования, всегда найдется место для политиков и концессионеров. Получай лицензию на религиозную деятельность — и делай что в голову взбредет. Без уплаты налогов и под надежной защитой закона.

— Но ведь «Авангард» превратился в религиозную секту из открытой крестьянской общины. И что самое жуткое — в замкнутую, сверхсекретную организацию!

— Таковы все новые религии, друг мой. Или, если точнее, новые культы.

— Все равно непонятно. Разве могла настолько дикая трансформация произойти без какого-то предварительного... толчка?

Сэнсэй уставился на свои руки, покрытые седым пушком.

— Правильно, не могла. Несомненно, этому предшествовало какое-то большое событие. Какое? Над этим вопросом я сам гадаю вот уже много лет. Каких только версий не перебрал. Но ни на одной не остановился. Что же там произошло? Это покрыто общей тайной, в которую погрузился весь «Авангард». Никакой информации наружу никогда не просачивалось. И кроме того, даже имя Фукады как лидера организации перестало фигурировать в их деятельности официально.

— При этом секта «Утренняя заря», постреляв полицейских, была ликвидирована? — задумался Тэнго.

— Да,— кивнул сэнсэй.— А вовремя отрекшийся от них «Авангард» стал развиваться все более успешно.

— Значит, сама эта перестрелка «Авангарду» никак особенно не повредила?

— Не повредила — это еще мягко сказано,— мрачно усмехнулся сэнсэй.— Наоборот, обеспечила им прекрасную рекламу. Эти люди отлично соображают. Любую новость могут вывернуть в свою пользу... Но как бы там ни было, все это случилось уже после того, как Эри от них сбежала. Повторяю, к событиям вокруг перестрелки с полицией девочка не имеет ни малейшего отношения.

Тэнго почувствовал, что пора менять тему.

— А вы сами прочли «Воздушный кокон»? — спросил он.

— Разумеется.

— И что вы об этом думаете?

— Любопытное произведение,— ответил сэнсэй.— Я бы сказал, глубоко метафоричное. Хотя что именно выражают его метафоры, я, если честно, не понял. Что означает слепая коза, кого символизируют *LittlePeople*, какой смысл у Воздушного Кокона, так и осталось для меня загадкой.

— А вы не допускаете, что события, описанные в романе, Эри переживала или наблюдала в действительности?

— В каком-то смысле, возможно. Однако сколько там правды, а сколько вымысла, понять очень трудно. С одной стороны, эту историю можно воспринять как миф, с другой — как некую изощренную аллегорию.

— Но мне Эри сказала, что *LittlePeople* существуют.

Сэнсэй озадаченно поднял брови:

— Так ты что же... и впрямь полагаешь, что описанное в «Воздушном коконе» происходило на самом деле?

Тэнго покачал головой.

— Я только хочу сказать,— пояснил он,— что вся эта история до мельчайших деталей рассказана с необычайной реалистичностью. Если ее подать как следует, она может очень сильно воздействовать на читателя.

— И ради этого ты хотел бы переписать ее *как следует* — и сделать все эти метафоры конкретней и доступнее для людей?

— Если получится — да.

— Моя специальность — история цивилизаций,— сказал сэнсэй.— Хотя с академическим миром я и расстался, дух ученого из меня, пожалуй, не вытравить уже никогда. Так вот, главная задача этой странной науки — сравнивать индивидуальные особенности разных людей, выделять общие для всех черты и демонстрировать полученные результаты. Или, проще говоря, искать то общее, что все-таки объединяет людей, как бы независимо они себя ни позиционировали. Улавливаешь?

— Думаю, да.

— Как видно, того же самого требует и твоя душа.

— Боюсь, это очень непросто,— сказал Тэнго, разводя руками.

— Но стоит того, чтобы все-таки попытаться.

— Я даже не уверен, хватит ли для такой работы моего потенциала...

Сэнсэй посмотрел на Тэнго очень пристально. В глазах старика зажегся какой-то особый огонек.

— Я хотел бы знать, что именно в «Воздушном коконе» произошло с организмом Эри,— очень внятно произнес сэнсэй.— А также какая участь постигла ее родителей. Семь лет подряд я пытался найти ответы на эти вопросы, но до сих пор ничего не добился. Стена, отделяющая меня от этих ответов, чересчур высока. Или слишком непробиваема, если угодно. Возможно, для разгадки этой тайны в тексте «Воздушного кокона» спрятан ключ. Если это так, пускай даже на самом невероятном уровне — я готов сделать все, чтобы найти ответ. Есть ли такой потенциал у тебя, не знаю. Но «Воздушный кокон» ты ценишь высоко и вчитываешься в него дотошно. Возможно, это уже залог успеха.

— Остается один вопрос, на который я хотел бы услышать либо «да», либо «нет»,— сказал Тэнго.— Собственно, это главное, зачем я сюда приехал. Итак, могу ли я считать, что вы разрешаете мне переписать «Воздушный кокон»?

Сэнсэй кивнул.

— Да, я хотел бы перечитать «Воздушный кокон» в твоей интерпретации. Но главное — сама Эри тебе доверяет. Кроме тебя, у нее и друзей-то нет. Не считая, конечно, меня и Адзами. Так что давай. Роман в твоем распоряжении. Мой ответ — «да».

Сэнсэй умолк, и комнату затопила тишина — тяжелая, словно предначертанная судьба, от которой не убежать. Открылась дверь, вошла Фукаэри с чаем. Так, будто заранее просчитала, когда окончится их разговор.

Возвращался Тэнго один. Фукаэри нужно было выгуливать собаку. Гостю — с расчетом, чтобы успел на электричку,— вызвали такси до станции Футаматао. Там он сел в поезд, доехал до Татикавы и пересел на Центральную ветку надземки.

На станции Митака в вагон вошла пара — мать с дочерью. Их одежда, недорогая и далеко не новая, смотрелась тем не менее очень опрятно. Все белое было по-настоящему белоснежным, а все, что можно выгладить, тщательно отутюжено. Дочь, похоже, ходила во второй или третий класс школы. Большеглазая, приятная на вид. Ее мать — худощавая, волосы собраны в пучок на затылке, очки в черной оправе, через плечо — набитая чем-то холщовая сумка. Мать, как и дочь, выглядела очень мило, и только нервные морщинки, что разбегались от уголков ее глаз, выдавали усталость, отчего совсем еще молодая женщина казалась старше своих лет. Несмотря на середину апреля, мать держала в руке длинный зонтик от солнца. Закрытый и плотно замотанный, он напоминал скорее ссохшуюся дубинку, необходимую хозяйке для самообороны.

Парочка села напротив Тэнго, не говоря ни слова. Мать, похоже, составляла в уме какой-то план действий на ближайшее время. Дочь, явно не зная, чем заняться, попеременно разглядывала то собственные ботинки, то металлический пол, то свисавшие с потолка кожаные поручни, а то — украдкой — и самого Тэнго. Ребенка явно впечатлили его рост и оттопыренные уши. Малыши вообще частенько разглядывали Тэнго вот так, во все глаза, точно встретили огромное безобидное животное. При этом сама девочка сидела недвижно и даже не вертела головой по сторонам; лишь глаза ее двигались практически без остановки, пытливо исследуя все вокруг.

Выходили они на станции Огикубо. Как только поезд начал сбрасывать ход, мать взяла зонтик наперевес и все так же без единого слова поднялась с места. В левой руке зонтик от солнца, в правой — холщовая сумка. Дочка тут же последовала за ней. Молча прошла за матерью к дверям, вышла из вагона. И в последний раз оглянулась на Тэнго. В глазах ребенка промелькнул фантастический огонек — то ли просящий, то ли призывный. Огонек этот вспыхнул и тут же погас, но Тэнго успел уловить некий странный сигнал. По крайней мере, так ему показалось. Но о чем бы она ему ни сигналила, помочь ей Тэнго не мог. Что происходит с этой девочкой, он не знал, да и права вмешиваться в чужую жизнь у него не было. Мать и дочь сошли на станции Огикубо, двери вагона закрылись, и электричка понесла Тэнго к следующей станции. Освободившееся сиденье напротив тут же заняли трое студентов, возвращавшихся с какого-то экзамена. Парни сразу принялись оживленно болтать, но Тэнго еще долго ощущал на их месте присутствие девочки, не говорившей ни слова.

Ее взгляд напомнил Тэнго о совсем другой девочке. Которая проучилась с ним два года — в третьем и четвертом классах школы. И смотрела на него очень похожими глазами. А он так же пристально смотрел на нее. Пока наконец...

Ее родители были членами религиозной секты, называвшей себя «Очевидцами». Секта была христианского толка, распространяла учение о конце света, активно миссионерствовала и каждое слово Библии воспринимала как догму. Например, переливание крови считалось грехом. Поэтому если кто-то из членов секты вдруг попадал в автокатастрофу, шансов выжить у него оставалось куда меньше, чем у обычного человека. Ни на какие серьезные операции им соглашаться было нельзя. А взамен им, богоизбранным, обещалась жизнь после наступления конца света. Целая тысяча лет жизни в Новом Царствии Господнем.

У его одноклассницы тоже были большие красивые глаза. Загляни в них однажды — и уже никогда не забудешь. Да и в целом красавица. Если б только не странное выражение, словно маска из прозрачной пленки, удалявшее с ее лица всякий намек на жизнь. Без особой необходимости эта девочка никогда ни с кем не разговаривала. И никаких эмоций не выдавала. Ее тонкие губы оставались всегда крепко сжатыми.

Впервые Тэнго обратил на эту девочку внимание, когда в очередное воскресенье она с матерью обходила квартиры окрестных жителей. Каждый ребенок «очевидцев», едва начинает ходить, должен сопровождать родителей в миссионерских визитах. Примерно с трех лет дети — как правило, с матерями — бродят от дома к дому, распространяют брошюрки о Вселенском потопе и растолковывают населению основы своей веры. Стараясь объяснить как можно доходчивей, сколько уже накопилось прямых доказательств того, что мир неминуемо катится в пропасть. Они называют Бога Отцом. И разумеется, почти у любого дома получают от ворот поворот. Двери с треском захлопываются прямо у них перед носом. Слишком ограниченным кажется их учение, слишком односторонним и оторванным от реальности — по крайней мере, той реальности, в которой привыкло жить большинство обывателей. И все-таки иногда, пускай совсем редко, находятся те, кто выслушивает их истории до конца. Просто есть на свете порода людей, которая нуждается в собеседнике, не важно, о чем идет речь. А уже среди этих людей найдутся те считаные единицы, что захотят прийти на их службу. Именно из этого стремления — обернуть в свою веру хотя бы одного из тысячи — «очевидцы» готовы переходить от двери к двери и жать на кнопки звонков, пока не настанет конец света. Такова работа, на которую их нанял Господь: хотя бы еще на час приблизить мир к Пробуждению. И чем трудней выполнять эту миссию, чем выше преграды, которые им нужно преодолевать в этом мире,— тем ценнее награда ожидает их *там*, в Царствии Небесном.

Эта девочка ходила за матерью с проповедью по домам. В одной руке мать носила большую сумку, набитую брошюрами о Вселенском потопе, а в другой — большой зонтик от солнца. А ее дочка всегда отставала на несколько шагов — шла, стиснув зубы, с бесстрастным лицом. Когда Тэнго обходил с отцом дома неплательщиков за «Эн-эйч-кей», он не раз встречал эту пару на улице. При этом они всегда узнавали друг друга. И в девочкиных глазах неизменно вспыхивал только ему предназначенный, скрытый от всех остальных огонек. Но конечно, до разговоров дело ни разу не доходило. Просто здоровались — и все. Его отец был слишком занят сборами взносов, а ее мать чересчур торопилась объяснить людям близость

Армагеддона. Мальчик с девочкой лишь мельком виделись друг с дружкой по воскресеньям, но не успевали их взгляды пересечься, как занятые по горло родители торопливо растаскивали их в разные стороны.

О том, что она сектантка, в школе знал каждый. «По религиозным соображениям» девочка не участвовала в рождественских утренниках и не ездила с классом на экскурсии ни в буддийские, ни в синтоистские храмы. Не выступала на спортивных соревнованиях, а на линейках не пела гимнов школы и Японского государства. Такое, мягко говоря, радикальное поведение быстро привело к тому, что дети в классе стали ее избегать. Да к тому же перед каждым школьным обедом ей приходилось молиться. Причем — в полный голос, чтобы слышали все вокруг. Понятное дело, кому из окружающих детей такое понравится? Сама она, похоже, не горела желанием молиться у всех на глазах. Тем не менее жесткая догма — молиться перед едой! — засела в сознании одноклассницы слишком глубоко, чтобы отрекаться от этой догмы лишь потому, что вокруг нет сторонников той же веры. Ибо как ни увиливай, а слишком высоко сидит наш Отец и слишком отлично все видит...

Отец наш Небесный. Да не названо останется имя Твое, а Царство Твое пусть придет к нам. Прости нам грехи наши многие, а шаги наши робкие благослови. Аминь.

Удивительная вещь — наша память. Двадцать лет прошло, а эти слова он помнил наизусть до сих пор. *Царство Твое пусть придет к нам.* Еще в школе, повторяя про себя эту молитву, Тэнго постоянно задумывался: что же там за Царство такое? Есть ли там телевидение «Эн-эйч-кей»? Ведь если телевидения нет, значит, не нужно собирать взносы. Тогда бы ему и правда очень хотелось, чтобы это Царство пришло как можно скорее.

В школе они не общались. Вроде и сидели в классе друг от друга недалеко, а случая для нормального разговора не выпадало. Одноклассница держалась обособленно, без особой нужды никого ни о чем не спрашивала. Совсем не похоже, что с этой девочкой можно разговориться без особой причины. И все-таки Тэнго в душе переживал за нее. Уж он-то прекрасно знал, чего это стоит — в воскресный день обходить дом за домом и нажимать на кнопки звонков. И как глубоко это все может ранить детское сердце — неважно, что движет родителями, религия или служебный долг. *Воскресенье создано Господом для того, чтобы дети играли и веселились.* А вовсе не для того, чтобы собирать с людей деньги или пугать их грядущим концом света. Подобной ерундой — если взрослые думают, что она действительно необходима,— пускай уж они занимаются сами.

Лишь однажды, совсем случайно, Тэнго довелось прийти той девочке на помощь. Случилось это в четвертом классе, осенью, на лабораторной по физике. Ее сосед по столу — и, соответственно, напарник по заданию — грубо обругал ее на всю аудиторию за то, что она перепутала порядок выполнения опыта. В чем там была ошибка, Тэнго уже и не помнил. Но тот парень унизил ее именно за то, что она сектантка. И за то, что она «шныряет по домам нормальных людей со своими дурацкими проповедями и кретинскими книженциями».

— Сектантка недобитая! — бросил он ей в лицо.

В жизни класса подобный случай был редкостью. Обычно «сектантку» не дразнили и не унижали. Просто делали вид, что *ее в этом мире не существует,* и по возможности выкидывали мысли о странной однокласснице из головы. Но в таких ситуациях, как совместная лабораторная работа, эта практика не срабатывала. Вот почему слова ее напарника сочились ядом. А Тэнго в ту минуту стоял за соседним столом и почему-то не смог пропустить это мимо ушей. Почему? А бог его знает. Не сумел, и все.

Он просто подошел к ней и пригласил к своему столу. Особо не задумываясь, без колебаний, совершенно автоматически. А затем объяснил, что именно сделано не так. Она выслушала его очень внимательно, уяснила, что нужно, и больше таких ошибок не делала. За все два года их совместной учебы это был первый и последний раз, когда Тэнго заговорил с ней. Успеваемость у него была отличная, рост огромный, силы не занимать. Хочешь не хочешь, а постоянно у всех на глазах. Поэтому за то, что Тэнго защитил «сектантку», дразнить его не стали. Хотя репутация его уже не была такой чистой, как прежде. Для всех вокруг он словно заразился ее болезнью.

Но самому Тэнго было на это плевать. Кроме самого факта, что ее родители — «очевидцы», никаких отличий между ней и другими он не находил, хоть убей. С этой девочкой наверняка можно было бы отлично дружить. Однако лишь потому, что ее родители были из «очевидцев», она оставалась для окружающих невидимкой. Никто не заговаривал с ней. Не смотрел в ее сторону. И это казалось Тэнго ужасно несправедливым.

После этого и он больше ни разу не заговорил с ней. Необходимости не было, а случая так и не подвернулось. Но с тех пор всякий раз, когда их взгляды пересекались, девочка краснела от смущения. Тэнго хорошо это чувствовал. Может, своей «помощью» на лабораторной он ей помешал? Может, лучше было не лезть, куда не просят? Ответов на эти вопросы Тэнго не находил. Все-таки он был ребенком и читать настроения людей по лицам еще не умел.

Лишь однажды она взяла его за руку.

Стоял ясный декабрьский день, за окном висело высокое небо с перистыми облаками. Как иногда случалось, после уборки класса они остались последними, кто еще не ушел. Один на один. И тут она вдруг решительно подошла к нему. Ничуть не колеблясь, взяла его руку в свою. И подняла взгляд (все-таки Тэнго был сантиметров на десять выше). Удивившись, он заглянул ей в глаза. И буквально провалился в ее черные зрачки — на такую бездонную глубину, какой никогда и нигде не испытывал прежде. А она все сжимала его ладонь. Не ослабляя хватки ни на секунду. Прошло непонятно сколько времени. Наконец она отняла руку, рассеянно поправила складки на юбке и быстро вышла из класса.

Очень долго Тэнго стоял столбом, не в силах ничего вымолвить. Первой его мыслью было: слава богу, этого никто не увидел. Заметь их хоть кто-нибудь посторонний — какой бы поднялся скандал! Оглядевшись, он перевел дух. И понял, что запутался пуще прежнего.

Кто знает — может, та девчонка, что вышла на станции Огикубо, тоже была из «очевидцев»? Просто ехала с матерью заниматься обычным воскресным миссионерством. А сумка мамаши была набита брошюрками о Вселенском потопе. Вот поэтому зонтик от солнца и странное сияние в глазах девчонки и напомнили Тэнго о его странной молчаливой однокласснице. Разве не может такого быть?

Да нет. Та парочка в поезде никак не могла быть «очевидцами». Скорей уж дочка ехала сдавать какой-то важный экзамен, и мать ее сопровождала. А в сумке были самые обычные ноты. Какие-нибудь пьесы для фортепиано. Просто я слишком лично воспринимаю всякие мелочи, подумал Тэнго. Он закрыл глаза и глубоко вздохнул. Что ни говори, а в воскресенье время течет не так, как обычно. Да и вокруг все выглядит как-то странно.

Вернувшись домой, Тэнго наскоро сготовил простецкий ужин, поел. Вспомнил, что пообедать сегодня не вышло. Подумал, не позвонить ли Комацу. Уж он-то наверняка ждет не дождется результатов сегодняшнего «собеседования». Но сегодня воскресенье. Значит, в конторе его нет. А номера его личного телефона Тэнго не знает. Ну и бог с ним тогда, решил Тэнго. Сам позвонит, если захочет.

На часах перевалило за десять, и Тэнго уже окончательно собрался в постель, как вдруг телефон затрезвонил. Ну точно Комацу, подумал он,— однако звонила его замужняя подруга.

— Слушай, у меня будет не очень-то много времени, но... ничего, если я заеду послезавтра ближе к вечеру? — спросила она.

В трубке слышалось фортепиано. Похоже, муж еще не вернулся с работы, подумал Тэнго.

— Конечно, давай,— ответил он ей.

С одной стороны, для этой встречи ему придется оторваться от работы над «Воздушным коконом». С другой стороны, от голоса подруги Тэнго почувствовал, как сильно он ее хочет. Повесив трубку, он прошел на кухню, налил себе «Wild Turkey» и выпил, ничем не закусывая, перед кухонным краном. А уж потом залез в постель, прочел несколько страниц какой-то книги и заснул мертвым сном.

На этом его долгое и очень странное воскресенье, слава богу, закончилось.

Глава 13

АОМАМЭ

Прирожденная жертва

Проснулась Аомамэ с дикого похмелья. Что само по себе странно. До сих пор, сколько бы она ни пила, уже на следующее утро ничто не мешало ей заняться делами. И этим она гордилась. Однако нынешним утром ее веки опухли так, что глаза не хотели открываться, а любые попытки достучаться до сознания оканчивались провалом. Казалось, ее мозг посадили в железную клетку, запретив общаться с телом. На часах перевалило за десять. Яркие лучи утреннего солнца иголками впивались в глаза. Тишину комнаты взорвал надрывный рев мотоцикла, что пронесся по улице за окном.

Она лежала в постели нагишом. Как же ей вчера удалось добраться до дому? На полу у кровати разбросана вчерашняя одежда. Как же, черт побери, у нее получилось раздеться? Аомамэ с трудом поднялась с кровати, переступая через одежду, прошла на кухню и жадно выпила то ли два, то ли три стакана воды из-под крана. Затем поплелась в ванную, сполоснула холодной водой лицо и осмотрела себя голую в зеркале. К ее огромному облегчению, никаких следов вчерашней гулянки на теле не обнаружилось. Слава богу. Разве что ощущение внизу живота, как и всяким утром после бурного секса, напоминало о прошедшей ночи. Вязкая истома будто старалась вывернуть ее чрево наизнанку. Не говоря уже о стран-

254

ном ощущении в прямой кишке. Черт меня побери, подумала Аомамэ. И кончиками пальцев помассировала веки. Неужели добрались и дотуда? Жуть какая. Ни черта же не помню...

Теряясь в мутном сознании, точно в тумане, она оперлась о стену, кое-как забралась в ванну и приняла горячий душ. Намыливая каждый уголок тела так остервенело, словно хотела отдраить свою память от последних обрывков вчерашних воспоминаний. С особой тщательностью подмылась — сначала спереди, потом сзади. Извела на волосы чуть ли не всю бутыль шампуня. Выдавила на щетку мятную пасту и долго чистила зубы, пока неприятный привкус во рту не исчез. Затем выбралась из ванной, подобрала с пола трусики с чулками и, стараясь на них не глядеть, швырнула в корзину с грязным бельем.

Вернувшись в комнату, она проверила содержимое сумки. Кошелек на месте. Банковские карточки и кредитки не тронуты. Денег вроде меньше не стало. Похоже, за вчерашний вечер она потратилась разве что на такси домой. Недостача обнаружилось только в купленной загодя пачке презервативов. Она посчитала: недоставало четырех штук. Четырех? Во внутреннем кармашке обнаружилась сложенная пополам записка. Номер токийского телефона. Чей именно — дьявол разберет.

Снова забравшись под одеяло, Аомамэ попыталась вспомнить о вчерашней ночи все, что могла. Аюми прошла к столику с мужчинами, улыбаясь, завязала разговор. Вчетвером еще что-то выпили, всем стало весело и хорошо. Дальше все было расписано как по нотам. Мужчины заказали два номера в ближайшем бизнес-отеле. Как и договорились, Аомамэ пошла с лысоватым, Аюми — с моложавым спортсменом. По крайней мере, у нее самой все приключилось удачно. Сначала они оба залезли под душ, и она сделала мужику минет. И тогда же надела ему презерватив.

Примерно через час в их номер позвонили.

— А давайте мы к вам? — предложила Аюми.— Еще чего-нибудь выпьем, ты как?

— Давай,— согласилась Аомамэ.

И чуть погодя в их номер заявилась Аюми с партнером. Позвонили в круглосуточный сервис, заказали еще бутылку виски со льдом, которую очень скоро опустошили.

О том, что случилось дальше, Аомамэ помнила лишь обрывочную белиберду. Вроде как вчетвером они набрались будь здоров. И то ли от виски (который Аомамэ обычно не пила), то ли из-за того, что каждую раззадоривала напарница, девушек понесло. Поменяв партнеров, они снова занялись сексом. Аомамэ на кровати со спортсменом, Аюми на диване с лысоватым. Кажется, так. Ну а потом... А потом все словно ухнуло в какой-то туман, и дальше не вспоминалось уже ничего. Ну и ладно. Черт с ним, решила Аомамэ. Забуду, так и не вспомнив. Да и было бы что вспоминать: подумаешь, отвязалась по безумному сексу. Уж с этими ребятками ее дорожка наверняка больше ни разу не пересечется.

Вот только — доставала ли она во второй раз презерватив? Вопрос не давал ей покоя. Не хватало еще забеременеть или заразиться по такой нелепой случайности. Хотя наверняка все в порядке, сказала она себе. Все-таки в какой бы драбадан я ни напивалась, как бы ни отключала мозги, но контрацепция у меня всегда под контролем.

Так. Есть ли у нее на сегодня какая-нибудь работа? Ответ отрицательный, работы нет. Сегодня суббота, и она никому ничего не должна. А впрочем — как же! Сегодня в три ей нужно быть в «Плакучей вилле», делать хозяйке растяжку. Тамару звонил ей пару дней назад и специально уточнял, нельзя ли перенести занятия на субботу, поскольку в пятницу мадам собралась в больницу. Как она могла об этом забыть? Впрочем, не страшно. До встречи еще четыре часа. Есть время избавиться от головной боли, проветрив мозги как следует.

Аомамэ сварила крепкого кофе, через силу залила в желудок одну за другой три чашки. А затем в распахнутом халатике на голое тело снова завалилась в постель и принялась убивать время, разглядывая потолок. Делать ни черта не хотелось. Только смотреть в потолок — и все. Ничего интересного на потолке она не видела, но тут уж ничего не попишешь. Все-таки потолки созданы не для того, чтоб людей развлекать. Стрелки часов подползали к обеду, но есть не хотелось. Рев мотоциклов и машин за окном по-прежнему отдавался в голове болезненным эхом. Настолько серьезное, *основательное* похмелье у нее было впервые в жизни.

Тем не менее ощущение от вчерашнего секса сказывалось на ее самочувствии благотворно. *Физическое* воспоминание о том, как мужчины обнимали ее, раздевали, ласкали, вылизывали, с удовольствием вставляли в нее свои члены и заставляли кончить, все еще оставалось внутри. И даже несмотря на дикое похмелье, *великое освобождение* переполняло ее существо.

И все-таки, подумала Аомамэ. До каких пор я буду искать себе на голову таких приключений? Ведь мне уже скоро тридцать. А там, глядишь, и сороковник не за горами...

Но об этом она решила сейчас не думать. Как-нибудь потом. Срок истекает не сейчас. Если начать всерьез задумываться об этом прямо сегодня, меня же просто...

Но тут зазвонил телефон. Точнее сказать — загрохотал. Уши заложило так, будто резко въехали в тоннель на скором поезде. С большим трудом Аомамэ встала и взяла трубку. Часы показывали полдень с небольшим.

— Аомамэ? — с трудом просипели в трубке. Аюми, кто ж еще.

— Она самая,— просипела Аомамэ.

— Эй, как ты там? — послышалось в трубке.— Судя по голосу, тебя только что переехал автобус.

— Типа того.

— Бодун? — уточнили на том конце.

— Есть немного,— ответила Аомамэ.— Откуда ты знаешь мой номер?

— Ты что, забыла? Сама же мне написала. Типа, давай еще как-нибудь встретимся. Я тебе тоже свой номер оставила, проверь в кошельке!

— Да ты что? — поразилась Аомамэ.— Ни черта не помню.

— Ну да! — защебетала Аюми.— Ты еще сомневалась, взяла я или нет. Вот я и звоню, чтобы уточнить! Ты домой-то нормально вернулась? Я ведь на перекрестке Роппонги тебя в такси погрузила, ты сказала водителю адрес — и бай-бай...

— Этого не помню,— снова вздохнула Аомамэ.— Но добралась, похоже, без проблем. Проснулась в своей постели.

— Ну слава богу!

— А ты чем сейчас занята?

— Я на работе, как положено,— ответила Аюми.— В десять сели в патрульную машину, ездим по городу, ищем, кто где нелегально паркуется. Вот только что на перерыв отпустили.

— Кру-у-то! — протянула Аомамэ с любопытством.

— Да ладно! — отозвалась Аюми.— Не выспалась ни фига. Но вчера было здорово! Пожалуй, никогда еще так не оттягивалась. И все благодаря тебе.

Аомамэ озадаченно почесала нос.

— Если честно, половину событий я толком не помню. Особенно после того, как вы приперлись в наш номер.

— Да ты что? Как жаль,— очень серьезно сказала Аюми.— Как раз после этого самое веселье и началось. Чего мы только не вытворяли, все четверо! Кому рассказать — не поверят. Сплошное порно. Сначала мы с тобой лесбиянок изображали. А уж потом...

Спохватившись, Аомамэ постаралась вернуть разговор куда нужно:

— Это ладно. Ты мне одно скажи: меня трахали с резинкой или без? А то уже вся извелась. Ни черта ведь не помню.

— Конечно с резинкой, ты чего? Уж я б тебе сказала, не волнуйся. Я за этим всегда слежу, сколько бы ни выпила. Зря, что ли, ловлю нарушителей на дорогах? Да если б у нас в полиции устроили курсы по надеванию презервативов для старшеклассников, я бы первая вызвалась их вести, можешь не сомневаться.

— Курсы по надеванию резинок? — удивилась Аомамэ.— А почему это должна объяснять полиция?

— Ну, мы же читаем в школах профилактические лекции. О риске изнасилования на случайных свиданиях, о способах защиты от маньяков в метро, о педофилах и так далее. А затем пишем рапорты — дескать, мероприятия проведены. Но лично я бы в этот список добавила и курсы по надеванию презервативов. Как мое маленькое и очень личное послание человечеству. Раз уж все мы так любим секс — а куда деваться? — нужно знать, как предохраняться от залетов и болячек, верно? Ну, при учителях я, конечно, не так откровенно сказала бы, но суть та же. В общем, насчет резинок у меня профессиональный бзик. Как бы ни напивалась, говорю тебе. Так что даже не волнуйся. Ты чиста как стеклышко. «Без резинки не давать» — мой девиз по жизни!

— Спасибо! — сказала Аомамэ.— Ты меня здорово успокоила.

— Так тебе рассказать подробно, чем мы вчера занимались?

— В другой раз,— сказала Аомамэ. И глубоко, с облегчением вздохнула.— Как-нибудь еще встретимся — расскажешь в деталях. Но сейчас у меня при одной мысли об этом голова раскалывается.

— Ладно, в другой раз! — жизнерадостно согласилась Аюми.— Но знаешь, я сегодня, как проснулась, все время думала... По-моему, из нас получаются отличные напарницы. Не возражаешь, если я еще позвоню? В смысле, когда будет охота снова порезвиться, как вчера?

— Не возражаю,— сказала Аомамэ.

— Ну, здорово!

— Спасибо, что позвонила.

— Береги себя,— попрощалась Аюми и повесила трубку.

К двум часа дня благодаря выпитому кофе сознание Аомамэ прояснилось. Головная боль прошла, и только невнятная тяжесть еще ощущалась по всему телу. Она собрала спортивную сумку и вышла из дому. Разумеется, без заточки в форме пестика. В сумке — лишь полотенце да сменная одежда.

Как обычно, Тамару встретил ее у входа в усадьбу. А затем провел в «солнечную» комнату — узкую и длинную, как вагон. Огромные окна, выходящие в сад, были открыты, но занавешены плотными шторами, дабы снаружи не было видно, что происходит внутри. Под окнами расставлены горшки с какими-то фикусами. Из динамиков в потолке растекалась музыка барокко. Соната для блокфлейты и клавесина. Центр комнаты занимала массажная кушетка, на которой ничком лежала старушка в белоснежном банном халате.

Тамару вышел, Аомамэ облачилась в рабочую форму. Раздеваясь, она заметила, что хозяйка разглядывает ее с кушетки, повернув голову набок. Ничего против Аомамэ не имела. Для тех, кто занимается спортом, такие вещи — неотъемлемая часть жизни. Да и сама хозяйка во время массажа обнажалась перед ней почти полностью. Как иначе работать с мышцами? Сняв хлопчатые брюки и блузку, Аомамэ облачилась в легкое трико, а снятые вещи аккуратно сложила в углу.

— Какая ты подтянутая! — похвалила хозяйка.

Сев на кушетке, она распустила пояс халата и осталась в трусиках и лифчике из белого шелка.

— Спасибо,— ответила Аомамэ.

— В молодости я была примерно такой же.

— Я вижу,— кивнула Аомамэ.

И это было правдой. Даже теперь, когда хозяйке под семьдесят, ее тело сохраняет девичью грацию. Осанка не нарушена, грудь подтянута. Правильное питание и ежедневные тренировки помогают старушке держать форму. Плюс регулярные пластические операции, предположила Аомамэ. Подтяжка кожи вокруг глаз и под уголками губ.

— Вы и сейчас выглядите очень достойно,— искренне сказала она.

— Благодарю,— усмехнулась хозяйка.— Но с *прежним* телом давно уже не сравнить...

Ответа на это Аомамэ не нашла.

— *Прежнее* тело доставляло мне радость,— продолжала хозяйка.— И мне удавалось радовать им других. Надеюсь, ты понимаешь, о чем я?

— Да.

— А как у тебя — получается?

— Иногда,— ответила Аомамэ.

— Значит, не всегда...— задумчиво произнесла хозяйка.— А ведь пока молодость не прошла, ее нужно превращать в радость. На все сто. До полного удовлетворения, понимаешь? Только этими воспоминаниями и можно будет согреть себя в старости.

Аомамэ подумала о вчерашнем вечере. Прямая кишка еще напоминала, что там неплохо порезвились. Неужели такое воспоминание согреет кого-нибудь в старости?

Аомамэ положила пальцы хозяйке на плечи и начала массаж. Тяжесть, не отпускавшая с самого утра, наконец-то исчезла. Облачившись в трико и коснувшись тела пожилой женщины, она словно запустила внутри себя механизм, обостряющий пять ее чувств.

Кропотливо, будто читая карту, Аомамэ изучала пальцами тело хозяйки. Те помнили характер каждой мышцы до мельчайших деталей: насколько эластична, как напряжена, чем отзывается на прикосновения. Примерно как пальцы пианиста, играющего долгую пьесу, помнят наизусть аппликатуру. Свойство запоминать все тактильно было у девушки от природы. Пусть даже забудет мозг, пальцы напомнят. И если какая-то мышца реагировала на прикосновения как-то необычно, Аомамэ приводила ее в порядок, разминая с должной силой и под нужным углом. Кончиками пальцев вслушиваясь, чем та отзывается: болью? удовольствием? безразличием? Затекшие зоны тела Аомамэ не просто разминала, но возвращала в рабочее состояние. Конечно, попадались среди мышц и такие, что упрямились и не хотели сбрасывать накопившийся стресс. С ними-то и приходилось возиться больше всего. Главное в процессе — ежедневные тренировки, возведенные в ритуал.

— Здесь болит? — спросила Аомамэ.

Ягодицы у хозяйки сегодня необычно зажаты. Слишком напряжены. В этот раз их пришлось разминать по-особому, вместе с тазобедренными суставами. Аомамэ захватила бедро хозяйки и вывернула под углом.

— Очень! — Хозяйка скривилась.

— Хорошо,— кивнула Аомамэ.— Если больно — это хорошо. Плохо, когда боли нет. Еще чуть-чуть вас помучаю, потерпите?

— Да, конечно,— отозвалась хозяйка.

Что уж тут спрашивать. Эту женщину терпению учить не нужно. Она, как правило, молча сносит любую боль. Корчится, но не издает ни звука. Даже когда Аомамэ проделывает с ней то, от чего здоровые мужики орут как резаные. Такая сила духа, ей-богу, достойна восхищения.

Правым локтем, как рычагом, Аомамэ надавила на бедро старушки еще сильнее. Раздался пронзительный хруст, и суставы переместились куда нужно. Хозяйка перестала дышать, но не издала ни стона.

— Ну вот! — сказала Аомамэ.— Теперь будет легче.

Хозяйка перевела дух. Лоб ее покрылся испариной.

— Спасибо,— тихо сказала она.

Старческие мышцы размяты. Через все страданья и боль. Но все-таки оставались участки, где боли уже не ощущалось, как над ними ни колдуй. Это знала Аомамэ, и это знала сама хозяйка. Поэтому весь этот час они провели без слов. Соната для блокфлейты закончилась, компакт-диск остановился. Кроме птичьего пенья в саду, на свете осталось ни звука.

— Все тело такое легкое,— произнесла наконец хозяйка, уткнувшись в кушетку. Банное полотенце, сложенное рядом, набухло от пота, хоть выжимай.

— Ну слава богу,— отозвалась Аомамэ.

— Спасибо, что ты рядом,— продолжала хозяйка.— Если исчезнешь, будет совсем невмоготу.

— Не волнуйтесь. В ближайшее время я никуда исчезать не собираюсь.

Хозяйка помолчала, словно подыскивая слова. А затем спросила:

— Извини за личный вопрос. У тебя есть любимый человек?

— Самый любимый есть,— ответила Аомамэ.

— Вот это хорошо.

— Только я для него, к сожалению, не настолько важна.

— Может, странный вопрос, но... почему ты для него не настолько важна? Насколько я вижу, ты очень привлекательная девушка.

— Просто потому, что он не знает о моем существовании.

Хозяйка помолчала, раздумывая над услышанным.

— Значит, ты не хочешь, чтобы он узнал?

— Прямо сейчас — нет,— ответила Аомамэ.

— Ты почему-то не можешь к нему приблизиться?

— Причины есть. Но главное — я пока сама не хочу.

Хозяйка с интересом посмотрела на Аомамэ.

— Встречала я странных людей. Считай, ты одна из них.

Аомамэ поджала губы.

— Ничего особенно странного во мне нет. Просто я стараюсь жить так, как чувствую.

— И никогда не менять однажды установленных правил?

— Да.

— То есть ты — упертая и сердитая?

— В каком-то смысле, возможно.

— И только вчера, похоже, немного ослабила вожжи, я правильно понимаю?

Аомамэ покраснела.

— Что, так заметно?

— Ощущаю кожей. Улавливаю по запаху. Дух мужчины сразу не выветривается. А с годами его начинаешь чувствовать моментально.

Аомамэ нахмурилась.

— Иногда без этого никак. Я, конечно, понимаю, что хвалиться тут особо нечем...

Хозяйка протянула руку, положила ее на ладонь Аомамэ.

— Разумеется. Иногда без *этого* действительно никуда. Не о чем тут говорить, и корить себя не за что. Но все-таки, мне кажется, ты могла бы добиться счастья гораздо проще. Полюбить обычного человека и дожить с ним до банального хеппи-энда.

— Я бы и сама так хотела. Но ведь это непросто.

— Почему?

Аомамэ ничего не ответила. Не так-то легко все это объяснить.

— Если понадобится совет, обращайся,— сказала хозяйка, вытирая лицо полотенцем.— По любым вопросам, включая личные. Чем смогу — помогу.

— Большое спасибо,— сказала Аомамэ.

— Иногда отпустить вожжи — еще не значит расслабиться, верно?

— Святые слова.

— Ты не совершила поступков, из-за которых теряют себя,— сказала хозяйка.— Это ты понимаешь?

— Понимаю,— кивнула Аомамэ.

И правда, это она понимала. Что бы вчера ни случилось, себя она не теряла. Но какая-то неуверенность оставалась. Точно винный ободок на донышке выпитого бокала.

Аомамэ вспоминает свою жизнь до и после смерти Тамаки. От мысли, что им уже никогда не встретиться, ее просто разрывает на куски. Никого ближе она не встречала с рождения. С Тамаки можно было говорить, ничего не боясь, даже о самом тайном или запретном. Ни до их встречи, ни после гибели подруги Аомамэ никогда и ни с кем не испытывала столь безграничной внутренней свободы. Тамаки была незаменима. Что и говорить, без нее жизнь Аомамэ оказалась бы куда скучней и никчемнее.

Они были ровесницами и играли в одной вузовской команде по софтболу. В старших классах Аомамэ всерьез увлеклась этой игрой. Хотя начинала без особого энтузиазма — ее просто позвали, потому что в команде не хватало игроков; но уже очень быстро втянулась, да так, что какое-то время просто жить без софтбола не могла. Словно человек, которого сносит тайфуном, вдруг цепляется за случайно подвернувшийся столб — так она ухватилась за этот вид спорта, необходимый для выживания. А кроме того, пусть даже Аомамэ сама и не подозревала об этом, в ней крылся настоящий спортивный талант. И в средних, и в старших классах школы она побеждала на любых соревнованиях. И это, собственно, дарило ей хоть какую-то веру в себя (хотя и не настоящую уверенность в жизни, но что-то вроде). Выступая в команде, Аомамэ наконец-то ощущала, что ее роль в этом мире не так уж ничтожно мала. Играть эту роль — как можно лучше! — доставляло ей настоящую радость. *Я все-таки нужна кому-то на этом свете.*

Аомамэ была четвертым аутфилдером и в буквальном смысле — королевой внешнего поля. Тамаки была игроком второй базы, а заодно и капитаном команды. Невысокая, с отличной реакцией и смекалкой настоящего стратега. Любую сложнейшую ситуацию на поле она считывала почти мгновенно. Как только питчер отбивал подачу, ноги сами несли ее за мячом куда нужно. Такого таланта у обычных людей почти не встретишь. Сколько мячей она спасла благодаря своему чутью, просто не сосчитать. И хотя на длинные дистанции лучше бегала Аомамэ, Тамаки безупречно реагировала на мяч и носилась с потрясающей скоростью. А уж лидером Тамаки была просто от бога. Без колебаний в любой момент сплачивала команду, разрабатывала очередную стратегию и отдавала приказы коротко и точно — так, что никаких вопросов не оставалось. Играть под ее началом было нелегко, но все признавали в ней отличного капитана. Их команда играла все сильнее, в итоге вышла в отборочный тур токийского чемпионата и попала в высшую лигу. А Тамаки и Аомамэ даже попали в список игроков намечавшейся сборной регионов Канто и Кансай.

Таланты друг друга девочки признали сразу и сблизились моментально. Выезжая на соревнования в другие города, они проводили вдвоем все свободное время. Не утаивая друг от друга вообще ничего. Аомамэ рассказала подруге даже о том, как в пятом классе школы собрала волю в кулак и ушла из родительского дома к своему дяде. Его семья, уяснив суть конфликта, приняла ее очень тепло. Но все-таки то был чужой дом. Она осталась совсем одна, без внимания и любви, без каких-либо ориентиров и без малейшей опоры в жизни.

Тамаки была из семьи богатой и знатной, но в раздоре, и дома у нее царил полный хаос. Отец почти все время пропадал на работе, а мать зависала на грани психического расстройства и страдала жуткой мигренью, иногда не вставала по нескольку дней кряду. Тамаки с младшим братишкой росли предоставленные самим себе, питались в дешевых столовых или фастфудах, а то и просто покупали бэнто*. Каждой из них было отчего так исступленно сосредоточиться на софтболе.

Пришло лето, они вдвоем отправились в путешествие. Как-то ночью разговорились — и вдруг оказались в одной гостиничной постели. То, что произошло между ними, больше ни разу не повторилось. И в дальнейших разговорах не поминалось ни словом. Но это все же произошло, их союз стал еще крепче — и еще конспиративней.

В институте Аомамэ продолжила заниматься софтболом. Этот вид спорта был тогда на пике популярности, и за особые успехи ей даже назначили специальную стипендию. Вскоре она стала ключевым игроком в команде. И в то же время увлеклась спортивной медициной и

---

* Бэнто́ *(яп.)* — холодный завтрак (обед, ужин) в коробке, который берут с собой в дорогу или покупают в пути.

боевыми искусствами. Ее расписание с утра до вечера забивалось учебой и тренировками. Расслабиться, как многие однокашники, Аомамэ себе не позволяла. Из четырех лет студенчества она старалась выжать как можно больше знаний и навыков для дальнейшей жизни, в которой помощи ждать будет не от кого.

А Тамаки поступила на юридический и с софтболом распрощалась. Для ее восходящей карьеры спорт оказался не более чем проходной ступенькой. Все-таки она собиралась вызубрить право и получить лицензию адвоката. Но хотя их дорожки в будущем разбегались, дружить девчонки не перестали. Аомамэ жила в студенческом общежитии, за которое не нужно платить, а Тамаки — в родительском доме, где все собачились между собой, но хотя бы о деньгах можно было не беспокоиться. Раз в неделю они встречались, где-нибудь ужинали — и никогда не уставали от разговоров.

На первом курсе вуза Тамаки лишилась девственности. Парень был из теннисного клуба, на год ее старше. После клубной вечеринки он заманил ее к себе домой и там фактически изнасиловал. Нельзя сказать, что поначалу совсем не нравился. Она ведь согласилась в одиночку зайти к нему в гости. Но кто мог знать, что дело дойдет до насилия? После того что он с ней сотворил, Тамаки в клуб ходить перестала и ударилась в затяжную депрессию. Бессилие глодало ее изнутри. Пропал аппетит; за месяц похудела на шесть килограммов. И все ждала от своего обидчика если не раскаянья, то хотя бы понимания. Если бы он явился к ней с извинениями, если бы дал ей шанс хоть немного собраться с собой, наверно, ей бы не было так тяжело физически. За что он с ней так? — спрашивала она и не находила ответа. Я бы ему и так дала...

Утешая подругу, Аомамэ настаивала: подонок должен быть наказан. Но Тамаки не соглашалась. В суд подавать бесполезно, качала она головой. Скажут, сама виновата: никто ведь не заставлял ее приходить к нему в дом. Остается только забыть. Но Аомамэ слишком остро чувствовала, какая глубокая и незаживающая рана зияет в сердце ее лучшей подруги. И дело тут было не в потере девственности как таковой. А в том, что душа человека — святыня, которую никто не имеет права втаптывать в грязь. Самая страшная мука на свете — бессилие, сжирающее тело после того, как над душой надругались.

И тогда Аомамэ решила свершить этот суд сама. Выведав у Тамаки адрес ублюдка, она взяла софтбольную биту, сунула ее в большой чертежный тубус и отправилась к парню домой. Тамаки в тот день уезжала в Канадзаву — уладить с родней какие-то имущественные формальности. Так что алиби ей было обеспечено. Аомамэ убедилась, что хозяина дома нет, молотком с отверткой выломала замок и проникла в квартиру. Затем обернула биту полотенцем — и, стараясь производить как можно меньше шума, измолотила в мелкую крошку все, что представляло хоть какую-то ценность. От телевизора до торшера. От часов на стене до пластинок на полке. От тостера до цветочной вазы. Все, что могло быть выведено из строя, перестало функционировать. Телефонный провод она искромсала ножницами. От каждой книги оторвала обложку и раскидала страницы по комнате. Зубную пасту и крем для бритья выдавила на ковер, а все соусы из холодильника — под одеяло в постели. Записные книжки из ящиков стола разодрала в клочья. Ручки и карандаши переломала. Лампочки перебила. Подушки и одеяла изрезала в клочья. Рубашки в гардеробе исполосовала. Обувь в прихожей до краев заполнила кетчупом. Фреоновые трубки из холодильника выломала и выкинула в окно. Превратила в осколки унитазный бачок. Разворотила сливное отверстие в душе. Тотальная деструкция. Примерно как на фото Бейрута после бомбежки, промелькнувшем в газетах дня три назад.

———

Тамаки была девушкой очень смышленой — как в школе (по успеваемости Аомамэ даже не мечтала за ней угнаться), так и на спортивном поле. Всякий раз, когда Аомамэ не успевала поймать мяч на базе, Тамаки появлялась как из-под земли, мгновенно перехватывала подачу и убегала, не забыв шлепнуть подругу ниже спины. Широкий кругозор и теплая душа, чувство юмора всегда на месте. Отличница в учебе, прекрасный оратор. Можно было не сомневаться: продолжай она так и дальше, из нее вышел бы замечательный адвокат.

И только, увы, с мужчинами ее способность адекватно оценивать ситуацию сходила на нет. Мужиков Тамаки любила эффектных. Тех, кого можно пожирать глазами. И эта ее склонность, на взгляд Аомамэ, граничила с патологией. Сколь приветливы, одаренны или обходительны ни оказывались мужчины вокруг нее, если не на что было *смотреть*, Тамаки оставалась равнодушной. Почему-то ее привлекали смазливые парни. И почему-то в разговорах о мужиках она упрямо затыкала уши. По всем остальным вопросам точка зрения Аомамэ значила для Тамаки очень много. Но любые попытки обсудить бойфрендов неизменно заводили их разговоры в тупик. Аомамэ довольно быстро это усвоила и перестала разговаривать на подобные темы. Не хватало еще из-за такой ерунды потерять подругу! В конце концов, это личная жизнь Тамаки. Пускай себе живет как хочет. Но так или иначе, все студенчество Тамаки встречалась с разными красавчиками, которые быстро охмуряли ее, а потом предавали и выбрасывали на обочину. Последние месяцы жизни Тамаки провела на грани безумия. Сделала два аборта. Определенно в сексе бедняжка была прирожденной жертвой.

Аомамэ постоянным парнем так и не обзавелась. Хотя, когда приглашали, на свиданья ходила и даже завела несколько весьма приятных знакомств. Но до глубоких отношений не дошло ни разу.

— Ты что? — пытала ее Тамаки.— Хочешь остаться девственницей до конца дней?

— Некогда,— отвечала Аомамэ.— Для меня сейчас главное — не сойти с дистанции. Не до отношений пока.

Закончив вуз, Тамаки осталась в аспирантуре — готовиться к получению лицензии адвоката. Аомамэ устроилась на работу в компанию по производству спортивных напитков и биодобавок. И продолжала заниматься софтболом. Тамаки по-прежнему жила в родительском доме, Аомамэ — в общежитии для служащих компании. Как и в студенческие времена, по выходным они встречались, где-нибудь ужинали и вели бесконечные разговоры.

В двадцать четыре Тамаки вышла замуж за парня на два года старше ее. После свадьбы учебу бросила и о карьере думать перестала: так захотел ее муж. С этим фруктом Аомамэ встречалась только однажды. Сын крупного землевладельца; как она и предполагала, смазливый на вид — и с абсолютно пустыми глазами. Увлекается яхтами. Неглуп, язык подвешен неплохо, но словам не хватает искренности и глубины. Классический выбор бедняжки Тамаки. Но главное — в этом человеке ощущалось что-то зловещее. Аомамэ он не понравился с первого взгляда. И похоже, взаимно.

— Ничего у тебя с ним не выйдет! — рубанула она.

Страшно не хотелось лезть не в свое дело, но все-таки брак — это брак. Не какой-нибудь летний романчик. Тем более, если дело касается лучшей подруги. Тогда они впервые поругались. Тамаки закатила истерику, Аомамэ очень жестко высказала все, что думает об этом браке. В том числе и то, что говорить совершенно не следовало. На свадьбу Аомамэ не пошла.

Очень скоро, впрочем, они помирились. Вернувшись из свадебного путешествия, Тамаки без всякого предупреждения заявилась к Аомамэ с повинной.

— Не знаю, что на меня нашло,— сказала она.— Но все путешествие я только о тебе и думала.

— Не забивай себе голову,— ответила Аомамэ,— я уже обо всем забыла.

Подруги крепко обнялись и перевели разговор на шутки. Тем не менее после свадьбы они стали видеться реже. Письма друг дружке писали, по телефону болтали. Но выкроить время для встреч замужней Тамаки становилось все тяжелее.

— Столько дел по дому,— извинялась она в телефонную трубку.— Профессия домохозяйки — между прочим, тоже не сахар!

И все-таки в ее напряженном голосе слышалось кое-что еще. А именно — муженек просто не пускал ее на встречи с кем бы то ни было. Жила теперь Тамаки в доме родителей мужа и уходить оттуда надолго уже не могла. Аомамэ в тот дом не пригласили ни разу.

— Семейная жизнь в порядке,— только и повторяла Тамаки.— Муж добрый, и родители его приветливые. По выходным доплываем на яхте аж до острова Эно. Аспирантуру, конечно, пришлось оставить, да и бог с ней. Если б ты знала, какой это прессинг — экзамен на адвоката! Наверно, я все-таки создана для такой вот мирной, обыденной жизни. Скоро, глядишь, ребеночка заведем. И стану я самой обычной мамашей. Ты со мной просто со скуки помрешь...

Голос Тамаки всегда звучал жизнерадостно. Ни малейшего повода в чем-либо усомниться.

— Очень за тебя рада,— отвечала Аомамэ.

И действительно пыталась радоваться. Все лучше, чем терзаться дурными предчувствиями. Дай бог, бедняжка Тамаки наконец-то обретет душевный покой, надеялась она. Или хотя бы старалась надеяться.

Других по-настоящему близких друзей у Аомамэ не было. И чем больше отдалялась Тамаки, тем хуже Аомамэ представляла, куда себя деть помимо работы. Даже на софтболе уже не получалось сосредоточиться, как прежде. Без лучшей подруги рядом все эти состязания, победы и проигрыши лишались всякого смысла. В двадцать пять Аомамэ все еще ходила в девицах. Когда становилось невмоготу, удовлетворяла себя руками. При этом она не воспринимала свое одиночество как трагедию. Напротив, завести с кем-нибудь глубокие отношения казалось ей гораздо проблематичнее. Нет уж, спасибо. Куда проще жить в одиночку.

Тамаки покончила с собой поздней осенью. Через три дня после того, как ей исполнилось двадцать шесть. В тот день дул особенно сильный ветер. Она повесилась дома. Ее труп обнаружил муж, вернувшись из командировки сутки спустя.

— В семье проблем не было,— сообщил полиции муж.— Она ни на что не жаловалась. Я не знаю, что заставило ее это сделать.

Его родители сказали то же самое.

Но это была ложь. От побоев мужа кровоподтеки на теле Тамаки не заживали, она с утра до вечера находилась на грани нервного срыва. Человек, за которого Тамаки вышла замуж, оказался натуральным маньяком. И родители его об этом знали. Выясняя причины смерти, полиция осмотрела тело погибшей и начала задавать вопросы, но дальше следствие не продвинулось. Пару раз мужа вызвали на допрос, но в день смерти жены он действительно находился в командировке на Хоккайдо, а смерть Тамаки была очевидным самоубийством. Так что обвинять его было не в чем. Обо всем этом Аомамэ узнала от младшего брата Тамаки несколько дней спустя.

Насилие в этом браке присутствовало с самого начала — и лишь со временем привело к настоящей трагедии. Но за отпущенное судьбою время Тамаки так и не сумела вырваться из кошмара. Даже лучшей подруге она не рассказывала, что происходит. Ибо слишком хорошо знала, что ей ответят. «Немедленно беги из этого дома ко всем чертям». *Но как раз на это у нее не хватало сил.*

Перед тем как покончить с собой, Тамаки написала Аомамэ длинное письмо. Последнее, что она сделала в жизни. Письмо начиналось словами: «С самого начала я была не права, а ты говорила все правильно». А заканчивалось так:

Моя жизнь — ад. Вырваться из которого я не могу, как бы ни старалась. Потому что не представляю, куда идти, если вырвусь. Я заточена в собственное бессилие, как в тюрьму. Сама посадила себя туда, сама заперла дверь, а ключ зашвырнула куда подальше. Конечно же, это замужество было ошибкой. Все как ты и говорила. Но главная проблема тут не в муже и не в самом браке, а только во мне самой. Все мои болячки и комплексы просто возвращаются ко мне рикошетом. И никого вокруг я обвинять не могу. Ты — моя единственная подруга. Один-единственный человек, которому я могу полностью доверять. Но мне уже не спастись. Если сможешь — не забывай меня никогда. Уж лучше бы мы с тобой всю жизнь так и занимались софтболом.

По прочтении этого письма Аомамэ стало плохо. Все тело трясло мелкой дрожью. Она позвонила Тамаки, но трубку никто не снял, только включился автоответчик. Она выскочила из квартиры, добралась электричкой до станции Сэтагая и прибежала к дому подруги. К огромному особняку за неприступной стеной. Долго жала кнопку домофона у ворот. Никакого ответа. Лишь собака протяжно выла где-то неподалеку. Только и оставалось — уйти восвояси. Аомамэ не могла знать, что Тамаки в ту минуту уже не дышала. Ее фигурка покачивалась на веревке, привязанной к перилам лестницы, что вела на второй этаж. Собака утихла, и дом заполнила могильная тишина; телефонные звонки и сигнал домофона раздавались в пространстве, где не осталось ни единой живой души.

Само известие о смерти подруги вовсе не поразило Аомамэ. Видимо, где-то в подсознании она это уже предчувствовала. Волна горя не захлестнула ее и не сбила с ног. Вежливо, почти деловым тоном она ответила что полагается, повесила трубку, опустилась на стул и просидела так не понять сколько времени. Казалось, жизненные силы оставили ее тело. Очень долго Аомамэ не могла подняться со стула. А затем позвонила на работу, сообщила, что берет сразу несколько выходных, и примерно с неделю не выходила из дому. Не спала, не ела, даже воды почти не пила. И на похороны не явилась. В душе Аомамэ словно что-то переломилось — отныне и до конца дней. Дикое чувство жгло ее изнутри, как раскаленный уголь: «Это больше не я. Такой, как прежде, я не буду уже никогда».

Но суд над этим ублюдком свершится, тогда же решила она. Чего бы ей это ни стоило, уж он-то получит свой персональный армагеддон. Иначе ни в чем не повинные люди пострадают снова и снова.

Она разрабатывала свой план очень долго и тщательно. Какую точку на затылке и под каким углом следует проткнуть очень тонкой иглой, чтобы мгновенно лишить человека жизни,— этому ее учить было не нужно. Конечно, такое сумеет не всякий. Но она справится. Главное — наловчиться за две-три секунды безошибочно находить эту заветную точку на голове, а также обзавестись подходящим инструментом. Превратив свою квартирку в настоящую мастерскую, Аомамэ потратила уйму времени и сил, пока не сконструировала нечто похожее на миниатюрный пестик для колки льда. С тонкой, почти неразличимой иглой на самом конце. Долгими тренировками набила руку и отработала оптимальный способ его применения. И лишь когда овладела инструментом в совершенстве, привела свой план в исполнение. Без малейших колебаний, совершенно хладнокровно отправила подонка в преисподнюю. А затем даже прочла молитву. Механически, почти не задумываясь. Слова будто сами слетали с ее губ:

Отец наш Небесный. Да не названо останется имя Твое, а Царство Твое пусть придет к нам. Прости нам грехи наши многие, а шаги наши робкие благослови. Аминь.

Именно после этого в ней зародилась тяга к случайному, но бурному сексу с мужчинами.

Глава 14

ТЭНГО

То, чего никто никогда не видел

Комацу и Тэнго встретились там же, где и всегда. В кофейне на станции Синдзюку. Кофе здесь, конечно, стоил недешево, зато расстояние между столиками позволяло общаться, не боясь, что твои слова попадут не в те уши. Вентиляция вполне сносная, музыка тихая и ненавязчивая. Комацу, как всегда, явился минут на двадцать позже назначенного. Этот тип никогда не приходил вовремя, а Тэнго никогда не опаздывал. Подобные игры со временем уже превратились у них в ритуал. Комацу был в своем привычном, уютно поношенном твидовом пиджаке и темно-синей рубашке, с плеча свисал кожаный портфель на ремне.

— Прости, задержался,— только и бросил он безо всякого намека на сожаление. Улыбаясь, как молодая луна,— еще жизнерадостней, чем обычно.

Тэнго в ответ лишь молча кивнул.

— Извини, что нагрузил тебя,— продолжил Комацу, опускаясь на стул напротив.— Что, брат? Сильно замотался?

— Не хочу преувеличивать,— ответил Тэнго,— но последние десять дней я не был уверен, живу я вообще или уже на том свете.

— Но ты здорово справился! И согласие на публикацию от опекуна получил, и работу над текстом закончил. Для такого отшельника, как ты, это же просто подвиг! Ей-богу, дружище, теперь я смотрю на тебя совершенно другими глазами...

Тэнго пропустил эти странные комплименты мимо ушей.

— Вы читали мой отчет о прошлом Фукаэри? — уточнил он.

— Отчет? А! — кивнул Комацу.— Прочел, как же. От корки до корки. Ну что тут скажешь... Запутанная история. Читается, будто глава из какой-нибудь эпопеи. Вот уж не думал, что опекуном этой девочки окажется Эбисуно-сэнсэй. Он, кстати, ничего обо мне не спрашивал?

— О вас? — не понял Тэнго.— Нет, ничего.

— Хм... Странно,— удивился Комацу.— Мы ведь когда-то вместе работали. Я частенько забегал к нему в институт за материалом для статей. Правда, давно это было. Моя редакторская карьера еще только начиналась...

— Забыл, наверное, за давностью лет,— предположил Тэнго.— Даже спросил меня, что вы за человек.

— Э, нет,— все так же озадаченно покачал головой Комацу.— Не может такого быть. Ни за что не поверю. Этот сэнсэй никогда ничего не забывает. Просто пугающе крепкая память. А уж мы с ним тогда порой о таких вещах беседовали, что... Впрочем, ладно,— оборвал он себя.— Крепкий орешек этот старикан, с ходу и не раскусишь... Итак, насколько я понял по твоему отчету, ситуация вокруг девчонки, э-э, весьма заковыристая?

— *«Весьма заковыристая»?* — повторил Тэнго.— Да мы просто бомбу подкладываем, вот мое ощущение! Фукаэри — девочка необычная слишком во многих смыслах. Это не просто прелестное семнадцатилетнее создание. А полуребенок с дислексией, который даже читать не умеет как следует. О письме я уже не говорю. Ее психика травмирована так, что память блокирует часть воспоминаний. Она выросла в сектантской коммуне и почти не ходила в школу. Ее отец — лидер ультралевых радикалов из «Утренней зари», напрямую замешанных в перестрелке с полицией, которая шокировала всю Японию. А нынешний опекун — знаменитый в свое время профессор истории мировых цивилизаций. И если «Воздушный кокон» станет бестселлером, все массмедиа тут же слетятся, как воронье, чтобы обглодать наши косточки и попировать на славу!

— Да, ты прав,— согласился Комацу, не переставая улыбаться.— Возможно, разразится такой скандал, будто мы приоткрыли дверь в преисподнюю...

— Ну так что же? Проект отменяется?

— «Отменяется»? — не понял Комацу.— Ты о чем?

— Слишком скандально. Слишком опасно. Может, стоит вернуть рукопись автору и заняться чем-то другим?

— Все не так просто. Переписанный тобой текст — уже в типографии. Сигнальных экземпляров ждут для утверждения главред и начальник издательского отдела. И что? Хочешь завалиться к ним и сказать: «Извините, ошибочка вышла! Сделайте вид, что ничего не было, и отдайте, пожалуйста, рукопись обратно»?

У Тэнго перехватило дыхание.

— Ничего уже не изменить.— Комацу сощурился и прикурил от ресторанных спичек.— Время вспять не повернешь. Обо всем, что случится дальше, позабочусь я сам. Тебе не стоит ни о чем волноваться. Если «Кокон» получит премию, мы просто сделаем так, чтобы Фукаэри не светилась на публике. С самого начала рекламной кампании подчеркнем, что автор — эксцентричная дама, которая не любит появляться на публике. Я же, как ответственный редактор, буду выступать ее представителем. А уж общению с прессой, поверь, меня учить не нужно. Никаких оснований для беспокойства.

— В ваших способностях я даже не сомневаюсь. Но Фукаэри и в этом смысле не совсем обычная девушка.

Она не из тех, кто будет молча выполнять чужие указания. Если захочет, будет действовать по-своему, что бы ей ни приказывали. То, что ей не интересно, эта девочка просто *не слышит*, причем с раннего детства. Боюсь, так просто дело не кончится.

Выдержав задумчивую паузу, Комацу несколько раз подбросил на ладони коробок спичек.

— И все же признайся, дружище: после всего, что мы с тобой наворотили, нам теперь только и остается двигаться дальше плечом к плечу. Разве нет? И прежде всего потому, что «Воздушный кокон» в твоем переложении — замечательная работа. Куда более выдающаяся, чем я надеялся поначалу. Она почти совершенна. Спорю на что угодно: твой текст завоюет премию и станет бестселлером. На данном этапе мы с тобой просто не имеем права зарывать такое сокровище в землю. Иначе мы оба станем «преступниками стремления». Нам остается только одно: двигать наш план вперед!

— «Преступниками стремления»? — Тэнго ошарашенно уставился на собеседника.

— Есть такое изречение,— пояснил Комацу.— «Всякое искусство и всякое учение, а равным образом поступок и сознательный выбор, как принято считать, стремятся к определенному благу. Поэтому удачно определяли благо как то, к чему все стремится»*.

— Это еще откуда?

— Аристотель, «Никомахова этика». Не читал Аристотеля?

— Почти нет...

— Почитай, тебе должно понравиться. С тех пор как вокруг исчезли книги, которые мне интересны, я читаю исключительно греческих философов. Никогда не надоедает. Всегда находишь, чему еще поучиться.

---

* Перевод Н. Брагинской.

— И в чем же суть этой вашей цитаты?

— Результатом всех человеческих действий является благо. Само благо и есть результат,— без запинки изрек Комацу.— А потому любые сомненья оставляй на завтра. Вот тебе и вся суть.

— Интересно, а что Аристотель думал о Холокосте? — не выдержал Тэнго.

Улыбка Комацу стала чуть шире.

— Сей ученый муж,— ответил он,— рассуждал все больше об искусстве, науке и ремеслах.

Они знали друг друга не первый год. И Тэнго давно уже научился отличать дежурную маску, которую этот человек цеплял на себя, от того, что под нею скрывалось. Внешне Комацу походил на интеллектуального бунтаря-одиночку, который плюет на условности и живет, как ему вздумается. Этот образ сбивал с толку многих, кто знал его недолго. Но стоило внимательно отследить, насколько увязываются слова Комацу с его действиями, становилось ясно: любой зигзаг его поведения выверен и просчитан до последнего слова или жеста. Точно гроссмейстер, он разыгрывал комбинации на много ходов вперед. Планы Комацу постоянно граничили с аферами, но саму эту грань он чувствовал хорошо и никогда за нее не переступал. В этом смысле его даже можно назвать щепетильным. Все «бунтарство» Комацу по большому счету сводилось к эпатажной игре на публику.

Солидную часть этой игры составляли мастерски организованные подстраховки. Например, в одной вечерней газете Комацу вел колонку литературного обозрения, в которой то хвалил, то разносил в пух и прах современных японских писателей. Особенно эффектно ему удавались разносы. И хотя статьи он подписывал псевдонимом, в литературных кругах все прекрасно знали, кто их сочиняет на самом деле. Никому из авторов, понятно, не хотелось отрицательных отзывов в прессе. Поэтому большинство старались не портить с ним отношений — и по мере сил не отказывать ему в просьбе написать что-нибудь для журнала. Вот так в редакторские сети Комацу то и дело попадала крупная рыба. Кто ж его знает, что он напишет в следующий раз?

Вся эта расчетливость была Тэнго не по душе. Как ни крути, а Комацу дурачил литературный мир ради собственной выгоды. Да, редакторского чутья этому человеку не занимать. Его рекомендации — как писать следует, а как не стоит — всегда были для Тэнго бесценны. И тем не менее в общении с Комацу Тэнго старался выдерживать дистанцию. Ибо чувствовал: от сближения с этим типом можно потерять почву под ногами. А как раз этого осторожный Тэнго допускать не хотел.

— Как я уже сказал, твоя версия «Кокона» *почти* безупречна,— продолжал Комацу.— Отличный текст, поздравляю. Но все-таки есть одна сцена — только одна! — которую я бы советовал тебе доработать.

— Которая?

— Когда *Little People* заканчивают вить Воздушный Кокон, луна в небе раздваивается. Героиня поднимает голову и видит две луны. Помнишь?

— Конечно помню.

— Так вот, если тебе интересно мое мнение,— эта сцена с появлением двух лун недоделана. Не выписана как следует. Она должна быть более образной, считай это моим личным заказом. К остальному тексту претензий нет.

— В общем, да,— согласился Тэнго.— Это место и мне показалось недописанным. Просто я боялся, что чрезмерные объяснения нарушат интонацию Фукаэри...

Комацу поднял руку с сигаретой.

— А ты сам подумай, дружище. Небо, в котором висит одна-единственная луна, читатель видел уже тысячи раз. Так или нет? А вот неба, где висят сразу две луны, большинство и представить себе не способны. Если ты пишешь о том, чего никто никогда не видел, описывай все как можно подробнее. Краткость же допустима — а точнее, необходима — лишь в описании того, что читатель уже встречал и без тебя.

— Понял,— кивнул Тэнго. Слова Комацу и правда звучали убедительно.— Сцену с двумя лунами пропишу в деталях.

— Вот и славно.— Комацу загасил сигарету, с силой ввинтив ее в пепельницу.— Тогда твоя работа получится *действительно* безупречной. Такой, что и придраться не к чему.

— Обычно мне приятно, когда вы меня хвалите,— вздохнул Тэнго.— Но если честно — не в данном случае.

— Ты стремительно растешь,— отчетливо, будто строгая ножом, произнес Комацу.— И как писатель, и как редактор чужих текстов. А этому стоит радоваться в любом случае. Переписав «Воздушный кокон», ты многому научился. Это очень пригодится для следующей вещи, которую ты полностью напишешь сам.

— Если вообще будет что-нибудь следующее...

Комацу многозначительно усмехнулся.

— За это не беспокойся. Ты сделал то, что должен был сделать. Следующий выход — твой. Пока этого не случилось — сядь на скамейку, расслабься и наблюдай за игрой.

Подошла официантка, подлила воды. Тэнго взял стакан, отпил половину. И лишь тогда осознал, что пить ему совсем не хотелось.

— Душою человека движут разум, воля и страсть,— сказал Тэнго.— Кто так говорил, Аристотель?

— А вот это уже из Платона,— поправил Комацу.— Аристотель отличался от Платона примерно как Мел Торме от Бинга Кросби. Хотя в древности все происходило гораздо проще. Представляешь картинку? Собираются за столом Разум, Воля и Страсть — и давай состязаться, кто кого переспорит...

— При этом ни у кого ни малейших шансов на победу,— отозвался Тэнго.

— За что, брат, тебя ценю,— Комацу поднял указательный палец,— так это за чувство юмора!

Тэнго не видел, где тут место для юмора. Но вслух ничего не сказал.

Расставшись с Комацу, Тэнго зашел в «Кинокунию», купил сразу несколько покетбуков, переместился в ближайший бар, заказал пива и раскрыл книгу. Из всех способов убить время в огромном городе этот был самым уютным. Накупить чтива, завалиться в ближайший бар, заказать пивка и открыть первую страницу — что может быть лучше?

Но почему-то в этот вечер он не мог сосредоточиться на чтении, хоть убей. Образ матери то и дело вставал перед глазами. Вот она спускает бретельки белой комбинации, обнажает грудь, позволяет чужому дяде лизать ее. Дядя совсем не похож на отца Тэнго. Гораздо моложе, крупнее да и лицом привлекательней. Рядом в кроватке мирно сопит сам Тэнго. Дядя обнимает мать, она выгибается всем телом. И лицо у нее такое же, как у замужней подруги Тэнго в минуту оргазма.

Однажды Тэнго из чистого любопытства спросил у подруги:

— Слушай, а ты не смогла бы разок надеть белую комбинацию?

— Ради бога,— рассмеялась подруга.— В следующий раз надену. Если хочешь. Может, что-нибудь еще? Все, что хочешь, сделаю. Проси, не стесняйся.

— Просто надень белое, и все,— попросил Тэнго.— Как можно проще.

Так в прошлую пятницу под ее белой блузкой оказалась белая комбинация. Он стянул с подруги блузку, скинул бретельки у комбинации, попробовал лизнуть ее соски. Так же, как это делал с матерью тот незнакомый дядя,— с той же силой и под тем же углом. И в эту секунду его накрыло странное видение. Голова словно погрузилась в какое-то облако и перестала понимать, где причины, где следствия. Тэнго показалось, будто, кроме нижней части тела, у него больше нет ничего. Очнувшись, он понял, что кончил.

— Эй! Ты что, уже? — удивилась она.

Тэнго сам не понимал, что случилось. Кроме того, что он кончил на ее комбинацию где-то около бедер.

— Прости,— сказал Тэнго.— Не хотел.

— Ну чего ты извиняешься? — утешила подруга.— Застираю под краном, и пятен как не бывало. Обычное дело. Соевый соус или красное вино удалить труднее.

Она сняла комбинацию, унесла в ванную, застирала, повесила сушиться и вернулась в постель.

— Что, слишком сильные воспоминания? — мягко улыбнулась она и нежно погладила его член.— А ты, я смотрю, западаешь на белое?

— Да нет же,— выдохнул Тэнго.

Хотя спроси его, зачем нужна была эта белая комбинация, он бы не смог ответить.

— Если у тебя это с чем-то связано, расскажи сестренке, а? Я тебе помогу. У меня ведь тоже свои фантазии. Без фантазий люди жить не могут. Правда же? Хочешь, я и дальше буду надевать белое белье?

Тэнго покачал головой.

— Не стоит. Одного раза хватит. Спасибо.

Тэнго часто думал: а может, тот чужой дядя и есть его биологический отец? Все-таки от неутомимого сборщика взносов за «Эн-эйч-кей», который считался его отцом, Тэнго отличался слишком разительно. Рост у Тэнго огромный, скулы широкие, нос тонкий, уши круглые и немного обвислые. Отец же — человек низкорослый и невзрачный на вид. Лицо узкое, нос приплюснутый, уши торчком, как у лошади. Только слепой не заметит, что внешне отец и сын — полная противоположность. Тэнго выглядит расслабленным добряком, готовым отдать соседу последнюю рубашку, а его отец — нервным жлобом, у которого снега зимой не выпросишь. С самого детства окружающие только цокали языками: надо же, ну совсем не в отца.

Но острее всего Тэнго ощущал даже не внешнюю разницу с папашей, а ту пропасть, что разделяла их как существ из совершенно разных миров. Отец был начисто лишен любознательности. Понятно, нормального образования ему получить не удалось. Родился в бедной семье, ни о какой нормальной учебе и речи быть не могло. За это, конечно, его стоило пожалеть. Но даже в таких непростых условиях, полагал Тэнго, большинство нормальных людей стремятся что-то узнать. Все-таки тяга к знаниям — основа человеческой психики. Но у его отца эта тяга не проявлялась ни в какой, даже самой слабой форме. То есть какие-то знания, конечно, помогали ему выживать. Но ни малейшего желания понять что-то глубже, изучить основательней или просто расширить кругозор за ним не замечалось.

Отец Тэнго жил в своем тесном мирке по страшно жестким правилам. Но ни малейшего *неудобства* от этого не испытывал. Ни разу на памяти Тэнго отец не взял в руки книгу. Газет не читал (по его убеждению, новости «Эн-эйч-кей» сообщали ему все, что нужно). Ни музыкой, ни кино не интересовался. Ни разу не съездил в путешествие. Ему был важен единственный маршрут — список адресов для сбора денег за телевидение. Все свободное время рисовал карты местности, раскрашивая нужные дома фломастерами разных цветов. Словно биолог, помечающий на генетической схеме очередные цепочки хромосом.

Будто споря с таким способом жить, Тэнго с детских лет посвятил себя математике. Логика чисел завораживала его. Уже в третьем классе он мог решать задачи для старшеклассников. По остальным предметам занимался неплохо, но особого интереса не выказывал. А в свободное время читал самые разные книги. Все любопытное сгребал подчистую, точно бульдозер. И чем дальше, тем больше дивился пропасти между собой и отцом — кровная связь с ним казалась ему нелепостью.

Так еще подростком Тэнго пришел к выводу: *настоящий* отец — где-то не здесь. А тот, кто его, Тэнго, воспитывает, лишь называет себя отцом, но таковым не является. Ведь на самом деле биография Тэнго так похожа на судьбы малолетних бродяг из романов Чарльза Диккенса.

Сама вероятность такого расклада то пугала мальчика в страшных снах, то притягивала своей авантюрностью. Диккенса Тэнго читал запоем. Поначалу проглотил «Оливера Твиста» — и сразу же влюбился в этого автора. От корки до корки прочел все его книги, какие только нашел в библиотеке. В любимых персонажей из Диккенса он постоянно играл, примеряя на себя их жизни и сочиняя новые ситуации. Его фантазии (чтобы не сказать — навязчивые идеи) становились все длиннее и запутаннее. Общий сюжет не менялся, но вариациям не было счета. Как бы ни поворачивались события, в будущем Тэнго оказывался где угодно, только не здесь. «Здесь» — это тесная и мрачная клеть, в которую его заперли по чьей-то жестокой ошибке. А его настоящие родители живут правильной, светлой жизнью и в один прекрасный день спасают его из заточения и увозят туда, где ему и положено находиться. И Тэнго наконец получает свои свободные и радостные воскресенья.

Школьными успехами сына отец гордился. И даже хвастал этим перед соседями. Но все интересы и таланты Тэнго были для него запредельны и откровенно скучны. Стоило Тэнго засесть за уроки, папаша делал все, чтоб ему помешать. Выискивал любой, самый никчемный повод — и пилил сына до позднего вечера. Претензии всегда сводились к одному.

— Каждый день я наматываю километры, как заведенный, себя не помня,— бубнил родитель.— Да по сравнению с этим твоя жизнь — просто райские кущи! Меня в твоем возрасте заставляли вкалывать так, что тебе и не снилось. Чуть зазевался — мигом оплеуха от отца или брата! Да ты представляешь, каково это, когда тебя изо дня в день не кормят, а только пашут на тебе, как на скотине? А ты думаешь — получил пару хороших отметок, и можно валять дурака весь оставшийся день?

И эта волынка могла продолжаться до бесконечности.

«А может, этот странный дядя просто завидует мне? — догадался однажды Тэнго.— Слепо завидует жизни, которой я живу, и месту, которое я занимаю? Но как может отец завидовать родному сыну? Разве такое возможно?» Конечно, Тэнго был еще слишком мал, чтобы ответить на этот вопрос. И в то же время он не мог не чувствовать яда в словах своего якобы родителя. Принять и простить этот яд ребенок не мог. Нет, размышлял Тэнго дальше. Это не просто зависть. Это ненависть к чему-то конкретному внутри Тэнго. Самого-то сына отец воспринимает как данность. Но *что-то внутри Тэнго*, похоже, так и не даст отцу успокоиться до самой могилы. И простить ему это сын не сможет уже никогда.

———

Идеальной лазейкой для Тэнго стала математика. Лишь туда и удавалось ему сбегать из проклятой тюрьмы под названием «реальность». Ибо с малых лет он заметил: достаточно переключить в голове нужный тумблер, и ты запросто переносишься совершенно в иное измерение. Где можно бродить по безгранично цельному, гармоничному миру — и при этом оставаться абсолютно свободным. Тэнго вышагивал по просторным коридорам огромных зданий и распахивал бесчисленные двери со всевозможными номерами. И с каждым новым пейзажем призраки старой реальности все больше истончались и уходили в небытие. Мир, управляемый математическими формулами, казался ему самым справедливым и безопасным. Географию этого мира Тэнго понимал лучше кого бы то ни было и быстро наловчился выбирать там самые правильные для себя маршруты. Так, чтоб никто за ним не угнался. Лишь в математике ему удавалось наконец-то забыть алогичные, жестокие правила реального мира — и начисто его игнорировать.

Если математика представлялась Тэнго величественным храмом фантазии, то истории Диккенса напоминали дикий заколдованный лес. Цифры звали его вверх, к небесам, а внизу докуда хватало глаз простирались угрюмые заросли. Корневища деревьев вгрызались в землю и оплетали собой все вокруг. И не было в этой чаще ни системы координат, ни проходов, ни дверей с номерами.

С младших классов до средней школы *живее всего* Тэнго ощущал себя в мире чисел. Их логичность и неизменность словно гарантировали ему свободу, в которой он нуждался больше всего на свете. Однако с приходом юности в душу стало закрадываться подозрение: чтобы выжить, одной математики недостаточно. С числами он не чувствовал никакой беспомощности. Любые вопросы улаживал, как считал нужным, и ничто не мешало ему. Но стоило вернуться в действительность (а попробуй-ка в нее не вернуться!), как он снова оказывался в чертовой клетке. Где ничто не решалось, как ему хочется, напротив — задачи лишь усложнялись и запутывались. А если так, зачем она вообще нужна, математика? Для временного бегства от реальных проблем? Да ведь реальности от этого только хуже!

Чем больше подобных сомнений копошилось в душе, тем сознательней Тэнго отдалялся от мира чисел. И тем сильней привлекал его «заколдованный лес» историй. Понятно, что погруженье в ту или иную историю — тоже в какой-то степени бегство. А после того как закроешь книгу, остается лишь возвращаться в реальность. Однако со временем Тэнго заметил: возвращение в реальность из книг не приносит столь безысходного разочарования, как возвращение из математики. Почему? Хорошенько подумав, он пришел к любопытному выводу. В дремучем лесу историй, сколько ни отслеживай причинно-следственные связи или взаимоотношения персонажей, прямых и однозначных ответов не получишь все равно. В этом — главное отличие мира историй от мира чисел. По большому счету предназначение любой истории — не решение проблемы, но попытка вывернуть проблему и показать ее под новым углом. А уже от того, насколько динамично это сделано и каким боком повернуто, зависит, появится ли хотя бы намек на то, как эту проблему решить. Вот с этим намеком, будто с таинственным заклинанием на обрывке бумаги в стиснутом кулаке, Тэнго и возвращался в реальность из каждой прочитанной истории. Иногда намек был слишком невнятен и к реальности неприменим. Но он заключал в себе *вероятность*. Шанс на то, что когда-нибудь Тэнго поймет скрытый смысл заклинания. И уже от того, что подобный шанс всегда оставался, на душе становилось теплее.

Год за годом мир намеков и аллегорий притягивал его все сильнее. Математика по-прежнему доставляла удовольствие. Жонглируя числами перед студентами в колледже, он испытывал почти ту же радость, что и в детстве. Свободой, которую дарят воображению числа, ему искренне хотелось делиться со всеми на свете. И это было прекрасно. Вот только постоянно жить в мире формул он больше не мог. Ибо четко усвоил: скитайся там хоть до бесконечности, ответов на самые важные вопросы математика не даст никогда.

В пятом классе Тэнго наконец решился и сделал отцу заявление:

— Собирать с тобой деньги по воскресеньям я больше не буду. Это мои воскресенья, и я хочу тратить их на учебу, чтение книг и поездки куда-нибудь. Ты — отец, и это твоя работа. А я — сын, и у меня тоже есть своя куча дел. Я хочу нормальной жизни, какой живут все мои сверстники.

Больше он не прибавил ни слова. Сказал коротко и как можно убедительнее.

Отец, конечно же, рассвирепел.

— Мне плевать, как живут твои сверстники! — орал он.— В этой семье — свои правила! Что ты понимаешь, сопляк, чтобы рассуждать о «нормальной жизни»?!

Спорить Тэнго не стал. Стоял и молчал. Поскольку отлично знал: любые аргументы тут бесполезны.

— Ну что ж,— сказал тогда папаша.— Кто перечит собственному отцу, не заслуживает, чтобы его кормили. Убирайся из этого дома.

Тэнго сделал как велено — собрал вещи и ушел из дома. К такому повороту он давно был готов и теперь ни отцовского крика, ни даже побоев (хотя до сих пор отец и не бил его) ни капельки не боялся. Наоборот, услыхав, что его выпускают из опостылевшей клетки на все четыре стороны, он даже обрадовался.

Но как бы там ни было, десятилетнему ребенку жить на улице невозможно. Не представляя, что делать, после уроков Тэнго подошел к своей классной руководительнице и сообщил, что сегодня ему негде ночевать. А заодно рассказал, в какой непрерывный кошмар превратили его жизнь воскресные походы с отцом — сборщиком оплаты за телевидение «Эн-эйч-кей». Классной у него была невысокая, крепко сложенная женщина лет тридцати пяти. Не красавица, в совершенно дурацких очках, но добрая и справедливая. Хотя обычно бывала спокойна и немногословна, в гневе просто преображалась, и тогда никто не смел идти ей наперекор. Слишком жутко выглядело превращение. Но Тэнго классная нравилась все равно. И даже когда сердилась, он ничуть ее не боялся.

Историю Тэнго классная приняла близко к сердцу. В тот вечер она забрала мальчика к себе и постелила ему на диване в гостиной. Утром накормила завтраком. А на следующий вечер привела Тэнго обратно домой — и долго разговаривала о чем-то с его папашей.

Тэнго попросили выйти из комнаты, и содержания той беседы он не узнал. Но в итоге отцу пришлось выполнять свои отцовские обязанности. Как бы он ни бесился, а права бросать десятилетнего ребенка на произвол судьбы ему никто не давал. Существовали и духовный, и государственный законы, которым он должен был следовать.

В результате Тэнго смог проводить воскресенья как ему вздумается. До обеда, как условлено, прибирался в доме, а все остальное время был предоставлен самому себе. Это была первая победа, которую он одержал над отцом. И хотя тот не говорил ни слова, Тэнго все прекрасно понимал. Он отвоевал себе жизненное пространство. Свободное от кого бы то ни было.

—————

Окончив начальную школу, он долго не встречался со своей бывшей классной. Ходить на встречи выпускников не хотел. Ярких воспоминаний о младших классах у Тэнго не осталось. Если не считать той самой классной руководительницы. Все-таки именно ей удалось сломить упрямство его отца. А такое не забывается.

Еще раз он повстречал ее уже старшеклассником. В те годы он занимался дзюдо, но растянул сухожилие и не мог тренироваться два месяца. И тогда его позвали в духовой оркестр подыграть на барабанах. Приближался городской фестиваль самодеятельности, но из двух ударников оркестра один перешел в другую школу, другой свалился с каким-то ужасным гриппом, и учитель музыки отчаянно пытался найти любого ученика, способного держать палочки в руках. Тут-то ему на глаза и попался хромающий Тэнго. Учитель до отвала накормил парня ужином и, пообещав не придираться на экзамене в конце года, завербовал в духовой оркестр.

До этого Тэнго за барабанами никогда не сидел и ритмом особо не интересовался. Но когда попробовал взять в руки палочки, на удивление быстро усвоил азы перкуссии. Ему очень понравилось разбивать Время на мелкие фрагменты, а затем перемешивать их и выстраивать заново в гармонично отлаженной композиции. Все звуки собирались в единую схему и составляли для Тэнго чуть ли не визуальный узор. Словно губка, Тэнго впитывал навыки игры на самых разных ударных. А однажды учитель привел его к мастеру перкуссии, игравшему в большом симфоническом оркестре, и тот показал Тэнго, как обращаться с литаврами. Урок длился каких-то пару часов, но этого хватило, чтобы мальчик освоил и устройство инструмента, и технику обращения с ним. Ноты были очень похожи на цифры, и считывать их оказалось совсем не сложно.

Учитель музыки не уставал поражался музыкальной одаренности своего нового подопечного.

— У тебя врожденное чувство ритма,— повторял он Тэнго.— И отличный слух. Будешь заниматься всерьез — сможешь стать профессионалом!

Литавры — инструмент непростой. Звучат они глубоко и очень внушительно, а выбор звуковых сочетаний практически неограничен. На фестивале школа Тэнго исполняла фрагмент «Симфониетты» Яначека в адаптации к духовому оркестру. Что говорить, не самое легкое произведение для школьного коллектива. Вступление фанфар там разрешалось литаврами. Учитель музыки, он же дирижер, выбрал именно «Симфониетту», поскольку очень рассчитывал на своих талантливых учеников-барабанщиков. Но, как уже говорилось, внезапно оба кандидата выбыли из строя, и учитель страшно переживал за судьбу выступления. Понятно, Тэнго в этой ситуации оказался просто незаменим. Но тяжкое бремя ответственности как будто и не давило на плечи. Он просто играл в свое удовольствие и радовался от всей души.

Когда выступление закончилось (Гран-при им не дали, но присудили первое место), к Тэнго подошла его бывшая классная руководительница. Та самая. И похвалила за прекрасное выступление.

— А я тебя сразу узнала! — сказала классная. Как ее звали, он уже не помнил.— Сначала подумала: эх, здорово кто-то на литаврах играет. Потом смотрю — да это же Тэнго! Вон какой вымахал, но лицо почти не изменилось. И давно ты музыкой занимаешься?

Тэнго в двух словах рассказал, как его затянуло в оркестр.

— Смотри-ка! — с интересом протянула она.— Сколько у тебя разных талантов...

— Но все-таки дзюдо гораздо легче,— рассмеялся он.

— Как отец поживает? — поинтересовалась классная.— Здоров?

— В порядке, спасибо,— ответил он первое, что пришло в голову.

Хотя на самом деле о жизни папаши понятия не имел и думать об этом хотел меньше всего на свете. К тому времени Тэнго ушел из дома, жил в общежитии и не общался с родителем уже очень долгое время.

— А вы, сэнсэй, как здесь оказались? — спросил он у классной.

— Моя племянница в другой школе на кларнете играет,— сообщила она.— Сегодня солировала, вот и меня пригласила послушать. А ты что же, и дальше хочешь музыкой заниматься?

— Да нет,— вздохнул он.— Нога заживет — вернусь на дзюдо. Иначе не протяну. У нас ведь школа со спортивным уклоном, дзюдо превыше всего. И общежитие дают, кому нужно, и бесплатные талоны в столовую. А с музыкой так не получится.

— Что, так не хочешь зависеть от отца? — уточнила она.

— Ну вы же его видели,— пожал плечами Тэнго.

— Но разве тебе не обидно? — смущенно улыбнулась классная.— Такие таланты приходится в землю закапывать...

Он посмотрел на нее с высоты своего роста. И вспомнил, как эта маленькая женщина приютила его, когда ему некуда было идти. В памяти всплыла ее строгая крохотная квартирка. Кружевные занавески, горшки с какими-то фикусами. Раскрытая книга на гладильной доске. Плечики, с которых свисало длинное розовое платье. Запах дивана, на котором он спал. А теперь эта женщина стояла перед ним и — он чувствовал — смущалась, как девочка. Потому что вместо беспомощного цыпленка-пятиклассника, каким она его помнила, перед ней стоял крепко сложенный семнадцатилетний мужчина. Рослый, длинноволосый, привлекательный. И Тэнго впервые заметил, как удивительно спокойно ему становится с женщинами старше себя.

— Очень рада была тебя видеть,— сказала его бывшая классная.

— Мне тоже очень приятно,— ответил он. Абсолютно искренне. Только имени ее не вспомнил, как ни старался.

Глава 15

АОМАМЭ

Якорь для аэростата

Свой рацион Аомамэ блюла весьма педантично. Основу ее питания составляли овощи, которые она разнообразила рыбой — главным образом белой. Продукты выбирала только самые свежие, приправ и соусов почти не добавляла. Жиров поменьше, углеводов — не больше, чем следует. В салатах — никаких заправок, только соль да оливковое масло с лимоном. Причем она не просто налегала на зелень, но дотошно изучала питательные свойства каждого овоща и следила за их сбалансированными комбинациями. Составляла диетические меню — и для себя, и для своих подопечных в фитнес-клубе, каждому по индивидуальной программе.

— Перестаньте все время считать калории! — всякий раз повторяла она.— Главное — сочетать правильные продукты в правильных соотношениях. Цифры тут вообще ни при чем!

При этом культа из диеты она не делала. Если вдруг до ужаса хотелось толстенного стейка или жареной ягнятины на ребрышках — отправлялась в нужный ресторанчик и заказывала, не раздумывая. Ведь если нам чего-то до ужаса хочется, считала Аомамэ, значит, именно этого по какой-то причине не хватает нашему организму. Вот он и посылает сигналы в мозг, заставляя нас этого хотеть. Зачем же перечить своему естеству?

Хорошее вино, как и хорошее сакэ, ей нравилось, но, заботясь о почках и содержании сахара в крови, она старалась хотя бы три дня в неделю обходиться без алкоголя. Все-таки если тело — храм, его следует содержать в порядке. И периодически очищать от всякой грязи. О чем в этом храме молиться — другой вопрос. Об этом можно подумать и как-нибудь на досуге.

Сейчас на теле Аомамэ — ни складочки. Сплошные мышцы под туго натянутой кожей. Каждое утро она встает в чем мать родила перед зеркалом и тщательно это проверяет. Вовсе не для того, чтобы полюбоваться собой. Отнюдь. Было бы чем любоваться. Сиськи — одна меньше другой. Волосы на лобке — как трава на поляне, по которой протопал отряд пехотинцев. Всякий раз перед зеркалом Аомамэ не может сдержать недовольства. Хотя складок, конечно, нет. Ни единой. Даже пальцами нечего оттянуть.

Жила она очень скромно. Заработанные деньги тратила в основном на еду. На качественных продуктах не экономила, вино пила только лучшее; если ужинала в ресторанах, заведения выбирала очень тщательно. Ни на что другое деньги особо не тратила.

Одеждой и бижутерией не интересовалась. На работу в фитнес-клуб ездила в будничных джинсах и свитере, этого было достаточно. Все равно, придя на работу, переодевалась на весь день в трико. Украшений тоже не надевала. Просто не было поводов. Любовники не назначали ей свиданий, а с тех пор как Тамаки вышла замуж, даже ужинать в ресторанах стало не с кем. Заарканить партнера для секса, конечно, требовало какой-то косметики и одежды, но этим она занималась примерно раз в месяц. Для этого много не требовалось. Когда приспичивало, отправлялась в поход по бутикам на Аояме, выбирала себе «роковое» платье, подходящую бижутерию и туфли на шпильках. А в повседневной жизни носила обычные туфли без каблуков и завязывала волосы в узел на затылке. Умывалась обычным мылом, лицо протирала кремом. Все, что нужно для здоровой кожи, ничего лишнего.

К непритязательной жизни Аомамэ приучилась с детства. Аскетизм составлял основу ее воспитания. В семье не было ничего лишнего. «Излишество» было любимым словечком ее родителей. Она выросла без газет и без телевизора. Никто в семье не нуждался в дополнительной информации. В ее тарелке вечно не хватало рыбы или мяса, и когда одноклассники в школе выбрасывали свои обеды недоеденными, ей так и хотелось крикнуть: «Давай я доем!» Ходила в обносках с чужого плеча. Прихожане их церкви постоянно дарили какие-то вышедшие из употребления вещи. И если не считать обязательной формы для физкультуры, за все детство ей ни разу не купили новой одежды или обуви. А то, что приходилось носить, никогда не подходило по размеру. Какие уж там стиль и цветовые сочетания! Будь ее семья бедной, в этом оставалось бы только винить судьбу. Однако родители Аомамэ вовсе не бедствовали. Отец работал инженером и получал нормальную зарплату. Но поскольку аскетизм был частью их веры, подобную жизнь на грани прозябания они себе выбрали сами.

В любом случае, жизнь Аомамэ слишком отличалась от того, чем жили ее сверстники, и она долго не могла ни с кем подружиться. Чтобы куда-то пойти, девочке нечего было надеть, да и долго находиться вне дома не разрешалось. О карманных деньгах в семье и речи не велось; если б ее пригласили на чей-нибудь день рожденья (к счастью или нет, такого не случилось ни разу), купить даже самый скромный подарок ей было бы не на что.

Вот почему родителей своих она ненавидела лютой ненавистью. Весь тот мир, к которому они принадлежали, и всю их сумасбродную философию. Ей хотелось жить *самой обычной жизнью*. Без роскошеств. Нормально, как живут все вокруг. И больше не нужно ничего. Главная мечта ее детства — поскорее стать взрослой, уйти от родителей и жить, как ей хочется. Есть что охота и сколько влезет, зарабатывать деньги и тратить их по своему разумению. Покупать одежду, которая нравится, обувь, подходящую по размеру. Ездить куда хочется. Заводить друзей и дарить им подарки.

Однако, уже став взрослой, Аомамэ заметила в себе странное: спокойнее всего она чувствовала себя вовсе не в те минуты, когда накачивалась алкоголем и развлекалась с кем-то по барам и «лав-отелям». А когда в домашнем трико тихонько сидела дома одна.

После смерти Тамаки Аомамэ уволилась из компании энергетических добавок, выселилась из корпоративного общежития и переехала в однокомнатную квартирку возле станции Дзиюгаока. Небольшое, но уютное жилище. В кухне все по высшему классу, но мебели в комнате — самый минимум. Ничего дорогого или монументального. Все купленные книги она читала и сдавала за гроши букинистам. Музыку любила, но пластинок не собирала. Любая собственность, накапливающаяся перед глазами, раздражала ее. От любой покупки Аомамэ принималась буквально каяться в грехе. *Ведь на самом деле в этой вещи не было ни малейшей необходимости.* При каждом взгляде на свои наряды и обувь в гардеробе она задыхалась. Ее нынешняя свобода слишком сильно и парадоксально замыкалась на детство, в котором она позволить себе ничего не могла.

«И что же такое свобода? — часто спрашивала себя Аомамэ. — Вырваться из одной клетки, чтобы очутиться в другой, пошире?»

Каждый раз, когда она *переправляла куда полагается* указанного мужчину, хозяйка «Плакучей виллы» выплачивала ей вознаграждение. Деньги в пакете без имени и адреса нужно было забирать из абонентского ящика на почтамте. Тамару выдавал ей ключ, она забирала пакет, а ключ возвращала. Пакеты хранила нераспечатанными в ячейке банка. Сейчас там их было два — толстенных и твердых, как кирпичи.

Ежемесячной зарплаты в фитнес-клубе ей на жизнь хватало. Даже удавалось откладывать на черный день. Так что в подобном «вознаграждении» не было никакой нужды. О чем Аомамэ и сказала хозяйке усадьбы, когда та заплатила ей в первый раз.

— Но таков порядок,— мягко возразила ей хозяйка.— Просто считай, что так положено. Ты должна взять эти деньги. Не нужны — не трать, пусть лежат. А если они тебе в тягость, можешь передать их анонимно какому-нибудь фонду. В этом выборе ты свободна. Но если хочешь моего совета, положи их в сейф и в ближайшее время не трогай.

— Но я не хочу, чтобы все это выглядело как сделка,— сказала Аомамэ.

— Понимаю,— кивнула хозяйка.— Но подумай сама: благодаря тому, что ты отправила этого выродка на тот свет, теперь нет нужды затевать бракоразводный процесс и сражаться за родительские права. Не нужно бояться, что муж придет и снова изобьет жену до потери пульса. Ей выплатят страховку плюс назначат пожизненную пенсию из доходов от его капитала. Деньги, которые заплатили тебе,— элементарная благодарность за помощь, не более. Ты совершила благое дело, в этом можешь не сомневаться. Но безвозмездно такие вещи делать нельзя. И знаешь почему?

— Не знаю,— призналась Аомамэ.

— Потому что ты не Господь Бог и даже не ангел. Я прекрасно понимаю, что ты действовала от чистого сердца и вовсе не хочешь за это награды. Но в том-то и заключается главная опасность. Люди из плоти и крови, как правило, не могут строить свою жизнь сплошь из святых побуждений. Иначе их слишком быстро уносит на небеса. Чтобы этого с тобой не случилось, ты должна покрепче цепляться за грешную землю. Для тебя эти деньги — все равно что якорь для аэростата. Если ты поступаешь правильно и от чистого сердца — это еще не значит, что ты вольна делать что угодно. Ты меня понимаешь?

Аомамэ надолго задумалась. Потом вздохнула.

— Не совсем,— вздохнула она наконец.— Но пока, так и быть, сделаем, как вы говорите.

Хозяйка улыбнулась. И глотнула цветочного чая.

— Только на счет не клади. Заметят налоговики — замучаешься объяснять, откуда взяла. Положи наличными в ячейку. Когда-нибудь еще пригодятся.

— Хорошо,— кивнула Аомамэ.

Не успела она вернуться из клуба, как зазвонил телефон.

— Аомамэ? — спросила трубка женским голосом. Низким и сиплым. Аюми.

Прижав к уху трубку, Аомамэ убавила пламя газовой конфорки.

— Ну что? — спросила она.— Как служба, госпожа полиция?

— Целыми днями выписываю штрафы за нелегальную парковку,— вздохнула Аюми.— Люди ненавидят меня. Мужика себе так и не нашла. А так все в порядке, держу хвост трубой.

— Ну, это самое главное.

— Слушай, Аомамэ. А ты чем сейчас занята?

— Ужин готовлю.

— А что ты делаешь послезавтра? Ну то есть ночью, сама понимаешь...

— Вообще-то свободна. Но развлекаться, как в прошлый раз, что-то не хочется. В ближайшие дни моя развлекалка требует отдыха.

— Да я сама ни о чем таком и не думала! Просто пришло в голову: давненько мы с тобой не виделись. Может, выберемся куда-нибудь, поболтаем?

На пару секунд Аомамэ задумалась. Но так ничего и не решила.

— Слушай, у меня сейчас поджарка сгорит к чертям! — сказала она.— Не могу процесс прерывать. Давай через полчасика, а?

— Нет проблем. Через полчаса перезваниваю. Пока!

Повесив трубку, Аомамэ доготовила поджарку. Заварила мисо, наложила в тарелку риса, поужинала. Выпила полбанки пива, остальное вылила в раковину. Вымыла посуду — и не успела сесть на диван передохнуть, как Аюми позвонила снова.

— Я просто хотела предложить,— сказала она.— Может, куда-нибудь выберемся? Все-таки ужинать в одиночку — такая тоска.

— А ты что, всегда ужинаешь в одиночку?

— Да я-то в общежитии живу, ужинаю обычно в шумной компании. Но так хочется иногда посидеть в тишине. Напиться вдрабадан. А одна же никуда не пойдешь, верно?

— Само собой.

— Ну вот, а вокруг — никого, с кем можно пойти. Ни мужчин, ни женщин. Всем лишь бы погудеть в кабаке. Вот я и подумала: Аомамэ! Вот с кем надо это организовать, ведь больше и не с кем. Прости, если я набиваюсь...

— Ну что ты,— сказала Аомамэ.— Давай и правда сходим куда-нибудь. Я тоже давненько никуда не выбиралась.

— Правда? — обрадовалась трубка.— Было бы здорово!

— Значит, говоришь, послезавтра?

— Ну да, с утра я дежурю. Может, знаешь какой-нибудь приличный ресторанчик?

Аомамэ вспомнила неплохой французский кабачок возле станции Ногидзака.

У Аюми перехватило дыхание.

— Да ты что! Тот самый? Но там же так дорого и круто! И места, я в журнале читала, нужно за два месяца забивать. С такой зарплатой, как у меня, туда не ходят!

— Расслабься,— успокоила Аомамэ.— Тамошний хозяин, он же шеф-повар,— член нашего фитнес-клуба. Я с ним индивидуальные тренировки провожу. А также советую, какие продукты питательнее. Поэтому для нас там и столик сразу найдется, и цены задирать не станут. Ну разве что места будут не самые крутые, сама понимаешь.

— Да в таком заведении я бы и на шкафу посидела!

— В общем, напьемся культурно. Гарантирую.

Повесив трубку, Аомамэ вдруг поймала себя на том, что эта жрица правопорядка ей искренне симпатична. Так ей не был симпатичен никто после гибели Тамаки. Конечно, сравнивать этих двоих между собой никто и не собирался. Но уже то, что ей в кои-то веки захотелось с кем-нибудь поболтать за ужином, вызвало целый ворох воспоминаний. И тем не менее. Расслабляться в компании с женщиной-полицейским? Аомамэ вздохнула. Странные, черт побери, вещи творятся в этом мире.

Аомамэ надела платье с короткими рукавами, накинула сверху белый кардиган, обулась в кожаные туфельки от «Феррагамо». Нацепила сережки и узенький золотой браслет. Сумку (вместе с заточкой, само собой) оставила дома, вместо нее взяла ридикюль от «Ла Багажери». Аюми явилась на встречу в майке чайного цвета, лаконичном черном жакете от «Комм де Гарсон», стильной цветастой юбке с оборками, коричневых туфельках на низком каблуке и с той же сумочкой от «Гуччи», что и в прошлый раз. Очень стильная девочка. Черта с два догадаешься, где работает.

Обе выпили в баре по коктейлю «Мимоза», затем их пригласили к столику. Стоит отметить — к очень приличному столику. Шеф-повар лично подошел для приветствия и объявил, что вино за счет заведения.

— Извините, что бутылка уже открыта,— сказал он.— Ее вчера вернули после дегустации. Хотя на самом деле вино отличное. Просто клиент попался привередливый — знаменитый политик. А политикам ничего крепче пить не положено, хотя в винах никто из них не разбирается. Эти господа могут забраковать бутылку, едва пригубив, просто ради эффекта на публику. Дескать, что-то ваше бургундское терпковато. Ну что ж, с клиентом не спорят. Только и остается ответить: «Да, пожалуй, терпкость имеет место. Видно, у поставщика проблемы с хранением на складах. Сейчас же заменим. Как вы точно все подметили, сэнсэй. Прямо эксперт!» — ну и так далее. Конечно, меняем бутылку. Зачем нам конфликты? Тем более, что ее стоимость можно включить в общий счет. Все равно у них это списывают на представительские расходы. В итоге остается отличный товар, который некуда деть, вот мы вам его и предлагаем. Если вы, конечно, не возражаете...

— Нисколечко не возражаем! — улыбнулась Аомамэ.

— Вы уверены? — просиял шеф.

— Абсолютно!

— На все сто! — подтвердила Аюми.

— Это ваша сестра? — уточнил шеф-повар.

— А что, похоже? — улыбнулась Аомамэ.

— Лицом нет, но настроением совпадает.

— Мы друзья,— пояснила Аомамэ.— А вообще-то она служит в полиции.

— Что, серьезно? — поразился шеф. И посмотрел на Аюми новыми глазами.— Вы ходите с пистолетом и защищаете людей?

— Пока еще никого не застрелила,— усмехнулась Аюми.

— Простите за бестактность,— смутился шеф-повар.

Аюми покачала головой.

— Ну что вы! Все в порядке.

Улыбнувшись, шеф сложил руки в поклоне.

— В общем, отменное бургундское, рекомендую! Оригинальный розлив, хорошего года, обычно стоит несколько манов*.

Появился официант, разлил вино по бокалам. Дамы чокнулись, и обеим почудилось, будто где-то над головой прозвенели небесные колокола.

— Обалденное вино! — воскликнула Аюми, отпив глоток.— Никогда в жизни такого не пробовала. Какому придурку оно могло не понравиться?

— Придурков, которым что-то не нравится, на свете всегда хватало,— отозвалась Аомамэ.

Они раскрыли меню. С пытливостью адвоката, изучающего архиважный контракт, Аюми дважды прочла все от корки до корки. Словно хотела удостовериться, что ничего нужного не упущено и между строк не таится никакого подвоха. Загрузила в память предлагаемые пункты, параграфы, условия — и крепко задумалась перед тем, как выдать резюме. Определенно, взвесить все «за» и «против» ей было очень не просто. Аомамэ с интересом наблюдала за этими стараниями.

---

* Ман *(яп.)* — банкнота в 10 000 иен, около сотни долларов США.

— Решила? — спросила Аомамэ.

— Почти,— кивнула Аюми.

— Ты что будешь?

— Суп из мидий, салат из трех видов лука и мраморную говядину в красном вине. А ты?

— Чечевичную похлебку, салат из весенней зелени и морского черта, запеченного в бумаге, с полентой. Может, с красным вином и не лучшее сочетание, но раз угощают — грех жаловаться...

— Делиться будем? — предложила Аюми.

— Не вопрос,— согласилась Аомамэ.— И на закуску — креветок во фритюре, одну порцию на двоих, берем?

— Класс! — кивнула Аюми.

— Если уже выбрала, меню лучше закрыть,— подсказала Аомамэ.— Иначе официант до скончания века не подойдет.

— И то верно...

С явным сожалением Аюми закрыла меню и вернула на стол. Тут же словно из воздуха появился официант и принял заказ.

— Всякий раз, как закажу что-нибудь в ресторане, тут же боюсь: а может, я заказала не то, чего на самом деле хотела? — сказала Аюми, когда официант исчез.— У тебя не бывает такого?

— А чего тут бояться? Это же просто еда. От такой ошибки ни черта в твоей жизни не изменится.

— Да понятно,— вроде как согласилась Аюми.— Но меня почему-то на этом заклинивает. Причем с самого детства. Только закажу что-нибудь, сразу жалею: «Эх, зачем мне эта котлета? Лучше бы креветок взяла!» А ты, наверно, и в детстве сразу знала, чего тебе хочется?

— У меня было не совсем обычное детство. Никаких ресторанов. Вообще. Сколько себя помню, всегда ела дома. И пока совсем не выросла, ни разу не довелось сесть за столик, раскрыть меню и выбрать, что хочется. День за днем молча ела, что дают. И пожаловаться не могла, если мало или невкусно. Да и сейчас по большому счету разносолами не увлекаюсь.

— Да ты что? — с интересом протянула Аюми.— Вот, значит, как? Я, конечно, твоих обстоятельств не знаю, но... верится с трудом. По крайней мере, держишься ты так, будто во французских ресторанах чуть ли не с колыбели.

Спасибо Тамаки, подумала Аомамэ. Как держаться в дорогущих европейских заведениях, как сочетать блюда, чтобы не попасть впросак, как заказывать вино, выбирать десерт, разговаривать с официантами, как не запутаться в бесконечных ложках-вилках-ножах,— всем этим премудростям до мельчайших нюансов Аомамэ научилась у Тамаки. А также тому, как ориентироваться в безбрежном океане платьев, бижутерии и косметики. Для Аомамэ все это было в диковинку. А Тамаки выросла в элитных кварталах Яманотэ. Ее родители, известные представители столичного бомонда, тщательно следили за манерами, стилем одежды и воспитывали дочь в атмосфере элитарности с ранних лет. Еще старшеклассницей Тамаки посещала банкеты, светские рауты и прочие «взрослые» мероприятия. А у нее все эти «ноу-хау», в свою очередь, с жадностью перенимала Аомамэ. Что и говорить, без такой прекрасной подруги и наставницы, как Тамаки, Аомамэ выросла бы совсем другим человеком. До сих пор ей то и дело чудилось, будто Тамаки не умерла, а продолжает жить у нее внутри.

Аюми поначалу держалась скованно, однако после нескольких глотков вина расслабилась.

— Знаешь, у меня к тебе вопрос,— сказала она.— Не захочешь — можешь не отвечать. Но я все-таки спрошу. Только обещай, что не рассердишься, ладно?

— Ладно, сердиться не буду.

— Вопрос, конечно, странный, но я ведь не из дурных побуждений спрашиваю, ты пойми... Просто мне интересно. А некоторые сразу начинают злиться.

— Не волнуйся, я не разозлюсь.

— Правда? Те вон тоже так говорили, а потом злились.

— Все в порядке. Я не из таких.

— Ну, слушай... Вот у тебя в детстве было такое, чтобы взрослые мужчины занимались с тобой чем-нибудь странным?

Аомамэ покачала головой.

— Нет, такого не помню. А что?

— Да так, любопытно. Ну и хорошо, если не было... — ответила Аюми. И тут же сменила тему: — А скажи-ка, до сих пор у тебя получалось подолгу встречаться с парнем? То есть серьезно, по-настоящему?

— Нет.

— Что, вообще ни с кем?

— Вообще,— сказала Аомамэ. И, чуть замявшись, добавила: — Я вообще до двадцати шести в старых девах ходила.

На несколько секунд Аюми потеряла дар речи. Положила на край тарелки вилку с ножом, промокнула салфеткой губы и недоверчиво прищурилась.

— Такая красавица, как ты? В жизни бы не поверила!

— А меня это как-то не интересовало.

— Что не интересовало? Мужчины?

— У меня уже есть любимый человек,— пояснила Аомамэ.— Когда нам было десять лет, он мне так понравился, что я даже пожала ему руку.

— Значит, в десять лет ты влюбилась в мальчика. И это все?

— И это все.

Аюми снова взялась за приборы и в глубокой задумчивости отрезала кусочек креветки.

— И что же? Где этот парень теперь? Чем занимается?

Аомамэ покачала головой.

— Не знаю. Мы проучились вместе третий и четвертый класс в Тибе, а потом моя семья переехала в Токио, и школу пришлось сменить. С тех пор мы с ним ни разу не виделись и не общались. Если он еще жив, ему сейчас должно быть двадцать девять. Осенью, кажется, тридцать исполнится.

— То есть ты даже не пыталась выяснить, где этот человек сейчас живет и что делает? Насколько я знаю, устроить такую проверку — раз плюнуть!

Аомамэ снова покачала головой, на сей раз — еще категоричнее:

— Нет, все эти проверки не по мне.

— Странно! Я бы на твоем месте давно все вверх дном перевернула и вычислила, где он да что с ним. Если уж так его любишь — найди его и скажи прямо в лицо: люблю, мол, и жить без тебя не могу.

— Как раз этого я делать не хочу,— отозвалась Аомамэ.— Я просто мечтаю когда-нибудь нечаянно увидеться с ним опять. Скажем, столкнуться на улице или встретиться в одном автобусе...

— Роковая встреча?

— Ну, можно и так сказать,— кивнула Аомамэ и пригубила еще вина.— Вот тогда я и смогла бы ему открыться. И сказать, что, кроме него, никогда никого не любила.

— Это, конечно, звучит до ужаса романтично,— произнесла Аюми скептически.— Только вероятность такой встречи, мне кажется, близка к нулю. Не говоря уж о том, что вы уже двадцать лет не встречались. Да мало ли в кого он превратился? С чего ты взяла, что узнаешь его на улице?

Аомамэ в очередной раз покачала головой.

— Как бы он ни изменился, его я узнаю сразу. Без вариантов.

— Ты уверена?

— Да.

— То есть ты продолжаешь ждать судьбоносной встречи?

— Ну да. И разгуливаю по городу в ожидании.

— Вот как? — якобы удивилась Аюми.— И это не мешает тебе трахаться с другими мужчинами? Начиная с двадцати шести лет.

Аомамэ задумалась на несколько секунд.

— Это все пройдет,— наконец сказала она.— Ничего не останется.

Между ними повисла тишина. Обе занялись едой. Пока наконец Аюми не сказала:

— Извини за расспросы, но... В двадцать шесть лет с тобой случилось что-то не то?

— В двадцать шесть лет,— ответила Аомамэ,— со мной случилось то, что перевернуло всю мою жизнь. Но здесь и сейчас об этом говорить не стоит. Прости.

— Ну и ладно,— сказала Аюми.— Не обижаешься, что я такая любопытная?

— Нисколечко.

Принесли первые блюда. Каждая молча съела свой суп. Когда официант забрал тарелки и ложки, они продолжили беседу.

— Но разве ты не боишься? — спросила Аюми.

— Чего именно?

— Ну как же. А может, вы с ним уже никогда-никогда не встретитесь? То есть я, конечно, от всей души тебе этой встречи желаю. Ну а вдруг ее просто не произойдет? Или, хуже того, встретитесь — а он на ком-то женат? И у него уже два ребенка? И ты останешься на всю жизнь одна. Неужели не боишься?

Аомамэ уставилась на красное вино в бокале.

— Может, и боюсь. Но у меня, по крайней мере, есть тот, кого я люблю.

— Даже если он не любит тебя?

— Пока любишь кого-то всем сердцем — хотя бы одного человека,— в твоей жизни еще остается надежда. Даже если вам не суждено быть вместе.

Аюми надолго задумалась. Появился официант, подлил вина в бокалы. Сделав еще глоток, Аомамэ мысленно согласилась с Аюми. Нужно быть полным кретином, чтобы жаловаться на такое восхитительное вино.

— Классно формулируешь! — наконец сказала Аюми.— В корень смотришь.

— В какой еще корень? — пожала плечами Аомамэ.— Что думаю, то и говорю.

— У меня тоже был парень,— призналась Аюми.— На три года старше. Как только я окончила школу, он стал моим первым. Но сразу после этого начал путаться с другими девчонками. А меня словно на помойку выбросил. Как же было хреново! В итоге я, конечно, его послала, но до сих пор в себя прийти не могу. Этот член на ножках трахает все, что движется. Вообще без тормозов. Угораздило же втрескаться в такого кобелину!

Аомамэ понимающе кивнула. Аюми глотнула еще вина.

— До сих пор еще звонит иногда. Давай, типа, встретимся, все такое. Понятно, что у него только одно на уме. Точнее, в штанах. Вот я и не встречаюсь. Знаю, что все равно потом снова в дерьме окажусь. Только знаю-то головой! А тело в жар бросает. Как представлю, что он меня обнимает, аж коленки подгибаются. Боюсь, если такое накопится, как-нибудь могу и с катушек слететь... Понимаешь?

— А то! — кивнула Аомамэ.

— И ведь было бы по кому убиваться. Жмот, каких свет не видывал, да и в сексе, прямо скажем, не супергерой. Но по крайней мере, он меня не боится. И при каждой встрече, скотина, так со мной нежен...

— Ну, с такими настроениями у тебя просто нет выбора,— усмехнулась Аомамэ.— Это тебе не блюда в меню изучать. Здесь не ты выбираешь. Здесь выбирают тебя.

— Эх. Нужно было сразу заказывать, чего хотела!

Они рассмеялись.

— Хотя на самом деле,— сказала Аомамэ,— и с меню, и с мужчинами, и с чем угодно — может, у нас и правда нет никакого выбора? Может, то, что остается с нами в итоге, предписано свыше, а мы лишь *делаем вид*, будто из чего-то там выбираем? И вся эта «свобода выбора» — только иллюзия? Иногда мне и правда так кажется.

— Если ты права, наша жизнь — очень мрачная штука.

— Да уж...

— И что же? Если любишь кого-то всем сердцем, даже самого ужасного подонка и без всякой взаимности, то, как бы хреново тебе ни было,— твоя жизнь пока еще не ад?

— Именно так.

— Ну, не знаю. Насколько я вижу, в этой жизни все слишком глупо и слишком бездушно.

— Возможно, ты права,— согласилась Аомамэ.— Да только обменять ее на другую уже не выйдет.

— Срок для обмена закончился? — уточнила Аюми.

— Ага. И чек потерялся.

— Точно.

— Да и черт с ним, с этим миром. Все равно ему скоро конец придет. И наступит Царство Небесное.

— Жду не дождусь,— усмехнулась Аюми.

———

Они прикончили десерт, допили «эспрессо», располовинили счет (на удивленье щадящий). А затем передвинулись в соседний бар и выпили по коктейлю.

— Гляди-ка,— вдруг сказала Аюми,— вон тот мужик, случайно, не в твоем вкусе?

Аомамэ обернулась. За стойкой сидел высокий мужчина и пил мартини. Явно бывший отличник в учебе и спорте, постепенно превратившийся в самого обычного мужика средних лет. Волосы на голове уже поредели, а лицо еще оставалось молодым.

— Может быть. Но сегодня у нас девичник,— ответила Аомамэ.— Да и в этот бар не ходят, чтобы кого-нибудь подцепить.

— Ну, это понятно! Я просто так спросила.

— Как-нибудь в следующий раз.

Аюми посмотрела на Аомамэ в упор.

— Значит, в следующий раз ты пойдешь со мной на охоту? За мужиками, я имею в виду.

— А что? — ответила Аомамэ.— Почему бы и нет.

— Вот здорово! — обрадовалась Аюми.— Если ты рядом, я готова на что угодно!

Аомамэ пила «дайкири», Аюми потягивала «Том Коллинз».

— Так что ты там по телефону говорила? — спросила Аомамэ.— Что мы с тобой лесбиянок изображали?

— А! Ты об этом,— улыбнулась Аюми.— Да так, ничего серьезного. Покривлялись, чтобы общего драйва подбавить. А ты что, правда ничего не помнишь? Сама же тогда разошлась чуть ли не больше всех!

— Ни черта не помню,— призналась Аомамэ.— Провал в памяти.

— Ну, мы с тобой разделись догола, за сиськи друг друга трогали, целовали друг дружку везде...

— Куда целовали? Даже *туда*? — перебила Аомамэ и, спохватившись, огляделась по сторонам.

В полупустом баре ее голос прозвенел, как сигнал тревоги. Слава богу, к их болтовне никто не прислушивался.

— Но я же говорю, мы понарошку дурачились. И языком ничего не делали.

— Ч-черт! — Аомамэ с силой потерла пальцами веки и глубоко вздохнула.— И что на меня нашло?

— Прости,— вздохнула Аюми.

— Да ну тебя. Ты-то здесь при чем? Это же я нализалась до чертиков.

— Но я тебе скажу: *там* у тебя так мило... Все прямо как новенькое!

— Так и есть,— усмехнулась Аомамэ.— Оно и правда почти совсем новенькое.

— Бережешь от износа?

Аомамэ кивнула:

— Стараюсь не злоупотреблять... Так ты что же, би?

Аюми покачала головой.

— У меня впервые в жизни. Правда. Я ведь тоже напилась до чертиков. Ну и решила: если с тобой, так можно и подурачиться немного. Это же только игра. Или ты по-другому воспринимаешь?

— Я тоже, в принципе, не из того теста. Хотя однажды в старших классах кое-что почувствовала. К очень хорошей подруге. И не собиралась ничего делать, все как-то само получилось.

— Пожалуй, я тебя понимаю. Ну и как — ты кончила?

— Да... думаю, да,— призналась Аомамэ.— Но это случилось единственный раз. Мы решили, что это неправильно, и больше не пробовали.

— Что неправильно? Лесбийский секс?

— Да нет же. Дело не в этом. Нам вовсе не казалось, что мы извращенки. Просто обе чувствовали, что отношения между нами не должны такими быть. Мы слишком глубоко и крепко дружили, чтобы выражать чувства так... примитивно.

— Во-он как? — задумчиво протянула Аюми.— Слушай. А можно, я сегодня у тебя переночую? Такой вечер чудесный. А если сейчас в общагу поеду, сразу все волшебство пропадет.

Аомамэ допила «дайкири», поставила бокал на стойку.

— Переночевать — ради бога, но только без глупостей. Идет?

— Да, конечно, я совсем не за этим. Просто хочется побыть с тобой еще немножко. Я где угодно могу спать, хоть на полу. А завтра у меня дежурства нет, спозаранку вставать не нужно...

Они сели в метро, вышли на станции Дзиюгаока, добрались до квартирки Аомамэ. Обе подшофе, расслабленные и сонные. На часах было почти одиннадцать. Аомамэ постелила гостье на диване и выдала пижаму.

— А можно, я чуток с тобой полежу? — попросилась Аюми.— Просто рядышком. Без глупостей, обещаю!

— Валяй,— согласилась Аомамэ.

И усмехнулась про себя: ну и дела. Хладнокровная убийца трех мужиков и женщина-полицейский в одной постели. Чего только не случается в этом мире.

Гостья скользнула к хозяйке в постель, обняла ее за талию. Аомамэ ощутила, как чужие упругие соски прижались к ее груди. Изо рта Аюми слегка пахло алкоголем и зубной пастой.

— Как думаешь, у меня сильно большая грудь? — спросила Аюми.

— Глупости. У тебя отличная грудь. Очень красивая и правильная.

— Но ведь говорят, что если большая грудь, значит, мозгов не хватает. И сиськи на бегу болтаются. И лифчик — как две кастрюли, сушить на балконе стыдно...

— Ну, мужикам как раз такие и нравятся.

— Да еще и соски здоровенные,— не унималась Аюми. Расстегнув пижаму, она достала правую грудь и показала сосок Аомамэ.— Смотри, какие! Разве не странно?

Аомамэ посмотрела. Конечно, сосок не из маленьких, но и не такой огромный, чтобы из-за него маяться. Совсем немногим больше, чем у Тамаки.

— Очень красивые. Неужели кому-то не понравились?

— Да был один... Впервые вижу, говорит, такие здоровые соски.

— Просто он в жизни мало сосков повидал. У тебя абсолютно нормальная грудь. Это у меня меньше, чем нужно.

— Ты что! Мне твои сиськи знаешь как нравятся. Такие благородные и сексуальные.

— Да ну! Слишком маленькие, да и по форме разные, одна меньше другой. Вечная проблема лифчик подобрать.

— Что же, выходит, у каждого свои комплексы по жизни?

— Ну да,— сказала Аомамэ.— Поэтому давай-ка спать.

Аюми попыталась ладошкой прокрасться Аомамэ под пижаму.

— Куда? — схватила ее за руку Аомамэ.— Ты же обещала без глупостей!

— Прости,— спохватилась Аюми, убирая руку.— Точно, я же обещала... Это все выпивка. Только я и правда тебя обожаю. Прямо как подругу из женского колледжа.

Аомамэ ничего не ответила.

— Значит, самое-самое важное в жизни ты бережешь для того парня, да? — уже шепотом спросила Аюми.— Как я тебе завидую! Здорово, когда есть для кого беречь...

Наверное, подумала Аомамэ. Вот только что у меня самое-самое важное в жизни?

— Спи давай,— сказала Аомамэ.— Я буду тебя обнимать, пока не заснешь.

— Спасибо тебе,— вздохнула Аюми.— Извини, от меня одни неудобства...

— Не за что извиняться,— ответила Аомамэ.— И неудобств никаких нет.

Ровное дыханье Аюми согревало Аомамэ под мышкой. Где-то далеко залаяла собака. Кто-то с грохотом захлопнул окно. Время шло, а она все гладила спящую Аюми по голове.

Оставив уснувшую гостью, Аомамэ поднялась с кровати. Спать сегодня выпадало все-таки на диване. Она достала из холодильника бутыль с минералкой, выпила два стакана подряд. Вышла на узенький балкон, села на алюминиевую пожарную лестницу и стала глядеть на город. Стояла тихая весенняя ночь. Порывами ветра доносило шумы большой магистрали — точно шелест волн искусственного моря. Полночь прошла, и назойливость уличной рекламы хоть немного ослабла.

Определенно, к Аюми я привязалась. И по мере сил хочу о ней заботиться. После смерти Тамаки я ни с кем не общалась так задушевно. И даже не мечтала о новой подруге. Но с Аюми почему-то могу раскрыться и говорить, что думаю на самом деле. Конечно, она совсем не такая, как ты,— сказала Аомамэ той Тамаки, что жила в ее сердце. Ты — особенная. Все-таки мы с тобой вместе выросли, плечом к плечу. Ничего подобного больше не повторится.

Аомамэ запрокинула голову, уставилась в небо. И ее мысли заблудились в далеком прошлом. В том времени, когда они с Тамаки были вместе. Во всех этих беседах и прикосновениях... Как странно отличается *это* ночное небо от обычного, вдруг заметила она. Сегодня явно что-то не так. Какая-то неуловимая, но принципиальная разница не давала ей покоя.

В чем тут дело, она заметила не сразу. Но, даже заметив, долго не верила своим глазам. Ибо то, что Аомамэ видела, никак не походило на правду, к которой она привыкла.

В небе висели две луны. Большая и маленькая. Большая — обычная, как и всегда. Круглая, желтая. Но с нею рядом висела еще одна луна, совсем непривычная. Какая-то кривоватая. С зеленым оттенком, будто покрытая мхом. Ничего больше Аомамэ разглядеть не смогла.

Она прищурилась. И, снова закрыв глаза, помолилась о том, чтобы все стало так, как было. Но ничего не изменилось. Никакого оптического обмана — и глаза не подводят. В небе над нею, красиво поблескивая, висели две луны. Желтоватая — и зеленоватая.

Может, разбудить Аюми? — подумала Аомамэ. И спросить: что, в небе на самом деле две луны или это мне кажется? Но она передумала. А вдруг Аюми ответит: «Эй, ты откуда свалилась? С прошлого года на небе положено две луны, всем давно объявили»? Или скажет: «Что ты мелешь, Аомамэ? На небе только одна луна, ты о чем? У тебя с глазами все в порядке?» Так или иначе, проблему этим не решить. Только хуже станет.

Аомамэ изо всех сил растерла скулы и щеки. И, все еще глядя на две луны в небе, подумала: что-то очень важное все-таки происходит. Сердце забилось быстрей, чем обычно. Либо мир сошел с ума, либо у меня поехала крыша. Проблема в пробке — или проблема в бутылке?

Она вернулась в комнату, заперла дверь на балкон и задернула шторы. Достала из шкафа бутылку бренди, налила. Аюми продолжала мирно сопеть в постели. Глядя на нее, Аомамэ медленно выпила бренди. Опершись локтями о стол — и *очень сильно* стараясь не думать о том, что можно увидеть, если раздвинуть шторы.

Ну что ж, подумала она. Этому миру и правда скоро конец.

— И наступит Царство Небесное,— тихонько сказала она.

— Жду не дождусь,— ответил ей кто-то.

Глава 16

ТЭНГО

Рад, что тебе понравилось

После десяти безумных дней правки «Воздушного кокона» Тэнго передал текст Комацу — и в его жизни наступил полный штиль. Трижды в неделю он ездил читать лекции в колледж, каждую пятницу встречался со своей замужней подругой. Все остальное время занимался дома хозяйством, гулял или писал книгу. Так и провел весь апрель. Облетела сакура, на деревьях набухли свежие почки, зацвела магнолия — природа в очередной раз перерождалась. Дни сменяли друг друга размеренно, плавно и без каких-либо происшествий. Именно о такой жизни всегда и мечтал Тэнго — чтобы одна неделя перетекала в другую автоматически и незаметно.

И все-таки он чувствовал, что изменился. В нужную сторону. В душе его словно открылся новый источник вдохновения, помогавший ему писать. Не сказать, чтобы очень полноводный — скорее, маленький горный родник, но вода в нем текла не переставая. С таким родником нельзя спешить. Нужно просто подождать, когда воды наберется достаточно, чтоб зачерпнуть ладонью. А потом сесть за стол и превратить это вдохновенье в письмо. Вот так понемногу и писалась его книга — очень естественно, будто сама по себе.

Возможно, откопать в себе этот родник ему помогла сосредоточенная и кропотливая правка «Воздушного кокона». И хотя какая связь между правкой чужих текстов и собственным творчеством, Тэнго не совсем понимал, эта работа словно окрылила его. В теле появилась удивительная легкость; постоянно хотелось распрямить руки-ноги, точно узнику, наконец-то сбросившему оковы. Как бы ни было, эта история, «Воздушный кокон», помогла ему выбраться из тесной клетки на волю.

Да, именно это он теперь находил в себе: волю. Раньше за собой он такого не замечал, сколько вообще себя помнил. В школе, в вузе, на тренировках по дзюдо он только и слышал от наставников или старших товарищей: «Ты, конечно, парень талантливый, и силы хоть отбавляй, и занимаешься прилежно. Да только безвольный какой-то». Пожалуй, они были правы. Ему никогда не хотелось победить всех на свете. Возможно, поэтому Тэнго уверенно проходил отборочные соревнования и в четверть-, и в полуфинал, но схватки за звание чемпиона часто проигрывал. Да и помимо дзюдо в остальной его жизни выходило примерно так же. Виновата ли его природная флегматичность, сложно сказать, но стремленья *вцепиться в победу зубами* у него в сердце не просыпалось. С писательством — та же проблема. Его тексты выходили достаточно качественными, чтобы заинтриговать. Но достучаться до сердца читателя не удавалось. После их прочтения вечно казалось, будто чего-то не хватает. Вот почему его рукописи всякий раз попадали в шорт-лист номинаций на премию, но самой премии ни разу не удостоились. Как и сказал Комацу.

Однако теперь, закончив правку «Кокона», Тэнго пережил нечто вроде горькой досады. Пока он корпел над этим текстом, повествование настолько захватывало его, что голова ни о чем другом и не думала, а руки двигались будто сами собой. Но работа закончилась, он передал рукопись Комацу — и его захлестнула волна бессилия. Когда же эта волна прошла, на смену бессилию откуда-то из живота подступила странная злость. На себя самого. Ну вот, повторял он себе снова и снова. Взял чужую историю и, как последний мошенник, переписал ее по-своему. Да при этом радовался ей больше, чем своим графоманским экспериментам. Стыд-то какой. Настоящий писатель — тот, кто извлекает историю из себя и подбирает слова для ее выражения, разве не так? А ты на что силы тратил? Если уж на то пошло, сам бы мог написать не хуже. Да или нет?

Так Тэнго решил выкинуть все, что написал до сих пор. И начать нечто новое с абсолютно чистого листа. Закрыв глаза, он вслушивался в звучание нового родника у себя в душе. И понемногу, не торопясь, черпал оттуда фразу за фразой.

Наступил май, когда вдруг — словно тысячу лет спустя — раздался звонок от Комацу.

— Свершилось! — выпалил Комацу, как всегда не здороваясь. Возбужденным голосом, что само по себе звучало непривычно.

— Вы о чем? — не сразу включился Тэнго.

— Как это о чем? «Воздушному кокону» только что присуждена премия «Дебют»! Единогласным решением жюри. Соображаешь? Даже возражений ни у кого не возникло! Впрочем, я не удивлен. Это действительно выдающееся произведение. Но для нас с тобой сейчас самое важное — движение вперед. Главное теперь — разорвать кольцо кармы. Мы еще возродимся на цветке лотоса!* Если, конечно, будем крепко держаться друг за друга.

---

* Цитируется буддийская сутра «Итирэн-Такусё», согласно которой перерождение человека для вечной жизни в раю происходит в цветке лотоса. Если ты сумел «обнулить себя», абстрагировавшись как от злых, так и от добрых поступков в своей прошлой жизни, ты можешь переродиться заново на цветке Священного Лотоса, получив шанс на новую, «чистую» жизнь. Буквальный перевод сутры: «Рожденные на одном листе лотоса [т. е. в раю] делят одну судьбу». В современном японском употребляется в качестве присказки «скованные одной цепью».

Взгляд Тэнго уперся в календарь на стене. А ведь и правда: сегодня же присуждают премию! Закопавшись в собственную писанину, он напрочь забыл, когда и что происходит.

— И чего теперь ожидать? — рассеянно уточнил Тэнго.— И когда?

— Завтра об этом растрезвонят газеты. По всей стране. Не исключено, что опубликуют ее фотографию. И у всех на устах будет имя юной красотки-дебютантки. А не какого-то тридцатилетнего математика из колледжа для абитуры!

— Да уж,— согласился Тэнго.— Небо и земля...

— Шестнадцатого мая — церемония награждения в отеле на Синдзюку. Там же состоится и пресс-конференция.

— То есть... Фукаэри должна там присутствовать?

— Да, девочке придется выйти к публике. Но только один раз. Премия всеяпонская, не появиться перед читателями никак нельзя. Если получится удержать все под контролем, дальше уйдем в подполье. Извините, дескать, но автор не изъявляет желания показываться на публике. При такой постановке вопроса мы чисты, как дети.

Тэнго попытался представить Фукаэри, выступающую перед толпой журналистов. Лес микрофонов, молнии фотовспышек. Надолго его воображения не хватило.

— Господин Комацу, вы что, всерьез собираетесь устраивать пресс-конференцию?

— Один раз придется. Как иначе завести всю эту толпу?

— Но ведь получится ерунда!

— А чтобы не получилось ерунды, эту роль мы доверим тебе.

У Тэнго перехватило дыхание. В душе заворочалось предчувствие чего-то недоброго, как при виде черной тучи на горизонте.

— Эй! Ты где? — спросил Комацу.

— Здесь,— отозвался Тэнго.— Что это значит? О какой роли вы говорите?

— Фукаэри должна знать, что отвечать на вопросы. На всех этих пресс-конференциях журналисты, как правило, спрашивают одно и то же. Нужно составить список самых обычных вопросов, придумать ответы и забить их девчонке в голову. Ты же у нас в колледже преподаешь, так или нет? Сам знаешь, как это делается.

— Так вы хотите, чтобы этим занялся я?

— Ну конечно! Тебе почему-то Фукаэри доверяет больше всего. Тебя она послушает и сделает, как ты скажешь. Если объяснять буду я, ничего не выйдет. Да меня она и в глаза-то ни разу не видела.

Тэнго вздохнул. Он надеялся, что разделался с «Воздушным коконом» навсегда. Он выполнил все, о чем его попросили, и теперь хотел заняться своими делами. Но дурное предчувствие с самого начала подсказывало: так просто ему не отделаться. И теперь, похоже, это предчувствие начинало сбываться.

— Послезавтра вечером ты свободен? — спросил Комацу.

— Свободен.

— К шести часам подъезжай на Синдзюку, как обычно. Фукаэри уже будет там.

— Послушайте, господин Комацу, я за это не возьмусь. Да откуда мне знать, какие вопросы задают на пресс-конференциях? Я ни разу в них не участвовал!

— Ты, кажется, хотел стать писателем? Вот и включай воображение! Воссоздавать то, чего ни разу не видел,— разве это не писательский труд?

— Но разве не выговорили: «Переделай "Воздушный кокон", и больше от тебя ничего не требуется»? «Все остальное сделаю я, а ты можешь сесть на скамейку и наблюдать за игрой»?

— Э, дружище. Все, что могу, я делаю как положено. Уж поверь мне, я и сам не любитель кого-то о чем-то просить. И только о том, чего не могу, вынужден просить, склонив голову. Что же тут странного? Представь: мы сплавляемся в лодке по бурной реке. Мои руки заняты рулем, поэтому я прошу тебя взяться за весла. Если ты откажешься, лодка перевернется, и все мы пойдем ко дну. В том числе и Фукаэри. Такой исход тебе по душе?

Тэнго снова вздохнул. И почему его постоянно затягивает в какие-то неразрешимые, безвыходные ситуации?

— Ладно. Попробую сделать все, что в моих силах. Однако ничего не гарантирую.

— Сделай одолжение! — обрадовался Комацу.— По гроб жизни буду тебе обязан. Ну что поделаешь, если никого, кроме тебя, эта девчонка и слушать не хочет?.. Да, и вот еще что. Нам нужно открыть свою фирму.

— Фирму?

— Контору, офис, студию — назови как хочешь. Для обеспечения деловой и юридической поддержки творчества Фукаэри. Компания на бумаге, понятное дело. Но именно оттуда Фукаэри будет получать свои гонорары. Эбисуно-сэнсэй станет президентом фирмы. А ты — ее официальным работником. Должность значения не имеет, вознаграждение назначим. Я буду заправлять делами, но так, чтобы имя в документах не всплывало. Если о моем участии станет известно, начнутся проблемы. Каждому участнику назначим свою долю прибыли. От тебя потребуется только личная печать* на нескольких документах. Все остальное организую я сам. Хороший адвокат у меня найдется.

---

* Каждый совершеннолетний японец наравне с подписью пользуется также личной печатью из дерева, кости или камня, на которой выбиты иероглифы его фамилии. Такая печать регистрируется банком либо другими ведомствами и используется для скрепления любых серьезных деловых или финансовых соглашений.

Тэнго прокрутил в голове услышанное.

— Знаете что, господин Комацу... А может, дальше вы как-нибудь сами? Вознаграждения мне не нужно. «Воздушный кокон» я переписывал для удовольствия. Эта работа меня очень многому научила. Премия Фукаэри — самая большая награда и для меня. Я постараюсь сделать так, чтобы на пресс-конференции девочка отвечала как нужно. Надеюсь, как-нибудь справимся. Но ни с какой фирмой я связываться не хочу. Ваше предприятие — чистая корпоративная афера, это ясно как день.

— Ты не понимаешь, друг мой,— ответил Комацу.— Обратной дороги просто-напросто нет! «Корпоративная афера»? Ну что ж. Пожалуй, можно и так назвать. Но разве ты не понимал этого с самого начала? Разве наша основная идея — придумать наполовину несуществующего автора и одурачить весь белый свет — с тех пор изменилась хоть на йоту? Но если идея успешна, она обрастает деньгами, это совершенно нормально. И разумеется, нужна система, которая эти деньги распределяет по справедливости. Очнись! Мы с тобой не в бирюльки играем. Детские отмазки — «ой, это слишком опасно, я выхожу из игры, мне ваши деньги не нужны» — в серьезных делах не срабатывают. Не нравится лодка — нужно было вылезать, пока течение спокойное и до берега рукой подать. А сейчас уже слишком поздно. Для создания фирмы необходимо минимальное количество членов, и кого попало туда звать не годится. Без тебя никак не обойтись. Это даже не обсуждается.

Тэнго хорошенько подумал над тем, что услышал, но ничего нового не придумалось.

— Один вопрос,— сказал он.— Вы сказали, что Эбисуно-сэнсэй станет президентом фирмы. А вы что, уже получили от него согласие?

— Как опекун Фукаэри сэнсэй прекрасно понимает ситуацию. И согласен на все, чтобы защитить ее интересы. После встречи с тобой он перезвонил мне, и мы с ним подробно обо всем побеседовали. Конечно же, он меня помнил, только тебе не сказал. Видимо, просто хотел послушать, как меня оценивают со стороны. Он, кстати, сказал, что ты неплохо разбираешься в людях. А что ты наговорил ему обо мне?

— Постойте, но ради чего сэнсэю участвовать в ваших планах? Не похоже, что ему нужны деньги.

— Это верно, деньгами такого человека не заинтересуешь.

— Тогда зачем ему это? Какая польза?

— Не знаю. До самого дна я этого человека не считываю.

— Уж если вы не считываете — похоже, его дно действительно глубоко.

— Да уж,— сказал Комацу.— На вид-то он безобидный, но что у него на уме, сам черт не разберет.

— А Фукаэри обо всем этом знает?

— Изнанка истории ей неизвестна. Да и знать ей о том не нужно. Она доверяет сэнсэю, а еще ей нравишься ты. Вот почему от тебя и требуется предельная откровенность в разговорах с ней.

Тэнго переложил трубку в другую руку. Определенно пора менять тему беседы.

— А кстати, Эбисуно-сэнсэй ушел из науки, не так ли? И книжек больше не пишет.

— Верно. Хотя ученым он был выдающимся, но уж больно недолюбливал академизм. И не хотел принадлежать ни к какой системе. Одним словом, еретик.

— А сейчас он чем занимается?

— Торгует акциями,— ответил Комацу.— Выражаясь современным языком, биржевой консультант. Собирает чужие капиталы, двигает их туда-сюда и на том зарабатывает. Сидит на своем холме и указывает, где что купить и продать. У этого человека нюх на деньги — не то что у нас с тобой. Для анализа биржевых сводок он создал свою систему. Поначалу из интереса, а потом стал с этого жить. Так, по крайней мере, рассказывают. В мире акций он фигура известная. И уж в деньгах точно не нуждается.

— Но какая связь между акциями и историей мировых цивилизаций?

— Для обычных людей — никакой. Но для Эбису-но-сэнсэя — дело другое.

— То самое дно, которое вы не считываете?

— Вот-вот.

Тэнго зажмурился и потер глаза.

— Ладно, — сдался он наконец. — Послезавтра в шесть вечера я встречаю Фукаэри в кафе на Синдзюку. Тогда и проинструктирую ее насчет пресс-конференции. Вы этого от меня хотите, не так ли?

— Именно. Молодец, дружище! — сказал Комацу. — Не пугайся, это не сложно. Пускай все течет, как течет. В жизни такого шанса дважды не выпадает. Замутили плутовской роман — так хоть поплутуем в свое удовольствие! Вместе сплавимся по бурной реке. И вместе сиганем с водопада...

Двое суток спустя Тэнго встретился с Фукаэри в кафе на Синдзюку. На девушке — легкий свитерок в обтяжку, узкие голубые джинсы. Волосы распущены. Мужчины за соседними столиками то и дело оглядывались на них с Тэнго. Но самой Фукаэри, похоже, на это было плевать.

Да уж, подумал Тэнго. Когда такие девчонки получают премии по литературе, журналистам есть о чем пошуметь.

Фукаэри о премии уже знала. Но похоже, особо не радовалась. Казалось, ей все равно. Хотя погода была уже почти летняя, она заказа горячий какао. И пила, обхватив чашку ладонями. На известие о пресс-конференции не отреагировала вообще.

— Ты вообще знаешь, что это такое — пресс-конференция? — спросил Тэнго.

— *Пресс-конференция,—* повторила Фукаэри.

— Придут разные люди из газет и журналов. Начнут задавать вопросы. Еще будут фотографировать. Возможно, снимут для телевидения. Это увидит вся страна. Семнадцатилетняя девчонка, получающая премию по литературе,— тот еще феномен. Возможно, покажут в международных новостях. Не говоря уж о том, что жюри проголосовало единогласно. Такого вообще никогда не бывало.

— *Начнут-задавать-вопросы,—* сказала Фукаэри.

— Ну да. Они будут спрашивать, тебе придется отвечать.

— *Какие-вопросы.*

— Самые разные. О твоем романе, о тебе, о твоей личной жизни, интересах и планах на будущее. А ответы на эти вопросы лучше приготовить сейчас.

— *Почему?*

— Так безопаснее. Чтобы не сбиться и ничего не напутать потом. Лучше немного потренироваться. Как на пробном экзамене.

Фукаэри молча отхлебнула какао. И посмотрела на Тэнго так, будто хотела сказать: «Не понимаю, зачем, но если тебе это нужно...» Ее глаза были выразительнее любых фраз. Но одними глазами от репортеров не отстреляешься.

Тэнго достал из портфеля блокнот. Со списком вопросов, которые он тщательно отбирал и обдумывал прошлой ночью.

— Я буду спрашивать, а ты отвечай, как будто я журналист. Идет?

Фукаэри кивнула.

— Много ли ты уже написала?

— *Много.*

— А когда начала писать?

— *Давно.*

— Хорошо,— кивнул Тэнго.— Отвечай коротко, так лучше всего. Только по делу, и ничего лишнего... Иными словами, ты сочиняла, а твоя подруга Адзами за тобой записывала?

Фукаэри кивнула.

— Об этом можно не говорить,— посоветовал Тэнго.— Пускай это будет наш секрет.

— *Об-этом-не-скажу.*

— Когда ты подавала заявку на премию «Дебют», ты думала, что победишь?

Фукаэри улыбнулась, но промолчала.

— Не хочешь отвечать?

— *Не-хочу.*

— Ну и ладно. Когда не хочешь отвечать, сиди вот так и улыбайся. Все равно вопрос дурацкий.

Фукаэри кивнула.

— Откуда ты взяла сюжет для «Воздушного кокона»?

— *От-слепой-козы.*

— «Слепая коза» — плохо звучит,— вздохнул Тэнго.— Лучше скажи «незрячая».

— *Почему?*

— «Слепая коза» — дискриминационное выражение. Если употребить его на пресс-конференции, у кого-нибудь может случиться удар.

— *Дискриминационное.*

— Долго объяснять. В общем, лучше говори «от незрячей козы».

Фукаэри выдержала паузу, затем повторила:

— *От-незрячей-козы.*

— Вот! — кивнул Тэнго.

— *Слепая-плохо.*

— Ну да. «Незрячая» — в самый раз.

Тэнго перевернул страницу блокнота.

— Что сказали твои одноклассники в школе, когда ты получила премию?

— *В-школу-я-не-хожу.*

— Не ходишь? Почему?

Молчание.

— Ты собираешься писать что-нибудь дальше?

Никакого ответа.

Тэнго допил кофе, поставил чашку на блюдечко. Из динамиков в потолке растекались «Звуки музыки» в симфонической аранжировке. «Дождинки на розах, усы у котят...»

— *Плохо-отвечаю,* — спросила Фукаэри.

— Вовсе нет, — покачал головой Тэнго. — Очень даже неплохо. Так держать!

— *Слава-богу.*

Тэнго не лукавил. Хотя ответы Фукаэри были односложными и начисто лишены подробностей, в целом «интервью» выходило почти идеальным. Она отвечала сразу, не задумываясь ни на секунду. Смотрела на собеседника в упор и отвечала, не моргнув глазом. Это производило впечатление. И сами ответы были честные. Без желания одурачить, без намеков и скрытых подтекстов. Но то, что она *действительно* хотела сказать, оставалось для собеседника непонятным. Именно этого Тэнго и добивался. Произвести на публику впечатление, но так ничего толком и не сообщить. Дымовая завеса.

— Твое любимое произведение?

— *«Повесть-о-доме-тайра».*

Прекрасный ответ, отметил Тэнго.

— И что ты там любишь больше всего?

— *Всё.*

— А еще какие книги нравятся?

— *«Сказания-о-былом-и-современном»**.

— А современных книг не читаешь?

Фукаэри немного подумала.

— *«Пристав-сансё»***.

Замечательно. «Пристава Сансё» Мори Огай написал в начале двадцатых. В ее представлении — современная литература.

— Чем увлекаешься?

— *Слушаю-музыку.*

— Какую?

— *Баха-люблю.*

— А что именно?

— *Ха-тэ-ка,* — сказала Фукаэри. — *С-846-по-893.*

Тэнго напряг память.

— «Хорошо темперированный клавир», части первая и вторая?

— *Да.*

— Но почему ты называешь их цифрами?

— *Так-легче-запомнить.*

Математики называют «Клавир» музыкой небесных сфер, вспомнил Тэнго. В нем задействованы все мажор-

---

* «Сказания о былом и современном» («Кондзяку моногатари») — антология XII в., собрание тысячи с лишним легенд, написанных в период Хэйан (794—1185). Первоначально состояла из 31 тома, на сегодняшний день сохранилось только 28. Основана на историях «жизни до Будды», «жизни после Будды» и в целом являет собой буддийские «жития святых» на основе сказаний Индии, Китая и Японии.

** «Пристав Сансё» — рассказ японского прозаика Мори Огая (1862—1922) о судьбе двух детей из аристократической семьи, сестры и брата, проданных в рабство. В русском переводе известен под заголовком «Сансё, хозяин Исиуры».

ные и минорные тональности нотного стана. В каждой части по двадцать четыре произведения, вместе — сорок восемь прелюдий и фуг. Идеальный законченный цикл.

— А кроме этих?

— *Ха-тэ-ка-244.*

Что скрывалось у Баха под номером 244, Тэнго не помнил. Все-таки музыка, написанная под номерами, крайне плохо воспроизводится в голове.

И тут Фукаэри запела.

> Buß' und Reu'
> Buß' und Reu'
> Knirscht das Sünderherz entzwei
> Buß' und Reu'
> Buß' und Reu'
> Knirscht das Sünderherz entzwei
> Knirscht das Sünderherz entzwei
> Buß' und Reu'
> Buß' und Reu'
> Knirscht das Sünderherz entzwei
> Buß' und Reu'
> Knirscht das Sünderherz entzwei
> Daß die Tropfen meiner Zähren
> Angenehme Spezerei
> Treuer Jesu, dir gebären*.

На несколько секунд Тэнго потерял дар речи. Хотя мелодию Фукаэри выдерживала не совсем точно, ее немецкое произношение казалось практически безупречным.

— «Страсти по Матфею»? — узнал Тэнго.— Так ты и слова заучила?

— *Я-не-учила.*

---

* «От раскаянья и сокрушенья / Разрывается грешное сердце, / Дабы слезы мои / Обратились в миро на челе Твоем, / Верный Иисусе» *(нем.)* — ария из «Страстей по Матфею» И. С. Баха.

Тэнго попытался что-то сказать, но слова застряли в горле. И он переключился обратно на список вопросов.

— У тебя есть парень?

Она покачала головой.

— Почему?

— *Не-хочу-забеременеть.*

— Но ведь можно встречаться с парнем и при этом не беременеть.

Фукаэри поморгала, но ничего не ответила.

— А почему ты не хочешь забеременеть? — попробовал уточнить Тэнго.

Но девушка молчала как рыба. Тэнго сообразил, что сморозил лишнее.

— Ладно! Хватит, пожалуй,— сказал он, закрыл блокнот и спрятал в портфель.— Бог его знает, о чем еще тебя спросят. Отвечай, как захочешь. У тебя хорошо получается.

— *Слава-богу,*— с облегчением отозвалась Фукаэри.

— Считаешь, готовиться к интервью не имеет смысла?

Фукаэри еле заметно кивнула.

— Тогда одна просьба,— сказал Тэнго.— О том, что текст «Воздушного кокона» переделывал я, рассказывать не нужно. Ты меня понимаешь?

Фукаэри кивнула дважды.

— *Я-сама-написала.*

— Кто бы что ни говорил, эта история — твоя и больше ничья. С самого начала так было, есть и будет.

— *Я-сама-написала,*— повторила она.

— А то, что в итоге получилось, ты видела?

— *Мне-адзами-прочитала.*

— Ну и как тебе?

— *Ты-классно-пишешь.*

— То есть, хм... тебе понравилось, что ли?

— *Как-будто-я-сама-написала.*

Тэнго посмотрел ей в глаза. Она поднесла к губам чашку и отпила глоток. Ему снова понадобилось усилие, чтобы не пялиться на ее грудь.

— Очень рад это слышать,— признался Тэнго.— Над твоим романом я работал с большим удовольствием. И конечно, с огромным напряжением. Сложнее всего было сделать так, чтобы после всех необходимых изменений эта история все-таки осталась твоей. Потому то, что тебе понравился результат, для меня очень важно.

Фукаэри молча кивнула. И, словно для того, чтобы в чем-то убедиться, потрогала себя за мочку уха.

Подошла официантка, подлила в стаканы воды. Тэнго сделал глоток, откашлялся. И, собравшись с духом, произнес:

— У меня к тебе личная просьба. Если ты, конечно, не возражаешь...

— *Какая-просьба.*

— Не могла бы ты одеться для пресс-конференции так же, как сейчас?

Фукаэри взглянула на Тэнго, не понимая, о чем он. И оглядела собственную одежду. С таким видом, будто впервые заметила, во что одета.

— *Надеть-то-же-самое,*— уточнила она.

— Ну да. Те же вещи, что и сегодня.

— *Зачем.*

— Затем, что они тебе очень идут. Ну то есть в этом свитере у тебя очень красивая грудь; насколько я могу судить, все журналисты только и будут ее разглядывать, а стало быть, особо каверзных вопросов задавать уже не станут. Разумеется, если ты не против. В принципе, одевайся во что угодно. Я совсем не настаиваю.

— *Что-мне-надеть-выбирает-адзами.*

— Так ты не сама выбираешь?

— *Мне-все-равно-что-носить.*

— Значит, сегодня твою одежду тоже выбирала Адзами?

— *Сегодня-тоже.*

— Тебе она очень идет.

— *В-этом-свитере-у-меня-красивая-грудь,* — спросила Фукаэри.

— Именно. Просто обалденная.

— *Свитер-хорошо-облегает-лифчик,* — уточнила она, глядя на Тэнго в упор.

Он почувствовал, что краснеет.

— Ну, не знаю, где там что облегает, но как бы сказать... — Тэнго запнулся. — Нужный эффект производит.

Фукаэри не сводила с него глаз.

— *Охота-все-время-пялиться,* — поняла она.

— Вынужден признать, — осторожно ответил Тэнго.

Она оттянула ворот свитера, заглянула под него. Очевидно, проверяя, какое на ней сегодня белье. И долгим взглядом, будто рассматривая диковинную зверушку, окинула покрасневшего Тэнго.

— *Ладно,* — пообещала она наконец. — *Сделаю-как-ты-хочешь.*

— Спасибо, — ответил Тэнго.

На этом их встреча закончилась.

Он проводил ее до Синдзюку. Мужчины на улицах уже скидывали пиджаки, а женщины разгуливали в платьях без рукавов. Шум толпы и клаксоны автомобилей сливались в единый и плотный рев мегаполиса. Суетливый ветерок раннего лета выскакивал из переулков, освежая собой все и вся. И откуда он только берется, удивлялся Тэнго, этот запах свежей природы на асфальте каменного Синдзюку?

— Ты домой? — спросил Тэнго.

Все электрички забиты битком, и возвращаться до Футаматао ей было бы слишком непросто.

Фукаэри покачала головой.

— *В-квартирку-на-синано.*

— На Синано? — повторил Тэнго.— Ты там ночуешь, когда задерживаешься?

— *Когда-дом-далеко.*

Всю дорогу до станции она снова держала Тэнго за руку. Совсем как ребенок, что цепляется за родителя, боясь потеряться. Но все-таки от осознанья того, что его держит за руку такая красавица, сердце Тэнго билось немного быстрей, чем обычно.

Лишь когда они добрались до станции, Фукаэри отпустила его ладонь. И купила в автомате билет до Синано.

— *За-пресс-коференцию-не-волнуйся,—* сказала она.

— Я не волнуюсь.

— *Все-будет-как-надо.*

— Знаю,— кивнул Тэнго.— И не волнуюсь. Ты отлично справишься, я уверен!

Не ответив ни слова, Фукаэри прошла через турникет и исчезла в толпе.

Расставшись с ней, Тэнго зашел в бар неподалеку от «Кинокунии» и заказал джин-тоник. В этом баре он бывал уже не раз. Здесь ему особенно нравились добрый стиль ретро и отсутствие всякой музыки. Тэнго сел за безлюдную стойку и уставился на пальцы левой руки, которая еще помнила прикосновение девичьих пальцев. Затем его мысли невольно переключились на грудь Фукаэри. Очень красивую. Настолько совершенную, что любование этой грудью не вызывало почти никаких мыслей о сексе.

Ему захотелось позвонить своей замужней подруге и поболтать с ней о чем угодно. О шалостях ее детей или о рейтинге кабинета Накасонэ — все равно, лишь бы она говорила, а он слушал. А потом где-нибудь встретиться и заняться сексом. Но позвонить ей домой он не мог. Трубку мог снять муж. Или сын. Поэтому сам Тэнго никогда не звонил ей. Таково было их негласное правило.

Он заказал еще джин-тоник и, ожидая заказа, вдруг представил себя в маленькой лодке, несущейся по бурной реке. «Вместе сиганем с водопада», — сказал по телефону Комацу. Насколько этим словам можно верить? А не случится ли так, что перед самым обрывом Комацу уцепится за какой-нибудь валун — и поминай как звали? «Тэнго, дружище! — только и крикнет он на прощанье. — Совсем забыл довести до ума одно дельце! Прости, но дальше давай уж как-нибудь сам...» И в итоге падать с обрыва придется одному Тэнго. А что? Очень даже возможно. Скорее даже, именно так и случится.

Вернувшись домой, он забрался в постель, заснул и увидел сон. На редкость яркий и отчетливый. Ему снилось, что он, Тэнго, — отдельный кусочек гигантского пазла. Только не застывший, а постоянно меняющий форму. Из-за чего никуда не подходит, как ни примеряй. А пока он ищет свое место, ему нужно выполнить еще одно дело: как можно скорее — в отмеренный кем-то срок — разложить по порядку странички с нотами для литавр. Странички вырывает из рук ураганным ветром, и они разлетаются во все стороны. Тэнго ловит листок за листком, проверяет номера страниц и укладывает по порядку. А сам при этом постоянно меняет форму, точно амеба. Ситуация выходит из-под контроля, он понимает, что ему ни черта не успеть. Как вдруг появляется Фукаэри и сжимает его руку в своей. Тэнго перестает менять форму. Ветер стихает, страницы больше не разлетаются. Слава богу, думает Тэнго. Но тут его время кончается. *«Вот и всё»*, — тихонько объявляет Фукаэри. Как всегда, одной-единственной фразой. Все вокруг останавливается, миру приходит конец. Земля прекращает вертеться, звуки гаснут, выключается свет.

Наутро, когда он проснулся, земной шар продолжал вертеться как ни в чем не бывало. Невидимые небесные механизмы продолжали работу, истребляя на своем пути все живое, как летающие колесницы из мифов Древней Индии.

Глава 17

АОМАМЭ

Будем мы счастливы или несчастны

Следующей ночью в небе по-прежнему висело две луны. Одна побольше — старая знакомая, разве что чуть бледней, чем всегда, словно ее обильно посыпали пеплом. Но все же та самая, на которой жарким летом 1969 года Нил Армстронг наследил своим «огромным скачком для всего человечества». А рядом с нею тулилась еще одна луна — зеленоватая, размером поменьше. Точно нахальный ребенок, занявший чужое место и не желающий уходить.

Что-то у меня с головой, подумала Аомамэ. Испокон веков луна была только одна, и сейчас не может быть по-другому. Если бы ни с того ни с сего луны стало две, на Земле произошла бы цела куча катаклизмов, не заметить которые невозможно. Например, изменились бы приливы с отливами, все бы на свете только об этом и говорили. И уж я бы об этом узнала так или иначе. Это вам не газетные новости по собственной дури пропускать.

С другой стороны, а *точно ли* такого не может быть? Уверена ли я на все сто процентов?

Аомамэ скорчила гримасу. Вокруг продолжает твориться нечто странное. Мир, каким я его знала, постепенно переходит в неизвестное мне состояние. Причем изменения в нем случаются, лишь когда я закрываю глаза. Словно кто-то играет со мной в кошки-мышки. Но если так, то и в двух лунах на небе ничего странного нет! Просто, пока я спала, из недр галактики прилетело еще одно небесное тело и, прикинувшись дальним родственником Луны, присоседилось к ней на земной орбите.

Дальше. Изменились форма и оружие у полицейских. Между полицией и экстремистами произошла жестокая перестрелка в горах Яманаси. Это также случилось при моем полном неведении. Да, и еще Советы со Штатами построили лунную базу. Но как все это может быть связано с тем, что на небе теперь больше лун? А может, ей попадались какие-то новости о новой луне, когда она листала подшивку в библиотеке? Аомамэ напрягла память, но ничего похожего не вспоминалось.

Проще всего, конечно, взять кого-нибудь за пуговицу и подробно обо всем расспросить. Но кого? И какими словами? «Послушайте, мне все время кажется, что на небе теперь две луны, вы не посмотрите?» По сути, именно это ей и нужно проверить, а по форме — полный идиотизм. Ведь если лун стало две, как можно об этом не знать? А если луна лишь одна, как ей и положено, кем нужно быть, чтобы задавать такие вопросы?

Усевшись в складное кресло, Аомамэ закинула ноги на балконные перила и попыталась спросить то же самое другими словами. Перепробовала с десяток формулировок, произнося все версии вслух. Но каждый новый вопрос звучал еще бессмысленнее предыдущего. Ничего не поделаешь. Когда весь мир слетает с оси, задавать осмысленные вопросы не получается. Хотя бы это ясно как день.

И она решила отложить задачку про луны на потом. Посмотрим, что будет дальше. Для начала попробуем просто не дергаться. А там, глядишь, все эти вопросы разрешатся сами собой. Кто знает?

———

На другой день к обеду она отправилась в фитнес-клуб на Хироо, провела три занятия по боевым искусствам — два групповых, одно индивидуальное — и уже собиралась домой, когда обнаружила на конторке у выхода записку от хозяйки «Плакучей виллы». Позвони, мол, как освободишься.

Трубку, как водится, снял Тамару.

— Если сможешь, приезжай завтра,— передал он.— Все по обычной программе, затем тебя приглашают на легкий ужин.

— В пятом часу заеду,— ответила Аомамэ.— Приглашение с удовольствием принимаю.

— Хорошо,— сказал Тамару.— Тогда завтра после четырех.

— Послушайте, Тамару,— спросила она.— Вы в последнее время не разглядывали луну?

— Какую луну? — уточнил он.— Которая в небе висит?

— Ее самую.

— Специально вроде не разглядывал... А что с ней случилось?

— Да так, ничего,— сказала Аомамэ.— В общем, до завтра!

Немного помолчав, Тамару повесил трубку.

Этой ночью лун опять было две. Одна побольше, другая поменьше. Обе чуть-чуть неполные, с двухдневной щербинкой по правому краю. Сидя на балконе со стаканом бренди в руке, Аомамэ долго глядела на эту небесную парочку и пыталась распутать проклятую головоломку. Чем дольше она смотрела, тем загадочнее казались ей соотношения лунных размеров. Если б только могла, Аомамэ непременно бы закидала большую луну вопросами. Что же у вас там произошло? И откуда явилась твоя зеленая спутница? Но ждать от луны ответа, само собой, бесполезно.

Луна разглядывала Землю в упор дольше кого бы то ни было во Вселенной. Она — единственная свидетельница всех случившихся на земном шаре событий, катаклизмов и перемен. Но она никогда ничего не рассказывает. А лишь бесстрастно и методично сохраняет тяжелую память о прошлом Земли. У луны нет воздуха, по ней не гуляют ветры. Именно в вакууме память хранится безопасней всего. Да и сердца луны не разбить никому на свете...

Аомамэ подняла за луну стакан с бренди.

— Спала с кем-нибудь в последнее время?

Луна ничего не сказала.

— А друзья у тебя есть?

Луна не ответила.

— Неужели ты, такая крутая, никогда-никогда не устаешь?

Луна промолчала.

Тамару, как всегда, ждал у входа.

— Вчера смотрел на луну,— сообщил он первым делом.

— Да что вы? — улыбнулась Аомамэ.

— После того как ты сказала, решил посмотреть. Оказывается, если давно не глядел — красивое зрелище! Нервы отлично успокаивает.

— А вы с кем-то вместе смотрели?

— Именно,— отозвался Тамару. И почесал переносицу.— Так, по-вашему, с луной что-то неладно?

— Да нет, все в порядке...— ответила Аомамэ. И осторожно добавила: — Просто отчего-то в последнее время о ней думаю.

— Без всякой причины?

— Абсолютно.

Тамару молча кивнул. Будто взвешивал, не спросить ли о чем-то еще. Но этот мужчина не верил в то, что не имеет причины. А потому, ни о чем не спрашивая, лишь проводил ее в «солнечную» комнату.

Хозяйка в трико сидела в кресле и читала книгу, слушая «Лакримэ» Джона Доуленда. Любимая мелодия в этом доме.

— Извини, что так неожиданно,— сказала хозяйка.— Конечно, я должна была предупредить тебя раньше. Просто у меня вдруг появилось свободное время...

— Обо мне, пожалуйста, не беспокойтесь,— сказала Аомамэ.

Тамару доставил поднос с травяным чаем, разлил напиток по чашкам и вышел из комнаты, закрыв за собой дверь и оставив их наедине с музыкой Доуленда и ароматом рододендронов. Всякий раз, приходя сюда, Аомамэ будто попадала в другую вселенную. Сам воздух здесь был каким-то тяжелым и время текло по-другому.

— Слушая эту музыку, я начинаю иначе воспринимать время,— сказала хозяйка, будто прочитав мысли Аомамэ.— Четыреста лет назад люди слушали те же мелодии, что и мы сейчас. Тебе не кажется это странным?

— Да уж,— согласилась Аомамэ.— И смотрели на ту же самую луну.

Хозяйка слегка удивилась. Но, подумав, кивнула.

— Ты права. Если луна та же самая, ничего удивительного, что за четыре века музыка не изменилась.

— *Почти* та же самая,— сказала Аомамэ.

Но эти слова, похоже, не произвели на старушку особого впечатления.

— Эта музыка исполняется на старинных инструментах,— сказала хозяйка.— Таких же, как в Средние века, и по тем же нотам. Четыре века — а звук тот же самый. Как и твоя луна.

— Да, вещи могут оставаться такими же,— задумалась Аомамэ.— Но разве не меняется их восприятие человеком? А может, четыреста лет назад и ночи были темнее, и луны ярче? И у людей не было ни магнитофонов, ни компакт-дисков. И слушать музыку в нормальном качестве каждый день, как только захочется, нормальный человек позволить себе не мог. Это было привилегией избранных.

— Все так,— согласилась хозяйка.— Мы живем в удобном мире, где все вертится вокруг смакования нюансов. Вроде бы и луна та же, а каждый видит в ней что-то свое. Возможно, четыре века назад мы действительно были богаче... Да и просто ближе к природе.

— Но это был очень жестокий мир. Больше половины детей умирали от хронических болезней и голода. Корь, полиомиелит, туберкулез, оспа, чума выкашивали целые города. Большинство простого народа умирали, не дожив и до сорока. Женщины часто рожали и после тридцати становились беззубыми старухами. Невозможно было выжить без насилия. Малых детей заставляли работать так, что у них деформировались скелеты; детская проституция обоих полов считалась обычным делом. Больше половины народу жили в такой нищете, что думать о богатстве души никому и в голову не приходило. Улицы кишели нищими, калеками и преступниками. Любоваться луной, интересоваться пьесами Шекспира и наслаждаться музыкой Доуленда могли позволить себе считаные единицы.

Хозяйка улыбнулась:

— Оригинальный ход мыслей.

Аомамэ покачала головой.

— Да нет, самый обычный... Просто я книги люблю читать, особенно по истории.

— Я тоже люблю исторические книги. Они хорошо объясняют тот факт, что с древности и до наших дней мы практически не изменились. Сколько бы ни эволюционировали наши одежды или окружающий быт, мы думаем и делаем все то же самое, что и тысячи лет назад. Человеческие гены с тех пор особых трансформаций не претерпели. А мы для них — разовые носители. Они просто используют нас, поколение за поколением, как очередных лошадей. Для генов не существует ни зла, ни добра, они вообще об этом не думают. Будем мы счастливы или несчастны — им наплевать. Мы для них всего лишь средство. Их заботит лишь то, *насколько мы эффективны.*

— Но мы, со своей стороны, не должны забывать о добре и зле. Вы об этом?

— Именно,— кивнула хозяйка.— Людям нельзя забывать об этом ни в коем случае. Хотя основу нашего существования и составляет генетический код. Такой вот парадокс.

Старушка горько улыбнулась.

На этом их беседа на исторические темы закончилась. Женщины допили цветочный чай и переместились в зал для боевых искусств.

Их легкий ужин на сей раз состоялся в «солнечной» комнате.

— Разносолов не обещаю,— сказала хозяйка.— Все по-простому. Не возражаешь?

— Ну что вы,— ответила Аомамэ.— Я только за.

Еду привез Тамару на специальной тележке. Готовил ее, похоже, какой-то профессиональный повар, а в задачи Тамару входили доставка блюд и сервировка стола. Достав из ведерка со льдом бутылку белого, он разлил вино по бокалам. Женщины сделали по глотку. Приятный аромат, охлаждено точно так, как нужно для этого вкуса. Блюд было всего три: отварная спаржа, салат «Ницца» и омлет с крабовым мясом. К ним подавались хлеб и масло. Свежайшие продукты, тончайший вкус. Количество — в самый раз. Хозяйка ела, как всегда, совсем чуть-чуть. Изящно управляясь с ножом и вилкой, старушка отправляла в рот еду поистине воробьиными порциями. Все это время Тамару громоздился в дальнем углу комнаты. Поразительно, как этому верзиле удается так долго оставаться без движенья и звука, в который раз подумала Аомамэ.

Ужин проходил в молчании — обе женщины увлеклись едой. Еле слышно звучал Концерт для виолончели Гайдна, который хозяйка тоже очень любила.

Затем последовал кофе. Когда Тамару налил его в чашки, хозяйка повернулась к нему и махнула рукой.

— Больше ничего не нужно. Благодарю,— сказала она.

Тамару чуть заметно поклонился, без единого звука вышел из комнаты и затворил за собой дверь. Пока они допивали кофе, компакт-диск закончился и в комнате воцарилась тишина.

— У нас ведь с тобой полное доверие, правда? — спросила хозяйка.

Аомамэ кивнула. Коротко и не задумываясь.

— Мы храним тайны друг друга,— добавила хозяйка.— А значит, сохраняем друг другу жизнь.

Ничего не ответив, Аомамэ кивнула еще раз.

Свою тайну Аомамэ открыла хозяйке здесь же, в «солнечной» комнате. Разговор тот запомнился ей на всю жизнь. Груз, так долго висевший на душе, необходимо было доверить кому-то еще. Влачить эту ношу в одиночку стало уже невыносимо. Вскоре после того, как хозяйка предложила ей выговориться, Аомамэ не удержалась и поведала старушке самую заветную тайну.

Рассказала старой женщине о лучшей подруге, которую долгие годы избивал муж, отчего та повредилась рассудком и в итоге покончила с собой. О том, как год спустя Аомамэ сочинила повод, чтобы появиться у насильника дома. И, действуя по скрупулезно разработанному плану, вонзила в затылок ублюдка тоненькую иглу. Единственный укол не оставил никакого следа. Никто ничего не заподозрил. По всем признакам — обычная смерть от инсульта. Ни тогда, ни теперь Аомамэ не считала себя неправой. И угрызений совести не испытывала. Но это вовсе не спасало ее от осознания того, что она умышленно лишила кого-то жизни.

Хозяйка выслушала ее долгую исповедь до конца, ни о чем не спрашивая, ни разу не перебив. Лишь когда рассказ был окончен, задала несколько уточняющих вопросов. А затем протянула через стол руку и крепко пожала Аомамэ ладонь.

— Ты поступила абсолютно верно,— медленно произнесла она, стиснув зубы.— Если бы он остался жить, та же гадость случилась бы не раз и не два. Такие типы всегда находят себе очередную жертву. Для них все обязательно должно повторяться, иначе они не могут. Ты остановила его сатанинский конвейер. Это не просто личная месть, уверяю тебя. Даже не вздумай ни в чем сомневаться.

Аомамэ закрыла лицо руками, немного поплакала. То был плач по Тамаки. Хозяйка достала платок и вытерла ей слезы.

— Удивительное совпадение,— заметила старушка уже спокойным и твердым голосом.— Мне в жизни тоже пришлось кое-кого *устранить*. И фактически по той же причине.

Аомамэ подняла голову и взглянула на хозяйку, не зная, что сказать. О чем тут вообще речь?

— То есть, конечно, не своими руками,— продолжила хозяйка.— Для этого у меня бы просто не хватило сил. Все-таки физически я не так хорошо подготовлена, как ты. Но тем способом, который был в моих силах, я все-таки *устранила* кое-кого из этого мира. И тоже — без малейших улик для расследования. Даже если бы я сейчас публично во всем созналась, никто бы не смог ничего доказать. Как и в твоем случае. Если случится Высший суд после смерти, перед Господом я, конечно, предстану. Но нисколько этого не боюсь, потому что поступила верно. И готова повторить это перед кем угодно.— Хозяйка с облегченьем вздохнула. И продолжила: — Ну вот, теперь и я посвятила тебя в свою тайну.

Но Аомамэ все еще плохо понимала, о чем речь. «Устранить»? На лице ее было столько сомнения, что старушка продолжила свою историю — тоном еще спокойнее прежнего.

Родная дочь хозяйки угодила в ту же ловушку, что и Тамаки: вышла замуж не за того парня. То, что брак этот дочери счастья не принесет, мать понимала с самого начала. С первой же встречи будущий зять показался ей законченным негодяем. И насколько она узнала, за ним и раньше замечались отклонения в психике. Но проклятой свадьбе, увы, не смогли помешать ни она сама, ни кто-либо другой. Уже очень скоро худшие опасения матери стали сбываться: мерзавец начал регулярно избивать ее дочь за дверями своего дома. Та потеряла волю, замкнулась и впала в депрессию. Защитить себя не оставалось сил, а как выбраться из этого ада, она не знала. Так продолжалось, пока однажды бедняжка не проглотила недельную дозу снотворного, запив таблетки стаканом виски.

В протоколе судмедэксперта были зафиксированы следы истязаний по всему телу — ссадины, кровоподтеки, сломанные ребра, ожоги от сигарет. Полностью деформированные соски. А также синяки от веревки на запястьях. Судя по всему, именно веревкой этот выродок пользовался особенно часто. Мужа покойной вызвали в полицию и потребовали объяснений. Тот признал, что насилие имело место — но лишь как составная часть их сексуальных утех, которые доставляли супруге отдельное удовольствие.

В конечном итоге, как и в случае с Тамаки, полиция не нашла, за что привлечь садиста к уголовной ответственности. Пострадавшая в полицию на мужа не заявляла, да и вообще была уже мертва. А у мужа — высокое общественное положение и знаменитый на всю столицу адвокат. К тому же сам факт самоубийства ни у кого сомнений не вызывал.

— Так вы убили его? — прямо спросила Аомамэ.

— Нет,— покачала головой хозяйка.— Я его не убивала.

Окончательно запутавшись, Аомамэ уставилась на собеседницу.

— Отродье, уничтожившее мою девочку, до сих пор существует на этом свете,— пояснила хозяйка.— Каждое утро оно просыпается, открывает глаза и ходит по земле своими ногами. И я совсем не собираюсь его убивать.

Старушка выдержала паузу, явно выжидая, пока ее слова как следует улягутся у девушки в голове.

— Я просто сделала так, чтобы мой зятек навсегда исчез из этого мира. Чтобы даже духу его здесь не было. Такой силой, если понадобится, я обладаю. Он оказался слабаком. Соображал неплохо, язык подвешен, достаточно признан в свете, но в душе — слабак и подонок. *Любой, кто измывается в собственном доме над женой и детьми, в душе — слабак и подонок.* Только слабаки выбирают своей жертвой тех, кто еще слабее. Чтобы издеваться над ними, не боясь получить сдачи. Устранить его было несложно. Больше он в этом мире не появится никогда. И хотя моя дочь умерла очень давно, я до сих пор не спускаю глаз с этого человека. Если он захочет вернуться в этот мир, *именно я* не позволю ему это сделать. Он пока еще жив, но уже почти труп. С собой покончить он не способен. Для этого человеку нужны отдельные силы и мужество, которых у него нет. Это — мой способ мести. *Переправлять* этих людей без приключений я не собираюсь. Они у меня будут мучиться долго, не умирая, без малейшего шанса на избавление и милосердие. Все равно что с них живьем сняли кожу. Тот, кого я устранила,— *человек не моего мира.* И у меня были все причины переправить его туда, где ему следовало находиться.

Рассказала хозяйка и дальше. На следующий год после смерти дочери она учредила приют для жен, страдающих от бытового насилия. Неподалеку от своей усадьбы выкупила на Адзабу двухэтажное многоквартирное здание, которое не приносило дохода и подлежало сносу в ближайшее время. Заказала несложный ремонт, привела все комнаты в божеское состояние — и превратила дом в пристанище для женщин, которым некуда бежать от садистов-мужей. Там же, подключив местного адвоката, учредила «Консультацию для страдающих от бытового насилия» и силами добровольцев организовала прием звонков и проведение встреч с пострадавшими. С этой группой людей хозяйка постоянно на связи. Если какой-нибудь женщине срочно требуется укрытие, она получает его в приюте. Многие приезжают с детьми. Среди жертв немало девочек от десяти до пятнадцати лет, которых насиловали собственные отцы. Все они остаются в приюте, пока для них не найдется приемлемая альтернатива. Все, что нужно для жизни, в приюте есть. Постоялицы обеспечиваются едой, одеждой и живут, помогая друг другу, на принципах обычной коммуны. Все расходы на их проживание хозяйка покрывает из своего кармана.

Приют регулярно посещают адвокаты и юрисконсульты, которые беседуют с женщинами о планах дальнейшей жизни. В свободное время хозяйка появляется здесь сама, беседует с каждой подопечной в отдельности. Кого может — поддерживает житейскими советами. Кому нужно — помогает с поисками работы и жилья. Все проблемы, требующие силового вмешательства, решает Тамару. Лучше его никто не справится с ситуацией, когда, например, разъяренный муж пытается силой забрать из приюта жену. Подобные случаи, к сожалению, не редкость.

— Вот только рук у нас с Тамару на все не хватает,— посетовала хозяйка.— Да и этим бедняжкам частенько уже ничем не помочь, какие тут законы ни подключай.

Аомамэ вдруг заметила, что лицо хозяйки приобрело необычный медный оттенок. Его больше нельзя было назвать ни приветливым, ни аристократичным. Оно выражало нечто куда сильнее обычных злости и ненависти. Словно в самых недрах хозяйкиной души всегда таилось некое маленькое и очень твердое ядрышко, неделимое и безымянное, лишь теперь открывшееся стороннему взгляду. И только ледяная уверенность в ее голосе не изменилась совсем.

— Разумеется, никто не собирается лишать человека жизни лишь потому, что с исчезновением мужа проще подать на развод и получить страховку. Все обстоятельства тщательно изучаются. И лишь когда окончательно ясно, что никакого снисхождения подонок не заслуживает, принимаются соответствующие меры. Это касается только реальных пиявок, которые слишком бесхребетны и уже не способны измениться, перестав сосать кровь у своих же родных и близких. Это касается только извращенцев, которые не выказывают ни желания, ни воли, чтобы вернуться в человеческое обличье,

353

а значит, более не представляют ни малейшей ценности для этого мира.

Замолчав, хозяйка уставилась на Аомамэ такими глазами, словно пыталась взглядом пробить скалу. А затем продолжила, но уже сдержаннее:

— С такими людьми путь остается только один: каким-то способом *заставить его исчезнуть*. Но так, чтобы не вызывать кривотолков.

— И вы знаете такие способы?

— Способов хватало во все времена,— ответила хозяйка, осторожно подбирая слова. И, выдержав паузу, добавила: — Да, я умею заставить людей исчезнуть. И необходимой для этого силой пока обладаю.

Аомамэ задумалась. Но к чему сводились абстрактные намеки хозяйки, понять было все же непросто.

— Мы обе потеряли дорогих нам людей,— продолжала хозяйка.— Их отобрали у нас одним и тем же бесчеловечным способом. Наши души изранены. Исцелить их, скорее всего, уже не удастся. Но сидеть сложа руки и разглядывать собственные болячки тоже никуда не годится. Мы должны встать, расправить плечи и заняться тем, что нужно делать дальше. И не из личной мести, а ради общественной справедливости. Ну как? Ты согласна выполнять для меня кое-какую работу? Мне всегда нужны люди, на которых я могу положиться. Те, кто умеет хранить тайны и служить общей миссии.

И тут Аомамэ поняла. Хотя осознать это получилось не сразу. То было одновременно исповедь и предложение, в суть которого поверить очень непросто. Не говоря уж о том, чтобы собраться с духом и выдать какой-то ответ. Хозяйка молча глядела на нее, сидя на стуле недвижно, как монумент. И казалось, она может прождать так хоть целую вечность.

Несомненно, эта женщина в какой-то степени душевнобольная, подумала Аомамэ. Но не сумасшедшая и даже не сдвинутая психически. Напротив, ее умению сдерживать эмоции можно только завидовать. Любые беседы, которые она ведет, имеют свою основу. Нет, это не помешательство, хоть и *нечто вроде того*. Самый точный диагноз тут, пожалуй,— «иллюзия собственной правоты». И теперь она хочет, чтобы я разделила с ней эту иллюзию. Как и уверенность в том, что я на это способна.

Сколько Аомамэ размышляла над этим, она и сама не поняла. Когда задумываешься так глубоко, ощущение секунд и минут пропадает. И остается лишь мерный стук сердца. Скользя по Времени, как рыба по реке, Аомамэ успела заглянуть в самые разные уголки своей души. В хорошо знакомые комнаты — и давно позабытые чуланы. На уютные, залитые солнцем мансарды — и в подвалы, где ее караулила страшная боль. Откуда ни возьмись на нее сошел призрачный свет, и тело Аомамэ вдруг стало прозрачным. Она посмотрела на собственные руки — и увидела все, что за ними. Тело сделалось поразительно легким. И Аомамэ спросила себя: если твоей жизнью заправляют сбрендившие старухи-манипуляторы, если ты уже прозрачна, как стекло, а весь мир улетает к чертовой матери,— чего тебе еще терять?

— Я поняла,— сказала она. И, покусав губы, добавила: — Если чем-то могу помочь, я в вашем распоряжении.

Хозяйка опять дотянулась через стол и крепко пожала руки Аомамэ. С этой минуты их *действительно* объединили общая тайна и общая миссия. Как, возможно, и общее *нечто вроде сумасшествия*. А может, и сумасшествие в чистом виде. Но поставить диагноз Аомамэ уже не могла. В ее жизни, как и в хозяйкиной, было слишком много мужчин, которых они прикончили только потому, что те не заслуживали ни малейшего сострадания.

— С тех пор как ты убрала мерзавца в отеле на Сибуя, прошло слишком мало времени,— тихо произнесла хозяйка. Слово «убрала» в ее устах прозвучало так, словно разговор шел о выброшенной мебели.

— Через четыре дня будет ровно два месяца,— ответила Аомамэ.

— Два месяца — мало.— Хозяйка покачала головой.— Поручать тебе такую работу слишком часто я бы не хотела. Должно пройти не меньше полугода. Иначе твоя психика может не выдержать. Все-таки назвать эту работу обычной никак нельзя. Не говоря уже о том, что может встать вопрос: не странно ли, что мужчины, как-либо связанные с нашим приютом, то и дело умирают от сердечных приступов?

— Да уж,— чуть заметно улыбнулась Аомамэ.— Параноиков на этом свете хватает!

Хозяйка улыбнулась в ответ.

— Как ты могла заметить, я человек предельно осторожный. И на таких лошадей, как Шанс, Успех и Авось, стараюсь не ставить. Сначала я тщательно изыскиваю оптимальную возможность совершить все спокойно и без последствий. И только если четко вижу, что такой возможности нет, выбираю из этих лошадок. Но даже тогда стараюсь просчитать все мыслимые риски заранее. Изучаю окружающую обстановку, предугадываю случайные факторы, обеспечиваю все, что можно, заблаговременно — и лишь тогда поручаю тебе эту работу. Именно поэтому у нас пока все проходило гладко, согласна?

— Да, верно,— признала Аомамэ.

Все было именно так. Она являлась с приготовленным оружием в указанное место. Попадала в ситуацию, тщательно просчитанную заранее. Всаживала в мужской затылок иглу — всегда в одну и ту же точку. И, убедившись, что «клиент» успешно доставлен куда нужно, исчезала в тумане. До сих пор все срабатывало без сучка без задоринки, по блестяще выстроенной схеме.

— И тем не менее,— продолжала хозяйка,— тот, о ком я попрошу тебя *позаботиться* в этот раз, как ни трудно мне это говорить,— противник особо опасный. Рассчитать заранее, где и чем он будет заниматься, почти невозможно, непредсказуемых факторов — пруд пруди; боюсь, что такого *тотального* планирования ситуации, как до сих пор, я обеспечить тебе не смогу. Нынешний случай, скажу прямо, совсем не простой.

— Чем же он так непрост?

— Твой нынешний «клиент» — человек особого статуса.

— Какой-то политик?

Хозяйка покачала головой:

— Нет, не политик. Об этом мы еще поговорим отдельно. И продумаем план, как добиться того, чтобы тебя саму никуда не *переправили* раньше времени. Хотя, если честно, пока никакого успешного плана мне в голову не приходит. Обычные методы здесь не годятся. Прости, но я действительно не представляю, кого об этом просить, кроме тебя.

— Задание срочное? — уточнила Аомамэ.

— Нет-нет, особой спешки не требуется. Конкретные сроки и даты не поджимают. Но если тянуть слишком долго, появятся новые жертвы. А наши шансы на успех ограниченны. Кто знает, когда нам с тобой еще представится такая возможность?

На улице совсем стемнело, в «солнечной» воцарилось молчание. Интересно, взошла ли луна, подумала Аомамэ. Но оттуда, где она сидела, неба за окном было не увидать.

— Я расскажу тебе об этом случае все, что смогу,— прервала их молчание хозяйка.— Но сначала хочу, чтобы ты встретилась с одним человеком. Так что сейчас мы с тобой сходим в гости.

— Этот человек живет в вашем приюте? — догадалась Аомамэ.

Хозяйка сделала медленный и глубокий вдох, затем из груди ее вырвался еле слышный стон. В глазах появился странный блеск, какого Аомамэ еще ни разу у старушки не замечала.

— Ее привезли туда люди из нашей консультации полтора месяца назад. Первые три недели она не говорила ни слова. То ли от шока, то ли из внутренней потерянности, не знаю, но молчала как рыба. Мы знали только ее имя и возраст. Прежде чем попасть сюда, она хоронилась по вокзалам да станциям метро, откуда ее постоянно выгоняли. Три недели я пыталась бедняжку разговорить. Объясняла, как могла, что здесь ее никто не обидит, поэтому бояться больше не нужно. Но она уяснила это далеко не сразу. В конце концов начала говорить — но очень сбивчиво и односложно. И только теперь, собрав все обрывки ее речи воедино, я в целом поняла, что стряслось. Пересказывать это вслух очень трудно: перехватывает горло.

— Стало быть, очередной муж-садист?

— Хуже,— сухо ответила хозяйка.— Девочке всего десять лет.

Хозяйка провела Аомамэ через сад к низенькой деревянной калитке, отперла дверь. Пригнувшись, они выбрались на улицу и направились к приюту — деревянному строению по соседству. В старые времена, когда в богатых особняках работало много прислуги, именно такой простой люд и населял домишки вроде этого. В двухэтажном зданьице даже чувствовался некий стиль, но для сдачи за деньги оно уже слишком состарилось. А вот для женщин, которым некуда идти,— просто идеальная обитель. Несколько могучих дубов, раскинув широкие кроны, защищали здание со всех сторон. Парадную дверь украшал разноцветный витраж. Комнат всего было десять. Иногда дом почти пустовал, иногда заполнялся жильцами полностью, но в среднем пять или шесть женщин тихонько жили здесь, не выглядывая наружу. Сейчас свет горел в доброй половине окон. Время от времени откуда-то доносились крики грудного младенца. Но в целом домик окутывала такая пронзительная тишина, словно сам он затаил дыхание, боясь кого-нибудь напугать. Словно и не живут здесь люди. Огромный пес, немецкая овчарка, сидел на цепи у ворот. Почуяв гостей, он негромко залаял. Неизвестно, кто и как его этому обучил, но когда к дому приближались мужчины, он лаял громко, долго и яростно. Несмотря на это, сильнее всего пес был привязан к Тамару.

При виде хозяйки пес перестал лаять, завилял хвостом и жизнерадостно фыркнул. Наклонившись, хозяйка похлопала его по голове. Аомамэ тоже почесала зверюгу за ухом. Собака хорошо ее помнила. Умная псина. Которая почему-то обожает шпинат. Хозяйка достала ключ и отперла входную дверь.

— За девочкой присматривает одна из наших постоялиц,— сказала она.— Живет с ней в комнате. Насколько возможно, не отходит ни на шаг. Оставлять бедняжку без присмотра пока еще рискованно.

Все обитательницы приюта заботились друг о друге и делились тем, что с ними произошло. Таков был негласный устав заведения. Многим такая практика помогла восстановить израненную психику без какой-либо специальной терапии. Те, кто поселился раньше, объясняли новичкам уклад и передавали необходимые для жизни одежду и утварь. Дежуря по очереди, готовили пищу и прибирали в комнатах. Конечно, бывали и те, кто вовсе не хотел общаться и что-либо о себе рассказывать.

Таких обитательниц старались не беспокоить, оберегая их покой и одиночество. И все-таки большинство женщин сами желали облегчить душу и поведать о своей трагедии тем, кто пережил нечто похожее. В приюте запрещалось пить, курить и без разрешения приводить гостей, но в остальном — никаких особых ограничений.

Телефон и телевизор стояли в общем холле на первом этаже. Здесь же — старенькие диваны сразу на несколько человек и большой обеденный стол со стульями. Многие постоялицы проводили тут почти весь день. Телевизор, впрочем, смотрели редко. А если включали, то так, что звука практически не слыхать. Куда чаще эти женщины читали книги, листали газеты, вязали или совсем тихонько, полушепотом беседовали друг с дружкой по душам. Кто-то целыми днями писал картины. Совершенно фантастическое помещение. Словно некий иллюзорный, кратковременный коридор между реальностью и загробной жизнью, в котором даже свет меняет свою природу. И в ясный день, и в пасмурную погоду, и даже среди ночи — свет любого происхождения здесь выглядел одинаково нездешним. Всякий раз приходя сюда, Аомамэ казалась себе чужаком, бесстыдно проникшим туда, где быть не положено. Это место напоминало ей закрытый клуб «только для самых своих» — тех, чье одиночество не шло ни в какое сравнение с ее собственным.

При виде хозяйки три женщины, сидевшие в холле, тут же поднялись с диванов. На их лицах читалось глубочайшее почтение.

— Не нужно вставать,— сказала хозяйка.— Я только хотела поговорить с малышкой. Где она сейчас?

— Малышка Цубаса* у себя в комнате,— ответила одна женщина. На вид — ровесница Аомамэ. Прямые длинные волосы.

---

* Цуба́са *(яп.)* — крыло, крылья. Довольно популярное женское имя, символизирующее окрыленность.

— Вместе с Саэко,— добавила другая, постарше.— Сюда ей спускаться, боюсь, пока трудновато...

— Ну, значит, еще немного? — ласково улыбнулась старушка.

Три женщины, не сговариваясь, кивнули. Что означает это «еще немного», никому из них объяснять было не нужно.

Они поднялись в комнату на втором этаже, и хозяйка попросила Саэко — маленькую неприметную женщину — ненадолго их оставить. Рассеянно улыбнувшись, Саэко вышла и, прикрыв за собой дверь, спустилась в холл. В комнате остались только Аомамэ, хозяйка и десятилетняя Цубаса. Все трое сели за небольшой обеденный стол напротив окна, задернутого толстыми шторами.

— Эта тетя — госпожа Аомамэ,— сказала хозяйка.— Она работает вместе со мной. Так что бояться не нужно.

Девочка взглянула на Аомамэ, сразу же отвела глаза и легонько, почти незаметно кивнула.

— А это — Цубаса,— продолжала хозяйка.— Сколько ты уже здесь, малышка?

Цубаса едва заметно покачала головой. Не знаю, мол.

— Шесть недель и еще три дня,— подсказала хозяйка.— Возможно, ты не считаешь. Но я считаю каждый день. И знаешь почему?

Голова девочки снова качнулась. Влево и вправо — на какой-нибудь сантиметр, не больше.

— Иногда всем нам нужно какое-то время,— объяснила хозяйка.— Но при этом очень важно его считать.

На взгляд Аомамэ, перед ними сидела самая обычная десятилетняя девочка. Ну, может, чуть выше своих ровесниц и слишком уж костлявая; грудь настолько худая и плоская, словно ребенок хронически недоедал. Вполне симпатичная, только на лице — ноль эмоций. Глаза — словно из матового стекла: сколько ни заглядывай, ничего не увидишь. Тонкие запекшиеся губы то и дело дергались, словно пытались сложить какие-то мысли в слова, но отчаивались на полдороге.

Хозяйка развернула пакет, достала небольшую коробку. На коробке изображались заснеженные горы Швейцарии. А внутри оказалась целая дюжина маленьких шоколадок различной формы. Хозяйка достала одну и протянула девочке. Еще одну дала Аомамэ, а третью отправила себе в рот. Аомамэ последовала ее примеру. Проследив за их действиями, девочка сделала то же самое. Какое-то время все трое сидели и молча жевали шоколад.

— Ты помнишь себя в десять лет? — спросила хозяйка.

— Прекрасно помню,— отозвалась Аомамэ.

В десять лет она пожала руку парню, которого поклялась любить всю жизнь. А через несколько месяцев у нее случились первые месячные. Это было время больших перемен. Она отдалилась от секты и решила уйти от родителей.

— Вот и я себя хорошо помню,— сказала хозяйка.— В десять лет я поехала с отцом в Париж, где мы провели целый год. Отец тогда работал дипломатом. Жили мы в старинных апартаментах недалеко от Люксембургского сада. Шел последний год войны, на вокзалах было полно раненых и изувеченных солдат. И совсем юных, и почти стариков. Париж в любое время года поразительно красив, но в моей памяти, увы, он остался городом, залитым кровью. По всем фронтам шли тяжелые окопные бои. Инвалиды, потерявшие кто глаз, кто руку, кто ногу, бродили по улицам, как заблудившиеся призраки. Перед глазами так и мелькали их белоснежные бинты да черные кресты орденов, прицепленных чьей-то рукой. А запряженные лошадьми телеги везли через город на кладбища все новые и новые гробы. Каждый раз, когда проезжала такая телега, прохожие на улице умолкали и старались не смотреть друг на друга...

Хозяйка положила руки на стол. Чуть подумав, Цубаса отняла от коленей ладошки и накрыла ими пальцы хозяйки. Старушка взяла девочкины руки в свои и крепко пожала. Как, наверное, пожимали руки отцы матерям, проводив глазами очередную телегу с гробами. Только не бойся, дорогая. Ничего не случится. Все будет хорошо.

— Каждый мужчина ежедневно производит по нескольку миллионов сперматозоидов,— сказала хозяйка.— Ты в курсе?

— Слышала. Хотя точного числа не знаю.

— Точней и я не скажу, но, в общем, число запредельное. И всю эту армию мужчины выпускают на волю за один-единственный раз. Однако у женщин число яйцеклеток, готовых к оплодотворению, весьма ограниченно. Знаешь сколько?

— Нет.

— За всю жизнь — не более четырехсот. Яйцеклетки не рождаются заново из месяца в месяц. Они взращиваются телом женщины с момента ее рождения. И, начиная с первой менструации, каждый месяц выходят из ее организма наружу, одна за другой. В этой девочке тоже хранится свой запас яйцеклеток. У нее пока месячных не было, и этот запас должен оставаться нетронутым. Его следует запереть надежно, как в сейфе, ибо главная его задача — обеспечить оплодотворение.

Аомамэ кивнула.

— Все основные разногласия между мужчинами и женщинами происходят из-за разницы их детородных механизмов. Если выражаться совсем уж физиологично, мы, женщины, живем для того, чтобы не разбазаривать ограниченный фонд своих яйцеклеток. И ты, и я, и этот ребенок — в этом мы все едины.— По губам старушки пробежала грустная улыбка.— Хотя обо мне, конечно, следует говорить в прошедшем времени...

Значит, я уже разбазарила около двухсот яйцеклеток, пронеслось у Аомамэ в голове. Примерно столько же пока остается во мне. И на каждой — нечто вроде таблички «Столик заказан».

— Только у этой девочки оплодотворения не случится уже никогда,— продолжала хозяйка.— На прошлой неделе ее осмотрел мой знакомый гинеколог. Ее яйцеклетки полностью разрушены.

Невольно скривившись, Аомамэ посмотрела хозяйке в глаза. Затем перевела взгляд на ребенка. Никаких подобающих слов в голову не приходило.

— Разрушены? — эхом повторила она.

— Именно так,— кивнула хозяйка.— Никакими операциями их уже не восстановить.

— Но кто же мог такое сотворить?

— Вот об этом нам ничего конкретного пока не...

— *LittlePeople,*— сказала вдруг девочка.

Глава 18

ТЭНГО

Большой Брат больше не смотрит

После пресс-конференции Комацу позвонил Тэнго и сообщил, что все прошло отлично.

— Просто как по маслу! — выпалил он. Таким возбужденным Тэнго его никогда еще не слыхал.— Вот уж не думал, что выйдет настолько гладко. И отвечала умно, и в целом произвела на всех *наиприятнейшее* впечатление!

Новость эта вовсе не удивила Тэнго. Уж за что, а за исход пресс-конференции он почему-то не волновался ни капли. И был уверен, что Фукаэри прекрасно справится без подсказок. Ну разве что фраза «наиприятнейшее впечатление» как-то странно сочеталась именно с этой девушкой.

— Значит, ничего лишнего не сболтнула?

— Абсолютно! Отвечать старалась как можно короче, каверзные вопросы обруливала. Да и по-настоящему каверзных вопросов ей, слава богу, никто не задавал. Все-таки когда перед микрофоном семнадцатилетняя красотка, журналистам тоже неохота выставлять себя монстрами во плоти. По крайней мере, *на данном этапе*. Посмотрим, что будет дальше. Куда в этом мире подует ветер — предсказать невозможно...

Тэнго представил, как Комацу, стоя на высоком утесе, с крайне серьезным видом облизывает собственный палец и пытается определить направление ветра.

— Как бы там ни было, дружище, все это благодаря твоему чуткому инструктажу. Я навеки твой должник. Официальное объявление лауреата и освещение пресс-конференции будут завтра в вечерних газетах.

— А как Фукаэри была одета?

— Одета? Да как обычно. Джинсы, свитерок в обтяжку.

— В котором грудь хорошо видна?

— А! Да, верно,— припомнил Комацу.— Грудь была в лучшем виде. Пышная, молодая... Да, брат! У девчонки есть все, чтобы стать звездой литературы. Красавица, болтает немного странно, зато слова подбирает снайперски. Посмотришь на такую — сразу чувствуешь: суперхаризма. Я на своем веку много дебютантов повидал. Но эта девчонка — нечто особенное. А ты уж поверь: если я говорю «особенное», значит, так оно и есть. Через неделю наш журнал станет лидером продаж в любой книжной лавке, готов спорить на что угодно. Даю на отсечение левую руку и правую ногу! И за какие-нибудь три дня весь тираж сметут с прилавков, помяни мое слово...

Сказав спасибо, Тэнго повесил трубку. На душе полегчало. Первый этап этой скачки с препятствиями, кажется, пройден. Хотя сколько еще препятствий ждет впереди, известно лишь господу богу.

Новость о пресс-конференции появилась через сутки в вечерних газетах. Возвращаясь из колледжа, Тэнго купил в киоске на станции сразу четыре разные и уже дома раскрыл одну за другой. Все они сообщали примерно одно и то же. Хотя длилась пресс-конференция совсем недолго, писалось о ней на удивление много (обычно объявлению литературной премии для дебютантов уделяется от силы строчек пять). Как и предсказывал Комацу, запечатлеть и послушать семнадцатилетнюю лауреатку слетелись массмедиа всех мастей. Каждая статья рапорто-

вала, что единогласным решением жюри юная дебютант-
ка награждается литературной премией за роман «Воздушный кокон». Возражений при обсуждении кандида-
туры ни у кого не возникло, все заседание жюри заняло каких-то пятнадцать минут. Что само по себе явление
крайне редкое. Чтобы четыре маститых писателя, глядя-
щих на мир каждый со своей колокольни, проявили хоть
в чем-то единодушие — обычно такое можно увидеть разве только во сне. После церемонии награждения в одном из залов отеля состоялась пресс-конференция, на
которой лауреатка «с улыбкой и подкупающей прямотой» ответила на вопросы прессы.

На вопрос: «Собираетесь ли вы и дальше писать прозу?» — она ответила: «Проза — всего лишь один из способов проявления собственных мыслей. В этот раз мои
мысли приняли форму прозы. Какую форму они примут
в следующий раз, пока сказать трудно». В то, что Фукаэри смогла выдать такую длинную фразу за один присест,
верилось с трудом. Скорее всего, репортер склеил эту
мысль из нескольких коротких ответов. А возможно, она
и действительно способна, когда нужно, изъясняться по-
человечески. Ни в чем, что касалось Фукаэри, Тэнго не
мог быть уверен на сто процентов.

Самой любимой книгой девушка назвала «Повесть о
доме Тайра». А в ответ на вопрос, какая часть книги ей
нравится больше всего, зачитала наизусть огромный отрывок. Долгие пять минут журналистская братия слушала ее, затаив дыхание. И когда Фукаэри закончила, в зале на несколько секунд повисла глубокая тишина. Слава
богу (воистину!), никому из репортеров не пришло в голову спросить ее о любимой песне.

«Кому ваша премия доставила наибольшую радость?» — спросили ее. Девушка выдержала долгую паузу, а потом сказала: «Это секрет».

Насколько можно судить из газет, ни на один вопрос Фукаэри не ответила уклончиво и все, что говорила, являлось чистейшей правдой. Были в газетах и фотографии. На снимках она вышла еще красивее, чем Тэнго ее помнил. Все-таки когда он общался с ней вживую, его внимание постоянно отвлекалось от лица собеседницы на какие-то побочные детали — ее жесты, выражения лица, произносимые слова. Но лишь теперь, на застывших кадрах, он смог заново осознать всю красоту этой девушки. И хотя снимки публиковались совсем небольшие (свитерок на ней и впрямь оказался *тот же*), от самого ее образа в кадре словно исходило едва уловимое сияние. Надо полагать, то самое, что Комацу назвал «суперхаризмой».

Свернув газеты, Тэнго прошел на кухню и, потягивая пиво из банки, принялся готовить нехитрый ужин. Роман, переписанный его рукой, по единогласному решению жюри получил всеяпонскую премию, отличную раскрутку в прессе и все шансы стать бестселлером года. Воспринимать эту новость однозначно у Тэнго не получалось. С одной стороны, хотелось искренне радоваться, с другой — недобрые предчувствия не давали ему покоя. Не говоря уже о вопросе, которым он терзался с самого начала всей этой авантюры: неужели подобные вещи могут так просто сойти им с рук?

Пока он готовил, есть расхотелось. Только что желудок урчал от голода — и вдруг никакого аппетита. Он завернул еду в полиэтиленовую пленку, спрятал в холодильник, сел за кухонный стол и допил пиво, разглядывая календарь на стене. Календарь был рекламным подарком от какого-то банка, и на всех его фотографиях изображалась гора Фудзи в разное время года. На гору Фудзи Тэнго не забирался ни разу в жизни. Как и на Токийскую телебашню. Почему-то ему никогда не хотелось посмотреть на землю с большой высоты. Интересно, с чего бы это, подумал Тэнго. Не оттого ли, что всю жизнь я только и гляжу себе под ноги?

Предсказания Комацу сбывались одно за другим. Почти весь тираж журнала, в котором напечатали первую часть «Воздушного кокона», разошелся в первый же день продажи, и уже на следующие сутки этот выпуск было негде купить. Для литературного журнала событие просто неслыханное. Из месяца в месяц издательства выпускают такие журналы себе в убыток, публикуя произведения, которые позже выпустят покетбуками. Делается это с единственной целью — вычислить новых авторов, которых можно раскручивать дальше, присуждая им литературные премии. Коммерческой прибыли от продажи этих журналов в принципе не ожидается. Вот почему новость о том, что весь тираж литературного журнала распродан почти за сутки, в сознании людей приравнивалась к сообщению о снегопаде на Окинаве*. Несмотря даже на то, что никакой прибыли эти продажи издательству не принесли.

Все это Комацу растолковал по телефону.

— В общем, началось! — сообщил он радостно.— Лишь оттого, что весь тираж распродан, читатель будет драться за то, чтобы это прочитать. А типография уже набирает «Кокон» для издания в мягкой обложке. Срочно, отложив остальные проекты. Теперь даже вопрос не стоит о какой-то премии Акутагавы! Теперь главное — как можно бóльшим тиражом продать то, что есть. Это будет стопроцентный бестселлер, гарантирую. Пора тебе, дружище, подумать заранее, как правильно распорядиться большими деньгами...

---

* Окинава — самый южный из крупных островов Японии, курортная зона, где купаются в море практически круглый год.

Уже в субботу вечерние газеты опубликовали отзывы литературных критиков. Разумеется, упомянув, что весь тираж журнала был раскуплен за сутки. Отзывы оказались самыми благожелательными. Уверенный стиль, столь неожиданный для семнадцатилетнего автора, тонкий психологизм, богатейшее воображение. *Очень возможно,* прорыв к новым литературным методам. Лишь один критик написал: «Авторское воображение зашкаливает за пределы воображения читательского, отчего возникает ощущение потери автором связи с реальностью». Единственная негативная оценка из всего, что Тэнго прочитал. Но даже тот ворчун признал, что ему «было бы очень любопытно узнать, какого рода тексты сей автор напишет в дальнейшем». Как ни крути, а пока ветер дул куда нужно.

Фукаэри позвонила в день выхода покетбука. На часах было девять утра.

— *Не-спишь,*— поинтересовалась она. Как всегда, без эмоций.

— Разумеется, нет,— ответил Тэнго.

— *После-обеда-свободен,*— спросила Фукаэри.

— После четырех,— ответил он.

— *Встретиться-можешь.*

— Встретиться могу.

— *Там-же-где-раньше.*

— Хорошо,— согласился Тэнго.— Значит, после четырех в той же кофейне на Синдзюку. Кстати, на фотографиях ты отлично получилась. Я о снимках с пресс-конференции.

— *Свитер-был-тот-же.*

— Он очень тебе идет.

— *Тебе-нравятся-мои-сиськи.*

— Наверное. Но главное — ты произвела на окружающих самое благоприятное впечатление.

В трубке надолго умолкли. Так, словно поставили что-то на полку перед собой и долго разглядывают. А может, размышляют над логической связью между сиськами и благоприятным впечатлением, которое мы производим на окружающих. Чем дольше Тэнго думал об этой связи, тем больше запутывался.

— *Короче-в-четыре,* — сказали в трубке. И оборвали связь.

Еще не было четырех, но Фукаэри уже ждала его в кофейне. Рядом с нею за столиком сидел Эбисуно-сэнсэй. В светло-серой рубашке с длинными рукавами и темно-серых брюках. И, как всегда, с идеально прямой осанкой. При виде сэнсэя Тэнго слегка удивился. Как сообщал по телефону Комацу, «спускаться с гор» сэнсэй позволял себе только в очень особых случаях.

Усевшись напротив, Тэнго заказал себе кофе. День стоял жаркий и душный, вот-вот должны пойти «сливовые дожди»*. Невзирая на это, Фукаэри по-прежнему прихлебывала горячий какао. Сэнсэй заказал себе кофе со льдом, к которому пока не притрагивался. Лед в стакане таял, медленно расширяя полоску воды сверху.

— Спасибо, что пришли, — изрек сэнсэй.

Принесли кофе, Тэнго сделал глоток.

— Насколько я вижу, события развиваются в желательном направлении, — продолжил сэнсэй, будто проверяя силу голоса. В его речи не ощущалось особой спешки. — Твоя заслуга в этом деле неоценима. Воистину неоценима. И прежде всего я хочу тебя за это поблагодарить.

— Это очень приятно слышать, — сказал Тэнго. — Но как вы знаете, формально я в этой ситуации не участвовал. А раз так, то и заслуги ничьей быть не может.

---

* «Сливовые дожди» (*яп.* «байу») — поэтическое название сезона дождей, идущих в июне по всей Японии, кроме Хоккайдо и Окинавы.

Сэнсэй с неожиданно теплой улыбкой потер руки.

— Э, нет! — возразил он.— Не стоит так скромничать. Бог с ней, с формальной стороной. На самом-то деле ты участвовал, да еще как! Без тебя в этой истории ничего хорошего не получилось бы. Именно благодаря тебе «Воздушный кокон» превратился в выдающееся произведение. То, что у тебя получилось, по глубине образов и богатству мысли превзошло все мои ожидания. Должен признать: ты умеешь заглядывать людям в душу.

Фукаэри, сидя рядышком, пила свое какао, точно кошка молоко. В белой блузке с короткими рукавами и короткой темно-синей юбке. Как всегда, никакой бижутерии. Всякий раз, когда она наклонялась над чашкой, лицо ее пряталось за прямой челкой.

— Я непременно хотел высказать тебе все это лично,— добавил сэнсэй.— И специально для этого приехал сюда.

— Право, не стоит уделять этому столько внимания. Над «Коконом» я работал просто потому, что лично для меня это было важно.

— Именно за это тебе отдельная благодарность.

— Благодарность — это ладно,— сказал Тэнго.— Лучше позвольте мне задать несколько вопросов насчет Эри.

— Разумеется. Что смогу — расскажу.

— Официально вы являетесь ее опекуном?

Сэнсэй покачал головой:

— Официально — нет. Хотел бы, если б мог. Но, как я уже рассказывал, связаться с ее родителями возможности никакой. И юридически я опекунских прав в отношении Эри не имею. Просто семь лет назад она пришла к крыльцу моего дома, и с тех пор я ее воспитываю. Вот и все.

— Но если так, не кажется ли вам странным делать Эри публичной фигурой? Если все это вылезет на свет,

проблем не оберешься. Все-таки еще несовершеннолет-
няя...

— Ты хочешь сказать, ее родители могут подать на
меня в суд? И потребовать, чтобы я вернул ребенка туда,
где ему быть полагается? Ты об этом?

— Да. Именно в этом хочется определенности.

— Твои сомнения справедливы. Только не забывай,
что *у них там* слишком много причин, чтобы не высо-
вываться наружу. Чем более публичной фигурой станет
Эри, тем меньше у них будет желания дотянуть до нее
руки. Иначе все тут же обратят на них внимание. А как
раз этого они хотели бы меньше всего на свете.

— Они? — уточнил Тэнго.— Вы хотите сказать —
«Авангард»?

— Именно,— кивнул сэнсэй.— Религиозная секта
«Авангард». Эри я воспитываю уже семь лет. Сама она
желает оставаться в моем доме и дальше. Не говоря уже
о том, что ее родители, не важно по какой причине, на
все эти семь лет ее фактически бросили. Вроде бы все
ясно, однако прав опекуна я получить не могу.

Тэнго надолго задумался.

— «Воздушный кокон» станет бестселлером, как и
планировалось. Эри привлечет внимание широкой публики. И тогда «Авангарду» будет сложнее что-либо против нее предпринять. Это понятно. Но что будет дальше? К чему все это может привести?

— Понятия не имею,— бесстрастно ответил сэнсэй.—
Что будет дальше, не дано знать никому. Никакой карты
нет. Что тебя ждет за очередным поворотом, не узнаешь,
пока не свернешь. Никаких прогнозов.

— Никаких прогнозов? — повторил Тэнго.

— Да, как безответственно это ни звучит, «никаких
прогнозов» — основная канва нашего разговора. Мы бро-
саем камень в глубокий пруд. Бултых! Плеск разносит

по всей округе. Что в ответ на это появится из воды — одному богу известно. Остается только ждать и смотреть.

Несколько секунд все трое молчали. Каждый представлял себе круги, расходящиеся по воде. Подождав, пока волны улягутся, Тэнго произнес:

— С самого начала я заявлял: мы ввязались в чистой воды аферу. В каком-то смысле это антиобщественное деяние. Дальше вокруг нас закрутятся большие деньги, и вся эта ложь начнет разрастаться как снежный ком. Одна ложь повлечет другую, и поддерживать связь между ними будет сложней с каждым днем. Вряд ли кто-либо сможет удержать ситуацию под контролем. А когда все, что скрывалось, всплывет, лодка перевернется — и всех, кто сидел в ней, включая Эри, потянет на дно. Вполне вероятно, в обществе мы станем изгоями. Такого прогноза вы не допускаете?

Сэнсэй поправил очки на носу.

— Приходится допускать.

— Но в то же самое время вы готовы возглавить фирму по дальнейшей раскрутке романа. То есть совершенно осознанно попадаете в еще бо́льшую зависимость от планов Комацу. Выходит, вы сами лезете в болото, заведомо зная, что оттуда не выбраться?

— Да, возможно, получается именно так.

— Насколько я понимаю, сэнсэй, вы — человек редчайшей эрудиции, способный разрабатывать сложнейшие концепции. Тем не менее вы же утверждаете, что понятия не имеете, куда может завести этот план. И что даже не строите никаких прогнозов. Зачем таким людям, как вы, вляпываться в подобные аферы с непонятным исходом,— этого я понять не могу.

— Премного благодарен за столь лестную оценку. Интеллект интеллектом, но...— Сэнсэй глубоко вздохнул.— В общем, я понимаю, о чем ты.

Все замолчали.

— *Никто-не-знает-что-будет,* — вдруг нарушила паузу Фукаэри.

— Вот именно, — подтвердил сэнсэй. — Никто не знает, что будет. Эри абсолютно права.

— Но какие-то *предположения* строить все-таки можно, — сказал Тэнго.

— Разумеется, — согласился сэнсэй.

— Например, можно предположить, что раскрутка «Воздушного кокона» поможет выяснить, что же случилось с родителями Эри на самом деле. Не это ли вы имели в виду, говоря о камне, который бросают в воду?

— Ты *предполагаешь* верно, — ответил сэнсэй. — Как только роман Эри станет бестселлером, все массмедиа соберутся вокруг нее, точно карпы в пруду. Да, собственно, шумиха уже поднята. После пресс-конференции газеты и телевидение с утра до ночи только и умоляют Эри об интервью. Пока мы им всем, конечно, отказываем, но к моменту выхода книги галдеж усилится. И чем дальше мы будем молчать, тем старательней они будут раскапывать любую информацию об Эри через любые другие источники. И тогда, возможно, правда о том, кем и как она воспитывалась, наконец-то прогремит на весь белый свет. А также о том, кто заботится о ней сегодня. Полагаю, это будут очень интересные новости.

Сэнсэй помолчал.

— Все это я делаю вовсе не из любви к авантюрам. Как ты видел, живу я сейчас в горах и делаю все, чтобы не участвовать в страстях этого бренного мира. Никакой выгоды от этого я не получу. Однако мне совершенно искренне хочется, чтобы массмедиа пролили свет на то, что случилось с родителями Эри. Хотя бы просто на то, *где они и чем занимаются.* Иными словами — там, где не может или не хочет помочь полиция, я собираюсь задействовать силы СМИ. Возможно, хотя бы таким способом получится вызволить Фукаду с супругой. Что бы там ни произошло, эти двое для меня слишком много значат, я уж об Эри не говорю. И оставлять их в положении пропавших без вести никуда не годится.

— Но если они все еще там, зачем это нужно — так долго удерживать их взаперти? Семь лет — не слишком ли долгий срок?

— Этого я и сам не знаю,— ответил сэнсэй.— Остается только гадать. Как я уже рассказывал, крестьянская община «Авангард» размежевалась с экстремистами «Утренней зари» и превратилась в религиозную секту. После перестрелки с «Утренней зарей» полиция провела расследование, но никакой связи «Авангарда» с инцидентом так и не выявила. С тех пор для внешнего мира секта захлопнулась, как ракушка. Чем они занимаются на самом деле, практически никому не известно. Вот ты, например, что-нибудь слышал?

— Откуда? — пожал плечами Тэнго.— Телевизора я не смотрю, газет почти не читаю. Вряд ли по мне можно судить обо всех...

— Да нет, ты не исключение. Просто любую информацию о себе секта держит в строжайшей тайне. Обычно секты «новых религий» стараются быть как можно заметнее, чтобы число их верующих росло. «Авангард» этого не делает в принципе. Их не интересует рост числа верующих. Обычным сектам это необходимо для укрепления финансовой базы, но у «Авангарда», похоже, нет такой нужды. Для них важны не деньги, а люди. Молодые верующие с активной мотивацией, богатыми профессиональными навыками и отменным здоровьем. Кого попало они не вербуют, никакой агитации не проводят. Из тех, кто к ним просится, производят тщательный отбор. Или же нанимают тех, чьи знания и умения им требуются. На этих принципах им удалось создать стратегически заточенную группу фанатиков с высоким боевым духом. Настоящую армию, которая официально занята сельским хозяйством, но активнейшим образом готовится к чему-то еще.

— Но какое учение они проповедуют?

— Определенной религиозной доктрины у них, я думаю, нет. А то, что есть, скорее всего — сплошная эклектика. Как и в любой тайной секте, основу их жизни составляют труд и духовная практика. Условия до крайности жесткие. Никаких послаблений. Но именно за такой вот «духовно осмысленной» жизнью к ним стекается молодежь со всей страны. Тотальная сплоченность — и полная закрытость от внешнего мира.

— А гуру в секте есть?

— Официально вроде бы нет. Культ личности они отрицают, общим управлением занимается коллективный совет. Однако что происходит внутри совета, неясно. Я пытался навести справки, но почти никакой информации из секты наружу не просачивается. Утверждать могу только одно: организация неуклонно развивается и в финансах недостатка не испытывает. Она скупает все больше земель и застраивает их жилыми зданиями и цехами. И стена, окружающая эти земли, становится все прочнее.

— А имя учредителя и духовного лидера секты постепенно исчезло из употребления?

— Совершенно верно,— кивнул сэнсэй.— Все это очень странно. Просто не укладывается в голове...

Сэнсэй оглянулся на Фукаэри и снова посмотрел на Тэнго.

— «Авангард» скрывает в своих недрах какую-то важную тайну,— продолжил он.— Нечто сравнимое с прогнозом грядущих сдвигов земной коры. Что за тайна — не знаю. Но именно ради нее «Авангард» из крестьянской коммуны превратился в религиозную организацию. Само это знание и заставило их переделать открытую всему миру общину в тайную секту. Из-за этого, полагаю, во чреве организации возник какой-то конфликт —

нечто вроде попытки переворота. В этом, скорее всего, и был замешан Фукада. Как я уже говорил, сам он — яростный противник каких бы то ни было религиозных образований. Упертый материалист. Он ни за что не позволит организации, в которую вложил столько сил, превращаться в безмозглую секту. Прежде всего, он стал бы защищаться. Думаю, как раз на этом этапе у него и перехватили власть.

Тэнго задумался.

— Я понимаю, о чем вы, но... Почему бы тогда секте не размежеваться с Фукадой — так же мирно, как в свое время с «Утренней зарей»? Зачем это нужно — держать его под арестом?

— Очень хороший вопрос. При обычном стечении обстоятельств в такой неудобной мере, как домашний арест, действительно нет никакой нужды. На ум приходит только одно: Фукада знает об «Авангарде» нечто такое, о чем ни в коем случае не должен узнать белый свет. Иначе всей секте конец. Вот почему его нельзя выпускать наружу... Фукада оставался бессменным лидером «Авангарда» слишком долго. Ни одно мало-мальски важное событие в жизни общины не ускользало от его взора. Не исключаю, что он стал человеком, который слишком много знает. А сам он — личность очень известная. В свое время имя Тамоцу Фукады было символом общественных перемен, да и сейчас еще он обладает мощной харизмой в сознании многих. Если он вернется в этот мир, за его дальнейшими словами и действиями будут пристально следить тысячи, если не миллионы. При таком раскладе, как бы сам Фукада ни хотел отделиться от секты, «Авангард» сделает все, чтобы не выпустить его на волю.

— И поэтому вы решили устроить литературную сенсацию вокруг его дочери? Чтобы привлечь внимание общества к проблеме, которая не разрешается столько лет?

— Семь лет — очень долгий срок. Все мои старания сдвинуть ситуацию с мертвой точки за эти годы потерпели крах. Эта попытка отчаянная — и, боюсь, последняя. Если то, что мы затеваем сейчас, не сработает — боюсь, проклятая головоломка останется навеки неразрешенной.

— Иначе говоря, вы решили выставить Эри приманкой, чтобы тигр вышел из логова?

— Кто и откуда выйдет — нам неизвестно. Не факт, что это обязательно будет тигр.

— Но вы, насколько я помню, не исключали, что с Фукадой могли расправиться физически.

— К сожалению, такая вероятность остается,— задумчиво сказал сэнсэй.— Да ты и сам это должен понимать. В таких сообществах, как тайные секты, может произойти что угодно...

Между ними повисла долгая пауза. И в гробовой тишине Фукаэри вдруг отчетливо произнесла:

— *Потому-что-пришли*-LittlePeople.

Тэнго посмотрел на девушку. Лицо ее, как всегда, оставалось бесстрастным.

— Пришли *LittlePeople*, и поэтому в «Авангарде» что-то изменилось? — спросил Тэнго.

Но Фукаэри ничего не ответила. Только ее пальцы беспокойно теребили пуговицу на блузке.

Словно извиняясь за ее молчание, сэнсэй принял вопрос на себя.

— Я не знаю, что именно Эри имеет в виду под термином *«LittlePeople»*. Она сама это объяснить не может. Или пока не хочет. Но в том, что с появлением этих самых *LittlePeople* жизнь в секте круто переменилась, думаю, можно не сомневаться.

— В общем, кто-то пришел,— уточнил Тэнго.— По крайней мере, *кто-то похожий на* LittlePeople.

— Однозначно,— кивнул сэнсэй.— То ли сами *Little-People*, то ли кто-то похожий на них, не знаю. Но по-скольку Эри вывела их чуть ли не в главные персонажи «Воздушного кокона», похоже, они сыграли в этой истории какую-то очень важную роль.

Несколько секунд сэнсэй молча разглядывал собственные ладони. И затем продолжил:

— В романе Джорджа Оруэлла «1984», как ты помнишь, описан диктатор по имени Большой Брат. Срисованный, вероятно, с фигуры Сталина. После выхода книги термин «Большой Брат» стал своеобразной социальной иконой. За что, конечно, Оруэллу отдельное спасибо. Однако сегодня, в реальном тысяча девятьсот восемьдесят четвертом году, Большой Брат уже слишком известен и очевиден. Появись он сейчас перед нами, любой может ткнуть в него пальцем и закричать: «Берегитесь! Это Большой Брат, он смотрит на нас!» Иными словами, в *этой* реальности Большому Брату уже не осталось места. Вероятно, вместо него и появился тот «маленький народец», которого Эри называет *LittlePeople*. Занятная игра слов, не находишь? — Не сводя глаз с Тэнго, сэнсэй скривил губы в горькой усмешке.— Обычным людям увидеть их невозможно. Как невозможно понять, добрые они или злые, и даже материальны они или нет. Но очень похоже на то, что они упорно копают землю прямо у нас под ногами...— Сэнсэй выдержал паузу.— Возможно, чтобы узнать, что случилось с Эри и ее родителями, следует прежде всего разобраться, кто такие *LittlePeople*.

— И вы что же, хотите вызвать их на себя? — уточнил Тэнго.

— Как можно вызвать то, в чьем существовании не уверен? — спросил сэнсэй, по-прежнему горько улыбаясь.— С обычным тигром в логове, как ты выразился, было бы куда проще.

— В любом случае вы используете Эри как приманку.

— Не думаю, что приманка — подходящее сравнение. Скорей уж я закручиваю водоворот. И в эту воронку уже начинает затягивать все вокруг. А я наблюдаю, чем все закончится.

Сэнсэй покрутил пальцем в воздухе.

— Эри находится в центре водоворота. Она может не двигаться. Движется все, что вокруг.

Тэнго промолчал.

— А если пользоваться твоим жутким сравнением,— продолжал сэнсэй, прищурив глаза,— в роли приманки теперь выступаем мы все. Включая тебя самого.

— От меня требовалось одно: переписать текст «Воздушного кокона». Я — обычный инженер-технолог, который выполнил порученное задание. Так мне с самого начала объяснил господин Комацу.

— Да неужели?

— Другое дело, что по ходу работы ситуация изменилась,— добавил Тэнго.— И все потому, что в план Комацу вы, сэнсэй, внесли свои коррективы, не так ли?

— Отнюдь! — покачал головой сэнсэй.— Я не собираюсь ничего корректировать. Комацу преследует свои цели, я — свои. На данном этапе пути к нашим целям пока совпадают, не более того.

— Но благодаря этому «совпадению» ваш план пока срабатывает?

— Да, можно и так сказать.

— Напоминает двух путников, которые на одной лошади едут в разные города. Докуда-то вроде бы вместе, но что потом — никто не знает. Так получается?

— А ты и правда талантлив. Умеешь подбирать метафоры.

Тэнго глубоко вздохнул:

— В общем, ничего хорошего я от ваших планов не ожидаю. Хотя, конечно, назад дороги нет...

— Если б дорога назад и была, по ней все равно уже не вернуться туда, откуда пришел.

На этом беседа закончилась. Что тут можно еще сказать, Тэнго даже не представлял.

Сэнсэй раскланялся первым, сославшись на важную встречу где-то неподалеку. Тэнго с Фукаэри остались наедине.

— Может, поужинаешь? — разорвал он повисшую паузу.

— *Есть-не-хочу,*— ответила Фукаэри.

В кафетерии стало людно. Не сговариваясь, они поднялись из-за столика, вышли на улицу и молча побрели по тротуару куда глаза глядят. Было уже около шести, тысячи прохожих спешили на метро, хотя еще совсем не стемнело. Солнце раннего лета заливало город призрачными лучами. После сумерек подвального кафетерия этот свет казался искусственным.

— Ты куда сейчас? — спросил Тэнго.

— *Никуда,*— ответила Фукаэри.

— Давай я тебя домой провожу,— предложил он.— Ну, то есть до квартиры на Синано. Ты ведь сегодня там заночуешь?

— *Туда-не-поеду,*— сказала она.

— Почему?

Фукаэри ничего не ответила.

— Считаешь, там тебе лучше не появляться? — уточнил Тэнго.

Девушка молча кивнула.

Тэнго хотел уточнить, почему ей там лучше не появляться, но что-то подсказало ему, что ответа он не дождется.

— Ну, тогда что — вернешься к сэнсэю?

— *Футаматао-слишком-далеко.*

— А какие еще варианты?

— *Заночую-у-тебя.*

— Боюсь, это будет не совсем правильно,— честно сказал Тэнго.— Квартирка у меня совсем крохотная, я — одинокий холостяк. Сэнсэй наверняка бы этого не позволил.

— *Сэнсэю-все-равно,*— отозвалась Фукаэри. И чуть заметно пожала плечами.— *И-мне-все-равно.*

— Но мне-то не все равно.

— *Почему.*

— Ну как тебе сказать...— начал было Тэнго, но никаких объяснений не нашел. Что собирался сказать, он и сам плохо представлял. В разговорах с Фукаэри это случалось с ним то и дело. Начинаешь фразу — и вдруг начисто забываешь, о чем шла речь до сих пор. Как музыкант, у которого порывом ураганного ветра разметало все страницы партитуры.

Не сбавляя шага, Фукаэри взяла руку Тэнго в свою и тихонько пожала — так, словно хотела его успокоить.

— *Ты-не-понимаешь,*— сказала она.

— Что, например?

— *Мы-теперь-одно-целое.*

— Одно целое? — удивился он.

— *Мы-написали-книгу.*

Он чувствовал, как ее пальцы сжимают его ладонь. Не слишком крепко, но очень уверенно.

— Верно. Мы с тобой вместе написали «Воздушный кокон». Теперь нам вдвоем никакой тигр не страшен. Пусть только выскочит!

— *Тигр-не-выскочит,*— сказала она.

— Ну, слава богу! — улыбнулся Тэнго, хотя на душе у него легче не стало. Допустим, тигр не выскочит. Но что может выскочить *вместо* тигра, он и представить себе не мог.

На станции метро «Синдзюку» они остановились перед билетными автоматами. Продолжая сжимать руку Тэнго, девушка заглянула ему в глаза. Вокруг текла бурная людская река, а они все стояли и глядели друг на друга.

— Ладно,— сдался наконец Тэнго.— Хочешь ночевать у меня — валяй. Я и на диване хорошо высыпаюсь.

— *Спасибо-тебе,*— сказала она.

Тэнго поймал себя на мысли, что «спасибо» слышит от Фукаэри впервые. Впрочем, нет. Вроде когда-то она уже говорила нечто подобное. Но когда и в какой связи — не вспоминалось, хоть убей.

Глава 19

АОМАМЭ

Тайны, которые мужчинам не доверяют

— *Little People?* — переспросила Аомамэ как можно мягче, заглядывая ребенку в глаза.— А кто это такие, *Little-People?*

Но рот малышки Цубасы захлопнулся, а взгляд снова погас. Словно то, что она пыталась озвучить словами, тут же высосало из нее всю энергию.

— Ты их знаешь? — спросила Аомамэ.

По-прежнему никакого ответа.

— Это слово малышка произносила уже не раз,— сказала хозяйка.— *LittlePeople...* Бог знает, что оно может значить.

В самом словосочетании *LittlePeople* слышалось что-то зловещее. Всякий раз, когда оно произносилось, Аомамэ будто слышала далекие раскаты грома.

— Значит, это *LittlePeople* ее покалечили? — уточнила Аомамэ.

Хозяйка покачала головой.

— Этого я не знаю. Ясно только одно: эти самые *LittlePeople, или кто они там,* означают для девочки очень многое.

Положив на стол ладошки, Цубаса сидела недвижно, как статуя, и остекленевшими глазами глядела в одну точку перед собой.

— Но все-таки... что же произошло? — не выдержала Аомамэ.

— Экспертиза показала, что ее насиловали,— ответила хозяйка абсолютно бесцветным голосом.— Долго и многократно. Влагалище разорвано, шейка матки — кровавое месиво. Маленькую и несозревшую детскую матку разворотили огромным и твердым членом. Весь запас яйцеклеток полностью уничтожен. Как сказал врач, даже когда девочка вырастет, забеременеть ей, скорее всего, уже не удастся.

Казалось, хозяйка сознательно вываливает эти леденящие душу подробности в присутствии малышки Цубасы. Девочка слушала молча, с абсолютно бесстрастным лицом. Только губы иногда чуть заметно подрагивали, словно пробуя что-то сказать, но в итоге с них не слетало ни звука. Как если бы она вполуха прислушивалась к рассказу о далеком и совершенно не знакомом ей человеке.

— Но и это еще не все,— негромко продолжала хозяйка.— Даже если ее детородная функция каким-то чудом и восстановится, *желания* близости с кем-либо уже никогда не возникнет. Слишком жестоко с ней обошлись и слишком много боли отпечаталось в ее памяти. Такие воспоминания стереть практически невозможно. Надеюсь, ты понимаешь, о чем я.

Аомамэ кивнула. Ее руки покоились на коленях. Она полностью себя контролировала.

— Иными словами, яйцеклеткам, которые она в себе вырастила, больше нет назначенья. Они уже...— хозяйка перевела взгляд на девочку,— абсолютно бесплодны.

Понимает ли Цубаса, о чем идет речь, Аомамэ не знала. Но по крайней мере, выглядела девочка так, будто ее сознание находится где-то совсем в другом месте. В какой-то мрачной и тесной комнате, запертой снаружи на ключ.

— Конечно, я не хочу сказать, что рожать детей — единственное женское предназначение,— продолжала хозяйка.— Каждый сам решает, какую жизнь себе выбирать. Но если право на этот выбор у кого-то отнимают силой — такое прощать нельзя.

Аомамэ кивнула, ни слова не говоря.

— Ни в коем случае нельзя,— повторила хозяйка. Ее голос слегка дрожал. Было видно, что ей все труднее сдерживаться.— Девочка явно сбежала, откуда и как — неизвестно. Идти ей некуда. Только здесь она в безопасности.

— Но где же ее родители? Неизвестно?

Лицо хозяйки перекосилось, а пальцы нервно забарабанили по столу.

— Где ее родители, нам известно. Но именно они во всем виноваты. От них-то она и сбежала.

— Вы хотите сказать, что отец и мать допускали, чтобы кто-то насиловал их десятилетнюю дочь?

— Не просто допускали. Сами отдавали ее насильнику.

— Да как же такое...— выдохнула Аомамэ. Дальше слов у нее не нашлось.

Хозяйка покачала головой:

— Кошмарная история. Ни забыть, ни простить такое невозможно. Но разобраться с виновными *как положено* в данном случае не удастся. Здесь мы имеем дело не с обычным домашним насилием. Осмотревший девочку врач хотел сам обратиться в полицию. Но я его упросила этого не делать. Лишь потому, что мы давно знакомы, и удалось его убедить...

— Но почему? — удивилась Аомамэ.— Что в данном случае мешает обратиться в полицию?

— То, что сотворили с этим ребенком, переходит все границы человеческого поведения. По идее, эту историю необходимо придать самой широкой огласке. Это тяжелейшее уголовное преступление, и с преступником должен по всей строгости разбираться закон.— (Аомамэ заметила, как тщательно хозяйка подбирает слова.) — Однако представь: заяви мы сейчас в полицию — что конкретно они смогут предпринять? Как ты видишь, сама девочка не говорит практически ни слова. Что с ней вытворяли, кто именно, при каких обстоятельствах, объяснить она не в состоянии. Да если бы и смогла объяснить, никаких доказательств, подтверждающих ее слова, у нас нет. В итоге, скорее всего, полиция просто вернет дочь родителям. Официально ей жить больше негде, а у отца с матерью, как ни крути, родительские права. Но если ребенок вернется обратно, можно даже не сомневаться, что весь кошмар повторится снова и снова. А этого я допустить не могу.

Аомамэ снова молча кивнула.

— Эту девочку я воспитаю сама,— отчеканила хозяйка.— И никому ее не отдам. Ни отцу с матерью, если те вдруг придут за ней, ни кому-либо еще. Спрячу от чужих глаз и буду растить, как считаю нужным.

Не представляя, что на это сказать, добрых полминуты Аомамэ переводила взгляд со старушки на девочку и обратно.

— А кто это вытворял, установить удалось? И сколько их было?

— Личность насильника установлена. Это один человек.

— Но засудить его не получится, я правильно поняла?

— Этот изверг обладает фантастическим влиянием на людей,— ответила хозяйка.— *Магнетическим* персональным влиянием. Под которое, в частности, и попали родители малышки Цубасы. Под этим гипнозом они исполняют, как роботы, все, что бы им ни приказали. Это люди совершенно бесхребетны и неспособны мыслить самостоятельно. Любое слово лидера для них — истина в последней инстанции. Велено отдавать на поругание дочь — отдают, не переча. Да еще и радуются, что выполняют священный долг. Прекрасно понимая, что с ней там вытворяют...

Осмыслить то, что сказала хозяйка, Аомамэ удалось не сразу. Лишь секунд через десять относительный порядок наконец восстановился в ее голове.

— Значит, это какая-то особая организация?

— Да. Притон для убогих, заблудших душ.

— Оккультная секта? — догадалась Аомамэ.

— Она самая,— кивнула хозяйка.— Притом очень опасная и антигуманная.

Ну конечно, пронеслось в голове Аомамэ. И как она сразу не догадалась. На такое способны только сектанты. Люди, исполняющие любые приказания. Люди без воли и способности думать своей головой. Она стиснула зубы, чтобы только не крикнуть: *«Да ведь этот кошмар мог бы запросто случиться и со мной!»*

Конечно, «очевидцы» никого не насиловали. По крайней мере, никто из верующих ее ни разу не домогался. Все называли друг друга «братьями» и «сестрами», жить старались мирно и честно. Веровали истово, цепляясь за свои догмы, если требовалось, до последнего вздоха. И все же праведные мотивы далеко не всегда приводят к правильным результатам. А изнасилование бывает не только физическим. Насилие не перестает быть насилием, если его не увидеть глазами, и раны не заживают быстрее, если не кровоточат.

Глядя на девочку, Аомамэ вспоминала себя в ее возрасте. Как ни крути, думала она, мне удалось убежать из секты и остаться в здравом уме. Но эта бедняжка, возможно, пережила слишком много боли, чтобы когда-нибудь вернуться к себе самой. У Аомамэ сжалось сердце. В душе этой девочки она вдруг увидела ту же самую тьму, что всю жизнь окутывала и ее душу. *Аомамэ словно увидела себя со стороны.*

— Должна тебе признаться,— сказала хозяйка.— Прости, но я навела подробные справки о твоей биографии.

Слова хозяйки вернули Аомамэ в реальность.

— Я сделала это после первого же твоего визита,— продолжала хозяйка.— Надеюсь, тебя это никак не обидело.

— Нисколечко,— ответила Аомамэ.— На вашем месте я сделала бы то же самое. Все-таки то, чем мы занимаемся, обычной работой не назовешь.

— Ты совершенно права. Мы ходим над пропастью по очень тонкой проволоке. И поэтому должны быть уверены друг в друге на сто процентов. Но для этого нужно четко представлять, с кем имеешь дело. Поэтому я узнала о тебе все, что можно. С самого детства и до сих пор. Хотя понятно, что абсолютно все о человеке не знает и сам Господь Бог.

— А дьявол? — уточнила Аомамэ.

— И дьявол тоже,— ответила старушка. И еле заметно улыбнулась.— Я узнала, что в детстве ты и сама нахлебалась горя от религиозной секты. Твои родители были упертыми «очевидцами». И остаются таковыми до сих пор. Твой побег из секты они не простили и прощать не собираются. И тебя это угнетает.

Аомамэ кивнула, не говоря ни слова.

— Насколько я знаю, «очевидцы» — секта весьма одержимая,— продолжала хозяйка.— Если бы в детстве ты, не дай бог, тяжело поранилась и тебе потребовалась операция — вместо больницы тебе прописали бы молитвы, и, скорее всего, ты бы просто умерла. Не допускать больного до жизненно важной операции только потому, что это противоречит Писанию,— на такое способны только безмозглые религиозные извращенцы. Злоупотребление догмами еще никого не доводило до добра.

Аомамэ снова кивнула. Байками о том, что переливание крови — смертный грех, детям «очевидцев» забивают голову еще до школы. Дескать, раз Господь учит, что человек с чужой кровью после смерти попадет в ад, лучше умереть сразу — и с чистой кровью вознестись в рай, пускай и немного пораньше. Компромиссов не допускалось. Либо в ад — либо в рай, третьего не дано. Мыслить критически дошколята еще не могут. Откуда им знать, насколько эта теория верна с точки зрения общества или науки? Только и остается, что слепо верить слову родителей. И если бы в детстве мне и правда понадобилось переливание, скорее всего, предки его бы не допустили. И отправилась бы я в их чертов рай на веки веков, аминь.

— Это какая-то известная секта? — спросила Аомамэ.

— Они называют себя «Авангард». Полагаю, ты должна была о них слышать. Не так давно газеты писали о них чуть ли не каждый день.

О секте с таким названием Аомамэ ничего не слыхала. Но на всякий случай кивнула, ничего не сказав. Ей показалось, что так оно будет лучше. Ведь сейчас она может пребывать не в обычном 1984 году, а в «завихренном» — *тысяча невестьсот восемьдесят четвертом*. Эта ее «всего лишь гипотеза» с каждым днем получает все больше реальных подтверждений. И если гипотеза верна, общеизвестных истин, о которых Аомамэ понятия не имеет, будет еще навалом. А значит, нужно быть предельно внимательной и осторожной.

— «Авангард» был основан как маленькая крестьянская община, которой заправляла группа левых радикалов, сбежавших из города от преследования полиции. Однако уже очень скоро жизнь общины перевернулась вверх дном, и они превратились в закрытую секту. Что конкретно произошло — загадка. Сплошь суеверные домыслы. Но большинство «крестьян» так и осталось в новоявленной секте. Сегодня у «Авангарда» статус религиозной организации, хотя никто во внешнем мире не может объяснить, чем эта организация занимается. В учредительных документах указано, что они практикуют «одно из тайных течений буддизма». Хотя, скорее всего, изнутри их доктрина пуста, как папье-маше. Несмотря на это, организация стремительно крепнет, а число верующих растет. *В том кошмарном инциденте* секта была явно замешана, но имидж ее почему-то не пострадал. Они сумели вывернуться очень ловко. Так, что эта трагедия разрекламировала их на всю страну...— Хозяйка глубоко вздохнула.— В миру это почти не известно, однако у них есть гуру, которого все называют Лидером. Считается, что Лидер обладает сверхъестественными способностями. Якобы то излечивает людей от смертельных болезней, то предсказывает будущее, то вызывает необычные природные явления. Понятно, что этот имидж создан коллективными предрассудками. Но он эффективен, поскольку привлекает в секту еще больше людей.

— Природные явления? — переспросила Аомамэ.— Какие именно?

Красивые брови хозяйки сдвинулись к переносице.

— Подробностей я не знаю. Честно сказать, вся эта оккультная мистика мне совершенно не интересна. Подобные мошенники дурят народ со времен сотворения мира. И наверное, никогда не переведутся. Потому что подавляющее большинство людей верят не в реальность, а в то, что хотели бы считать реальностью. Такие люди, сколько ни таращат глаза, все равно не видят, что происходит на самом деле. Они просто напрашиваются, чтобы кто-то водил их за нос. Нечему удивляться.

— «Авангард»...— произнесла Аомамэ. Неплохое название для скоростного экспресса. Но уж никак не для секты религиозных фанатиков.

Услыхав это слово, малышка Цубаса на секунду втянула голову в плечи. И снова уперлась бесстрастным взглядом в пространство перед собой. Словно в душе ее вдруг закрутился небольшой водоворот, но тут же утих.

— Девочку насиловал гуру секты,— сказала хозяйка.— Под предлогом того, что дает ребенку духовное просветление. Родители объявили малышке, что она должна пройти этот обряд до того, как у нее начнутся первые месячные. Что достичь просветления может только душа, еще не запятнанная грязью этого мира. А страшная боль, что ей предстоит,— всего лишь ступень, испытание, не пройдя которого невозможно пробиться к истинному свету. Ее родители искренне в это верили. Воистину человеческой глупости нет предела. Случай с Цубасой не единичный. Такой же «обряд» совершался и над другими девочками в секте. Этот гуру — маньяк-педофил, не может быть никаких сомнений. Садист-извращенец, маскирующий религиозными лозунгами свою похоть.

— Вам известно его имя?

— К сожалению, пока нет. Сектанты называют его просто Лидер. Кто он, откуда взялся, как выглядит — загадка. Сколько ни раскапываю — никаких результатов. Вся исходная информация наглухо заблокирована. Штаб-квартира секты — глубоко в горах Яманаси, оттуда он практически в мир не выходит. Но даже внутри секты Лидера знают в лицо лишь несколько человек. По слухам, он пребывает в постоянной медитации. В помещении, куда не проникает солнечный свет.

— Но ведь это нельзя оставлять как есть...

Хозяйка бросила взгляд на малышку Цубасу. И решительно кивнула.

— Если сидеть сложа руки, появятся новые жертвы.

— Значит, мы должны что-нибудь предпринять?

Протянув руки через стол, хозяйка накрыла ими детские ладошки.

— Именно так.

— Значит, то, что этот тип периодически насилует детей,— достоверный факт?

Хозяйка кивнула.

— Растление малолетних практикуется в секте как ритуал. Это я установила абсолютно точно.

— Если это правда, прощать такое нельзя,— тихо сказала Аомамэ.— Подонка необходимо остановить.

Хозяйка выдержала долгую паузу. Было видно — она собирается с силами, чтобы принять важное, но очень непростое решение.

— Прежде всего, необходимо разузнать о Лидере как можно больше,— наконец сказала она.— Не должно остаться никаких неучтенных факторов. Все-таки речь идет о человеческой жизни.

— Вы сказали, на люди он не выходит?

— Да. И к тому же, я думаю, его очень хорошо охраняют.

Аомамэ, прищурившись, подумала о пестике для колки льда, что дремал сейчас в дальнем ящике ее шкафа. И о том, не притупилось ли его тоненькое жало.

— Похоже, работа не из легких,— сказала она.

— *Высшей* степени сложности,— кивнула хозяйка. И, отняв руки от ладошек Цубасы, прижала средние пальцы к бровям. Это жест хозяйка позволяла себе очень редко. Как правило, он выражал растерянность.

— Как-то сложно представить, что я бы смогла добраться до их логова по горам Яманаси, прокрасться мимо охраны, убрать их Лидера и выбраться оттуда целой и невредимой,— призналась Аомамэ.— Все-таки это реальность, а не кино об убийцах-ниндзя.

— Ну что ты. О том, чтобы посылать тебя к ним, я и не думала,— твердо ответила хозяйка. И мимолетной улыбкой дала понять, что принимает фразу Аомамэ за шутку.— Такой сценарий даже не обсуждается.

— И еще один важный момент,— добавила Аомамэ, глядя хозяйке прямо в глаза.— *Little People*. Кто они такие? Что конкретно сделали с девочкой? Боюсь, без этой информации нам не обойтись.

Не отнимая пальцев от бровей, хозяйка ответила:

— Это меня и саму беспокоит. Как я уже говорила, Цубаса все время молчит, но эти слова — *Little People* — произнесла уже несколько раз. Похоже, они правда означают для нее что-то важное. Но кто это такие, малышка не объясняет. От любых вопросов об этом впадает в ступор. Дай немного времени. Я попробую что-нибудь разузнать.

— У вас есть источники, из которых можно узнать побольше об «Авангарде»?

Старушка улыбнулась.

— Абсолютно все, что можно увидеть глазами, продается за деньги. Я готова заплатить сколько потребуется. Особенно ради такой цели, как эта. Возможно, потребуется немного времени, но всю необходимую информацию я добуду, не сомневайся.

Есть вещи, которые можно увидеть, но за деньги купить нельзя, подумала Аомамэ. *Например, луну.*

Она решила сменить тему.

— Вы серьезно хотите воспитывать этого ребенка у себя?

— Серьезнее некуда. Собираю документы на удочерение.

— Вам, должно быть, известно, что по закону при живых родителях это почти невозможно?

— Да, я в курсе,— ответила хозяйка.— Но сделаю все, что в моих силах. *Эту* девочку я не отдам никому.

Голос старой женщины задрожал. Никогда еще за всю историю их знакомства в ее голосе не звучало столько чувства. Аомамэ поразилась. И от хозяйки это, похоже, не ускользнуло.

— Никогда и никому я еще не рассказывала,— доверительно понизила голос старушка.— Носила в сердце, точно камень. Слишком тяжело было облечь это в слова... На самом деле моя дочь покончила с собой на седьмом месяце беременности. Думаю, от такого мужа она рожать не хотела. И забрала ребенка с собой. Появись он на свет, ему бы сейчас было столько же лет, сколько ей. Так что в тот день я потеряла не одну, а сразу две дорогие для меня жизни.

— Мои соболезнования,— только и сказала Аомамэ.

— Но тебе не стоит беспокоиться. Эта личная травма не помутила моего рассудка. Подвергать тебя неоправданному риску я не собираюсь. Ты мне теперь тоже дочь. Мы с тобой давно уже одна семья...

Аомамэ молча кивнула.

— И связывает нас с тобой нечто большее, чем кровные узы.

Аомамэ еще раз кивнула.

— С этой тварью необходимо покончить,— с силой, словно убеждая саму себя, проговорила хозяйка. И лишь затем посмотрела на Аомамэ.— Желательно — при первом удобном случае. Пока он не изувечил кого-нибудь еще.

Аомамэ посмотрела через стол на Цубасу. Зрачки ребенка не фиксировались ни на чем конкретно. Они смотрели на что-то не из этой реальности. Бедняжка напоминала опустевшую личинку насекомого.

— С другой стороны, торопиться тоже не следует,— добавила хозяйка.— Осторожность и терпение в нашем деле — залог успеха.

Оставив хозяйку с малышкой Цубасой, Аомамэ вышла из приюта. Старушка пообещала девочке быть рядом, пока та не заснет. В холле первого этажа четыре женщины сидели за столом, наклонившись друг к дружке, и о чем-то неслышно шептались. Картина эта показалась Аомамэ неестественной. Словно все четверо позировали для группового портрета под названием «Тайны, которые мужчинам не доверяют». Даже когда она проходила мимо, их позы не изменились.

Выйдя на улицу, она присела на корточки и потрепала по загривку собаку. Та в ответ жизнерадостно замахала хвостом. Если собак ласкать, не требуя ничего взамен, они быстро привыкают к мысли, что это счастье продлится вечно. С чего бы? Аомамэ никогда в жизни не держала ни собак, ни кошек, ни птиц. Ни даже фикуса в кадке. Спохватившись, она подняла голову и взглянула на небо. Но наступал сезон дождей, небо куталось в округлые пепельные облака, и никакой луны Аомамэ не увидела. Стояла спокойная ночь без малейшего ветерка. И хотя сквозь облака иногда пробивалось призрачное сияние, сколько все-таки лун на небе, было не разобрать.

Всю дорогу до метро Аомамэ размышляла о странностях этого мира. Как сказала хозяйка, мы — всего лишь *носители* для наших генов. Допустим. Но тогда почему мы все живем такими замысловатыми жизнями? Ведь могли бы жить просто, не брать в голову лишнего, просто следить за питанием и безопасностью,— и цель этих чертовых генов достигалась бы на все сто! Зачем формуле ДНК наши метафизические страдания, извращения, сумасбродства? Разве все это помогает выжить генетическому коду?

Педофилы, кайфующие от изнасилования малолеток, и мускулистые геи-вышибалы; религиозные фанатики, подыхающие лишь оттого, что они против переливания крови, и женщины на седьмом месяце, забирающие с собой нерожденных детей на тот свет; девицы, вонзающие мужчинам-садистам в затылок смертоносные иглы, мужчины, которые ненавидят женщин, и женщины, ненавидящие мужчин. Какую пользу вся эта публика приносит человеческим генам? Может, наши гены просто развлекаются, глядя, как мелькают перед ними все эти нелепые, пестрые эпизоды огромной картины мира? Или все-таки используют нас, как мы есть, для каких-то нам не ведомых целей?

Аомамэ не знала ответа. Она понимала только одно: другой жизни уже не выбрать. Нельзя вернуть жизнь, как негодный товар в магазин, и обменять на что-нибудь получше. Кривое, нелепое, странное — но что получил, то и влачи всю дорогу, *носитель...*

Хорошо, если хозяйка с Цубасой будут счастливы вместе, думала Аомамэ, шагая по вечернему тротуару. Если им это удастся — за такое и умереть не страшно. Все равно мне самой на счастливое будущее можно уже не рассчитывать... Хотя, если честно, как-то не верится, что им удастся жить полнокровной — ну или хотя бы простой и спокойной — человеческой жизнью. Слишком тяжкое бремя каждая несла до сих пор. Как и сказала хозяйка, все мы теперь одна семья. Огромное семейство людей с израненными душами, где все поддерживают друг друга, чтобы никто не упал, и продолжают свою битву до последнего вздоха.

Размышляя об этом на ходу, Аомамэ вдруг поймала себя на том, что нестерпимо хочет мужчину. Не сбавляя шага, она покачала головой. Какого черта в такие минуты ей постоянно хочется мужика? Может, ее в принципе «заводят» психологические встряски? Или в ее жизни не хватает секса и это естественный зов невостребованных яйцеклеток? А может, у нее генетические отклонения? Ответа она не знала. Но глухое желание кого-нибудь трахнуть поднималось откуда-то из самого чрева.

Как сказала бы Аюми, «чтоб аж искры из глаз». Что будем делать? — спросила себя Аомамэ. Можно, конечно, отправиться в бар и подцепить завалящего мужичонку. До Роппонги отсюда рукой подать. Но сегодня она слишком устала. Да и вид совершенно не боевой — без косметики, в кроссовках да спортивном костюмчике сложно кого-нибудь заарканить. Пойдем-ка домой, ответила себе Аомамэ, откроем вина, уговорим полбутылки и завалимся спать. Так будет лучше всего. И чтоб больше ни мысли о проклятой луне на сегодня.

Мужчина, сидевший напротив Аомамэ в поезде от Хироо до Дзиюгаоки, показался ей весьма привлекательным. Лет за сорок, продолговатое лицо, высокий лоб, плавно переходящий в залысины. Форма черепа что надо. Здоровый цвет лица, франтоватые очки в тонкой черной оправе. Одет элегантно. Легкий хлопчатый пиджак, белая рубашка поло, на коленях — кожаная папка. Коричневые туфли с пряжкой — от Гуччи. Вроде бы служит, но не в квадратной конторе. Скорее, редактор издательства или архитектор небольшой строительной фирмы. А может, дизайнер повседневной одежды, что-нибудь в этом духе. Всю дорогу, не глядя по сторонам, мужчина увлеченно читал какой-то покетбук в «слепой» магазинной обертке*.

Если б могла, Аомамэ сейчас пошла бы куда-нибудь с этим мужиком и хорошенько его отымела. Она представила, как одна ее рука крепко сжимает его отвердевший член. Так, чтобы внутри перекрыло ток крови. А другая рука нежно массирует яички...

---

* В японских книжных магазинах принято продавать книги, оборачивая их в дополнительную обложку, чтобы люди могли читать в общественном транспорте, не показывая окружающим, что именно они читают.

Аомамэ стиснула руками колени. Ее пальцы то сжимались, то разжимались, плечи заходили вверх-вниз с каждым вдохом и выдохом. Она провела кончиком языка по губам.

Но вагонные динамики объявили станцию Дзиюгаока — пора выходить. Мужчина, так и не узнав, что послужил объектом чьих-то эротических фантазий, уехал куда-то дальше, по уши в своей книге. На женщину, что сидела напротив, ему было совершенно плевать. Если б он знал, с каким трудом она сдержалась, чтоб не вырвать у него эту чертову книгу из рук, когда выходила!

В час ночи Аомамэ заснула в своей постели. Ей приснился эротический сон. Ее грудь во сне была красивой и округлой, как пара грейпфрутов, соски — большими и твердыми. И этой грудью она упиралась в чей-то огромный член. Аомамэ спала нагишом, широко раскинув ноги, ее одежда с бельем валялись на полу у кровати. Она спала и не знала, что в небе за окном сияют две яркие луны. Одна большая и старая как мир, другая — новая, чуть поменьше.

Хозяйка с Цубасой заночевали в одной комнате. Переодетая в новенькую цветастую пижаму, девочка сопит, свернувшись калачиком в своей постели. Хозяйка заснула одетой, откинувшись на спинку стула рядом с кроватью. Ее ноги укутаны мягким пледом. Явно собиралась уйти, когда ребенок уснет, но сама провалилась в сон. Над огромным холмом вокруг приюта царит почти абсолютная тишина. Лишь откуда-то издалека порой доносит вопли клаксонов, сирены «скорой помощи» и рев газующих автомобилей. Овчарка у входа сложила голову на передние лапы и тоже спит. Шторы на окнах дома задернуты, но снаружи облиты призрачным белым сияньем. Тучи наконец разошлись, и обе луны сияют в небе, подчиняя своему притяжению все приливы земных морей.

Малышка Цубаса спит, прижимаясь щекой к подушке, ее рот слегка приоткрыт. Во сне девочка дышит так тихо, что кажется окаменевшей. Лишь по плечикам иногда пробегает дрожь. Длинные волосы, разметавшись, закрывают ее лоб и глаза.

Но вот ее губы распахиваются чуть шире — и оттуда, изо рта, начинают выходить *Little People*. Один за другим выбираются наружу и бдительно озираются. Проснись в эту минуту хозяйка, она бы тут же их обнаружила. Но хозяйка спит крепким сном и долго еще не проснется. *Little People* знают это хорошо. Всего их пятеро. Когда они только выходят из девочки, их рост не больше ее мизинца,— но каждый тут же раскладывается, как игрушечный робот-трансформер, и очень быстро вырастает сантиметров до тридцати. Одеты совершенно непримечательно. Их лица бесстрастны. Друг от друга *Little People* практически неотличимы.

Без единого звука они спускаются с кровати на пол, забираются под кровать и вытаскивают оттуда нечто, напоминающее то ли маленькую рисовую лепешку, то ли большой пельмень. Встают вокруг него, поднимают руки, вонзают пальцы в пространство — и отработанными движениями начинают вытягивать прямо из воздуха белые прозрачные нити. Этими нитями, на вид очень клейкими, они обматывают белое нечто, и лепешка-пельмень растет на глазах. А вместе с ней вырастают и они сами. Вот уже каждый более полуметра. Свой размер *Little People* регулируют по необходимости.

Они работают час, другой, третий. Стараются изо всех сил, хотя никто не издает ни звука. Труд упорный и слаженный, ни секунды на передышку, пока Цубаса с хозяйкой спят мертвым сном. Сном, крепче которого им засыпать еще не доводилось. Как, впрочем, и всем остальным обитателям этого дома.

И лишь овчарка, несмотря на глубокую спячку, то и дело тревожно поскуливает на траве под окном, пока обе луны, сговорившись, затапливают мир своим тусклым, потусторонним сияньем.

Глава 20

ТЭНГО

Бедные гиляки!

Тэнго не спалось. Фукаэри, наверное, уже видела седьмой сон — на его кровати, в его пижаме. А он, поворочавшись минут тридцать на застеленном наспех диване (где, кстати, раньше ему вполне уютно спалось), совсем отчаялся, встал и отправился на кухню, где опять сел за будущую книгу. Словопроцессор остался в спальне, поэтому он писал обычной ручкой в блокноте для заметок. Не испытывая при этом ни малейшего неудобства. Конечно, на процессоре удобнее печатать и сохранять написанное. Но прорисовывать иероглифы вручную — удовольствие особое.

Раньше он редко писал по ночам. Куда больше ему нравилось сочинять тексты днем, когда все остальные люди тоже не спят, ходят по улицам и занимаются своими делами. С наступлением ночи, в навалившейся тишине повествование выходило чересчур мрачным и концентрированным. Слишком многое из написанного по ночам приходилось затем переделывать при дневном свете. Чем тратить столько сил и времени на правку, повторял он себе, не лучше ли сочинять тексты набело, пока светит солнце?

Однако теперь, когда Тэнго попробовал писать ночью, да еще и от руки, чего с ним не случалось уже давно,— он вдруг заметил, что в голове его заработал какой-

403

то новый движок. Фантазия расправила крылья, и повествование излагалось будто само собой. Одна идея совершенно естественно перетекала в другую — и так далее. Шарик ручки строчил по белой странице упрямо, почти без пауз. Когда уставали пальцы, Тэнго откладывал ручку и проделывал в воздухе пассы, подобные танцам рук пианиста, играющего гаммы. Стрелка на будильнике подбиралась к двум. За окном, как ни удивительно, стояла такая тишь, словно город накрыло облаком, гасящим всякие звуки.

Он снова взялся за ручку и продолжил было работу, как вдруг его осенило. А ведь завтра — ну то есть уже сегодня — приезжает его подруга! Как всегда, где-то около часу дня. В пятницу после обеда — именно так они условились. Значит, до этого нужно проводить Фукаэри. Как все-таки удачно, что девочка не пользуется духами. Запах духов в его постели подруга учуяла бы моментально. Уж ее-то ревнивую натуру Тэнго знал хорошо. Сама она иногда спала с собственным мужем и не видела в том трагедии. Но, заподозрив, что Тэнго может встречаться с другой, разозлилась бы не на шутку.

— Супружеский секс и наша с тобой постель — совсем не одно и то же! — объяснила как-то она.— Это разные системы координат.

— Каких координат?

— Для измерения ценностей.

— А может, просто разные настроения?

— Вот именно,— кивнула подруга.— Тело одно, а настроения совершенно разные. Ну и пускай. Я — взрослая женщина, могу с этим как-нибудь справиться. Но тебе спать с другими женщинами не разрешаю.

— Да я все равно больше ни с кем не сплю,— пожал плечами Тэнго.

— Даже если и так,— продолжила подруга,— от самой мысли об этом я чувствую себя преданной.

— От мысли, что я физически на это способен? — опешил Тэнго.

— Эх! Не понимаешь ты женщин. Даром что книжки пишешь.

— И все-таки, мне кажется, здесь какая-то несправедливость.

— Может быть. Но ведь эту несправедливость я тебе компенсирую.

И она была права.

Отношения с подругой полностью устраивали Тэнго. Красавицей в привычном смысле слова ее, конечно, не назовешь. Но лицо уникальное. Для кого-то, может, даже отталкивающее. Но ему, Тэнго, понравилось с первой же встречи. Как партнерша в сексе безупречна. Да и от Тэнго много не требует. Раз в неделю встречаться, проводить с нею три-четыре часа за добросовестным, *тщательным* сексом; по возможности, дважды кончить; держаться подальше от других женщин. Вот, собственно, и все ее требования. Семью свою бережет, разрушать ее ради Тэнго не собирается. Просто не получает от секса с мужем того удовольствия, какого хотелось бы. Никто ничего не теряет, а интерес подогревается с обеих сторон.

К другим женщинам Тэнго особой тяги не испытывал. Ему хотелось двух вещей — свободы и покоя. А если к ним прилагается еще и регулярный секс, больше не о чем и мечтать. Познакомиться с женщиной своего возраста, влюбиться, переспать и связать себя обязательствами — к такому сценарию у него не лежала душа. Слишком много моральных ограничений сразу бы появилось вокруг. А намеков, недосказанностей и неразрешимых мировоззренческих конфликтов ему, по возможности, хотелось бы избежать.

Тэнго в принципе старался не попадать в ситуации, когда нужно за что-нибудь отвечать. В сложные отношения с окружающими не вступал, за работу, требующую жесткой дисциплины, не брался, денег не одалживал и не занимал. Больше всего на свете он хотел, чтобы его оставили в покое. И готов был терпеть, если ради этого приходилось в чем-то себя ограничивать.

С малых лет Тэнго старался вести себя так, чтобы на него не взвалили ничего лишнего. Таланты свои не выпячивал, личного мнения вслух не высказывал, вперед других не лез — в общем, делал все, чтобы сам факт его существования был заметен как можно меньше. С самого детства ему приходилось рассчитывать только на собственные силы. Но сколько сил может быть у ребенка? При любой непогоде он должен быстро сообразить, где укрыться или за что ухватиться, чтобы не сдуло ветром. С этой мыслью он жил постоянно — как сироты из романов Диккенса.

До сих пор подобная тактика ему удавалась неплохо. От любой ответственности он себя оградил как мог. Поступать в аспирантуру после вуза не стал, в фирму служить не пошел, ни на ком не женился. Обеспечил себе достаточно свободного времени, чтобы писать. Благодаря Комацу литературных подработок — хоть отбавляй. И хотя было трудно сказать, когда же он напишет собственную книгу, в целом Тэнго нравилось, как он жил. Ни близких друзей, ни любовниц, которым вечно приходится что-нибудь обещать. До сих пор в его постели перебывало около десятка женщин, но долгих отношений не завязалось ни с одной. Что совсем не расстраивало Тэнго. По крайней мере, он оставался свободным.

И все-таки с того дня, когда в его руки попал роман Фукаэри, спокойная и стабильная жизнь Тэнго дала сразу несколько трещин. Во-первых, Комацу фактически навязал ему участие в своей безумной афере. Во-вторых, сама эта красотка начала как-то странно бередить ему душу. В-третьих, переписав «Воздушный кокон», Тэнго ощутил, что внутренне изменился. Впервые в жизни ему так сильно хотелось написать *собственный* роман. Что само по себе, разумеется, замечательно. И в то же время нельзя не признать: та самодостаточная, почти идеальная жизнь, какой он жил до сих пор, подходила к концу, заставляя Тэнго выбираться из скорлупы наружу.

Но как бы там ни было, завтра пятница. Приедет подруга. А значит, до этого нужно успеть проводить Фукаэри.

Фукаэри проснулась в третьем часу. Приплелась в пижаме на кухню. Налила в большой стакан воды, залпом выпила. И, потирая глаза, села за стол напротив Тэнго.

— *Я-мешаю,* — спросила она. Как всегда, без знака вопроса.

— Да нет, — ответил Тэнго. — Совсем не мешаешь.

— *Что-пишешь.*

Тэнго захлопнул блокнот, положил ручку на стол.

— Так, ничего серьезного, — сказал он. — Все равно уже собирался заканчивать.

— *Можно-здесь-посидеть,* — попросила она.

— Давай. Я, пожалуй, немного вина выпью. Ты чего-нибудь хочешь?

Фукаэри покачала головой.

— *Просто-здесь-посидеть.*

— Конечно, сиди. Мне вот тоже не спится.

Пижама Тэнго оказалась ей чересчур велика, рукава пришлось закатать по локоть, а штанины по колено. Всякий раз, когда девушка наклонялась, в разрезе пижамы хорошо было видно ее роскошную грудь. От одной лишь мысли, что Фукаэри в его пижаме, у Тэнго перехватывало дыхание. Открыв холодильник, он достал бутылку и вылил остаток вина в стакан.

— Есть не хочешь? — поинтересовался он. По дороге к нему они зашли в ресторанчик и съели по тарелке спагетти. Порции были совсем небольшие, да и времени с тех пор прошло уже будь здоров.— Если что, могу настрогать каких-нибудь сэндвичей.

— *Есть-не-хочу,*— ответила Фукаэри.— *Лучше-почитай-что-написал.*

— То, что *сейчас* написал? — уточнил он.

— *Да.*

Тэнго взял со стола ручку, повертел в пальцах туда-сюда. В его огромной ладони ручка выглядела совсем крошечной.

— Незаконченных и неотредактированных текстов я никому не показываю. Прости, но такой у меня бзик.

— *Бзик.*

— Личное решение, которое нельзя нарушать.

Несколько секунд Фукаэри смотрела на Тэнго не отрываясь.

— *Тогда-другую-книжку.*

— Любишь, когда тебе читают перед сном?

— *Да.*

— Наверно, сэнсэй тебе много книг прочитал?

— *Потому-что-не-спит-до-утра.*

— А «Повесть о доме Тайра» тоже он читал?

Фукаэри покачала головой.

— *Слушала-на-кассетах.*

— Столько раз, что запомнила наизусть? Но это же очень долгая история.

Она развела руки в стороны — видимо, показывая целую стопку кассет.

— *Страшно-долгая.*

— И какую же главу ты читала на пресс-конференции?

— *«Бегство-ёсицунэ».*

— Род Тайра уничтожен, а Ёсицунэ сбегает от Ёритомо в новую столицу, Киото? — припомнил Тэнго.— И у победившего рода Минамото начинаются внутренние раздоры...

— *Да.*

— А что еще ты оттуда помнишь?

— *Назови-любую-главу.*

Тэнго прокрутил в голове основные события эпопеи.

— «Битва в заливе Данноура»*,— произнес он.

Сосредотачиваясь, Фукаэри замолчала секунд на двадцать. И наконец раскрыла рот.

— Уже-воины-Минамото-перепрыгнули-на-корабли-
Тайра
Уже-кормчие-и-гребцы-лежали-в-трюмах-
застреленные-и-порубленные
И-некому-было-направить-ход-кораблей
Когда-князь-Томомори-в-маленькой-лодке
Переправился-на-то-судно-где-пребывал-император-
Антоку
«Час-нашей-гибели-наступил»-сказал-он
«Сбросьте-в-море-все-что-нечисто-для-взора!»
С-этими-словами-носился-он-по-палубе-от-носа-
до-кормы
Бросая-трупы-за-борт-и-очищая-судно-от-мертвецов
«Как-идет-битва-господин-Тюнагон?»
Подступили-с-расспросами-дамы
Громко-засмеялся-им-в-ответ-Томомори
«Скоро-вы-на-себе-испытаете
На-что-способны-мужчины-с-востока!»
«Как-можете-вы-в-такой-час-насмехаться-над-
нами?»
Воскликнули-дамы-стеная-и-плача-в-голос
Но-госпожа-Ниидоно-уже-приняла-решенье
Переодевшись-в-траурные-одежды
Высоко-подобрав-край-хакамы**-из-разноцветного-
шелка
Зажала-она-под-мышкой-ларец-со-священной-
яшмой
Опоясалась-священным-мечом

---

* В наиболее известном русском переводе Ирины Львовой эта глава называется «Гибель малолетнего государя» (5-я глава 11-го свитка «Повести о доме Тайра»).

** Хакама *(яп.)* — традиционная японская одежда в виде юбки, надеваемая поверх кимоно и подчеркивающая фигуру от талии книзу.

Взяла-на-руки-малолетнего-государя-Антоку-
и-молвила
«Я-всего-лишь-женщина
Но-не-дамся-в-руки-врагу-и-не-разлучусь-
с-государем!
Не-медлите-следуйте-за-мной-кто-решился!»
Императору-исполнялось-всего-восемь-лет
но-на-вид-он-казался-гораздо-старше
Черные-волосы-ниспадали-у-него-ниже-плеч
И-его-красота-озаряла-собой-все-вокруг
«Куда-ты-ведешь-меня?»-удивленно-спросил-он
И-Ниидоно-утерев-слезы-отвечала-юному-государю
«Разве-вам-еще-неведомо-государь?
В-прежней-жизни-вы-соблюдали-все-Десять-Заветов-
Будды
И-в-награду-стали-в-новом-рождении-императором
Повелителем-десяти-тысяч-колесниц!
Но-теперь-злая-карма-разрушила-ваше-счастье
Обратитесь-сперва-к-восходу
И-проститесь-с-храмом-Великой-богини-в-Исэ
А-затем-обратитесь-к-закату
И-прочтите-в-сердце-своем-молитву-Будде
Дабы-встретил-он-вас-в-Чистой-Земле-Обетованной
Страна-наша-убогий-край-подобный-рассыпанным-
зернам-проса
Юдоль-печали-несчастное-место
А-я-отведу-вас-в-чудесный-край
Что-зовется-Чистой-Землею-Обетованной
Где-вечно-царит-великая-радость!»
Так-говорила-она-заливаясь-слезами
Государь-в-переливчато-зеленой-одежде
С-разделенными-на-пробор-и-завязанными-в-косы-
волосами
Обливаясь-слезами-сложил-свои-маленькие-ладони
Поклонился-сперва-восходу
Прощаясь-с-храмом-богини-в-Исэ
А-затем-обратившись-к-закату-прочел-молитву
И-тогда-Ниидоно-сказала-ему-в-утешенье
«Там-на-дне-под-волнами-найдем-мы-другую-
столицу!»
И-обняв-государя-погрузилась-в-морскую-пучину.

Слушая эту историю с закрытыми глазами, Тэнго и в самом деле представил, что внимает слепому монаху, перебирающему струны бивы*. Конечно, он знал, что «Повесть» создавалась как устный эпос, но только сейчас впервые ощутил на себе магическое воздействие этого жанра. Очевидно, вот так, как прочла сейчас Фукаэри, исполняли подобные тексты восемь веков назад. Без акцентов, пауз и интонаций, однако стоило истории начаться, как мощный голос сказителя раскрашивал любые эпизоды богаче любой палитры. В какой-то момент Тэнго даже подумал, уж не вселилась ли в Фукаэри чужая душа. Жесточайшая морская битва 1185 года, случившаяся в проливе Каммон, разворачивалась перед его закрытыми глазами яркой, отчетливой панорамой. Вот нянька, поняв, что их род обречен, берет на руки юного императора и прыгает с корабля в воду. Вот фрейлины, дабы не достаться на поруганье врагу, решают следовать за ними. А Томомори, скрывая боль и отчаяние, шутками пытается их в этом решении подбодрить. Дескать, останетесь на борту — окажетесь в аду еще при жизни. Не лучше ли сразу свести с такой жизнью счеты?

— *Дальше-читать,*— спросила Фукаэри.

— Да нет... Пожалуй, этого хватит, спасибо,— только и выдавил Тэнго. Теперь он понимал, отчего так оторопели журналисты на пресс-конференции.— Но как же тебе удалось запомнить такой огромный текст?

— *Часто-кассеты-слушала.*

— Обычному человеку, сколько кассеты ни ставь, заучить такое не по зубам,— усомнился Тэнго.

Но тут же вспомнил о дислексии. Похоже, неспособность читать у Фукаэри восполнялась великолепной слу-

---

* Бива — японская разновидность лютни с коротким грифом, излюбленный инструмент бродячих сказителей раннего японского средневековья.

ховой памятью. Примерно как аборигены саванны могут запоминать огромное количество визуальной информации с первого взгляда.

— *Почитай-книжку,*— попросила Фукаэри.

— Какую, например?

— *О-которой-сэнсэй-говорил,*— сказала она.— *Про-большого-брата.*

— «1984»? Этой книги у меня, к сожалению, нет.

— *О-чем-она.*

Тэнго напряг память.

— Этот роман я читал давно, еще в школьной библиотеке, поэтому деталей не помню. Но написали его в сорок девятом, когда восемьдесят четвертый казался далеким будущим.

— *А-теперь-настал.*

— Да, сейчас как раз восемьдесят четвертый. Любое будущее когда-нибудь становится настоящим. И сразу превращается в прошлое. Джордж Оруэлл описал в своем будущем очень мрачное общество под гнетом абсолютного диктатора, которого все называют Большой Брат. Любая информация жестко контролируется, а мировая История без конца переписывается так, как нужно Большому Брату. Главный герой работает в Министерстве Правды, где постоянно переделывают чужие тексты. Создают новую Историю, а старую выкидывают в утиль. Сочиняют новые слова, а у старых меняют значения. Из-за того, что вся история перекроена, никто уже не понимает, что было в реальности, а что придумано. Кто враг, а кто друг... Вот, примерно такой роман.

— *Переписывают-историю.*

— Украсть у людей их Историю — все равно что ампутировать у них половину мозга. Это страшное преступление.

Фукаэри задумалась.

— Наша память состоит наполовину из личных воспоминаний, наполовину — из памяти общества, в котором мы живем,— продолжал Тэнго.— И эти половинки очень тесно взаимосвязаны. Коллективная память общества и есть его история. Если ее украсть или переписать, заменить на протез, наш рассудок не сможет нормально функционировать.

— *Ты-тоже-переписывал.*

Тэнго взял стакан с вином и сделал большой глоток.

— Я всего лишь сделал твой текст удобочитаемым. С переписыванием истории здесь нет ничего общего.

— *Но-книжки-про-брата-у-тебя-нет,* — уточнила она.

— Сейчас нет, к сожалению. Поэтому почитать ее тебе не могу.

— *Можно-другую.*

Пройдя в комнату, Тэнго встал перед полкой и окинул взглядом книжные корешки. Хотя читал он обычно много, книг на полке было раз-два и обчелся. Забивать свое жилище лишними предметами он не любил и, как правило, все прочитанное сдавал за гроши букинистам. Его постоянная библиотечка состояла либо из того, что он покупал, чтобы тут же прочесть, либо из того, что явно стоило перечитывать заново. Все остальное, если понадобится, всегда можно одолжить в библиотеке по соседству.

Выбрать подходящую книгу удалось не сразу. Читать вслух Тэнго не привык, и что годится для подобного действа, что нет, он даже представить не мог. В итоге, поломав голову, он выбрал «Остров Сахалин» Антона Чехова, дочитанный буквально на прошлой неделе. Самые интересные места книги он помечал цветными наклейками, так что выбрать нужные страницы не составляло труда.

Перед тем как зачитывать текст, он вкратце рассказал Фукаэри, о чем эта книга. Когда в 1890 году Чехов решил посетить Сахалин, ему исполнилось всего тридцать лет. Он был на поколение младше Толстого и Достоевского, но как литератор «новой волны», несмотря на возраст, уже получил признание в свете — и жил себе спокойно в Москве. Зачем молодому преуспевающему писателю понадобилось в одиночку тащиться на край земли и так долго там оставаться, не знает никто. Сахалин осваивался в первую очередь как идеальное место для каторги, и в памяти обычных, «материковых» русских не вызывал каких-либо иных воспоминаний, кроме поломанных судеб, крайней бедности и вселенской тоски. А поскольку Транссибирской магистрали в те времена еще не построили, Чехову пришлось проделать путь в четыре тысячи километров на лошадиных упряжках[*]. Его здоровье, и без того слабое, было подорвано этой долгой поездкой на лютом сибирском морозе. Когда же восьмимесячное путешествие на Дальний Восток завершилось, он выпустил книгу «Остров Сахалин», от которой тысячи его поклонников едва не хватил удар. Это не являлось литературой в привычном смысле слова. Куда больше эти строки напоминали социально-антропологический отчет. «Зачем, скажите на милость, в самый разгар своей писательской карьеры городить такую белиберду?» — шептались в московском свете. «Попытался продать себя как великого этнографа»,— писали одни газеты. «Исписался, вот и поехал на поиски вдохнове-

---

[*] Маршрут сахалинского путешествия А. П. Чехова (июль — декабрь 1890 г.) таков: из Ярославля по Волге до Казани, затем по Каме до Перми, оттуда по железной дороге до Тюмени, а затем через всю Сибирь на тарантасе и по рекам. На Сахалине Чехов пробыл более трех месяцев, после чего посетил Японию, Гонконг, Сингапур, Цейлон, Константинополь и, причалив в Одессе, поездом вернулся в Москву.

ния»,— полагали другие. Тэнго показал Фукаэри прила-
гавшуюся к книге карту.

— *Зачем-он-поехал-на-сахалин,*— спросила она.

— Ты хочешь узнать мое личное мнение?

Она кивнула.

— *Ты-же-это-прочитал.*

— Да, прочел.

— *Что-подумал.*

— Наверное, Чехов и сам не знал, зачем это ему было нужно,— сказал Тэнго.— Скорее всего, просто захотел и поехал. Скажем, разглядывал карту, обратил внимание на форму острова — и решил: а не махнуть ли туда
наугад? Со мной тоже такое бывает. Смотрю на карту —
и вдруг возникает дикое желание отправиться неведомо
куда. Как можно дальше от удобств и благ цивилизации.
И своими глазами увидеть, какие там пейзажи и что в
тех краях вообще происходит. До лихорадки, до дрожи.
Но откуда это желание в тебе появилось, никому объяснить не можешь. Любопытство в чистом виде. Ничем не
объяснимое вдохновение. Конечно, само по себе путешествие от Москвы до Сахалина в те времена казалось
чем-то невероятным. Но мне кажется, были и другие
причины, из-за которых Чехова туда потянуло.

— *Например.*

— Чехов был не только писателем, но и врачом. Может, именно как ученый он захотел своими глазами
изучить самую страшную язву на теле своей огромной
страны. Несмотря на столичное признание, в Москве
Чехову было неуютно. Писательско-издательскую возню
на дух не переносил. Даже с теми из авторов, кто разде-
лял эту его неприязнь, не мог найти общего языка. А от
напыщенных светских критиков слова доброго не помнил. Возможно, чтобы очиститься от литературной пош-
лятины, он и подался на Сахалин? Сам остров, похоже,

подавил его в самых разных смыслах этого слова. Неудивительно, что за все свое сахалинское путешествие Чехов не *сочинил* ни одного завалящего рассказа. Ибо то, что он там увидел, в принципе намного превосходило материал для создания литературы. «Сахалинская язва» стала частью его самого. И вполне возможно, как раз за этим он туда и стремился.

— *Интересная-книжка,*— спросила Фукаэри.

— Да, лично я читал с интересом. Там, конечно, много цифр, статистики, этнографических данных, и литературой как таковой особо не пахнет. Но зато очень сильно ощущается Чехов как ученый. Несмотря на сухость языка, отлично видно, *ради чего он все это писал.* Между чисел и дат всплывают портреты живых людей, тонко выписанные характеры. Вообще поразительно ярко отражена атмосфера тамошней жизни. Для документалистики, описывающей только реальные факты, это очень интересный текст. Местами — просто шедевральный. Да что говорить, одни гиляки чего стоят.

— *Гиляки,*— повторила Фукаэри.

— Гиляки — коренные жители Сахалина, обитавшие на острове за много веков до русской колонизации*. Жили в основном на юге острова, пока с Хоккайдо не нагрянули айны**, и гилякам пришлось переселиться на

---

* Гиля́ки (самоназвание — нивхи) — прямые потомки древнейшего населения Сахалина и низовьев Амура. Существует точка зрения, что предки современных нивхов, северо-восточных палеоазиатов, эскимосов и индейцев — звенья одной этнической цепи, охватывавшей в далеком прошлом северо-западные берега Тихого океана. Относятся к палеоазиатскому типу монголоидной расы. На 2009 год (время написания этой книги) носителей нивхского языка оставалось около 20 человек.

** Айны (самоназвание — айну) — почти вымерший ныне народ, аборигены Японских островов, Курил и Сахалина. Сегодня остались только на о. Хоккайдо. Предположительное происхождение — индейско-полинезийское, религия — шаманизм.

Северный Сахалин. В свою очередь, айнов с Хоккайдо вытесняли на север японцы. Когда же остров стали активно осваивать русские, число гиляков начало стремительно сокращаться. И Чехов решил собрать и сохранить как можно больше информации о культуре и быте вымирающего племени.

Тэнго раскрыл книгу на заложенной странице и принялся читать вслух, местами для доходчивости пропуская абзац-другой.

— «У гиляка крепкое, коренастое сложение, он среднего, даже малого роста. Высокий рост стеснял бы его в тайге. Кости у него толсты и отличаются сильным развитием всех отростков, гребней и бугорков, к которым прикрепляются мышцы, а это заставляет предполагать крепкие, сильные мышцы и постоянную, напряженную борьбу с природой. Тело у него худощаво, жилисто, без жировой подкладки; полные и тучные гиляки не встречаются. Очевидно, весь жир расходуется на тепло, которого так много должно вырабатывать в себе тело сахалинца, чтобы возмещать потери, вызываемые низкою температурой и чрезмерною влажностью воздуха. Понятно, почему гиляк потребляет в пищу так много жиров. Он ест жирную тюленину, лососей, осетровый и китовый жир, мясо с кровью, все это в большом количестве, в сыром, сухом и часто мерзлом виде, и оттого, что он ест грубую пищу, места прикрепления жевательных мышц у него необыкновенно развиты и все зубы сильно пооб-терлись. Пища исключительно животная, и редко, лишь когда случается обедать дома или на пирушке, к мясу и рыбе прибавляются маньчжурский чеснок или ягоды. По свидетельству Невельского, гиляки считают большим грехом земледелие: кто начнет рыть землю или посадит что-нибудь, тот непременно умрет. Но хлеб, с которым их познакомили русские, едят они с удовольствием, как лакомство, и теперь не редкость встретить в Александровске или в Рыковском гиляка, несущего под мышкой ковригу хлеба»*.

Тэнго остановился и перевел дыхание. По каменному лицу Фукаэри было сложно понять, интересно ей или нет.

— Ну как? — спросил он.— Дальше читать? Или лучше что-нибудь другое?

— *Хочу-еще-про-гиляков.*

— Ну тогда слушай дальше.

— *Ничего-если-лягу.*

— Давай, конечно,— согласился Тэнго.

Они прошли в спальню. Фукаэри забралась под одеяло, а Тэнго сел на стул у кровати и стал читать дальше.

— «Гиляки никогда не умываются, так что даже этнографы затрудняются назвать настоящий цвет их лица; белья не моют, а меховая одежда их и обувь имеют такой вид, точно они содраны только что с дохлой собаки. Сами гиляки издают тяжелый, терпкий запах, а близость их жилищ узнается по противному, иногда едва выносимому запаху вяленой рыбы и гниющих рыбных отбросов. Около каждой юрты обыкновенно стоит сушильня, наполненная доверху распластанною рыбой, которая издали, особенно когда она освещена солнцем, бывает похожа на коралловые нити. Около этих сушилен Крузенштерн видел множество мелких червей, которые на дюйм покрывали землю»**.

— *Крузенштерн.*

---

* Здесь и далее цитируется по: *Чехов А. П.* Остров Сахалин (Из путевых записок). С комментарием М. С. Высокова, в 2 т. Владивосток — Южно-Сахалинск: Рубеж, 2010. Т. 1, стр. 131. Гл. XI. Информацию о гиляках Чехов почерпнул из трехтомника русского зоолога, геолога и этнолога Леопольда Ивановича фон Шренка (1826—1894) «Об инородцах Амурского края», СПб., 1883—1903.

** Там же, т. 1, стр. 132.

— Кажется, это какой-то русский первопроходец. Чтобы создать эту книгу, Чехов, насколько мог, прочитал все, что до него написали о Сахалине другие люди.

— *Читай-дальше.*

— «Зимою юрта бывает полна едкого дыма, идущего из очага, и к тому же еще гиляки, их жены и даже дети курят табак. О болезненности и смертности гиляков ничего не известно, но надо думать, что эта нездоровая гигиеническая обстановка не остается без дурного влияния на их здоровье. Быть может, ей они обязаны своим малым ростом, одутловатостью лица, некоторою вялостью и ленью своих движений; быть может, ей отчасти следует приписать и то обстоятельство, что гиляки всегда проявляли слабую стойкость перед эпидемиями»[*].

— *Бедные-гиляки,* — пробормотала Фукаэри.

— «О характере гиляков авторы толкуют различно, но все сходятся в одном, что это народ не воинственный, не любящий ссор и драк и мирно уживающийся со своими соседями. К приезду новых людей они относились всегда подозрительно, с опасением за свое будущее, но встречали их всякий раз любезно, без малейшего протеста, и самое большее, если они при этом лгали, описывая Сахалин в мрачных красках и думая этим отвадить иностранцев от острова. Со спутниками Крузенштерна они обнимались, а когда заболел Л. И. Шренк, то весть об этом быстро разнеслась среди гиляков и вызвала искреннюю печаль. Они лгут, только когда торгуют или беседуют с подозрительным и, по их мнению, опасным человеком, но, прежде чем сказать ложь, переглядываются друг с другом — чисто детская манера. Всякая ложь и хвастовство в обычной, не деловой сфере им противны»[**].

---

[*] *Чехов А. П.* Остров Сахалин. Т. 1, стр. 132.
[**] Там же, т. 1, стр. 133—134.

— *Классные-гиляки,* — пробубнила Фукаэри.

— «Принятые на себя поручения гиляки исполняют аккуратно, и не было еще случая, чтобы гиляк бросил на полдороге почту или растратил чужую вещь... Они бойки, смышлены, веселы, развязны и не чувствуют никакого стеснения в обществе сильных и богатых. Ничьей власти над собой не признают, и кажется, у них нет даже понятий "старший" и "младший"... Отец не думает, что он старше своего сына, а сын не почитает отца и живет, как хочет; старуха мать в юрте имеет не больше власти, чем девочка-подросток. Бошняк пишет, что ему не раз случалось видеть, как сын колотит и выгоняет из дому родную мать, и никто не смел сказать ему слова. Члены семьи мужского пола равны между собой; если вы угощаете гиляков водкой, то должны подносить также и самым маленьким. Члены же женского пола одинаково бесправны, будь то бабка, мать или грудная девочка; они третируются, как домашние животные, как вещь, которую можно выбросить вон, продать, толкнуть ногой, как собаку. Собак гиляки все-таки ласкают, но женщин никогда. Брак считается пустым делом, менее важным, чем, например, попойка, его не обставляют никакими религиозными или суеверными обрядами. Копье, лодку или собаку гиляк променивает на девушку, везет ее к себе в юрту и ложится с ней на медвежью шкуру — вот и все. Многоженство допускается, но широкого развития оно не получило, хотя женщин, по-видимому, больше, чем мужчин. Презрение к женщине, как к низкому существу или вещи, доходит у гиляка до такой степени, что в сфере женского вопроса он не считает предосудительным даже рабство в прямом и грубом смысле этого слова. По свидетельству Шренка, гиляки часто привозят с собой айнских женщин в качестве рабынь; очевидно, женщина составляет у них такой же предмет торговли, как табак или даба. Шведский писатель Стриндберг, известный женоненавистник, желающий, чтобы женщина была только рабыней и служила прихотям мужчины, в сущности, единомышленник гиляков; если б ему случилось приехать на Сев. Сахалин, то они долго бы его обнимали»*.

Тэнго снова перевел дух. Фукаэри молчала, лицо ее оставалось непроницаемым. И он продолжил:

— «Суда у них нет, и они не знают, что значит правосудие. Как им трудно понять нас, видно хотя бы из того, что они до сих пор еще не понимают вполне назначения дорог. Даже там, где уже проведены дороги, они все еще путешествуют по тайге. Часто приходится видеть, как они, их семьи и собаки гусем пробираются по трясине около самой дороги»**.

Фукаэри лежала с закрытыми глазами, ее дыхания было почти не слышно. Несколько секунд Тэнго наблюдал за ее лицом, но так и не понял, уснула она или нет. А потому перелистнул книгу и стал читать дальше. Отчасти затем, чтобы его гостья заснула, отчасти — просто чтобы почитать еще немного Чехова вслух.

— «У устья стоял когда-то пост Найбучи. Он был основан в 1866 г.*** Мицуль застал здесь 18 построек, жилых и нежилых, часовню и магазин для провианта. Один корреспондент, бывший в Найбучи в 1871 г., пишет, что здесь было 20 солдат под командой юнкера; в одной из изб красивая высокая солдатка угостила его свежими яйцами и черным хлебом, хвалила здешнее жи-

---

* *Чехов А. П.* Остров Сахалин. Т. 1, стр. 135—136. Комментарий М. С. Высокова: Даба — недорогая хлопчатобумажная ткань, то же самое, что и китайка. (Там же, т. 2, стр. 396.)

** Там же, т. 1, стр. 137, прим. автора.

*** Комментарий М. С. Высокова: В издании книги А. П. Чехова «Остров Сахалин», вошедшем в полное собрание сочинений и писем в 30 томах, опечатка: в качестве даты основания поста Найбучи назван 1886 г. (Там же, т. 2, стр. 464.)

тье и жаловалась только, что сахар очень дорог. Теперь и следа нет тех изб, и красивая высокая солдатка, когда оглянешься кругом на пустыню, представляется каким-то мифом. Тут строят новый дом, надзирательскую или станцию, и только. Море на вид холодное, мутное, ревет, и высокие седые волны бьются о песок, как бы желая сказать в отчаянии: "Боже, зачем ты нас создал?" Это уже Великий, или Тихий, океан. На этом берегу Найбучи слышно, как на постройке стучат топорами каторжные, а на том берегу, далеком, воображаемом, Америка. Налево видны в тумане сахалинские мысы, направо тоже мысы... а кругом ни одной живой души, ни птицы, ни мухи, и кажется непонятным, для кого здесь ревут волны, кто их слушает здесь по ночам, что им нужно и, наконец, для кого они будут реветь, когда я уйду. Тут, на берегу, овладевают не мысли, а именно думы; жутко и в то же время хочется без конца стоять, смотреть на однообразное движение волн и слушать их грозный рев»*.

Фукаэри, похоже, наконец-то заснула. Дышала тихонько, будто совсем отключилась от мира. Тэнго закрыл книгу, положил на столик у изголовья. Встал, выключил свет. И еще раз взглянул на девушку. Фукаэри мирно спала, обратив лицо к потолку и наконец-то расслабив упрямые губы. Тэнго затворил дверь и вернулся на кухню.

Однако писать свою книгу больше не получалось. Волны позабытого всеми Охотского моря грохотали в его сознании, набегая на дикий берег, встававший перед глазами. Он стоял перед этим морем один-одинешенек, погруженный в себя. Насколько ему казалось, теперь он понимал меланхолию Чехова. Никто в этом мире не в силах ничего изменить. Быть русским писателем конца XIX века означало обречь себя на всю эту

---

* *Чехов А. П.* Остров Сахалин. Т. 1, стр. 164—165.

болезненную безысходность. Чем дальше эти писатели старались убежать из России, тем ожесточеннее Россия выгрызала их изнутри.

Налив воды в стакан из-под вина, Тэнго почистил зубы, погасил в кухне свет, лег на диван и попытался заснуть. В ушах все еще отдавался шум исполинских волн. Но постепенно осознание происходящего оставило его, и он провалился в сон.

Проснулся он в восемь утра. Фукаэри в постели не было. Его пижама была аккуратно свернута и засунута в стиральную машину. Штанины и рукава так и остались закатанными до середины. На столе в кухне он обнаружил записку. На вырванной из блокнота страничке было нацарапано ручкой: *«Как там наши гиляки? Пошла домой».* Мелкие угловатые знаки. На секунду ему почудилось, будто с высоты птичьего полета он считывает надпись, выложенную ракушками на прибрежном песке. Сложив записку пополам, он спрятал ее в ящик стола. Попадись такое на глаза подруге — скандал обеспечен.

Тэнго перестелил кровать, вернул на полку Чехова. Заварил кофе, поджарил тосты. И, уже завтракая, отметил: что-то сдавило душу и не отпускает. Понять, что же именно, ему удалось не сразу.

Картинка мирно спящей Фукаэри.

Может, ты влюбился? — спросил он себя. Да вроде бы нет. Просто есть в этой девочке то, что иногда *физически* трогает душу. Но тогда зачем доставать из стиральной машины и обнюхивать пижаму, в которой она ходила?

Слишком много вопросов. Роль автора заключается в том, чтобы *задавать* вопросы, а не отвечать на них, считал Чехов. Золотые слова. И все же сам Чехов, похоже, рассматривал под этим углом не только свои произведения, но и собственную жизнь. В которой были сплошные вопросы — и ни малейших ответов. До последнего мига этот человек игнорировал свою болезнь и не верил, что умирает,— хотя кому, как не врачу, было это знать. И в итоге сгорел от чахотки совсем молодым.

Тэнго покачал головой и поднялся из-за стола. Сегодня приходит подруга. Нужно постирать и прибраться в квартире. Все мысли — потом.

Глава 21

АОМАМЭ

Как далеко ни убегай

В районной библиотеке Аомамэ, как и в прошлый раз, запросила подшивку газет трехлетней давности. С единственной целью — еще раз отследить все, что связано с перестрелкой между радикалами и полицией в горах Яманаси. Но штаб-квартира секты «Авангард», по словам хозяйки, тоже располагалась в горах Яманаси. Совпадение? Возможно. Но такие совпадения Аомамэ не нравились. Похоже, между этими фактами должна быть какая-то связь. А кроме того, слова хозяйки о «том кошмарном инциденте» слишком походили на тонкий намек, чтобы не обратить на них внимания.

Итак, перестрелка произошла осенью 1981 года (или, согласно теории Аомамэ, за три года до 1Q84-го). Еще точнее — 19 октября. Сам инцидент она отследила еще в прошлый раз и теперь сосредоточилась на заметках, в которых так или иначе разбирались детали, побочные линии и последствия.

В первой же стычке очередями из «калашниковых» китайского производства трое полицейских были убиты и двое ранены. После чего радикалы отступили с оружием в горы, а полиция начала за ними охоту, вызвав на подмогу вертолет десантников из Сил самообороны. В итоге троих экстремистов, которые отказались сдаться, пристрелили, двоих тяжело ранили (один через три дня умер в больнице, о состоянии второго газеты не сообщали), и еще четверых арестовали — невредимых или с легкими царапинами. Ликвидация прошла успешно, никто из стражей порядка и десантников не пострадал, если не считать полицейского, который во время погони свалился с обрыва и сломал ногу.

И лишь один-единственный экстремист умудрился скрыться в неизвестном направлении. Несмотря на все усилия поисковых отрядов, просто как в воду канул.

Когда новостная шумиха немного утихла, газетчики бросились анализировать истоки организации. Оказалось, впервые ребятки заявили о себе на волне студенческих бунтов, которая выкинула их из Токийского университета в 1970 году. Это они переделали в свою цитадель главный учебный корпус университета, Ясуда-холл — «форпост обновленной Японии», как они его называли. А когда политическую активность парализовало, студенты под началом пары-тройки преподавателей объединились в нечто вроде секты. На горной равнине в префектуре Яманаси собрали местных крестьян и основали крестьянскую общину. И поначалу действительно возделывали землю в рядах «коммуны Такасима». Но этого им показалось мало. Отобрав самых преданных радикалов, костяк группировки вновь отделился от ими же созданной коммуны, скупил за гроши вымирающую деревушку — и вновь занялся земледелием, но уже по своему разумению. Первое время было нелегко, но вскоре они механизировали все производственные процессы и создали новую форму бизнеса — торговлю свежими овощами на заказ по телефону и факсу. Их хозяйство росло, обороты увеличивались. Что ни говори, а это были серьезные, образованные люди, сплоченные под началом головастого лидера. Новая организация назвала себя «Авангард».

Аомамэ скривилась и судорожно сглотнула. В горле екнуло. Она взяла ручку, постучала ею по столу. И продолжила чтение.

Но чем успешней «Авангард» хозяйствовал, тем очевиднее в нем назревал очередной раскол. «Силовики» — упертые марксисты и сторонники партизанской войны — все ярче противопоставляли себя мирным «аграриям», которые понимали, что в современной Японии насилием ничего не добиться, но отрицали принципы капитализма и тяготели к простейшему, первобытно-аграрному образу жизни. В 1976 году «силовиков» исключили из «Авангарда» большинством голосов общины.

Впрочем, нельзя сказать, что их изгнали насильно. Если верить газете, состоялась некая сделка: в обмен на добровольный уход «силовикам» предложили отдельную землю и определенную сумму денег. Те согласились — и учредили на новом месте очередную организацию под названием «Утренняя заря». И сразу же приобрели большую партию оружия. Ни где они его взяли, ни кто финансировал закупку, пока не известно, расследование продолжается.

Точно так же ни газеты, ни полиция не понимали, когда и в какой связи «Авангард» превратился в секту. Но именно после размежевания с «силовиками» община стала активно проповедовать богослужение — и в 1979 году получила официальный статус религиозной организации. Покупались новые земли, завозилось новое оборудование. Территорию общины окружили высокой стеной, и посторонних внутрь пускать перестали. Официальная причина — «дабы не мешать верующим отправлять религиозные обряды». Ни откуда взялись деньги на все эти новостройки, ни каким образом община умудрилась получить статус секты в такие сжатые сроки, до сих пор не известно.

«Силовики» же, переселившись на новые земли, продолжали возделывать землю, а параллельно занялись секретной, но очень активной боевой подготовкой. И за первые несколько лет успели испортить отношения с местными жителями. Одной из главных причин раздора стала борьба за доступ к воде. Через территорию, которую выкупила «Утренняя заря», протекала речушка — единственный источник пресной воды в этой горной долине. Все жители округи пользовались ею на равных, пока здесь не обосновалась коммуна, которая перестала пускать к себе посторонних. Битва за воду тянулась несколько лет. В итоге некий крестьянин написал в местные органы управления жалобу на забор из колючей проволоки, которым теперь была огорожена речка, за что был жестоко избит сразу несколькими молодчиками из «Утренней зари». Полиция Яманаси, оформив ордер, приехала в коммуну, чтобы выяснить обстоятельства инцидента. И, нарвавшись на автоматные очереди, потеряла троих сотрудников.

После того как «Утренняя заря» была фактически стерта с лица земли, религиозная секта «Авангард» поспешила выступить с официальным заявлением. На специально созванной пресс-конференции его зачитал молодой и обаятельный пресс-секретарь в деловом костюме с иголочки. Так, чтобы стало ясно даже ребенку. На сегодняшний день «Авангард» не имеет с «Утренней зарей» ничего общего. Что было когда-то — дело прошлое. Но с тех пор как «силовики» покинули общину, связи с ними никто не поддерживал. «Авангард» — мирное сообщество людей, которые возделывают землю, уважают закон и жаждут духовного просветления; именно потому в конце концов и было решено, что экстремистам из «Утренней зари» с коммуной больше не по пути. Исключив из своих рядов радикальные элементы, «Авангард» стал официальной религиозной организацией. Члены которой вместе со всеми гражданами страны скорбят по жертвам кровавого инцидента, унесшего жизни полицейских, выполнявших свой долг, и выражают глубокие соболезнования родным и близким погибших. «Авангард» к этой трагедии никак не причастен. Однако сам факт того, что подобные экстремисты — выходцы общины, к сожалению, отрицать невозможно. И в этой связи, дабы избавить себя от каких бы то ни было незаслуженных обвинений, «Авангард» готов предоставить следствию самую широкую поддержку. Организация чиста, пред Богом и законом ей совершенно нечего скрывать. Любые данные, которые могут заинтересовать полицию, будут ей предоставлены.

Несколько суток спустя, будто в ответ на это, полиция Яманаси получила ордер на обыск, проникла на территорию «Авангарда» — и целый день прочесывала огромную территорию секты, тщательно исследуя оборудование, поднимая все документы. В частности, допросила несколько человек из руководства. Поскольку действительно сомневалась в том, что после размежевания двух группировок между ними не осталось никакой связи. Но улик не нашла. По узенькой тропинке в лесной чаще полицейские чуть не ползком добрались до «святая святых» организации, но даже там, в огромном деревянном бараке, обнаружили только медитирующих сектантов. При этом все молились исключительно об урожае. У молящихся — ухоженный сельскохозяйственный инвентарь. Ни оружия, ни малейшей агрессии в действиях или словах. Все в полной гармонии с природой и человеческим естеством. Маленькая чистая столовая, удобные комнаты для ночлега, простенький (хотя и бедноватый) лазарет. В библиотеке на втором этаже — куча буддийских текстов на китайском, над которыми корпит целая команда переводчиков. Куда больше увиденное напоминало кампус частного университета, нежели логово религиозной секты. Ничего толком не раскопав, полиция убралась восвояси.

Через несколько дней в секту пригласили репортеров газет и телевидения, которые увидели практически то же, что и полиция. Никаких «показательных экскурсий» с ними не проводилось, журналисты ходили на территории секты куда хотели и разговаривали со всеми абсолютно свободно. Единственным ограничением со стороны «Авангарда» был договор о предварительном согласовании публикуемых видео- и фотоматериалов «в целях защиты частной жизни верующих». Представители руководства в «священных» одеждах выступили перед прессой в просторном зале собраний и рассказали о жизни, вере и механизме управления сектой. Очень вежливо — и на удивление откровенно. Пропагандой, обычной для большинства сект, в их речи даже не пахло. От рекламных менеджеров, проводящих презентацию фирмы, эти ребята отличались разве что одеянием.

Мы не проповедуем конкретной религии, объяснили они. И не нуждаемся в Священном Писании, которое растолковывает мироустройство раз и навсегда. Наш путь — постоянное исследование сутр и самых различных практик раннего буддизма. Наша цель — достигать просветления при жизни, причем не в абстрактном, а в самом практическом смысле слова. Из персонального просветления каждого складывается просветление коллектива. Человек просветляется не потому, что он следует вере. Наоборот: вера пробуждается в нем, если он просветлен. Именно из этого убеждения постоянно и очень естественно вырабатываются наши главные принципы существования. И в этом смысле наше учение принципиально отличается от всех религий, устоявшихся до сих пор.

Что касается финансов, сегодня, как и большинство религиозных организаций, секта существует на пожертвования прихожан. Однако в дальнейшем община планирует обустроить свою жизнь так, чтобы не зависеть от частных вливаний, а перейти на полное самообеспечение за счет доходов от сельского хозяйства. Ибо главной целью мы считаем создание таких условий жизни, при которых каждый человек, зная меру своим бренным желаниям, закаляет плоть ежедневным трудом, и через это душа его очищается и получает долгожданный покой. Все больше людей, постигших трагичность конкуренции с ее прогнившим материализмом, в поисках истинных ценностей стучит в наши ворота. Среди них немало мастеров своего дела, образованных специалистов, профессионалов и тех, кто добился в обществе высокого положения. Но причислять нас к так называемым «новейшим религиям» было бы серьезной ошибкой. Мы не исповедуем страждущих лишь затем, чтобы тут же предложить им «фастфудовое» спасение на тарелочке. Хотя спасать слабых — разумеется, очень важная миссия. Для нас гораздо важнее предоставить *возможность* движения вперед тому, кто хочет спасти себя сам и понимает, как это сделать.

Именно по вопросу, куда двигаться дальше, у нас и возникли принципиальные разногласия с радикалами. Но слава богу, мы пришли к полюбовному решению: разделиться на две группировки и каждой пойти своим путем. Они также, по-своему искренне, стремились к своим идеалам, вот только идеалы эти были настолько запредельны, что в итоге, увы, привели к трагедии. Члены «Утренней зари» превратились в бездумных догматиков и утратили связь с реальностью, в которой живут нормальные люди. Помня об этом, мы будем еще строже спрашивать с себя за каждую мысль, за каждое деяние — и еще шире распахивать окна нашего дома для взора общественности. Насилием не решить никаких проблем. Хочется, чтобы все поняли: мы никому не навязываем своих убеждений. Не зазываем в свою веру, не сражаемся с другими конфессиями. Мы просто дарим возможность эффективной жизни людям, стремящимся к духовной победе и просветлению.

Большинство журналистов покинуло «Авангард» с самыми благоприятными впечатлениями. Все члены секты — и женщины, и мужчины — оказались худощавы и подтянуты, в большинстве своем молоды (хотя изредка попадались и старики), на собеседника смотрели глубоким, пронзительным взглядом. Беседовали складно и вежливо. Хотя многие верующие не хотели говорить о своем прошлом, почти все они казались весьма образованными людьми. Еда, которую предложили журналистам в местной столовой, практически ничем не отличалась от той, что подавали здесь каждый день. Ингредиенты добывались исключительно силами верующих, все было свежим и вкусным.

В итоге почти все газеты и телепередачи заявили на весь белый свет: отделившаяся от «Авангарда» революционная группировка «Утренняя заря» оказалась не более чем *выродком* основной организации. «Ужасным ребенком», которого пришлось отринуть, как чуждый элемент. Что ни говори, а любые промарксистски-революционные идеи в Японии 80-х уже воспринимались как анахронизм. Бывшие радикалы, защищавшие эти идеи в 70-х, нынче служили в различных фирмах, скованные экономической необходимостью по рукам и ногам. Или же, отдалившись от суетного мира конкуренции, лелеяли свои персональные мирки, никак не связанные с жизнью общества в целом. Но так или иначе, мир вокруг поменялся, и все их политические идеалы остались в прошлом. Кровавая перестрелка с полицией — несомненно, событие трагическое, но в историческом разрезе это всего лишь призрак смутных полузабытых времен. Отголосок прошлого, занавес над которым уже опустился. Таков был общий вердикт большинства газет. «Авангард» — один из ростков надежды на новое будущее. А «Утренняя заря» никакого будущего в принципе иметь не могла.

Отложив ручку, Аомамэ глубоко вздохнула. И вспомнила глаза Цубасы — остекленевшие, без малейших признаков жизни. Ребенок смотрел на Аомамэ в упор. И в то же время не глядел ни на что конкретно. В этом взгляде не хватало чего-то самого важного.

Все не так просто, подумала Аомамэ. Не такой он чистенький, этот «Авангард», как описывают газеты. Его мрачную изнанку тщательно скрывают от посторонних. По словам хозяйки, их лидер постоянно насилует десятилетних девочек, называя это религиозным ритуалом. Журналисты об этом не знают. Они провели на территории секты каких-то полдня. Посетили образцовое молитвенное собрание, отобедали свежайшими продуктами, выслушали идеальную лекцию о просветлении — и довольные разъехались по домам. Что творится за кулисами этого шоу, не увидел никто.

Выйдя из библиотеки, Аомамэ зашла в ближайшую кофейню и заказала кофе. Ожидая заказа, из автомата у выхода позвонила Аюми. Но вместо Аюми трубку взяла сослуживица.

— Она сейчас на дежурстве, вернется часа через два, — сообщила трубка, и Аомамэ, так и не представившись, обещала перезвонить позже.

Вернувшись домой, она снова набрала тот же номер.

— Привет! Как дела? — сразу выпалила Аюми.

— Нормально. А у тебя?

— Да пока все ровно. Хотя нормального мужика до сих пор не нашла. А ты?

— Та же ерунда,— ответила Аомамэ.

— Э, так не пойдет! — решительно заявила Аюми.— Если уж такие привлекательные самочки, как мы с тобой, не могут найти достойных самцов — это неправильно! Нужно срочно что-то предпринимать!

— Наверное... А ты чего так раскричалась-то? Вроде на службе? Или вокруг нет никого?

— Вокруг все в порядке,— сказала Аюми.— Говори что хочешь.

— У меня к тебе просьба. Если, конечно, не затруднит. Кроме тебя, больше просить некого.

— Давай! Не знаю, смогу ли, но постараюсь...

— Ты знаешь такую религиозную секту — «Авангард»?

— «Авангард»? — Аюми помолчала добрые секунд десять.— Кажется, знаю. Община, из которой вышли ублюдки, перестрелявшие полицию в Яманаси? Троих наших тогда положили, сволочи. Но сам «Авангард», насколько я помню, отмазался. Вроде бы к ним присылали следователей, но улик так и не нашли... А ты почему спрашиваешь?

— Я хочу выяснить, не числилось ли за «Авангардом» каких-нибудь грехов после той перестрелки,— сказала Аомамэ.— Административных или уголовных, все равно. Я человек гражданский и способов такого поиска не знаю. Сколько газет ни читай, правда все равно *где-то там*. Вот я и надеюсь, что для полиции это выяснить немного проще.

— По идее, конечно, все должно быть просто,— отозвалась Аюми.— Залез в базу данных, набрал ключевое слово... Но на самом деле японская полиция жутко тормозит с компьютеризацией. Лет на несколько, по крайней мере. Сегодня, чтобы такие вещи выяснить, придется писать официальный запрос в полицию Яманаси и визировать эту бумагу у начальства. В письменном же виде объясняя, зачем мне это понадобилось. Здесь ведь та еще контора. Куча народу получает зарплату за то, чтобы все было сложнее и запутанней.

— Вот как? — Аомамэ вздохнула.— Значит, мимо?

— Погоди, а зачем тебе такая информация? У тебя с «Авангардом» какие-то счеты?

Чуть подумав, Аомамэ решила сказать как есть.

— Вроде того. Дело касается изнасилований. Подробней пока сказать не могу, но речь идет об изнасилованиях несовершеннолетних. Есть информация, что руководство секты занимается этим регулярно под видом религиозных обрядов.

Аомамэ почти физически ощутила, как ее собеседница напряглась.

— Педофилия? Ну и скоты...

— Вот и я о том же,— сказала Аомамэ.

— Сколько девочкам лет?

— Кому десять, кому чуть больше. В любом случае, менструации еще не начались.

Аюми помолчала. А потом сказала совершенно бесстрастным тоном:

— Я тебя поняла. Если так, что-нибудь придумаю. Два-три дня подождешь?

— Да, конечно. Позвони, как что-нибудь выяснишь.

Они поболтали еще немного о мире без любви.

— Ох, ладно...— наконец вздохнула Аюми.— Пора опять за работу.

Повесив трубку, Аомамэ еще долго сидела на стульчике у окна и разглядывала свои руки. Длинные тонкие пальцы с коротко подстриженными ногтями. Без маникюра. Глядя на свои ногти, она вдруг подумала, как мимолетна и хрупка ее жизнь. Постричь ногти — еще не значит принять решение. Пока все решается за меня, а я лишь молча исполняю чужую волю. Не важно, нравится мне это или нет. Но кто, черт возьми, решает, что мои ногти нужно стричь именно так, а не как-либо иначе?

«Твои родители были упертыми "очевидцами",— сказала ей хозяйка.— И остаются таковыми до сих пор». Значит, они и сейчас живут все той же сектантской жизнью? Аомамэ вспомнила брата, на четыре года старше ее. Серьезный был брат. Когда она решила уйти из дома, он во всем слушался родителей, исправно молился. Чем-то сейчас занимается? Впрочем, о родительском доме Аомамэ особо знать не хотелось. Эта часть жизни давно закончилась для нее. Обратно дороги нет.

Все, что с ней случилось до десяти лет, Аомамэ упорно гнала из памяти. Моя жизнь началась с десяти, повторяла она себе. Все, что было со мною раньше,— нелепый, кошмарный сон. Эту часть памяти нужно утилизировать за ненадобностью. Но как она ни старалась, кошмар возвращался в ее душу. Точно сорняк, пустивший корни так глубоко, что прорастает снова и снова, сколько ни выпалывай. Как далеко ни убегай, все равно приходится возвращаться туда, откуда все началось.

Я *должна* переправить этого Лидера к чертям собачьим, решила Аомамэ. *Должна для самой себя.*

Вечером третьего дня позвонила Аюми.

— Кое-что раскопала,— сообщила она.

— Насчет «Авангарда»?

— Да. Я тут думала-думала — и вспомнила: у одного парня с моей работы дядя служит в полиции Яманаси. Причем большим начальником. Вот туда-то я удочку и забросила. Пожаловалась парню, что у моих родственников сын якобы ушел в религиозную секту. Семья на ушах стоит, и все такое. Нельзя ли, мол, в частном порядке получить об этом «Авангарде» какую-нибудь информацию. Дескать, только между нами и так далее. Все шито-крыто, можешь на меня положиться.

— Вот спасибо! — сказала Аомамэ.— Очень тебе благодарна.

— В общем, парень позвонил дяде, рассказал обо мне. Дядя ответил: «Ну, раз такое дело...» — и дал контакты человека, который собирает информацию об «Авангарде». И вот с ним-то я уже смогла поговорить напрямую.

— С ума сойти!

— Ага. Говорили мы долго, он много всего рассказал. Но, я думаю, то, о чем писали в газетах, ты и без меня проверила, так? Поэтому сейчас лучше расскажу о том, чего обычные люди не знают. Согласна?

— Абсолютно.

— Прежде всего, у «Авангарда» большие трения с законом. По крайней мере, в гражданский суд на них подавали уже не раз и не два. И почти всегда — по поводу скупаемой ими земли. Денег у секты куры не клюют; год за годом она разрастается, подгребая под себя окружающие территории. Понятно, что в такой глуши земля недорогая, но тем не менее. При этом методы у них далеко не всегда чистоплотные. Они учреждают компании на бумаге, скупают одно за другим все агентства недвижимости в округе, а потом искусственно задирают аренду, и народ — семья за семьей — съезжает оттуда сам. Но несмотря на все гражданские иски, конфликтов с законом у «Авангарда» не зафиксировано. Подозрений много, а ухватить не за что. Все их полулегальные аферы прикрываются «шишками» в больших креслах. Политиками очень высокого ранга, при одном упоминании о которых полиция на многое закрывает глаза. Конечно, попадись «Авангард» на чем-нибудь явно скандальном, пришлось бы закатать рукава, но пока...

— Значит, с доходами у них не все так чисто, как они заявляют?

— Насчет рядовых верующих — не знаю, но, насколько это видно из документов о перепродаже земли, у руководства, похоже, рыльце в пушку. В то, что их цель — духовное просветление, верится с трудом. Тем более что землю с домами они скупают не только в Яманаси, но и в Токио, Осаке и так далее. Элитную недвижимость, проще говоря. Сибуя, Минами-Аояма, Сёто...* Можно подумать, эта секта собирается охватить своим просветлением всю Японию. Или же сменить профиль на риелторский концерн.

— Вопрос: зачем людям, ушедшим в молитвы и единенье с природой, подаваться обратно в мегаполисы?

— А также вопрос: откуда на них сваливаются все эти бешеные капиталы,— подхватила Аюми.— Сколько ни торгуй морковкой да редькой, таких денег в жизни не заработать.

— А частные пожертвования самих прихожан?

— Есть немного, но это даже несравнимо с тем, сколько стоят все эти земли. Определенно их финансирует кто-то извне... Кроме того, я узнала кое-что еще. Думаю, тебя заинтересует. В секте довольно много детей. Достигая школьного возраста, эти дети начинают ходить в сельскую школу. Но через какое-то время перестают появляться на уроках. Образование в стране обязательное; администрация школы постоянно требует вернуть детей на уроки. Но «Авангард» неизменно отвечает одно: «Есть дети, которые сами отказываются ходить в школу». Дескать, о таких не следует беспокоиться, община сама позаботится об их образовании.

Аомамэ вспомнила свое детство. Уж она-то прекрасно знала, как сильно дети сектантов могут не любить школу. Потому что их там держат за отщепенцев, дразнят или бойкотируют.

---

* Элитные районы центрального Токио, самые дорогие земля и недвижимость в Японии.

— Так, может, проблемы в самой школе? — предположила Аомамэ.— Если им там неуютно, ничего странного в этом нет.

— Сами учителя утверждают, что у большинства детей секты — как мальчиков, так и девочек — отклонения в психике. Поначалу это обычные дети, открытые и веселые. Но с каждым годом они все больше замыкаются в себе. Постепенно у них пропадают всякие эмоции, они перестают общаться с окружающими — и к третьему или четвертому классу навсегда исчезают из школьных стен. Это касается практически всех детей из «Авангарда». Вот о чем беспокоятся учителя. Как их воспитывают за стенами секты, в каких условиях содержат, не знает никто. И узнать невозможно: за ворота секты обычным людям вход воспрещен.

Те же симптомы, что и у малышки Цубасы, подумала Аомамэ. Крайняя замкнутость, отстраненность и ни малейшего желания с кем-либо разговаривать.

— Так ты утверждаешь, что в «Авангарде» практикуют регулярные издевательства над детьми? — уточнила Аюми.— Включая изнасилования?

— Пока это из области подозрений,— ответила Аомамэ.— Но ведь этого недостаточно для организации расследования?

— Да уж. Для полицейского начальства служба — обычная карьерная лестница. Бывают, конечно, исключения. Но большинство видит главной целью жизни спокойную пенсию с кормушкой-амакудари*. И от любых горячих тем предпочитают держаться подальше. Эти ребята, по-моему, даже пиццу едят холодной. Вот если появятся конкретные жертвы и улики, которые можно спо-

---

* Амакуда́ри (*букв. яп.* «спуск с небес») — переход вышедших в отставку высокопоставленных чиновников на ключевые посты в корпорации, банки или частные компании.

койно представить в суде,— тогда, разумеется, другой разговор. Но в данном случае как раз это самое сложное.

— Верно,— согласилась Аомамэ.— В общем, спасибо тебе огромное. Я думаю, твоя информация здорово пригодится. Как бы мне тебя отблагодарить?

— Перестань. Давай-ка лучше в ближайшее время прошвырнемся опять по Роппонги. И вытрясем из башки всю эту жуткую муть.

— Тоже дело,— согласилась Аомамэ.

— Кстати,— добавила Аюми.— Ты садо-мазо с наручниками уважаешь?

— Пожалуй, нет,— ответила Аомамэ. С наручниками?

— Жаль,— вздохнула Аюми.

Глава 22

ТЭНГО

Время принимает разные формы

Тэнго думал о своем мозге. Чтобы задуматься о его устройстве, уже накопилось много причин.

За последние два с половиной миллиона лет человеческий мозг увеличился в четыре раза. Сегодня наш мозг, занимая всего 2% от веса тела, потребляет 40% энергии организма (если верить книжке, которую Тэнго прочитал накануне). Благодаря столь стремительному увеличению мозга человек получил в распоряжение такие понятия, как время, пространство и вероятность.

Время, Пространство и Вероятность.

О том, что Время может искривляться и принимать различные формы, Тэнго догадывался давно. Все зависит от того, на что его тратить. Один отрезок Времени может быть мучительно долгим, а другой — казалось бы, совершенно такой же,— легким и мимолетным. Причины и следствия могут порой меняться местами. Огромный кусок Времени способен провалиться в небытие. А иногда в нем происходит то, чего случиться никак не могло. Видимо, вот так, регулируя Время туда-сюда, люди пытаются придать смысл своей жизни. Или, если говорить проще, благодаря такой регулировке стараются не сойти с ума. Ведь можно не сомневаться: если бы время, которым нам выпало распоряжаться, оставалось ровным и неизменным, наша нервная система бы просто не выдержала. Жизнь превратилась бы в настоящую пытку. Так, по крайней мере, казалось Тэнго.

С увеличением мозга люди получили не только само понятие Времени, но и возможность это понятие регулировать. Без устали расходуя Время, они точно так же неустанно подстраивают его под себя. Работа, что говорить, не из легких. Все-таки именно на это уходит 40 процентов энергии нашего организма.

Насколько реально его младенческое воспоминание? Действительно ли Тэнго видел это своими глазами — спущенную комбинацию матери, чужого дядю, целующего ее грудь, мамины руки на дядиной спине? Как может полуторагодовалый младенец запомнить все до таких мелочей? А может, это ложная память — кадры, которые его мозг сочинил много позже как некое спасительное оправдание?

Может, и так. Например, из желания доказать самому себе, что человек, которого называли его отцом, таковым не является, он подсознательно изобрел другого мужчину, который мог быть его настоящим родителем. И вырвался из ловушки кровного родства с тем, кого отцом называть не хотел. Ведь что ни говори, а гипотеза о том, что его мать так и живет где-нибудь с его настоящим отцом, действительно открывала в его нелегком и ограниченном детстве новые двери.

И все-таки для выдумки это воспоминание было чересчур ярким, глубоким и весомым. Вплоть до запахов и ощущений. Точно устрица, прилепившаяся к днищу выброшенного на берег судна, видение это не стиралось из памяти ни в какую. Сколько Тэнго ни спорил с собой, в душе он не мог поверить, что это лишь плод его воображения. Слишком реалистично для фантазии.

Итак, попробуем считать, что так оно все и было.

Тэнго действительно увидел все это — и, естественно, испугался. Ведь мамина грудь предназначалась только ему, а вовсе не кому-то чужому, большому и сильному. Да и мама, пусть даже на минуту-другую, как будто забыла о его, Тэнго, существовании. Ситуация представляла угрозу для всей его маленькой жизни. И панический ужас впечатал эту сцену в его подсознание, как тавро.

Тэнго рос, но проклятое воспоминание то и дело возвращалось к нему, разливаясь кошмаром по всему телу, парализуя сознание и волю. Словно говоря ему снова и снова: «Что б ты ни делал, куда бы ни убегал, я все равно настигну тебя. Я диктую тебе, что делать, я составляю суть твоей жизни, и в конце концов *я переправлю тебя куда полагается*. Сопротивление бесполезно. Руки вверх».

Тэнго достал из стиральной машинки и понюхал пижаму, в которой спала Фукаэри. Кажется, захотел вспомнить, как пахла его пропавшая мать. Но зачем ему для этого понадобился запах тела семнадцатилетней девчонки? Та же замужняя подруга, кажется, подошла бы для этой роли куда лучше...

Замужняя подруга была старше его на десять лет, и грудь ее действительно напоминала большую красивую грудь матери Тэнго. И в белой комбинации смотрелась так же здорово. Но почему-то он не хотел, чтобы подруга напоминала ему о матери, да и запахом ее никогда особенно не интересовался. Эта женщина очень эффективно снимала сексуальное напряжение, которое у него накапливалось за неделю. Ему, в свою очередь, почти всегда удавалось довести ее до оргазма. И эти два момента были, разумеется, для обоих очень важны. Но кроме постели, их по-настоящему ничто не связывало.

В их сексе по большому счету всем заведовала подруга. Тэнго, ни о чем не думая, просто следовал ее указаниям. Ему не приходилось ничего решать или выбирать. От него требовались только хорошая эрекция и контроль над собственным оргазмом. «Пока нельзя, потерпи немножко»,— говорила она, и он послушно терпел из последних сил. «Вот! Теперь давай! Ну, скорее!» — шептала она ему на ухо, и он исправно кончал. Если все получалось как нужно, подруга хвалила его. Гладила по щеке, приговаривая: «какой ты у меня молодец», «как мне с тобой хорошо» и так далее. А Тэнго с детства отличался стремлением к точности. Во всем — от безупречно выстроенных предложений до идеально отточенных формул.

В постели с женщинами младше себя у него так гладко не получалось. С начала и до конца ему приходилось что-то придумывать, проявлять инициативу и брать любое решение на себя. От всей этой ответственности ему делалось неуютно. Он ощущал себя капитаном суденышка, угодившего в дикий шторм. Нужно крепко держать штурвал, то и дело проверять паруса, замерять силу и направление ветра. При этом никак нельзя потерять доверие команды. Одна маленькая ошибка или неверное движение руки могут запросто привести судно к гибели. Такой секс куда больше напоминал ему выполнение тяжкого долга. В результате он напрягался, кончал слишком рано или просто терял эрекцию — и чем дальше, тем больше утрачивал веру в себя.

С нынешней же подругой ничего подобного не случалось. Мужскую потенцию Тэнго она ценила очень высоко и всячески ее стимулировала. После того дня, когда он кончил слишком рано, Тэнго больше ни разу не видел на ней не только белой комбинации, но и вообще белой одежды.

Вот и сегодня белье на ней было черным. Она делала Тэнго глубокий минет, забавляясь разницей между твердостью члена и мягкостью яичек. Ее роскошная грудь под черным кружевом лифчика мерно колыхалась в такт движению головы. Чтобы не кончить от этого зрелища, Тэнго закрыл глаза и начал думать про гиляков.

«Суда у них нет, и они не знают, что значит правосудие. Как им трудно понять нас, видно хотя бы из того, что они до сих пор еще не понимают вполне назначения дорог. Даже там, где уже проведены дороги, они все еще путешествуют по тайге. Часто приходится видеть, как они, их семьи и собаки гусем пробираются по трясине около самой дороги».

Тэнго представил, как цепочка гиляков в бедняцкой одежде, с семьями и собаками уходит от дороги в глухую тайгу. В их представлениях о времени и пространстве не существовало дорог. И хождение по тайге придавало их жизни куда больше смысла.

«Бедные гиляки»?

Тэнго вспомнил лицо спящей Фукаэри. Она спала в его пижаме на три размера больше. Подвернув рукава до локтей, а штанины почти до колен. А сегодня он достал эту пижаму из стирки и зарылся в нее носом...

«Нельзя об этом думать!» — спохватился он. Но было поздно.

Тугая струя спермы изверглась подруге в горло, затем еще и еще. Она приняла в себя все до последней капли, после чего встала с кровати и отправилась в ванную. Тэнго лежал и слушал, как она включает воду, полощет горло. Вернулась она с таким видом, будто ничего не произошло.

— Прости,— сказал Тэнго.

— Не стерпел? — улыбнулась подруга. И легонько погладила его по носу.— Ничего страшного. Самому-то понравилось?

— Не то слово,— отозвался он.— Думаю, чуть погодя опять смогу.

— Жду не дождусь,— сказала подруга и легла щекой на голую грудь Тэнго.

Какое-то время она лежала так, закрыв глаза, и Тэнго чувствовал ее легкое дыхание у себя на сосках.

— А знаешь, что я всегда вспоминаю при виде твоей груди?

— Что?

— Ворота замка из фильмов Куросавы.

— Ворота замка? — Он погладил ее по спине.

— Ну, помнишь «Паучий замок» или «Скрытую крепость»*, все эти его старые черно-белые фильмы, в которых то и дело попадаются замковые ворота, усеянные огромными шипами. Постоянно их вспоминаю. Крепкие, толстенные...

— Но у меня шипов нет,— сказал Тэнго.

— Да? Я как-то не задумывалась.

На третьей неделе после того, как «Воздушный кокон» выпустили в мягкой обложке, роман по-прежнему держался в списке бестселлеров. Всякий раз, придя в колледж, Тэнго раскрывал газеты в учительской и отслеживал рейтинг. Дважды на книгу опубликовали рекламу — фото обложки и крошечный портрет Фукаэри. Все в том же летнем свитерке, плотно облегавшем красивую грудь (все тот же снимок с пресс-конференции). Прямые волосы до плеч и взгляд, проникающий сквозь объектив фотокамеры в самую душу смотрящего. Нейтральный и добрый взгляд, сосредоточенный на том, чего мы и сами в себе не знаем. В глазах этой семнадцатилетней девчонки читалась такая неколебимая, обезоруживающая уве-

---

* «Трон в крови, или Паучий замок» («*Кумоносу-дзё», 1957*) — фильм японского режиссера Акиры Куросавы (1910−1998), вольная, но чуткая адаптация шекспировского «Макбета» под традиционное мышление японцев. «Три негодяя в скрытой крепости» («*Какуси торидэ-но сан акунин», 1958*) — фильм Куросавы о пяти неудачниках, которые везут случайно попавшее в их руки золото по раздробленной феодальными войнами Японии.

ренность, что делалось не по себе. Наверняка многие, впервые взяв книгу в руки, уже только из-за этого взгляда захотели ее купить.

Через несколько дней после выхода романа от Комацу пришла бандероль с двумя экземплярами книги, но Тэнго даже не пришло в голову заглядывать в напечатанное. Конечно, это был его текст, впервые изданный в типографии, но ни читать, ни даже пробегать эти строки глазами отчего-то совсем не хотелось. И даже при взгляде на саму книгу радости не появлялось, хоть убей. Даже если текст и его, история принадлежала полностью Фукаэри. Это девчонка рассказала ее, вытянув каждое событие из своего подсознания. Его теневая роль техника-оператора сыграна. Какая бы судьба ни ожидала это произведение в будущем, Тэнго это уже не касалось. И не должно касаться. Не вынимая книг из пакета, он упрятал их на самую дальнюю полку, чтобы даже случайно те не попались ему на глаза.

После той ночи, когда Фукаэри заночевала у него, в жизни Тэнго довольно долго ничего не менялось. Часто шел дождь, но Тэнго почти не обращал на это внимания. Необходимость следить за погодой никогда не входила в список его жизненных приоритетов. Фукаэри после той ночи никак не давала о себе знать. Скорее всего, это означало, что у нее все в порядке.

День за днем Тэнго кропал свою книгу, а параллельно строчил статейки на заказ — безымянный журнальный мусор, на сочинение которого несложно отвлечься для разнообразия; да и платили за это, стоит признать, на удивленье неплохо. И как всегда, трижды в неделю ездил в колледж читать лекции по математике. Чтобы только забыть обо многих неуютных вещах — в основном связанных с «Коконом» и Фукаэри,— Тэнго все чаще уходил в математику. Стоило ему погрузиться в мир

447

чисел и формул, как его сознание с легким, почти ощутимым щелчком переключалось в абсолютно другой режим. С его губ слетали совершенно иные слова, а тело задействовало совершенно другие мышцы. Менялись интонация и выражение лица. Тэнго нравилось ощущение от этой метаморфозы. Словно переместился из комнаты в комнату — или сменил одну пару обуви на другую.

В мире чисел Тэнго чувствовал себя свободнее, чем в повседневной жизни, и красноречивее, чем в мире писательства. Хотя отчасти и понимал, что убегает в математику чисто удобства ради. В каком из миров он остается *настоящим собой*, было непонятно. И все же он научился естественно, не задумываясь, переключать этот тумблер в голове. Ибо осознавал, как сильно это умение необходимо его натуре.

Стоя за кафедрой в колледже, Тэнго призывал студентов восхищаться стройностью математической логики. Нет смысла в том, чего нельзя доказать, но когда все доказательства выстроены, мировые загадки, точно нежные устрицы, сами раскроют створки у вас на ладони. Сраженная его пафосом и красноречием, юная аудитория впитывала лекции, точно губка. Вместе с конкретным решением Тэнго неизменно расписывал и притаившуюся в той или иной задаче «интригу». Когда он оглядывал зал, сразу несколько абитуриенток семнадцати-восемнадцати лет готовы были поклясться, что с помощью математических терминов учитель откровенно с ними флиртует. Ибо все его страстные метафоры слишком напоминали предварительные ласки за пять шагов до постели. Эти юные девы просто физически ощущали, как он гладит их по спине элегантными формулами, шепча на ушко жаркие теоремы... Однако с тех пор, как Тэнго повстречал Фукаэри, эротических намеков абитуриентки на лекциях больше не слышали. Может, все оттого, что ему не хотелось зарываться носом в пижамы, которые они надевали?

Да, Фукаэри — натура особенная, в который раз подумал Тэнго. Даже сравнивать с кем-нибудь бесполезно. Неужели она и правда значит для меня больше, чем я полагал? Но в каком смысле? Сдается мне, эта девочка — нечто вроде зашифрованного Послания. Которое я уже получил, но никак не могу прочесть.

Но как бы там ни было, с мыслями о Фукаэри пора кончать, одернул себя Тэнго. Это было идеальное решение, принятое им со всей логикой, на какую он только мог опираться. От «Воздушного кокона», загромождающего полки книжных магазинов, от загадочного Эбисуносэнсэя и от всех этих подозрительных сектантов лучше держаться как можно дальше. Да и с Комацу в ближайшее время, по возможности, не стоило бы пересекаться. Иначе все закончится полным крахом. Хаосом, в котором для логики вообще не останется места. Водоворотом, из которого не выплыть уже никогда.

Впрочем, Тэнго хорошо понимал, что быстро порвать с Комацу не получится, как ни старайся. Слишком далеко они уже вместе уплыли. Это тебе не кино Хичкока, где героя затягивает в ловушку, пока он об этом не подозревает. Нет, брат. Ты прекрасно знал, что рискуешь, но все-таки позволил заманить себя на борт чертова «Титаника», и корабль отчалил. Мало того что эту адскую махину уже не остановить, так ты еще и сам превратился в одну из главных ее шестеренок. Слушай теперь гул двигателя да повинуйся вращающим моментам.

Комацу позвонил на третьей неделе победного шествия «Кокона» по спискам бестселлеров. Телефон проснулся в одиннадцать вечера. Переодевшись в пижаму, Тэнго забрался в постель. Ему хотелось немного почитать, выключить торшер и заснуть. Он сразу догадался, что это Комацу. Такие уж у этого человека звонки. Как в любом тексте что-нибудь читается между строк, между трелями звонка от Комацу отчетливо слышалось: это он и никто другой.

Поднявшись с постели, Тэнго прошел к телефону, снял трубку. Делать это совсем не хотелось. Больше всего ему хотелось просто заснуть. И увидеть во сне ириомотейскую кошку*, Панамский канал, озоновый слой или Мацуо Басё** — все, что угодно, лишь бы подальше отсюда. Но в том-то и дело: если трубку не взять сейчас, следующий звонок раздастся минут через пятнадцать. Или тридцать. Чувство времени у Комацу отсутствовало напрочь. Как и элементарная способность ставить себя на место людей, живущих нормальной жизнью. Чем так, лучше уж снять трубку сразу.

— Привет, дружище! Не спал? — Голос Комацу звучал на редкость расслабленно.

— Уже засыпал,— ответил Тэнго.

— Виноват! — бросил Комацу без малейшего сожаления в голосе.— А я просто хотел тебе сообщить, что продажи «Кокона» превосходят все ожидания.

— Замечательно.

— Расхватывают как горячие пирожки! Новый тираж не успевают допечатывать, на типографии ввели ночную смену... Впрочем, чего удивляться? Качественный роман семнадцатилетней красотки. Да еще и лауре-

---

* Ириомотейская кошка (*лат.* Prionailurus bengalensis iriomotensis) — подвид бенгальской кошки, найденный только на о-ве Ириомотэ, самой южной точке японского архипелага Рюкю. Долгое время считалась отдельным видом.

** Мацуо Басё (Киндзаку, он же Мунэфуса, 1644—1694) — великий японский поэт, теоретик стиха, создатель жанра и эстетики хокку на основе дзэн-буддийского принципа «озарения». Оказал огромное влияние на развитие японской литературы Средних веков и нового времени.

ата премии «Дебют». Все факторы успеха в одном флаконе!

— Значит, тридцатилетний учитель математики, здоровый как медведь, таких шансов не имел бы?

— В том-то и дело, друг мой. Сам посуди: развлекательной эту книгу не назовешь. Ни тебе постельных сцен, ни слезовыжимательных эпизодов. Будь ее автором ты, сомневаюсь, что она бы стала бестселлером...

Комацу выдержал паузу, проверяя реакцию Тэнго. Но тот молчал, и он продолжил:

— Дело, конечно, не только в проданном тираже. Критика отменная, вот что важно. Все отмечают, что этот роман сильно отличается от обычных молодежных выплесков адреналина на модную тему. Он поражает своей содержательностью и читабельностью. Разумеется, все это — благодаря твоей правке. Во многом, если не во всем. Блестящая работа!

«Блестящая работа»? Тэнго сжал пальцами виски. Насколько он замечал до сих пор, если Комацу хвалит его — значит, стоит ждать неприятностей.

— Господин Комацу,— спросил он напрямую,— какие-то плохие новости?

— Плохие? — якобы удивился Комацу.— А почему они должны быть плохими?

— В такое время просто так не звонят. Видимо, что-то случилось?

— И то верно,— с интересом отметил Комацу.— А у тебя хорошее чутье.

Не чутье, подумал Тэнго, а элементарный опыт общения. Но вслух ничего не сказал.

— Ты прав,— признал Комацу.— Есть одна не очень приятная новость...

Комацу выдержал эффектную паузу. Тэнго представил, как глаза собеседника сверкнули в темноте, точно у мангуста перед прыжком на кобру.

— И это связано с автором «Воздушного кокона»?

— Да, с Фукаэри. Такое дело... В общем, она пропала.

Тэнго стиснул виски чуть сильнее.

— Как давно?

— Три дня назад, в среду утром, она отправилась в Токио. Эбисуно-сэнсэй проводил ее до станции. Куда и зачем едет, не сообщила. В полдень позвонила и сказала, что сегодня домой не вернется, заночует в квартире на Синано. Там же в ту ночь останавливалась и дочь сэнсэя. Но Фукаэри так и не появилась. И всякая связь с ней оборвалась.

Три дня назад? Тэнго покопался в памяти. Но толком ничего не вспомнил.

— Куда она могла поехать, неизвестно. Я и подумал, может, она звонила тебе?

— Не звонила,— ответил Тэнго.

С ночи, когда у него гостила Фукаэри, прошло уже недели четыре.

Тэнго подумал, не рассказать ли Комацу о том, как Фукаэри не хотела ехать в квартирку на Синано, словно опасалась чего-то. Но промолчал. Не дай бог, пришлось бы рассказывать еще и о том, что она у него ночевала.

— Эксцентричная натура,— сказал Тэнго.— Небось послала всех к черту да умотала куда глаза глядят...

— Это вряд ли,— возразил Комацу.— Девочка нелюдимая, но с дисциплиной у нее все в порядке. И где ночевать, всегда решает заранее. Если верить сэнсэю, обычно она постоянно звонит и сообщает, где находится и куда собирается. И если от нее нет связи три дня подряд, значит, что-то случилось.

— Что-то случилось? — эхом повторил Тэнго.

— Сэнсэй с дочерью с ума сходят,— добавил Комацу.

— Но если отсутствие Фукаэри затянется, у вас тоже начнутся проблемы, я так понимаю?

— Да уж. Если в этой истории начнет ковыряться полиция, дело дрянь. Шутка ли — юная красавица, автор бестселлера года, пропала без вести! О журналистах я даже не говорю. Мне как редактору книги, хочешь не хочешь, придется раздавать комментарии направо и налево. А это значит вылезать из тени на свет, чего я делать очень не хотел бы. Когда и на каком повороте вылезет правда о нашем с тобой сценарии, одному богу известно.

— А что говорит сэнсэй?

— Завтра он собирается заявить в розыск. Я уже просил его подождать пару дней. Но больше он ждать не хочет.

— И как только объявят розыск, начнется шумиха в прессе?

— Не знаю, что предпримет полиция, но для журналистов эта история — лакомый кусочек. Здесь тебе не просто сбежавший из дома тинейджер. Утаить что-либо в этом случае будет очень не просто...

А может, как раз этого и добивается сэнсэй, подумал вдруг Тэнго. Если грамотно использовать Фукаэри как приманку, можно поднять шумиху на всю страну, пролить свет на связь родителей девочки с «Авангардом» — и наконец-то выяснить, где находятся ее отец и мать (или хотя бы что с ними стало). Если так, сегодня все происходит по плану сэнсэя. Вот только понимает ли он, чем при этом рискует? Наверное, понимает. Все-таки на безумца не похож. Тем более что думать о сложных вещах — его основная профессия. Да и в ситуации с Фукаэри наверняка еще много такого, о чем Тэнго и знать не знает. Похоже, он, Тэнго, пытается собрать пазл, от которого нет и половины фрагментов. Умный человек не стал бы и начинать.

— У тебя нет соображений, куда она могла деться?

— Пока в голову ничего не приходит.

— Понятно...— В голосе Комацу послышалась усталость. Хотя показывать свои слабости было не в его стиле.— Прости, что разбудил среди ночи.

Комацу извиняется? Тэнго решил, что ослышался.

— Да все понятно,— ответил.— Раз такое дело...

— Честно скажу, не хотел я тебя втягивать в эту чехарду. Твоя задача была чисто писательской, и ты выполнил ее на все сто. Но к сожалению, жизнь не всегда течет туда, куда нам хочется. Так что, как я уже говорил, лететь нам с тобой в одной лодке с одного водопада.

— И возрождаться на одном листе лотоса?

— Вот именно.

— Господин Комацу, но если новость о пропаже Фукаэри попадет в прессу, продажи книги подскочат еще выше, разве не так?

— Да хватит уже продаж! — выпалил Комацу, словно отмахиваясь.— В дальнейшей рекламе нет уже никакого смысла. Как и в скандале ради скандала. Пора уже подумать о причале в какой-нибудь тихой гавани.

— В тихой гавани? — повторил Тэнго.

Судя по звукам в трубке, Комацу что-то сглотнул. А затем откашлялся.

— Об этом мы еще поговорим. Как-нибудь за ужином, не торопясь. Когда уляжется вся эта шумиха. Спокойной ночи, дружище. Выспись как следует, это важно.

Сказав так, Комацу повесил трубку. Его последние слова оказались чем-то вроде сглаза: хоть убей, заснуть не получалось.

«Выспись как следует, это важно»? Что он имел в виду? Тэнго приплелся на кухню, сел на стул и попробовал заняться книгой. Но работа валилась из рук. Тогда он достал из шкафа бутылку виски, откупорил и сделал глоток.

———

Может, Фукаэри в самом деле сыграла роль приманки и ее похитил «Авангард»? Вовсе не исключено, подумал Тэнго. Приехали три-четыре молодчика, дождались ее появления, затолкали в машину и увезли. Если действовать быстро и по плану, ничего невозможного нет. Не этого ли опасалась Фукаэри, когда не хотела возвращаться в квартирку на Синано?

И *Little People*, и Воздушный Кокон существуют на самом деле, сказала она. Фукаэри действительно воспитывалась в коммуне «Авангард», не уберегла слепую козу и, отбывая наказание, познакомилась с *Little People*. И плела с ними по ночам Воздушный Кокон. В результате с ее телом произошло что-то очень странное. О чем она и написала. А Тэнго довел ее текст до ума. Или, проще говоря, сделал из текста *товар*. Который, выражаясь словами Комацу, разошелся как горячие пирожки. Очень возможно, что «Авангарду» это пришлось не по нраву. Скорее всего, историю про Кокон и *Little People* они хотели сохранить в глубокой тайне. И чтобы правда об этом не расползалась дальше, похитили Фукаэри и заставили ее замолчать. Им пришлось это сделать, даже несмотря на скандал из-за ее исчезновения.

Хотя, конечно, это всего лишь гипотеза. Никаких доказательств. Сколько ни кричи «*Little People* и Кокон существуют на самом деле!», никто и головы не повернет. Тем более что и сам Тэнго плохо представлял, что это вообще означает.

А может, Фукаэри просто устала от шумихи вокруг ее бестселлера и решила отдохнуть где-нибудь в одиночестве? Разумеется, и такой вариант возможен. В этом случае гадать, куда она могла уехать, практически бесполезно. Но зачем ей тогда терзать сэнсэя с дочерью? Наверняка бы оставила им какое-то сообщение...

Но если ее действительно похитил «Авангард», дело плохо, снова подумал Тэнго. Точно так же, как ее родители, она может сгинуть из этого мира навсегда. Сколько бы ни шумела пресса, полиция будет отвечать однозначно: «Факт похищения не доказан»,— и уже очень скоро эта тема просто сойдет на нет. А Фукаэри останется в застенках «Авангарда» до конца своих дней. Если не что-нибудь похуже... И что? Неужели это тоже входило в сценарий сэнсэя?

Утром Тэнго позвонил сэнсэю домой. По номеру, который тот ему сам же и диктовал. Но трубку никто не взял. «В настоящее время этот номер не используется. Проверьте все цифры и наберите снова»,— сказала механическая барышня. Тэнго перезвонил еще пару раз. Безрезультатно. Вполне вероятно, когда началась шумиха вокруг бестселлера, этот номер просто сменили.

Целую неделю после этого не было никаких новостей. «Воздушный кокон» по-прежнему держался в топе всеяпонских продаж. А телефон молчал. Несколько раз Тэнго пытался позвонить Комацу в редакцию, но того вечно не было на месте (что само по себе не редкость). Все просьбы позвонить, которые Тэнго оставлял сослуживцам, результатов не принесли (также обычное дело). Изо дня в день он просматривал газеты, но ни единой новости об исчезновении Фукаэри не увидел. Может, сэнсэй так и не заявил об этом в полицию? А может, заявил, но полиция решила не предавать этот случай огласке? Или же просто никто не стал рассматривать всерьез побег из дома семнадцатилетней пигалицы, ибо такое случается сплошь и рядом?

Как и было заведено, Тэнго трижды в неделю читал лекции в колледже, в остальное время писал, а в пятницу занимался обстоятельным послеобеденным сексом с замужней подругой. Но на этой неделе, как назло, ни на чем из этого списка не удавалось сосредоточиться. Он словно наглотался дурмана: мысли путались, а сердце никак не могло успокоиться. Не хотелось ни есть, ни пить. Глаза сами открывались среди ночи, заснуть не удавалось. Он лежал в темноте и думал о Фукаэри. Где она сейчас? Чем занимается? Одна или с кем-то? Что с ней вообще происходит? Какие только картины не проплывали в его фантазиях, одна мрачнее другой. Но в каждом таком видении она являлась ему в летнем свитере, красиво обтягивающем грудь. От взгляда на эту грудь становилось трудно дышать, а в голове все переворачивалось вверх дном.

И лишь на шестой неделе абсолютного лидерства «Кокона» в списке бестселлеров Фукаэри вышла на связь.

Глава 23

АОМАМЭ

Ягодки впереди

Для закатывания небольших, но развратных оргий Аомамэ с Аюми составляли идеальную пару. Аюми — девушка миниатюрная и улыбчивая, без комплексов, язык подвешен неплохо. Коли настроилась пошалить, к большинству чужих фантазий относится позитивно. Опять же, здоровое чувство юмора. Рядом с ней стройная и подтянутая Аомамэ смотрелась бесстрастной молчуньей, не желающей распахивать душу при первом же разговоре. И в самом деле, знакомясь с мужчинами, Аомамэ вечно не знала, что сказать. Слова ее звучали робко, но в них слышался довольно едкий цинизм. А во взгляде так и читалось осуждение всего происходящего. Но к ней словно магнитом тянуло тех мужчин, кто мог оценить ее природную ауру. Нечто вроде аромата, присущего самкам зверей и насекомых. Того, что не выдумать и не надеть на себя, словно очередной парфюм, как ни старайся. Возможно, это дается с рождения. А может, Аомамэ приобрела это со временем. Как бы там ни было, этой аурой она притягивала не только мужчин, но даже Аюми.

Когда обнаруживались годные мужчины, Аюми первой отправлялась на разведку. Ей прекрасно удавалось разговорить новых знакомцев, создать дружескую обстановку и заложить основу для дальнейшего приключения. А через какое-то время к ней присоединялась

Аомамэ — и атмосфера встречи дополнялась загадочным очарованием. Что-то уникальное, вроде комбинации из оперетты и фильма-нуар. Дальше все шло как по маслу. Компания перебиралась в ближайший отель и там, как любила выражаться Аюми, «кувыркалась, себя не помня». Сложнее всего было найти подходящих кандидатов. Во-первых, нужно, чтобы мужчин было двое. Чтобы выглядели они опрятно и более-менее симпатично. Интеллект желателен, но не в очень большом количестве — не хватало еще всю ночь зевать от скуки, слушая их болтовню. Финансовое благополучие тоже важно. Все-таки не женское дело платить за напитки в баре и номера в отеле.

Но как ни старались они закатить оргию в этот июньский вечер (откуда им было знать, что это их последний выход «на охоту»), найти подходящих партнеров не удавалось. Они потратили кучу времени, сменили несколько баров — безрезультатно. Несмотря на вечер пятницы, да еще в конце месяца*, на всем пространстве от Роппонги до Акасаки баров работало поразительно мало, а все открытые оказывались полупусты, и выбирать было попросту не из кого. Небо затянуло тучами, и воздух над Токио висел настолько тяжелый, словно весь город оделся в траур не понять по кому.

— Кажется, сегодня не судьба,— вздохнула Аомамэ. На часах было уже пол-одиннадцатого.— Придется ночевать в своей постельке.

— Да уж,— нехотя согласилась Аюми.— Более бездарного пятничного вечера за всю жизнь не припомню. А я еще, как дура, надела малиновое белье...

— Ну, езжай домой, встань перед зеркалом и любуйся на здоровье.

---

* Традиционный день зарплаты японских клерков — 25-е число каждого месяца.

— В душевой полицейской общаги? На такое даже я не способна.

— Ладно. Давай уже напьемся спокойно — и по домам.

— Можно...— отозвалась Аюми. И вдруг спохватилась: — Ах да! Слушай, а хочешь, поужинаем где-нибудь? У меня тридцать тысяч* в заначке!

— В какой еще заначке? — нахмурилась Аомамэ.— Ты же всю дорогу хнычешь, что у тебя зарплата маленькая и денег вечно не хватает.

Аюми потерла нос.

— Ну, на самом деле мне эту тридцатку мужчина дал. В прошлый раз. Это, говорит, вам на такси. Ну, помнишь, те два мужика-риелтора?

— И ты что же... просто взяла, и все? — удивилась Аомамэ.

— Так ведь небось они приняли нас за профессионалок,— хихикнула Аюми.— Скажи мы им, что я коп, а ты инструктор боевых искусств, у них бы глаза на лоб повылазили! Ну взяла, и ладно. Эти риелторы после каждой сделки бешеные деньжищи гребут, а потом сорят ими где попало. Я подумала, лучше мы их с тобой просадим на что-нибудь вкусненькое. Потому что на жизнь их тратить все-таки сложновато...

Аомамэ ничего не ответила. Секс со случайными мужиками за деньги для нее всегда был чем-то запредельным. И уж себя-то в этой роли она даже вообразить не могла. Теперь же Аомамэ словно увидела себя в кривом зеркале. Хотя с точки зрения морали — черт его знает, что *приличнее*: просто трахать мужчин за деньги или за куда бо́льшие деньги отправлять их на тот свет? Та еще головоломка, между прочим.

— Значит, тебя напрягает, если мужики деньги дают? — с беспокойством уточнила Аюми.

---

* 30 000 иен — около 300 долларов США.

Аомамэ покачала головой.

— Да не напрягает, просто... Тебе самой не кажется, что женщина-коп в таком случае поступает как проститутка?

— Нисколечко! — сказала Аюми.— Совершенно не кажется. Я так понимаю: проституция — это когда цену секса назначают заранее. И платят всегда вперед. Типа: «Э, братишка, сперва твои денежки, а потом уже мои трусики». Ведь если он после секса скажет «денег нет»,— весь ее бизнес к чертям полетит! Другое дело, когда о деньгах и разговора не было, оба получили удовольствие, а тут он вдруг — раз! — и сам достает кошелек из кармана, вот, мол, тебе на такси. И сумма-то небольшая, как благодарность — почему бы и нет? Где же здесь проституция? Уж эти вещи я четко различаю, можешь не сомневаться!

Как всегда, рассужденья Аюми звучали напористо и по-своему убедительно.

В прошлый раз они с Аюми подцепили тридцатилетнего и сорокалетнего. Оба — с густой шевелюрой, но Аомамэ, так и быть, согласилась на компромисс. Мужчины представились менеджерами по сдаче недвижимости. Хотя по костюмам от Хьюго Босса и галстукам от Миссони уже было ясно, что их бизнес не ограничивался унылыми риелторскими конторами типа «Мицуи» или «Мицубиси». Крутые ребята из агрессивной фирмы, гибко реагируют на все происходящее. Наверняка даже название их компании прописывалось катаканой*. Ни тебе традиций японского корпоратива, ни осточертевшей гордости за фирму, ни тошнотных производственных собраний. Не проявишь себя как личность — ни чер-

---

* Катакана — одна из двух слоговых азбук японского языка. Чаще всего используется для записи иностранных слов.

461

та не получится. А проявишь — награда будет высокой. Один крутил на пальце ключи от новенького «альфа-ромео». И болтали они о том, что в Токио не хватает места для офисных площадей. Экономика возрождается от нефтяного шока и разогревается, капитал снова набирает обороты. Сколько небоскребов ни строй, все мало.

— Похоже, сегодня на недвижимости опять можно разбогатеть? — сказала Аомамэ.

— О да,— отозвалась Аюми.— Если у тебя есть сбережения, лучше купи какой-нибудь дом. На таком ограниченном пятачке земли, как Токио, крутятся бешеные деньги. Каждый квадратный метр, в который вложился, растет в цене, даже если с ним вообще ничего не делать. Лучше покупать прямо сейчас. Это все равно что ставить на лошадь, заранее зная, что она придет первой. К сожалению, у таких государственных клерков, как я, зарплаты на это не хватит... А у тебя как? Проценты с чего-нибудь капают?

Аомамэ покачала головой:

— Я доверяю только наличным.

— Серьезно? — Аюми рассмеялась.— А ты в курсе, что у тебя уголовный менталитет?

— Ага. Все свои денежки храню под матрасом. Если что, хватаю в охапку и сматываюсь через окно.

— Точно! — Аюми щелкнула в воздухе пальцами.— Как в «Побеге» со Стивом Маккуином. Куча денег и стволов. Просто обожаю!

— Больше, чем закон?

— Ну, на личном уровне,— хитро улыбнулась Аюми.— Хотя еще больше я люблю «Человека вне закона». По мне, куда лучше расправляться с подонками, как Клинт Иствуд, чем киснуть с утра до вечера в патрульной машине! За это же, кстати, и ты мне нравишься!

— Я похожа на человека вне закона?

Аюми кивнула.

— Что-то есть, ага. Хотя до Фэй Данауэй с пулеметом наперевес тебе, конечно, еще далеко...

— Да я и без пулемета как-нибудь.

— Кстати,— сказала Аюми,— насчет той секты, «Авангард», о которой ты спрашивала...

В крохотном итальянском ресторанчике на задворках Иикуры они устроили себе легкий ужин с вином.

— И что же?

— Эта история меня зацепила, и я решила покопаться в ней сама. Но тема мутная, и чем больше ее копаешь, тем она подозрительней. Хотя «Авангард» и зарегистрирован как религиозная организация, никакой религиозной деятельностью ее члены не занимаются. Все их «духовные практики» и «просветления» — просто болтовня для создания имиджа. «Новая духовность» нью-эйджа, утонченная академичность, возврат к природе, дух оккультизма и прочий антикапитализм — все это они учли. Но и не больше. Ничего, что рождало бы *смысл*. Иначе говоря, бессмысленность — суть их существования. Как писал Маклюэн, раскрутка ради раскрутки. По нынешним понятиям — круто ребята устроились.

— Маклюэн?

— Знаешь, я тоже книжки читаю,— нахмурилась Аюми.— И думаю, что Маклюэн опередил свое время. Просто он стал слишком модным, поэтому его не восприняли всерьез. Но по большому счету он прав!

— Суть сервиса — в самом сервисе?

— Именно. Уникальность пакета услуг диктует содержание самих услуг. А вовсе не наоборот.

Аомамэ задумалась.

— Несмотря на то что идеи «Авангарда» никому не понятны, он все равно привлекает толпы народу... Ты об этом?

Аюми кивнула.

— Не сказать, чтобы толпы, но многих. А приходят люди — значит, притекают их деньги. Закон природы! Возникает вопрос: чем же именно «Авангард» так притягивает людей? Я думаю, прежде всего тем, что он не похож на обычную секту. Все очень чисто, интеллектуально, систематизировано. И на первый взгляд — очень *бедно*. Именно это и привлекает молодых специалистов — ученых, инженеров, технологов. Это возбуждает их любопытство. Ощущение *исполняемости желаний*. Реализуемости личных амбиций. То, чего не достичь в обычной жизни. Захотел чего-то? Поработай и получи. Вот такие интеллектуалы и составляют элиту «Авангарда» и мозг организации. А тот, кого они называют Лидером,— человек с офигенной харизмой. Все его буквально боготворят. Поклонение Лидеру и есть главный механизм жизни секты. Культ личности в самом первобытном его проявлении. Примерно как в раннем христианстве. Разница только одна: *этот* идол не выходит к людям. Они не знают его в лицо. Не представляют, как его зовут и сколько ему лет. Управляет сектой нечто вроде президиума, заведует которым назначенное лицо. А сердцевиной системы является никому не известный Лидер.

— Но если он прячется, значит, ему есть что скрывать?

— Может, и так. А может, его специально прячут от людей для создания мистической атмосферы.

— Или же он — урод, на которого страшно смотреть.

— Возможно. А то и зомби, вернувшийся с того света...— Аюми оскалилась и негромко захрипела, изображая зомби.— В общем, ясно одно: для обычной секты у «Авангарда» слишком много секретов от внешнего мира. Я уже говорила по телефону: то, что видишь глазами,— сплошной муляж. Ухоженная территория, приятные манеры, гуманные идеалы, верующие из токийской богемы, стоические моления, йога тела и йога духа, презрение к материальным благам, продвинутые агротехнологии, вкусная натуральная пища — все это просчитано и сконструировано для создания имиджа. Все равно что фото элитной виллы для продажи в газетной рекламе. Как пакет услуг смотрится чертовски привлекательно. Только за фасадом этой виллы, похоже, творится какая-то дрянь. Причем дрянь весьма криминального свойства. По крайней мере, после всего, что я узнала, мне очень сильно так кажется.

— Но полиция пока ничего не предпринимает?

— Может, неофициально какой-то сбор информации и ведется, не знаю. По крайней мере, в полиции Яманаси за сектой следят весьма пристально. Я это вычислила по интонации человека, с которым говорила. Все-таки именно от «Авангарда» отпочковались экстремисты, перестрелявшие тамошних полицейских. Где они достали «калашниковы», до сих пор до конца не выяснено, хотя подозревают некий канал из Северной Кореи. И роль «Авангарда» в закупке оружия по-прежнему не исключена. Но на территорию религиозной организации так просто не попадешь. К тому же сразу после перестрелки уже проводился официальный обыск, который прямой связи между сектой и оружием не выявил. Что там раскопала Служба безопасности — никому не известно; эти ребятки маньяки по части секретности, да и с Полицейским департаментом у них натянутые отношения...

— А насчет детей, которые перестают ходить в школу, больше ничего не слыхала?

— Практически ничего нового. Когда очередной ребенок из «Авангарда» перестает ходить в школу, он больше никогда за стенами секты не появляется. Информации о нем взять просто неоткуда. Поступи в полицию хотя бы одно конкретное сообщение об истязании детей — можно было бы зацепиться, но пока ничего такого не слышно.

— Но разве бывшие «авангардовцы» ничего не рассказывают? Наверняка же есть те, кто разочаровался и ушел из секты по своей воле, так?

— Конечно, есть такие. Пребывание в секте — дело добровольное. Если не нравится, можно уйти. При вступлении в секту подписывается «Договор о пользовании коммунальным имуществом организации», согласно которому «Авангарду» в качестве взноса передается огромная сумма. В случае выхода из этого взноса не возвращается ни гроша. А так — ступай на все четыре стороны. Существует даже Сообщество бывших сектантов, которое пытается распространять информацию о том, что «Авангард» — антиобщественная оккультная группировка с мошенниками во главе. Эти «бывшие» то и дело подают на секту в суд, а также выпускают небольшой журнал. Но их голоса никому не слышны и ни на что не влияют. Лучшие адвокаты страны обеспечивают секте такую систему защиты, что любое судебное разбирательство для «Авангарда» — как комариный укус для слона.

— А эти «бывшие» ничего не рассказывают о Лидере или о детях секты?

— Я их журнала не читала, не знаю,— покачала головой Аюми.— Но насколько я проверяла, все, кто ушел из «Авангарда» по собственной воле, были из нижайших слоев организации. Мелкая сошка. Хотя секта и заявляет, что отрицает ценности современного общества, по части классового разделения она, пожалуй, будет похлеще того, что у нас вокруг. Руководящий клан и рабочие муравьи внутри организации вообще никак не пересекаются. Если у тебя нет высшего образования или профессиональных навыков, в верхние этажи муравейника тебе ни за что не проникнуть. Видеться с Лидером и управлять системой могут только избранные верующие, элита секты. Все остальные члены организации вносят свои денежки — а потом всю дорогу вкалывают на полях да молятся, достигая просветления в бараках для медитации. Самое настоящее стадо овец. По утрам их выгоняют на пастбище специально обученные овчарки, к вечеру загоняют обратно в бараки. Мирная безмозглая жизнь. Каждый мечтает когда-нибудь встретиться с Большим Братом, но даже не ведает, что этому никогда не бывать. Никакой информации о том, как секта устроена и что происходит в ее руководстве, у них просто нет. Если люди уходят, им не о чем рассказать внешнему миру. Они даже не могут описать, как выглядит тот, кто всем этим руководит.

— А «элитные» верующие секту не покидали?

— Насколько мне известно, ни разу.

— Того, кто узнает тайны Системы, она уже никогда не отпустит, так получается?

— Если ты права, дело действительно дрянь,— кивнула Аюми. И глубоко вздохнула.— Ну а насчет того, что там детей насилуют... Ты в этой информации уверена?

— Я-то уверена,— ответила Аомамэ.— Просто сейчас не могу предъявить доказательств.

— И это действительно совершается регулярно, как ритуал?

— Не знаю пока. Но реальные жертвы существуют. С одной девочкой я встречалась. На нее жутко смотреть.

— То есть была *пенетрация*?

— Можешь не сомневаться.

Аюми закусила губу и о чем-то задумалась.

— Ладно,— решила она в итоге.— Попробуем копнуть еще глубже.

— Только если это не трудно.

— Не бойся,— улыбнулась Аюми.— Ты ведь знаешь: если я что-нибудь начала, доведу до конца по-любому!

———

Они закончили ужин, официант убрал со стола посуду. От десерта обе отказались и просто допивали вино.

— Ты говорила, в детстве тебя взрослые мужики не домогались? — уточнила Аюми.

Аомамэ посмотрела Аюми в глаза и кивнула:

— Моя семья была очень религиозной, о сексе никто никогда не заикался. И знакомые все такие же. Сама эта тема считалась запретной.

— Ну, религиозность и умение контролировать свою похоть — все-таки разные вещи. О сексуальных маньяках среди священников по всему миру чего только не рассказывают. По статистике, среди сутенеров и извращенцев, на которых заявляют в полицию, очень много священников и учителей.

— Возможно. Только в моем детстве ничего такого не было. Во всяком случае, ко мне никто не приставал.

— Слава богу,— вздохнула Аюми.— Я за тебя очень рада.

— А у тебя что, не так?

Аюми замялась, потом сказала:

— А меня, если честно, домогались все время.

— Кто, например?

— Старший брат, дядя...

Аомамэ скривилась:

— Родные брат и дядя?

— Ну да. Оба теперь полицейские. Дядя не так давно даже грамоту получил. «За тридцать лет образцовой службы по охране порядка и за повышение уровня жизни общества». А также спас собачку, которую защемило шлагбаумом, и о нем написали в газетах.

— Что же именно они с тобой делали?

— Лапали меня *там*. Члены в рот совали.

Лицо Аомамэ скривилось еще сильнее.

— Дядя с братом?

— Каждый по отдельности, само собой. Мне было лет десять, брату пятнадцать. А дядя приставал и раньше. Раза два или три, когда он у нас дома ночевал.

— Но ты же рассказала родителям?

Аюми покачала головой.

— Нет. И тот и другой пригрозили: если расскажу, мне не поздоровится. Да и без угроз было ясно, что не простят, если что. Я боялась и молчала.

— Даже матери не сказала?

— *Только не ей!* — вздрогнула Аюми.— У матери брат был любимчиком, а из-за меня она вечно расстраивалась. За то, что я грубая, толстая, некрасивая, в школе толком не успеваю. Она мечтала о совсем другой дочери. О стройной красивой куколке, которую можно отдать в балетную школу. Я этим требованиям не отвечала, хоть убей.

— Ты не хотела еще сильней ее расстраивать и потому ничего не сказала?

— Ну да. Расскажи я матери о том, что брат со мной вытворяет, я же у нее виноватой и оказалась бы. Это уж точно.

Аомамэ помассировала лицо. Когда мне было десять, подумала она, я порвала с религией, и мать перестала со мной общаться. В крайнем случае она оставляла записки, но больше никогда со мной не разговаривала. Я перестала быть ее дочерью. Превратилась в «выродка, предавшего свою веру». После чего и ушла из дома.

— Но *пенетрации* не было? — уточнила Аомамэ.

— Нет,— сказала Аюми.— Такой боли я бы не выдержала. Да и они, похоже, не собирались доводить до крайности.

— И что же, ты и сейчас с ними видишься?

— Ну, после окончания школы я из дома ушла, и сейчас мы почти не встречаемся. Но все-таки одна семья, да и профессия обязывает — иногда пересекаемся. Встречаемся с улыбочкой, никаких конфликтов. Да они сами, по-моему, уже ничего не помнят...

— Не помнят?!

— *Такие* ребята способны все забывать,— сказала Аюми.— А вот я не могу.

— Не удивляюсь,— ответила Аомамэ.

— Палач всегда включает логику, чтобы объяснить свои действия, поэтому он может забыть о том, что не хочется вспоминать. Но жертва забыть не способна. Для нее все, что произошло, мелькает перед глазами постоянно. И память эта передается от родителей к детям. Ты еще не заметила? Вся наша реальность состоит из бесконечной борьбы между тем, что действительно было, и тем, что не хочется вспоминать.

— Это уж точно,— кивнула Аомамэ. *Борьба двух памятей? Твоей — и противоположной?*

— На самом деле я думала, у тебя тоже есть такой опыт,— сказала Аюми.

— Почему ты так думала?

— Не могу объяснить. Просто... есть в тебе какая-то злость. Из-за которой ты готова раз в месяц расслабляться с незнакомыми мужиками. Злость или обида, я уж не знаю, но из-за нее ты не можешь или не хочешь *жить обычной жизнью:* завести себе постоянного любовника, встречаться с ним, ужинать вместе и трахаться регулярно, как все нормальные люди. Вот и я такая же... не от мира сего.

— Ты хочешь сказать, из-за того, что к тебе в детстве приставали взрослые мужики, ты свернула не на ту дорожку?

— Похоже на то,— кивнула Аюми. И чуть заметно пожала плечами.— Если честно, я вообще мужиков боюсь. Ну то есть опасаюсь связываться с кем-то конкретным. Это ведь значит, что я должна принять его полностью — таким, какой он есть. От одной мысли об этом все тело сжимается. Но с другой стороны, жить в одиночку тоже несладко. Хочется, чтобы тебя обнимали, чтобы тебя *хотели*. Без всего этого так страшно становится, сил нет. Вот и соглашаешься на что угодно с кем попало.

— От страха?

— Да, пожалуй.

— Если ты о страхе перед мужиками, во мне его нет,— сказала Аомамэ.

— Тогда чего ты боишься?

— Больше всего я боюсь самой себя,— ответила Аомамэ.— Потому что я не знаю, что творю. И что получится из того, чем сейчас занимаюсь, никому не известно.

— А чем ты сейчас занимаешься?

Аомамэ уставилась на бокал вина в руке.

— Сама бы хотела бы это понять,— сказала она.— Но не понимаю. Пока я даже не знаю толком, в какой реальности и в каком году нахожусь.

— Сейчас тысяча девятьсот восемьдесят четвертый год, мы сидим в Японии, в Токио.

— Мне бы твою уверенность...

— Странно,— рассмеялась Аюми.— Разве то, где и когда ты находишься, не аксиома?

— Я сейчас не могу объяснить как следует, но для меня, увы, нет.

— Вон как? — с интересом протянула Аюми.— Мне, конечно, такое... хм... ощущение не совсем понятно. Но где и когда бы ты ни существовала, на свете есть человек, которого ты очень любишь. И в этом я тебе завидую белой завистью. Я этим же похвастаться не могу.

Аомамэ поставила бокал на стол, вытерла салфеткой губы и сказала:

— Возможно, ты права. Вне зависимости от места и времени я хочу с ним увидеться. Страшно хочу. Возможно, только это и не меняется никогда. Здесь я с тобой согласна.

— А хочешь, я поищу в базе данных полиции? Если знать хотя бы имя и возраст, наверное, можно найти, где он сейчас и чем занимается.

Аомамэ покачала головой:

— Не ищи, я тебя прошу. Говорю же: придет день — и мы с ним обязательно где-нибудь встретимся. Совершенно случайно. Вот до тех пор я и подожду.

— Прямо любовная сага,— вздохнула Аюми.— Здорово. Вот бы и мне так!

— На самом деле это очень нелегко.

— Да я понимаю, что тяжело,— кивнула Аюми. И стиснула пальцами виски.— Но хотя у тебя есть любимый человек, иногда ты все равно спишь с кем попало, так?

Аомамэ легонько постучала ногтями по краю бокала.

— Мне это необходимо. Мое тело — из плоти и крови, приходится содержать его в порядке.

— Но разве от этого твоей любви не становится меньше?

— А ты слыхала про тибетское колесо Сансары? Оно постоянно вращается, и все наши чувства и ценности оказываются то внизу, то наверху. То сверкают на солнце, то утопают во тьме. И только настоящая любовь — ось этого колеса, а потому не движется с места.

— С ума сойти...— восхищенно пробормотала Аюми.— Колесо Сансары, говоришь?

И допила свой бокал до дна.

Двое суток спустя в девятом часу вечера позвонил Тамару. И как всегда, без приветствий, сразу же заговорил о деле.

— Завтра после обеда не занята?

— После обеда свободна, могу подъехать, когда нужно.

— Как насчет половины пятого?

— Нормально.

— Хорошо,— сказал Тамару, и его авторучка заплясала по страничке в блокноте с такой силой, что было слышно Аомамэ.

— Как там малышка Цубаса? — спросила она.

— С ней-то все в порядке,— отозвался Тамару.— Мадам каждый день приходит с ней пообщаться. Кажется, они подружились.

— Ну, слава богу.

— А вот с другого фронта не очень веселые новости...

Аомамэ невольно напряглась. Если Тамару назвал что-то «не очень веселым» — ожидай наихудшего.

— Собака померла.

— Какая собака? Бун?

— Да... Прошлой ночью околела.

Что за ерунда, удивилась Аомамэ. На вид собаке было всего лет пять или шесть. Слишком рано ей умирать своей смертью.

— Но я ее видела совсем недавно! Такая здоровая была...

— Она померла не от болезни,— сообщил Тамару бесстрастно.— Сегодня утром ее разорвало на куски.

— *Разорвало на куски?*

— Все внутренности были раскиданы в разные стороны. Все части тела — тоже. Пришлось сходить за полотенцами и целый час собирать все по кусочкам. Беднягу словно вывернули наизнанку. Или взорвали миниатюрной бомбой изнутри.

— Какой кошмар...

— Собака-то ладно,— продолжал Тамару.— Кто умер, того не вернешь. Для охраны можно и другого пса найти. Меня тревожит другое: *что же именно там произошло?* Обычному человеку такое сотворить не дано. К примеру, засунуть бомбу в желудок здоровенной псины. При появлении любого чужака она всегда заливалась таким лаем, словно распахивались ворота в преисподнюю. Кому и как это удалось, ума не приложу.

— М-да, действительно...

— Все постояльцы приюта в шоке и панике. Собаку нашла дежурная, которая должна была ее покормить. Несколько минут женщина блевала не переставая и лишь потом нашла силы вызвать меня по телефону. Я расспросил всех, кто там был, не случалось ли ночью чего-нибудь странного. Нет, говорят. И никаких звуков, похожих на взрыв, никто не слышал. А уж эти женщины от любого хлопка проснулись бы все до единой, точно. Они и так живут там тише воды... Иными словами, эта «бомба» была беззвучной. Вся ночь прошла на редкость тихо. И собака ни разу не тявкнула. Только утром оказалась вывернутой наизнанку.

— Похоже, что-то странное происходит...

— Именно,— подчеркнул Тамару.— Происходит что-то очень странное — и, как мне подсказывает чутье, это пока цветочки. Ягодки еще впереди.

— В полицию не сообщали?

— Только полиции не хватало,— мрачно хмыкнул Тамару.— К нашим бредовым версиям прибавят своих, еще бредовее, век потом от них не отвяжешься...

— А что говорит мадам?

— Ничего. Мой отчет выслушала и кивнула, только и всего. Все, что касается безопасности,— моя работа. С начала и до конца...

Тамару выдержал тяжелую паузу. Видимо, задумался о навалившей ответственности.

— Завтра в полпятого,— сказала Аомамэ.

— Завтра в полпятого,— повторил Тамару и повесил трубку.

Глава 24

ТЭНГО

Смысл жить в другом мире

В четверг все утро шел дождь. Не очень сильный, но по характеру весьма надоедливый. Как зарядил со вчерашнего обеда, так ни разу и не прекращался. Только подумаешь: «Ну наконец-то кончается», а он снова хлещет пуще прежнего. Хотя была уже середина июля, «сливовые дожди» все никак не сдавали позиций. Небо словно накрыли плотной свинцовой крышкой, и весь окружающий мир потемнел, пропитавшись тяжелой влагой.

Ближе к обеду Тэнго надел плащ и шляпу, собираясь пойти в магазин, как вдруг обнаружил в почтовом ящике толстый коричневый конверт. Без штемпелей, без марок и даже без адреса. Лишь на обратной стороне конверта выведено шариковой ручкой: «Тэнго». Почерк такой, будто царапали гвоздем по засохшей глине. Явно писала Фукаэри. Тэнго вскрыл конверт, и на ладонь ему выскользнула кассета «TDK» на шестьдесят минут. Совершенно канцелярского вида — без футляра, без наклеек, без единой пометки. Ни письма, ни простенькой записки в конверте тоже не оказалось.

Немного поколебавшись, Тэнго решил отложить поход в магазин и послушать кассету. Поднес ее к глазам, осмотрел на просвет и легонько встряхнул. Несмотря на

475

загадочность ситуации, то была самая обычная кассета, каких миллионы. И взрываться от проигрывания, похоже, не собиралась.

Тэнго снял плащ, принес кассету на кухню и вставил в магнитолу на столе. Положил рядом ручку и блокнот для заметок. Затем рассеянно огляделся, убедился, что ему никто не мешает, и нажал на «пуск».

Сначала ничего слышно не было. Тишина тянулась довольно долго. И лишь когда он решил, что кассета, скорее всего, пуста, в динамиках послышался какой-то невнятный грохот. Судя по всему, придвинули стул. Затем кто-то откашлялся (или вроде того). И наконец раздался голос Фукаэри.

— *Тэнго-привет,* — произнесла она монотонно, будто проверяя микрофон на включение. Насколько Тэнго мог вспомнить, его имя она произнесла вслух впервые.

Фукаэри еще раз кашлянула. Похоже, она слегка волновалась.

— *Письма-я-пишу-плохо. Поэтому-наговорю-на-пленку. Лучше-так-чем-по-телефону. Телефон-наверно-прослушивают. Погоди-сейчас-воды-выпью.*

Тэнго услышал, как Фукаэри берет стакан, отпивает глоток, ставит стакан на какой-то стол. В ее речи, как и прежде, напрочь отсутствуют интонации и знаки препинания. Но теперь, записанная на пленку, эта речь звучит еще более марсианской. Ирреальный голос из другого пространства-времени. А поскольку это монолог, ей волей-неволей приходилось выдавать одно предложение за другим.

— *Я-слышала-никто-не-знает-где-я. Наверно-волнуетесь. Не-волнуйтесь-я-в-безопасности. Хотела-вам-это-сказать. Вообще-то-нельзя. Но-я-подумала-лучше-сказать.*

(Пауза в 10 секунд.)

— *Велено-не-говорить-никому. О-том-что-я-здесь. Сэнсэй-объявил-меня-в-розыск. Но-полиция-искать-не-будет. Слишком-часто-дети-убегают-из-дома. Так-что-пока-прячусь-здесь.*

(Пауза в 15 секунд.)

— *Я-сейчас-далеко. Если-не-выходить-наружу-никто-не-найдет. Очень-далеко. Эту-пленку-доставит-ад-зами. По-почте-нельзя. Надо-быть-осторожной. Погоди-проверю-запись.*

(Щелчок, небольшая пауза — и снова голос Фукаэри.)

— *Нормальная-запись.*

Где-то вдалеке Тэнго различил детские крики, смех и какую-то музыку. Звуки эти как будто доносились с улицы, из распахнутого окна. Похоже, рядом детский сад или что-то вроде.

— *Спасибо-что-пустил-переночевать. Так-было-нужно. Чтобы-больше-узнать-о-тебе. Спасибо-что-почитал-мне-книгу. Гиляки-очень-хорошие. Почему-они-ходят-не-по-дороге-а-по-трясине-на-обочине.*

(Тэнго мысленно прибавил к этой фразе знак вопроса.)

— *По-дороге-ходить-удобно. Но-гилякам-проще-ходить-по-лесу. Чтобы-ходить-по-дороге-нужно-научиться-ходить-по-другому. А-тогда-и-все-остальное-тоже-придется-делать-по-другому. Я-не-смогу-жить-как-гиляки. Не-хочу-чтоб-меня-били-мужчины. И-не-люблю-когда-много-червей. Но-по-дороге-мне-тоже-ходить-не-нравится. Погоди-опять-попью.*

Тишина, затем клацанье стакана об стол. Снова тишина — кажется, вытерла губы. Видимо, о существовании кнопки «пауза» эта девушка даже не подозревала.

— *Без-меня-у-вас-кажется-будут-проблемы. Но-я-не-собираюсь-быть-писателем. И-писать-больше-ничего-не-хочу. Я-рассказала-про-гиляков-адзами. Она-проверила-в-библиотеке. Гиляки-живут-на-сахалине. И-так-же-как-айны-или-индейцы-не-пользуются-буквами. Они-ничего-не-записывают*. Я-тоже. То-что-превратилось-в-буквы-уже-не-моя-история. Ты-очень-здорово-превратил-это-в-буквы. Лучше-тебя-никто-бы-не-смог. Просто-это-уже-не-моя-история. Но-ты-не-волнуйся. Ты-не-виноват. Просто-я-хожу-не-по-дороге-а-по-трясине-на-обочине. Вот-и-все.*

Фукаэри снова умолкла. Тэнго представил, как эта хрупкая девочка шагает по грязной обочине широкой и удобной дороги.

— *У-сэнсэя-большая-сила-и-великие-знания. Но-у-* Little People *-тоже-большая-сила-и-великие-знания. Все-равно-что-уметь-выжить-в-лесу. Самое-главное-скрыто-в-лесу. Но-в-лесу-живут-* Little People. *Чтобы-* Little-People *-тебя-не-тронули-ты-должен-найти-то-чего-у-них-нет. Только-тогда-сумеешь-пройти-через-лес-и-выбраться-куда-тебе-нужно.*

Все это Фукаэри выпалила почти на одном дыхании — и, закончив, шумно выдохнула, не отворачиваясь от микрофона. Из динамиков вырвался звук, похожий на стук ветра в окно. И сразу же за ним где-то вдалеке взревел клаксон большого автомобиля. Трубный, словно гудок парохода. Какая-то фура, подумал Тэнго. Значит, где-то недалеко скоростное шоссе?

---

* Первый нивхский писатель, Владимир Михайлович Санги (р. 1935 в нивхском стойбище Набиль), разработал нивхскую письменность (официально утверждена в 1979 г.), выпустил первый нивхский букварь (1981), учебник нивхского языка (1984) и несколько сборников нивхского фольклора.

— (Кашель.) *Голос-садится. Спасибо-что-беспокоился-за-меня. Что-похвалил-мои-сиськи. Пустил-ночевать. И-даже-одолжил-свою-пижаму. Теперь-не-скоро-увидимся. История-*LittlePeople*-превратилась-в-буквы. Наверно-теперь-они-очень-злятся. Но-ты-не-волнуйся. Я-уже-привыкла-в-лесу. Прощай.*

На этом запись обрывалась.

Тэнго нажал на «стоп» и перемотал пленку в начало. Под барабанную дробь капель, падавших с крыши, несколько раз глубоко вздохнул и повертел в пальцах шариковую ручку. Затем положил ее на стол. Ни одной пометки в блокноте он так и не сделал. Просто сидел, слушая странную, как и всегда, речь этой непостижимой девчонки. Впрочем, главные для себя выводы он сделал и без пометок.

(1) Фукаэри не похищали. Она просто временно где-то прячется. За это можно не волноваться.

(2) Писать она больше ничего не собирается. Ее истории — исключительно для устной передачи, и смысла в их записи Фукаэри не видит.

(3) *LittlePeople* обладают не меньшей силой и знаниями, чем Эбисуно-сэнсэй. И этого следует опасаться.

Об этих трех факторах Фукаэри и пыталась его предупредить. Насчет гиляков, конечно, отдельный разговор. О странных людях, которые вынуждены сойти с большой дороги и ступать по трясине на обочине...

Тэнго отправился на кухню, сварил кофе. Прихлебывая черную жидкость, рассеянно уставился на кассету. И в итоге решил прокрутить ее снова. На сей раз — нажимая на «паузу» и делая все необходимые пометки в блокноте.

Однако новых результатов это не принесло.

Где же она, черт возьми? Звуки, услышанные на записи, особой информации не предоставили. Вдалеке хлопнула чья-то дверь. За окном раздавались крики детей. Детский сад? Клаксон большого грузовика. Не похоже, чтобы Фукаэри находилась в лесу. Скорее, окраина какого-то города. По времени — либо позднее утро, либо ранний вечер. Судя по хлопнувшей двери, девушка там не одна.

Одно лишь понятно наверняка — она там по собственной воле. И записывать эту кассету ее никто не заставлял. Это ясно даже по голосу. Немного смущалась, да, но говорила, что думала.

— У сэнсэя большая сила и великие знания. Но у LittlePeople тоже большая сила и великие знания. Все равно что уметь выжить в лесу. Самое главное скрыто в лесу. Но в лесу живут LittlePeople. Чтобы LittlePeople тебя не тронули, ты должен найти то, чего у них нет. Только тогда сумеешь пройти через лес и выбраться куда тебе нужно.

Этот отрывок Тэнго прокрутил еще раз. Фукаэри говорила тут слишком быстро, не оставляя пауз между фразами. Значит, *LittlePeople* могут навредить и Тэнго, и сэнсэю. Но сами по себе они, похоже, ни на кого зла не держат. Это что-то нейтральное, не связанное с добром или злом.

И еще одна фраза привлекала внимание.

История LittlePeople превратилась в буквы. Наверно, теперь они очень злятся.

Если *LittlePeople* действительно злятся, один из объектов их злости — несомненно, Тэнго. Ведь это он и никто другой *превратил в буквы* информацию о том, что они существуют, и разнес ее по белу свету. Сколько теперь ни оправдывайся, что в том не было злого умысла, факт остается фактом.

Но как *LittlePeople* могли бы ему навредить? Этого Тэнго, разумеется, знать не мог. Еще раз перемотав кассету, он сунул ее в конверт и спрятал в шкаф. А затем опять надел плащ, нахлобучил на голову шляпу и отправился под дождем за продуктами.

Тем же вечером в десятом часу позвонил Комацу. Кто звонит — как всегда, было ясно заранее. Тэнго уже читал книгу в постели. Дав телефону потрезвонить трижды, он встал, прошел на кухню и взял трубку.

— Тэнго? Привет, дружище! — выпалил Комацу.— Ты там случаем не выпиваешь?

— Нет,— ответил Тэнго.— Сейчас трезвый.

— Тогда готовься: возможно, захочешь напиться.

— Настолько веселые новости?

— Как сказать... Веселья, пожалуй, мало. А вот парадоксов — хоть отбавляй.

— Прямо как в рассказах у Чехова.

— Ишь ты! — усмехнулся Комацу.— И правда, похоже на рассказы Чехова. Подмечено лаконично и в точку. Ценю...

Но Тэнго молчал, и Комацу продолжил:

— В общем, есть небольшие проблемы. По заявлению Эбисуно-сэнсэя полиция начала официальный розыск. Вряд ли, конечно, они будут копать глубоко. Тем более, что нашедшему даже вознаграждения не назначено. Просто для начала реагируют на заявление, мало ли что. Но журналисты лично мне уже проходу не дают. Просят об интервью сразу из нескольких газет. Я, понятно, говорю, что ничего не знаю. Да и в самом деле, что я сегодня мог бы им сообщить? И тем не менее я уверен, они уже разнюхали и об отношениях Фукаэри с Эбисуно-сэнсэем, и о связи ее родителей с экстремистами. Эти факты уже очень скоро выплывут на поверхность. Опаснее всего еженедельники. Именно там сидят настоящие акулы, которые при запахе крови не остановятся ни перед чем. Ибо только этим и кормятся. Никакие законы о праве на частную жизнь им не писаны. Хотя, казалось бы, такие же мирные писаки, как ты. Но цели совсем другие. Так что держись.

— Вы советуете мне быть осторожнее?

— Именно. Избавься от иллюзий и неусыпно бди. Вокруг тебя хищники. Откуда и кто выскочит, предсказать невозможно.

Тэнго представил себя в утлой лодочке, окруженной стаей акул. Но картинка эта зависла у него в голове, как страничка из комикса, без особого смысла и продолжения. «*Чтобы* Little People *тебя не тронули, ты должен найти то, чего у них нет*»,— сказала ему Фукаэри. Что она имела в виду?

— И все-таки, господин Комацу. Разве не эту ситуацию планировал Эбисуно-сэнсэй?

— Да, возможно,— отозвался Комацу.— Допускаю, что нас с тобой просто использовали в чужих интересах. Но цели сэнсэя я понимал с самого начала. Да он и сам их не скрывал. В этом смысле наша с ним сделка была честной с обеих сторон. Я ведь тоже в любую минуту мог сказать ему: «Погодите, сэнсэй. Слишком уж это опасно, играйте без меня». Будь я *приличный* редактор, я бы так и сказал. Но, как ты уже, наверное, заметил, *приличным* редактором меня не назовешь. Да и мы с тобой уже столько всего навертели, что отступать было бы жалко. Вот где, пожалуй, мы и дали с тобой слабину...

В трубке повисло неловкое молчание.

— Иными словами,— уточнил Тэнго,— разработанный вами план на середине пути был перехвачен сэнсэем?

— Можно и так сказать. Просто он оказался прозорливей, чем мы с тобой, вот и все.

— Но сумеет ли он в итоге унять всю эту свисто-пляску?

— В принципе, должен суметь. Все-таки он человек большого интеллекта и огромной силы воли. Надеюсь, в конце концов он все уладит, как нужно. Хотя и не исключаю, что на каком-то этапе ситуация может выйти за пределы его интеллекта. Или, скажем, за пределы его банковского счета. Даже у самых выдающихся людей на свете есть пределы личных возможностей. Так что пора пристегнуть ремни безопасности.

— Господин Комацу, если самолет падает, ремни безопасности никого не спасают.

— Но хотя бы чуть-чуть успокаивают.

Тэнго мрачно усмехнулся.

— Так вот мы о чем? — подытожил он.— Действительно, веселья мало. А уж парадоксов хоть отбавляй.

— Видит бог, я не хотел тебя в это впутывать,— сказал Комацу без единой эмоции в голосе.— Поверь мне.

— Да я-то ладно,— вздохнул Тэнго.— Мне терять нечего. Ни семьи, ни положения в обществе, ни перспектив на будущее. Куда больше я беспокоюсь за Фукаэри. Ей всего семнадцать, черт побери.

— Конечно, я тоже о ней волнуюсь. А как же? Да только, дружище, сколько бы мы сейчас об этом ни рассуждали, все без толку. Первым делом мы должны закрепить свое шаткое положение, чтобы нас куда-нибудь не унесло. И в ближайшее время очень внимательно следить за новостями.

— Да я и так каждый день газеты читаю.

— Вот и славно,— сказал Комацу.— Кстати... у тебя так и не появилось мыслей, куда Фукаэри могла податься? Любая, даже самая бредовая зацепка сгодилась бы.

— Понятия не имею,— слукавил Тэнго.

Врать он не умел, и в обычной беседе ушлый Комацу сразу бы раскусил его. Однако на сей раз, похоже, Комацу не заметил легкой дрожи в голосе Тэнго, поскольку был слишком занят собственными мыслями.

— Будет что новенькое — позвоню,— буркнул Комацу и оборвал разговор.

Повесив трубку, Тэнго достал с полки бутылку виски и налил в стакан сразу пальца на два. Прав Комацу, подумал он. После таких новостей остается только напиться.

В пятницу, как и было условлено, приехала его замужняя подруга. Дождь перестал, но небо еще закрывали пепельно-серые тучи. Наскоро перекусив, любовники забрались в постель. Тэнго все думал о навалившихся проблемах, но удовольствия от секса это ему не испортило. Как всегда, подруга очень эффективно разрядила напряжение, скопившееся в нем за неделю. Да еще и сама получила удовольствие. Как талантливый аудитор, способный радоваться победам опекаемой фирмы, несмотря на запутанность ее бухгалтерии. Тэнго повезло, и подруга даже не заметила, что мысленно он был всю дорогу неведомо где.

— Я смотрю, здесь стало заметно меньше виски,— сказала она, отдыхая на широкой груди Тэнго.

На ее безымянном пальце ярко поблескивало обручальное колечко с алмазами. А говорила она о бутылке «Wild Turkey», которую он бог знает когда оставил на полке возле кровати. Как это часто водится у женщин, которые спят с парнями моложе себя, она хорошо замечала любые, даже самые мелкие изменения окружающей обстановки.

— В последнее время часто просыпаюсь по ночам,— признался Тэнго.

— Влюбился, что ли?

Он покачал головой:

— Да нет, не влюбился.

— Работа не ладится?

— С работой все в порядке. По крайней мере, *куда-то* она все-таки движется.

— Что же тебя гложет?

— Бог его знает... Просто бессонница мучает. Вообще для меня это редкость. Всю жизнь, если ложился, то спал как убитый.

— Бедный Тэнго,— сказала подруга и нежно помассировала его яички.— А сны плохие снятся?

— Снов я почти не вижу,— ответил Тэнго. И это было правдой.

— А мне постоянно что-нибудь снится. Часто — одно и то же по нескольку раз. Даже иногда вспоминаю, прямо во сне, что я уже это видела. Странно, да?

— И что тебе снится, например?

— Например, домик в лесу.

— Домик в лесу? — повторил Тэнго. И подумал про тех, кто в лесу. Гиляки, *Little People*, теперь вот еще Фукаэри...— Что за домик?

— Тебе правда интересно? Разве это не скучно — слушать чужие сны?

— Ничуть. Если хочешь рассказать, я бы послушал.

— Я шагаю по лесу одна. Лес совсем не такой зловещий, как тот, где заблудились Гензель и Гретель. В *этом* лесу светло и просторно. Время — где-то после обеда, тепло, и на душе у меня очень спокойно. Вдруг вижу — домик стоит. С трубой, с небольшим крылечком. И на окне занавески в мелкую клеточку. В общем, весьма дружелюбный на вид. Я стучу в дверь, говорю: «Добрый день!» Никакого ответа. Я стучу еще раз, сильнее, и тут дверь сама открывается. Потому что не заперто. Вхожу внутрь. «Здравствуйте! — говорю.— Кто-нибудь дома? Я к вам зашла!»

Все еще гладя яички Тэнго, подруга повернула голову и посмотрела на него.

— Ну как? Представляешь?

— Вполне.

— В домике всего одна комната. Очень просто обставленная. Крошечная кухонька в углу, кровать, обеденный стол. В самом центре — печка с дровами, а на столе накрыт ужин на четверых. От тарелок идет белый пар. Но в доме ни единой живой души. Будто села семья поужинать, но не успели даже ложки ко рту поднести, как что-то случилось — скажем, явилось какое-нибудь чудовище, и они убежали из дома куда глаза глядят. Хотя ничего не перевернуто, все вещи на своих местах. Спокойный, удивительно уютный дом. Только без людей.

— А какая еда в тарелках?

— Не помню... И правда, что же там за еда? Но дело тут не в самой еде. А в том, что она *с пылу с жару*. Делать нечего, сажусь я на стул и жду, когда семья вернется домой. Там, во сне, мне это очень нужно. Зачем — не знаю. Все-таки это сон, там много необъяснимого. То ли дорогу обратно хочу спросить, то ли что-то ищу... Ну, в таком духе. В общем, сижу и жду, когда эти люди вернутся. Да сколько ни жду, никто не приходит. От еды валит пар. Я смотрю на еду и чувствую, что жутко проголодалась. Но как бы ты ни проголодался, нельзя же заходить к людям в дом и съедать их ужин, пока никого нет. Или ты не согласен?

— Пожалуй, согласен,— сказал Тэнго.— Хотя, может, во сне думал бы иначе...

— И вот уже солнце садится. В доме сгущаются сумерки, лес за окном темнеет. Я хочу зажечь свет, но не знаю как. Мне становится все тревожнее. И тут до меня доходит: от еды на столе по-прежнему валит пар! Сколько бы часов ни прошло, еда все еще *с пылу с жару*. Странно, думаю я. Что-то здесь не так. И на этом месте сон обрывается.

— И что дальше, ты не знаешь?

— Дальше наверняка что-нибудь происходит, я уверена,— сказала подруга.— Я сижу одна в непонятном доме, не знаю дороги домой, и вокруг сгущается ночь. Определенно, что-то должно случиться. И по-моему, что-то очень нехорошее. Но на этом месте сон всегда обрывается. А через какое-то время снится мне снова — и так уже много раз...

Она отняла руку от яичек Тэнго и прижалась щекой к его груди.

— Наверное, этот сон можно как-то растолковать.

— Как, например?

Подруга глубоко вздохнула. Ее дыхание освежило грудь Тэнго, точно зимний муссон, вырывающийся на морские просторы из узкой речной долины.

— Например, я сама и есть то чудовище, которое всех распугало. Иногда мне и правда так кажется. Они увидели, как я приближаюсь к дому, побросали еду и убежали в лес. И пока я сижу в их доме, никто не может вернуться домой. А я, несмотря на это, должна сидеть и дожидаться их возвращения. Когда я об этом думаю, так страшно становится. Никакого же выхода нет...

— Может, и так,— сказал Тэнго.— А может быть, это твой собственный дом и ты дожидаешься убежавшую себя?

Он тут же подумал, что как раз этого, пожалуй, говорить не стоило. Но слово не воробей... Подруга надолго умолкла. И вдруг с силой стиснула яйца Тэнго. Аж дыхание перехватило.

— Ты зачем говоришь такие вещи?

— Да низачем! Просто... подумалось вдруг,— с трудом просипел Тэнго.

Она ослабила хватку и снова вздохнула.

— Ну, теперь твоя очередь. Рассказывай, что тебе снится.

Тэнго кое-как отдышался.

— Говорю же, я редко вижу сны.

— Редко, но все-таки видишь? Людей, которые вообще не видят снов, на этом свете не бывает. Появись хоть один, это бы слишком расстроило дедушку Фрейда.

— Может, и вижу. Но только открою глаза, ничего не помню. Иногда чувствую, что видел сон, но о чем — как корова языком слизала...

Она взвесила его обмякший член на ладони. Так, будто вес мог сообщить ей о чем-то важном.

— Ладно. Хватит о снах. Лучше расскажи, о чем сейчас пишешь.

— О чем я пишу, предпочитаю вслух не рассказывать.

— Но послушай, я же не прошу тебя пересказывать книгу. Я совсем не об этом! Думаешь, я не вижу, какая у тебя юная и чувствительная натура? Просто расскажи какой-нибудь эпизод или сценку — то, что тебе самому интересно. Знаешь, как здорово узнавать первой то, что еще никто не успел прочитать! Тем более, ты мне только что нагрубил, и я требую компенсации. Понял?

— Да понял, наверно...— протянул Тэнго без особого энтузиазма.

— Ну вот и расскажи.

Разглядывая пальцы подруги на своем члене, Тэнго повиновался:

— Это история про меня самого. Ну или про человека, для которого я выбрал себя моделью...

— Не сомневаюсь,— сказала подруга.— А я там присутствую?

— Тебя в этой истории нет. Она происходит в другом, нездешнем мире.

— И что, меня вообще там нет?

— Не только тебя. Никого из этого мира.

— И чем же другой мир отличается от здешнего? Ты знаешь разницу между ними?

— Конечно. Я ведь сам все это пишу.

— Я не о тебе, а обо всех остальных. Вот, например, попади я в этот твой другой мир, смогу ли я сразу как-то это понять?

— Думаю, сможешь,— кивнул Тэнго.— Например, в том, другом мире на небе аж две луны. Задерешь ночью голову — сразу догадаешься.

Две луны в небе Тэнго позаимствовал из «Воздушного кокона». О них он собирался написать и шире, и глубже, но главное — так, чтобы это была его собственная история. Возможно, сам факт, что изначально образ придумал не он, еще сыграет с ним злую шутку. Но именно о мире под двумя лунами ему хотелось сейчас писать сильнее всего. А грядущие проблемы, говорил он себе, будем решать по мере их поступления.

— Значит, достаточно посмотреть ночью на небо и увидать две луны, чтобы сказать себе: «О, я уже в другом мире»?

— Да, это одна из подсказок.

— А разве эти луны не притягиваются друг к дружке? Тэнго покачал головой:

— Не знаю почему, но расстояние между ними всегда одинаковое.

Какое-то время подруга переваривала услышанное. Ее пальцы вычерчивали на груди Тэнго замысловатые узоры.

— А ты знаешь, чем отличаются в английском языке слова *lunatic* и *insane*? — наконец спросила она.

— Кажется, оба означают какую-то психическую ненормальность,— напряг память Тэнго.— Но нюансов не помню.

— *Insane* означает безумность с рождения. Для лечения требуются очень узкие специалисты. А «лунатики» просто на время теряют разум с каждой новой луной. В Англии девятнадцатого века, когда преступление совершал лунатик, ему смягчали наказание, если он преступил закон в полнолуние. Обвиняя луну в преступлении больше, чем самого человека. Трудно поверить, но такой закон и правда действовал очень долго. Иными словами, человек на уровне закона признавал, что луна отнимает у него разум.

— Откуда ты все это знаешь? — удивился Тэнго.

— А чему ты удивляешься? Я на этом свете прожила на десяток лет дольше тебя. Что же странного в том, что я знаю немного больше?

А ведь она, черт возьми, права, подумал Тэнго.

— Если честно, я об этом задумалась еще в женском университете. На лекциях о Диккенсе. Был у нас один странный сэнсэй, вечно болтал о том, что никак не связано с сюжетом самой книги... Но что я тебе хочу сказать? Если даже с одной луной люди сходят с ума, только шум стоит, что же с ними будет под двумя лунами? Все приливы и отливы Земли, к чертям, поменяются, и все женские циклы перепутаются. Хаос породит очередной хаос, и конца этому не будет.

— Наверное, ты права,— задумался Тэнго.

— И что же, в этом твоем другом мире у всех съезжает крыша?

— Нет, почему-то не съезжает. По большому счету все происходит примерно так же, как здесь.

Она снова легонько стиснула его член.

— Значит, в другом мире люди живут примерно так же, как здесь? Но скажи мне, а какой тогда смысл жить в другом мире?

— Смысл в том, что в другом мире люди могут переписать свое прошлое,— ответил Тэнго.

— Переписать? Как им заблагорассудится?

— Да.

— А ты хотел бы переписать свое прошлое?

— А ты не хотела бы?

Она покачала головой.

— Ни свое прошлое, ни всю эту вашу Историю я переписывать не хочу. Единственное, что я хотела бы поменять,— мое настоящее.

— Но если поменять прошлое, изменится и настоящее. Все происходящее с нами сейчас — прямой результат того, что мы натворили в прошлом.

Подруга опять глубоко вздохнула. И подергала пенис Тэнго вверх-вниз, как проверяют на работоспособность рубильник лифта.

— Я тебе одно скажу. Ты, конечно, преподаешь математику в каком-то храме наук. Ты у нас мастер по дзюдо. Пишешь длинные романы о сложностях жизни. Но в самой этой жизни ты ни бельмеса не смыслишь. Вот тебе мое мнение.

Подобной оценке Тэнго не удивился. Он и сам себя не понимал как следует. И ситуация, которая складывалась вокруг, не умещалась в его голове. Так что новых открытий в рассказе подруги для него не было.

— Только ничего не меняй,— сказала подруга. И впечатала в грудь Тэнго свои эрегированные соски.— Ты — учитель математики и мечтатель, который каждый день пишет длинный роман. Вот таким и оставайся. Я твой пенис и так люблю. И размер, и форму, и на ощупь. И когда он твердый, и когда расслабился. И когда больной, и когда здоровый. И я очень надеюсь, что в ближайшее время он мой. Гарантируешь?

— Гарантирую,— обещал Тэнго.

— Я тебе говорила, что я ужасно ревнивая?

— Говорила. Без всяких теорий.

— Без теорий, да. У меня это с детства,— сказала она и снова пошевелила пальцами у Тэнго в паху.— Вот поэтому я тебя без всяких теорий сейчас заведу. Есть возражения?

Возражений не поступило.

— О чем сейчас думаешь?

— О том, как ты ходила на лекции в женском университете.

— О да. Мы читали «Мартина Чеззлвита», мне только что стукнуло восемнадцать, я носила платье с оборочками и хвостик на голове. Я была очень примерной студенткой и девственницей. И все эти премудрости о разнице между *lunatic* и *insane* слушала впервые в жизни. Ну как? Еще не кончил от такого портрета?

— Почти,— отозвался Тэнго.

И представил подругу в платье с оборочками и с хвостиком на голове. Примерную студентку и девственницу. Но при этом ужасно ревнивую. Без всяких теорий. Еще он представил луну, освещавшую Лондон романов Диккенса. А также снующих в том городе безумцев и лунатиков. У обоих подвидов — схожие шляпы и бороды. Как же их различать? Тэнго закрыл глаза и перестал гадать, в котором из миров существует.

(Конец первой книги)

СОДЕРЖАНИЕ

493

Содержание

Литературно-художественное издание

МУРАКАМИ-МАНИЯ

Харуки Мураками

1Q84
ТЫСЯЧА НЕВЕСТЬСОТ ВОСЕМЬДЕСЯТ ЧЕТЫРЕ

Книга 1
АПРЕЛЬ — ИЮНЬ

Ответственный редактор *А. Гузман*
Редактор *М. Немцов*
Художественный редактор *А. Стариков*
Технический редактор *О. Шубик*
Компьютерная верстка *Е. Долгина*
Корректоры *М. Ахметова, Н. Тюрина*

ООО «Издательский дом «Домино».
191014, Санкт-Петербург, ул. Некрасова, д. 60
Тел. (812) 272-99-39. E-mail: dominospb@hotbox.ru

ООО «Издательство «Эксмо»
127299, Москва, ул. Клары Цеткин, д. 18/5. Тел. 411-68-86, 956-39-21.
Home page: **www.eksmo.ru**   E-mail: **info@eksmo.ru**

Подписано в печать 12.09.2011.Формат 84×108 $\frac{1}{32}$
Печать офсетная. Усл. печ. л. 26,04.
Доп. тираж 7 000 экз. Заказ 7123.

Отпечатано с электронных носителей издательства.
ОАО "Тверской полиграфический комбинат", 170024, г. Тверь, пр-т Ленина, 5.
Телефон: (4822) 44-52-03, 44-50-34, Телефон/факс: (4822) 44-42-15
Home page - www.tverpk.ru Электронная почта (E-mail) - sales@tverpk.ru

ISBN 978-5-699-50918-8

Оптовая торговля книгами «Эксмо»:
ООО «ТД «Эксмо». 142702, Московская обл., Ленинский р-н, г. Видное,
Белокаменное ш., д. 1, многоканальный тел. 411-50-74.
E-mail: **reception@eksmo-sale.ru**

По вопросам приобретения книг «Эксмо»
зарубежными оптовыми покупателями
обращаться в отдел зарубежных продаж ТД «Эксмо»
E-mail: **international@eksmo-sale.ru**

International Sales: *International wholesale customers should contact*
Foreign Sales Department of Trading House «Eksmo» for their orders.
international@eksmo-sale.ru

По вопросам заказа книг корпоративным клиентам,
в том числе в специальном оформлении,
обращаться по тел. 411-68-59, доб. 2115, 2117, 2118, 411-68-99, доб. 2762, 1234.
E-mail: **vipzakaz@eksmo.ru**

Оптовая торговля бумажно-беловыми
и канцелярскими товарами для школы и офиса «Канц-Эксмо»:
Компания «Канц-Эксмо»: 142700, Московская обл., Ленинский р-н,
г. Видное, Белокаменное ш., д. 1, а/я 5.
Тел./факс +7 (495) 745-28-87 (многоканальный).
e-mail: **kanc@eksmo-sale.ru**, сайт: **www.kanc-eksmo.ru**

Полный ассортимент книг издательства «Эксмо» для оптовых покупателей:
В Санкт-Петербурге: ООО СЗКО, пр-т Обуховской Обороны, д. 84Е.
Тел. (812) 365-46-03/04.
В Нижнем Новгороде: ООО ТД «Эксмо НН», ул. Маршала Воронова, д. 3.
Тел. (8312) 72-36-70.
В Казани: Филиал ООО «РДЦ-Самара», ул. Фрезерная, д. 5.
Тел. (843) 570-40-45/46.
В Самаре: ООО «РДЦ-Самара», пр-т Кирова, д. 75/1, литера «Е».
Тел. (846) 269-66-70.
В Ростове-на-Дону: ООО «РДЦ-Ростов», пр. Стачки, 243А.
Тел. (863) 220-19-34.
В Екатеринбурге: ООО «РДЦ-Екатеринбург», ул. Прибалтийская, д. 24а.
Тел. +7 (343) 272-72-01/02/03/04/05/06/07/08.
В Новосибирске: ООО «РДЦ-Новосибирск», Комбинатский пер., д. 3.
Тел. +7 (383) 289-91-42. E-mail: **eksmo-nsk@yandex.ru**
В Киеве: ООО «РДЦ Эксмо-Украина», Московский пр-т, д. 9.
Тел./факс (044) 495-79-80/81.
Во Львове: ТП ООО «Эксмо-Запад», ул. Бузкова, д. 2.
Тел./факс: (032) 245-00-19.
В Симферополе: ООО «Эксмо-Крым», ул. Киевская, д. 153.
Тел./факс (0652) 22-90-03, 54-32-99.
В Казахстане: ТОО «РДЦ-Алматы», ул. Домбровского, д. 3а.
Тел./факс (727) 251-59-90/91. rdc-almaty@mail.ru

Полный ассортимент продукции издательства «Эксмо»
можно приобрести в магазинах «Новый книжный» и «Читай-город».
Телефон единой справочной: 8 (800) 444-8-444.
Звонок по России бесплатный.

В Санкт-Петербурге в сети магазинов «Буквоед»:
«Парк культуры и чтения», Невский пр-т, д. 46. Тел. (812) 601-0-601
www.bookvoed.ru